# KATHLEEN GRISSOM

Kathleen Grissom est née dans le Saskatchewan au Canada. Elle vit aujourd'hui en Virginie, dans l'ancienne dépendance d'une grande plantation. Elle y a retrouvé une carte de l'endroit datant du XVIIIe siècle avec l'inscription « La Colline aux esclaves ». Les recherches qu'elle a faites sur cette plantation lui ont inspiré *La Colline aux esclaves* (Charleston, 2015), son premier roman, best-seller du *New York Times* dès sa sortie et publié dans 14 pays. Son deuxième roman, *Les Larmes de la liberté*, a paru chez le même éditeur en 2017.

**Retrouvez toute l'actualité de l'auteur sur :**
**www.kathleengrissom.com**

# LES LARMES
# DE LA LIBERTÉ

DU MÊME AUTEUR
*CHEZ POCKET*

LA COLLINE AUX ESCLAVES
LES LARMES DE LA LIBERTÉ

KATHLEEN GRISSOM

# LES LARMES DE LA LIBERTÉ

*Traduit de l'anglais (États-Unis)*
*par Isabelle Allard*

CHARLESTON

Titre original :
*GLORY OVER EVERYTHING*
Publié par Simon & Schuster Inc., New York

MIXTE
Papier issu de sources responsables
FSC® C003309

Pocket, une marque d'Univers Poche,
est un éditeur qui s'engage pour la préservation
de son environnement et qui utilise du papier fabriqué
à partir de bois provenant de forêts gérées
de manière responsable.


ISBN : 978-2-266-27810-2
Dépôt légal : février 2018

*À mon mari, Charles,*
*pour son soutien indéfectible.*

# PREMIÈRE PARTIE

# 1

## *Mars 1830*
## *Philadelphie*
## *James*

J'étais en train d'examiner un portrait miniature me représentant quand j'entendis les coups familiers de Robert à la porte. Ce petit tableau, qui devait être un cadeau d'adieu à ma bien-aimée, venait d'être livré et j'évaluais l'interprétation de l'artiste. Je devais admettre que la suggestion de Mlle Peale de peindre mon visage de profil, évitant ainsi le cache-œil noir du côté gauche, était une bonne idée. Elle avait bien rendu mes traits d'homme de trente-trois ans : la longueur de mon visage ovale, mon nez aquilin et la fossette ornant mon menton carré. Mais le pli qu'elle avait donné à ma bouche me déplaisait.

Robert frappa de nouveau.

— Entrez, dis-je à mon majordome.

— Une lettre, monsieur, annonça-t-il en avançant dans la pièce.

Je la pris sur le plateau et reconnus aussitôt l'écriture. Robert me jeta un regard soucieux, mais heureusement une sonnette au-dessus de la cheminée tinta, indiquant que ses services étaient requis ailleurs. Il s'empressa de partir.

De nouveau seul, je brisai le sceau. Les simples mots de Caroline étaient si puissants que le papier vibra dans ma main.

*Mon chéri, je vous verrai ce soir.*

*Votre C.*

Je l'évitais depuis des semaines, mais ma présence à l'événement de ce soir était obligatoire et Caroline m'annonçait son intention d'y assister.

Même si je désirais ardemment la voir, j'étais rempli d'appréhension. Il ne restait plus beaucoup de temps et je ne pouvais plus m'esquiver. Ce soir, je devais lui dire la vérité, au risque de la perdre. Et la perdre équivalait à perdre la vie.

Robert revint, mais cette fois, après un coup sec, il entra de lui-même. Il regarda autour de lui d'un air embarrassé, comme s'il hésitait sur la façon de transmettre son message.

— Qu'y a-t-il, Robert ? finis-je par demander.

— Quelqu'un veut vous voir, monsieur, dit-il avec un regard inquisiteur, posant les yeux un instant sur la lettre que je tenais à la main. Il est… à la porte de derrière.

Ce détail m'indiqua que le visiteur était probablement un homme de couleur. Robert s'interrompit, comme s'il cherchait ses mots, ce qui était inhabituel pour cet homme raffiné qui dirigeait ma maison.

— Il s'appelle Henry.

Je me raidis. Ce n'était sûrement pas Henry ! Nous avions un accord.

— Il dit qu'il est le père de Pan, ajouta prudemment Robert.

C'était donc bien Henry ! Je me levai brusquement. Pour cacher mon désarroi, j'époussetai les manches de ma veste.

— Dites-lui d'attendre dans la cuisine, ordonnai-je, avant de me rappeler qu'il me faudrait plus d'intimité. Non, faites-le entrer dans mon cabinet.

— Votre cabinet, monsieur ? répéta Robert en écarquillant les yeux.

Mon cabinet de travail, mon espace personnel, était rarement ouvert à quiconque sauf à Robert, qui n'y entrait que pour le nettoyer. Il en était ainsi depuis des années.

— Oui, Robert, dis-je, vaguement irrité.

Mon majordome sortit aussitôt.

Henry m'attendait à l'entrée de la pièce. Je refermai les doubles portes derrière moi et, passant devant les deux tables à dessin, je me dirigeai vers mon bureau. Les trois hautes fenêtres laissaient entrer suffisamment de lumière crépusculaire pour que Henry puisse me suivre. Après m'être assis, je lui fis signe de prendre le fauteuil qui me faisait face, mais il ignora ma demande, triturant nerveusement son chapeau élimé de ses doigts bruns. Je fus momentanément surpris de voir ses cheveux gris, puis me souvins que des années s'étaient écoulées depuis notre dernière rencontre.

Il éluda les formules de politesse et s'exclama :

— Mon garçon est parti ! Mon Pan a disparu ! Ils l'ont pris. Je le sais. Vous devez m'aider !

— Je t'en prie, Henry ! Calme-toi. De quoi parles-tu ? Où est Pan ? Pourquoi dis-tu qu'il a disparu ?

— Ça fait trois jours. Tout ce temps-là, je pensais qu'il travaillait dans la cuisine. Quand il est pas venu me voir dimanche comme d'habitude, je me suis dit qu'on avait besoin de lui ici. Mais après, j'ai entendu dire que deux gars avaient été pris sur les quais. La dernière fois que je l'ai vu, je lui ai dit : « Ne va pas au port, des hommes vont te prendre, te mettre sur un bateau et te vendre dans le Sud. » C'est pour ça que je suis venu voir par moi-même. Molly dit qu'elle l'a pas vu depuis deux jours. Elle pensait qu'il était avec moi.

Ma cuisinière ne m'en avait pas touché mot.

— Pourquoi Molly ne m'en a-t-elle pas parlé ?

— Elle dit que vous êtes trop occupé par la vente de votre compagnie et votre voyage pour partir à la recherche de vos serviteurs.

— Pan est plus qu'un serviteur pour moi, tu le sais bien.

— Je le sais, m'sieur Burton. Vous le traitez très bien. Il devient instruit comme vous et il apprend à travailler dans la maison d'un Blanc.

— Il apprend vite, dis-je.

— Mon garçon ne part jamais comme ça tout seul. Il vient me voir chaque dimanche et revient toujours le lundi matin.

Je tentai de me rappeler la dernière fois que j'avais vu Pan. N'était-ce pas hier qu'il avait demandé la permission de prendre un livre dans la bibliothèque ? Ou était-ce il y a deux jours ? J'avais été si accaparé par mes propres projets…

— C’est un bon garçon. Il pense que personne lui fera de mal. Je lui répète tout le temps : « Prends garde à ces marchands de nègres ! » Il a douze ans, c’est exactement l’âge qu’ils recherchent. Ils vont le mettre sur un bateau, lui faire descendre la rivière et le vendre comme esclave. Vous savez de quoi je parle !

La voix de Henry s’éleva et je posai un index sur mes lèvres. Il se pencha vers moi et chuchota :

— Vous savez de quoi je parle !

Oui, je le savais.

— Il paraît que deux autres petits ont disparu du quartier Sud et qu’une goélette part pour la Caroline ce matin. Je suis sûr que mon garçon est à bord ! Il faut que vous alliez le chercher ! Pan m’a dit que vous allez là-bas en excursion. Vous devez me le ramener !

Je l’arrêtai :

— Henry, je ne pars pas avant un mois. S’ils l’ont vraiment emmené, comment sais-tu qu’ils vont le vendre en Caroline ? Ils iront probablement plus au sud.

J’avais parlé sans réfléchir et compris trop tard l’effet de mes paroles. Les épaules de Henry s’affaissèrent. Malgré l’obscurité, je pouvais voir qu’il s’essuyait les yeux sur la manche de sa veste. Puis il fléchit un genou.

— Je vous en prie, maît’ James ! Je vous ai demandé de l’aide une seule fois, quand je vous ai amené mon petit après la mort de mon Alice. Notre Pan est arrivé tard dans notre vie, et maintenant, il est tout ce qui me reste d’elle. Je vais vous donner de l’argent, vous y allez et vous le ramenez.

Sa voix se brisa et il ravala ses sanglots.

— Je sais ce qu'ils vont lui faire, ajouta-t-il. J'ai été un esclave. J'aime mieux le voir mort plutôt que vendu comme esclave. S'il vous plaît, maît' James, c'est mon fils unique !

— Relève-toi, Henry. Ressaisis-toi !

Comment pouvait-il me donner ce titre que je détestais ? Et s'abaisser ainsi devant moi, à genoux ?

N'avait-il aucune fierté, aucune conviction d'avoir amélioré son sort ? Il n'était plus un esclave. Et moi non plus.

J'avais rencontré Henry vingt ans plus tôt, quand j'étais arrivé à Philadelphie à l'âge de treize ans, malade et terrifié, fuyant pour sauver ma peau.

Après avoir quitté ma maison du sud de la Virginie, je n'avais parlé à personne durant le trajet, de peur d'être découvert. Je voyageais avec deux secrets, plus accablants l'un que l'autre. Le premier était que, quelques semaines auparavant, j'avais découvert que j'étais à moitié nègre, une race qu'on m'avait appris à honnir. Le deuxième était que j'avais tué mon père. Même si j'avais été élevé par sa mère comme son propre fils, et même si j'avais la peau aussi blanche que mon géniteur, il refusait de reconnaître mes droits et s'apprêtait à me vendre comme esclave. À la suite de ce meurtre, des patrouilleurs étaient partis à ma recherche. J'aurais été pendu s'ils m'avaient retrouvé.

J'aurais dû éprouver du soulagement en montant à bord de chaque diligence qui m'emmenait un peu plus loin de chez moi, mais au lieu de cela, j'étais de plus en plus craintif. Les difficultés qui m'attendaient m'obsédaient. Où irais-je ? Comment gagnerais-je ma vie ? Au cours de mes treize années d'existence, je n'avais jamais quitté la maison. J'avais été élevé comme un enfant blanc privilégié, entouré de serviteurs sur une plantation isolée. Ma grand-mère, qui m'adorait et m'avait élevé, m'avait donné une bonne éducation, mais ne m'avait pas enseigné à prendre soin de moi-même. À présent, elle était morte, mon foyer avait disparu et j'étais seul et en grand danger.

En arrivant à la taverne aux portes de Philadelphie, j'étais si malade, effrayé et épuisé par mon voyage que je n'eus pas l'énergie d'y entrer. Ce n'est que lorsque les chevaux furent menés à l'écurie que je me repris et entrai dans l'auberge bruyante pour y demander un lit. Ma tête était si douloureuse que j'eus l'imprudence de sortir ma bourse. Avant que la transaction ne puisse se conclure, la pièce enfumée se mit à tourner.

Pris de nausées, je parvins à remettre ma bourse dans mon sac avant de me précipiter dehors et courir vers l'écurie. Appuyé contre la bâtisse, je me vidai violemment l'estomac. Alors que je tentais de me ressaisir, on me frappa par-derrière. Je tombai en avant, m'agrippant instinctivement à mon sac de voyage durant la raclée qui s'ensuivit. Il me fut pourtant arraché et, après un dernier juron et quelques coups de pied, le malfaiteur s'enfuit. Je tentai de me relever pour le suivre, mais perdis conscience.

En reprenant mes esprits, je vis le visage sombre de Henry penché sur moi.

— Fais pas de bruit, dit-il. Tu cries trop fort.

Je me soulevai péniblement sur un coude pour regarder autour de moi. J'étais étendu sur une paillasse, dans une baraque au sol de terre battue. Je fis un effort pour me lever, mais ma tête m'élançait tellement que je me recouchai aussitôt.

— Comment suis-je arrivé ici ? demandai-je.

— Je t'ai trouvé à côté de l'écurie. Quelqu'un t'a flanqué une raclée, mais on dirait bien que tu as été malade, avant ça.

— Qui es-tu ? dis-je en portant les mains à ma tête douloureuse.

— Je m'appelle Henry. Je travaille à l'écurie de l'auberge. Je suis un fugitif comme toi.

Il s'interrompit, puis me regarda pour voir si je saisissais ce qu'il tentait de me faire comprendre. Il finit par dire, comme s'il concluait un pacte :

— Je suis un esclave comme toi.

Ses mots m'atteignirent en plein cœur.

— Je ne suis pas un esclave ! Qu'est-ce qui te fait croire ça ? Je suis blanc !

Il me jeta un regard en coin.

— Peut-être, mais c'est pas ce que tu disais quand t'avais perdu la tête.

— Quoi donc ? demandai-je en essayant de m'asseoir. Raconte, qu'est-ce que j'ai dit ?

— T'as dit que tu fuyais et que quelqu'un était à tes trousses.

Qui était cet homme ? Avait-il déjà alerté les patrouilles ? Soudain, je me souvins de mon maigre bagage.

— Mon sac de voyage !

— J'ai bien peur qu'ils l'aient pris.

— Oh non ! m'écriai-je avant de m'affaisser sur ma couche, vaincu.

Il ne me restait plus rien. Mon argent, mes vêtements… Une autre pensée me traversa l'esprit :

— Ma veste ! Où est-elle ?

— Tu veux dire celle que tu portes ? Même avec la fièvre qui te faisait transpirer, la seule chose que t'as pas voulu que je t'enlève, c'est cette veste !

Lorsqu'il tourna le dos, je tâtai l'intérieur matelassé du vêtement, là où les bijoux avaient été cousus. Je soupirai en palpant les bosses sous le tissu, puis explorai les poches. En sentant mon carnet à dessin et mon petit couteau en argent, je fermai les yeux, soulagé.

— Tiens, bois ça, dit Henry en s'approchant avec une tasse.

Il se mit à genoux devant moi, et quand il me tendit la boisson, je remarquai qu'il avait, tout comme l'eau, une odeur de terre. Je bus avec avidité.

— Pourquoi fais-tu ça ? Pourquoi m'aides-tu ?

— Quelqu'un m'a aidé quand je fuyais comme toi, répondit-il en m'observant. T'as un œil malade ou c'est à cause des coups que t'as reçus ?

Portant instinctivement la main à mon œil gauche inutilisable, je répliquai :

— Je suis né comme ça.

Henry hocha la tête.

— Depuis combien de temps suis-je ici ?

— Depuis quatre nuits.

Quand il repartit chercher de l'eau, je scrutai l'obscurité par la porte ouverte en écoutant les bruits nocturnes. Ce n'était pas le genre de sons que j'avais imaginé entendre dans une ville.

— Où sommes-nous ?

— Près de Philadelphie. Assez loin pour que personne vienne, mais assez proche pour aller à mon travail.

Quel sort me réservait cet homme ? M'avait-il déjà dénoncé ?

— Que fais-tu ici ? Pourquoi ne vis-tu pas en ville ?

— Et si tu m'en disais un peu plus sur toi ? répliqua-t-il.

Mais je fermai les yeux à cette pensée et m'endormis presque aussitôt.

Le lendemain soir, une odeur de volaille rôtie me réveilla. Je trouvai Henry dehors, penché au-dessus d'un feu et faisant tourner notre repas sur une broche improvisée. Il me jeta un coup d'œil et demanda :

— Tu te sens mieux ?

Je hochai la tête et fis quelques pas hésitants. Mes jambes et mes bras étaient faibles, mais ma tête n'était plus aussi douloureuse.

Henry prit un bâton pointu et l'enfonça à deux reprises dans les charbons ardents. Lorsqu'il le releva, deux pommes de terre à la peau croustillante étaient piquées au bout. Il les mit dans deux bols, puis retira le poulet de la broche et le déposa sur un bloc en bois.

— Assieds-toi, dit-il en agitant un couteau à l'aspect menaçant.

Poussé par une faim dévorante, je surmontai ma méfiance et m'assis près de lui. Il utilisa son couteau pour couper le poulet en deux, puis déposa une moitié dans chaque bol. Après m'en avoir tendu un, il plaça le gros couteau sur une roche plate entre nous, à ma portée. Ce geste, intentionnel ou pas, me procura un certain soulagement. Cela signifiait peut-être qu'il ne me percevait pas comme une menace.

Puis je ne pus attendre plus longtemps. J'arrachai bruyamment la viande tendre de l'os tout en léchant le jus sur mes doigts. La pomme de terre craqua sous mes dents, puis relâcha de la vapeur. Je poussai un juron en me brûlant la bouche, ce qui provoqua le rire de Henry, un son puissant qui provenait de son ventre.

— Mon gars, c'est quelque chose de te voir manger ! dit-il en secouant la tête.

À mesure que mon estomac se remplissait, mon inquiétude envers cet homme céda la place à la curiosité.

Bien que de taille moyenne, il avait les épaules larges et puissantes. Je lui donnai entre trente-cinq et quarante ans. Ses cheveux poussaient en broussaille, et je n'avais encore jamais vu une peau aussi sombre que la sienne. Cet homme semblait si féroce qu'en temps normal je l'aurais soigneusement évité.

En le voyant piquer une autre pomme de terre et me la proposer, je notai qu'il lui manquait un pouce. Il suivit mon regard et leva ses deux mains ouvertes, agitant les moignons à l'emplacement des pouces.

— Il les a coupés avant que je me sauve.

— Qui ça ? demandai-je, pas certain de vouloir connaître la réponse.

— Le maît', en Louisiane.

Contemplant l'obscurité, Henry me raconta sa vie d'une voix lointaine.

Né esclave, il avait grandi auprès de sa mère et de son jeune frère dans une grande plantation de coton. Le maître était un homme brutal, et en apprenant que Henry fomentait une révolte, il l'avait puni en coupant ses deux pouces et en l'obligeant à assister à la flagellation de sa mère. Cette dernière en était morte. C'est alors que Henry et son frère avaient décidé de s'échapper.

— On était partis depuis deux jours quand mon frère a été abattu. J'ai rien pu faire d'autre que courir.

Henry avait réussi à échapper à ses poursuivants, et après des mois d'épreuves indescriptibles, il s'était retrouvé à Philadelphie. À présent, libre depuis deux ans, il était constamment sur le qui-vive.

— Si le maît' me retrouve, il va m'achever. C'est pour ça que je reste caché. Chaque jour, je surveille. Je serai plus jamais un esclave. Il faudra qu'ils me tuent avant !

Il demeura silencieux, comme si ce récit l'avait épuisé. Puis il finit par se lever.

— Et toi ?

Sa question directe m'étonna. Je ne m'étais pas attendu à ce qu'il me révèle son passé avec une telle honnêteté. Et maintenant, il voulait que je fasse de même. Pouvais-je lui faire confiance ? Les nègres étaient des menteurs et des voleurs, toujours prêts à profiter de l'homme blanc. Pourtant, jusque-là, celui-ci n'avait fait que m'aider. Oserais-je lui révéler ma grande solitude ? Lui dire qu'en quittant ma maison j'avais perdu tous ceux que j'aimais, tout ce qui comptait pour moi, et que jamais je ne pourrais revenir ?

— Je sais que tu t'es sauvé, toi aussi. Je me fiche bien de tes raisons.

— J'ai tiré sur mon père avec un fusil, dis-je doucement.

J'espérais qu'il m'avait entendu, car je ne voulais pas répéter ces mots.

— On fait ce qu'on doit faire, répliqua-t-il.

— Je le détestais. Il s'appelait Marshall. J'avais toujours cru qu'il était mon frère, mais il y a quelques mois, j'ai appris qu'il était mon père.

— Pourquoi tu pensais qu'il était ton frère ?

— Ma grand-mère m'avait dit que j'étais son fils et que mon grand-père décédé était mon père.

— Et ta mère ?

— Au même moment où j'ai découvert que Marshall était mon père, j'ai appris que ma mère était une négresse.

J'avais du mal à croire mes propres paroles, car j'aimais toujours ma grand-mère comme si elle était ma mère.

— Donc, t'as tiré une balle sur ton papa ?

— Il voulait me vendre comme esclave.

— Tu l'as tué ?

— Oui.

— Et t'es un nègre ?

— Ma mère était mulâtre. Elle s'appelait Belle.

— Elle était de couleur claire ?

— Oui.

— Et ton père était blanc ?

Je hochai la tête.

— Je lui ressemble. Je suis aussi blanc que lui.

— Ce n'est pas important. T'es quand même un nègre. Mais tu peux passer pour un Blanc. C'est ta meilleure chance.

Je ne sus que répondre.

— As-tu un nom de famille ?

— Pyke. Je m'appelle Jamie Pyke.

— Plus maintenant, dit-il. Tu dois porter un autre nom.

Je contemplai le feu. Comment était-ce possible ? Quelques mois plus tôt, je me croyais blanc, et à présent, j'étais un nègre sans nom, fuyant pour sauver sa vie.

À mesure que je recouvrais la santé, l'attitude de Henry demeura cordiale. Comme je ne me sentais aucunement jugé, je cessai d'en faire autant. J'en vins même à dépendre tellement de lui que je détestais le voir partir travailler à la taverne. Lorsque j'étais seul, le moindre bruit inhabituel me faisait sursauter et je me précipitais vers les arbres. Le cœur battant, je m'y cachais, vigilant et terrifié. Puis je finissais par sortir, les jambes flageolantes, soulagé de m'apercevoir que le bruit provenait d'un cerf ou d'écureuils qui se pourchassaient. Chaque jour, je craignais que Rankin, le perfide régisseur de notre plantation, et son fils Jake, les deux hommes les plus impitoyables que je connaissais, ne me découvrent. Ils étaient certainement à ma recherche, et s'ils étaient connus pour leur détermination à retrouver les esclaves en fuite, leur notoriété était due au sort qu'ils leur réservaient.

De jour en jour, en même temps que je me familiarisais avec les sons particuliers de la forêt, je finis par m'adapter au mode de vie primitif de Henry.

Nous étions bien engagés dans la saison automnale, et chaque matin, après son départ pour le travail, je m'apprêtais à passer une journée agréable à l'extérieur. Tout en ramassant du bois pour le feu du soir, j'avais le temps d'observer la nature qui m'entourait.

Les oiseaux étaient nombreux, et la fascination qu'ils m'avaient inspirée dans mon enfance ne faisait que croître.

Mon intérêt avait été éveillé par un grand livre d'illustrations d'oiseaux que j'avais reçu enfant. J'avais passé la majeure partie de mes premières années confiné à l'intérieur et, lorsque je ne lisais pas ce livre, j'utilisais ses illustrations pour apprendre à dessiner et à peindre. Plus tard, j'avais commencé à sculpter des oiseaux et des animaux dans des bouts de bois, à l'aide d'un canif.

Dès lors, seul dans la forêt, je m'amusais souvent à tailler au couteau et à faire des croquis. Durant ces périodes, j'étais libre de tout souci.

En m'habituant peu à peu à la vie que menait Henry, je songeai à demeurer indéfiniment à ses côtés. Cependant, à l'approche de l'hiver, il commença à insinuer qu'il était temps de penser à mon avenir.

— Tu dois aller en ville, trouver du travail et un endroit où rester, dit-il. La neige arrive. T'as jamais rien vu de pareil. Il en tombe beaucoup dans le coin. C'est dur de vivre ici.

— Mais que vais-je faire ? Où vais-je vivre ? protestai-je, d'un ton geignard et enfantin.

— T'auras pas de mal à trouver du travail si on te prend pour un Blanc. Sauf que tu dois être prudent.

Je m'abstins de lui dire que je n'avais pas envisagé de me présenter autrement que comme un Blanc. Je ne m'étais jamais considéré comme un nègre, et cela n'arriverait sûrement pas. Cette simple idée me répugnait.

Henry réfléchit un instant avant de poursuivre :

— Pour passer pour un Blanc, tu dois couper les ponts avec tous les nègres que tu connais.

— Je n'en connais pas.

— Il y a moi, répliqua-t-il, mais il me fallut un moment pour comprendre ce qu'il voulait dire.

Après avoir trouvé du travail à Philadelphie, je suivis le conseil de Henry et nous cessâmes de nous voir.

Mes conditions de vie s'améliorèrent et je me taillai une place dans la société de la ville.

Je fus donc inquiet lorsque, quinze ans plus tard, Henry vint me voir. Il représentait un lien avec mon passé qui, s'il était découvert, pouvait entraîner ma ruine. Je vivais en tant qu'homme blanc, dans une société blanche, sans aucun lien avec des nègres, à l'exception des domestiques de ma maison. Henry apparut soudain en me demandant d'employer son fils de sept ans.

J'aurais pu refuser, mais en voyant son désespoir, conscient d'avoir une dette envers lui, je me sentis obligé d'accepter. Je pris donc son fils Pan chez moi pour qu'il apprenne les tâches domestiques requises dans une maison bien établie.

Lors de notre première rencontre, le jeune Pan me parut plutôt délicat. Mince et noir de peau, il avait de grandes oreilles décollées qui encadraient son visage étroit. Ce qui surprenait chez ce garçon, c'était son regard résolu, ses yeux bruns qui se posaient sur les miens d'une manière inhabituelle pour sa race. Ce fut là, dans les yeux de Pan, que je reconnus une part de moi-même. Malgré toute sa bravoure, je vis qu'il éprouvait une crainte similaire à celle qui m'avait hanté à mon arrivée à Philadelphie.

J'acceptai d'accueillir le garçon, mais je n'avais aucune intention de m'impliquer personnellement auprès de lui. Je le confiai donc à Robert, mon major-dome, et à Molly, ma cuisinière, afin qu'ils le fassent travailler. Quelques semaines plus tard, Molly me fit son rapport :

— Ce petit gars est étonnant ! Il fait tout ce que je lui dis, mais j'ai jamais vu personne poser autant de questions ! Pourquoi tu fais ceci ? Pourquoi tu fais cela ? Il m'a même demandé de lui montrer comment écrire son nom.

À mesure que Robert lui confiait d'autres tâches, je croisai Pan plus souvent dans la maison. C'était un enfant particulièrement enjoué, et quand il me voyait, il me lançait d'un ton enthousiaste : « Bonjour, m'sieur Burton ! » Et il ne se contentait pas de me saluer. Il ajoutait presque toujours un commentaire comme : « Regardez mes nouveaux souliers ! » ou « Je mange vraiment à ma faim ! » Son comportement était si engageant que, malgré moi, je me mis à lui porter attention.

Puis arriva le jour où il me trouva en train de nettoyer la cage de mon précieux cacatoès, Malcolm. Quand il ouvrit la porte de ma chambre à l'étage, ses yeux s'écarquillèrent.

— Vous faites quoi avec cet oiseau ?

— J'en prends soin, répondis-je.

— Il n'est pas censé être dehors ? demanda-t-il en regardant la porte. Robert sait qu'il est ici ?

Malcolm voleta jusqu'à l'épaule de Pan. Le garçon se raidit, mais ne broncha pas.

Lorsque l'oiseau poussa son oreille de son bec, Pan resta immobile et me regarda avec de grands yeux.

— Il va pas me faire mal ?

— Non, je crois qu'il t'aime bien.

Malcolm s'envola vers son perchoir favori avec un criaillement interrogateur.

Pan le fixa des yeux.

— J'ai jamais vu d'oiseau comme ça.

— Il s'appelle Malcolm. C'est un cacatoès à huppe rouge.

— Où vous l'avez trouvé ?

— C'était mon premier ami quand je suis arrivé dans cette maison, répondis-je, surpris par ma réponse franche et directe.

— Votre…

— Vilain garçon ! l'interrompit Malcolm, répétant sa phrase préférée.

Pan demeura bouche bée, puis laissa échapper un rire nerveux.

— C'est lui qui parle ?

— En effet.

— Un oiseau qui parle ?

— Oui, il imite très bien les sons.

Le garçon tapa des mains.

— Faites-le parler encore !

Son intérêt envers l'oiseau me rappela mon propre enthousiasme durant mon enfance, et je décidai de lui accorder une chance.

— Écoute, dis à Robert de t'envoyer me voir tous les jours à cette heure-ci, et je t'enseignerai à prendre soin de Malcolm. Ainsi, tu pourras l'entendre parler chaque jour.

— Vous voulez dire que je vais pouvoir vous aider avec cet oiseau ?

— Exactement.

— Ce sera pas du travail pour moi ! Mais Robert veut pas que j'aille ailleurs que dans la cuisine, à moins qu'il me le demande.

— Je vais parler à Robert, promis-je.

Il ne fallut pas longtemps avant que Pan ne fournisse à Malcolm les branches de platane et de cornouiller que l'oiseau aimait mâchouiller. Une fois que le garçon eut découvert comment occuper le cacatoès, je trouvai souvent Malcolm en train de picorer un épi de maïs ou une carotte suspendus au-dessus de son perchoir.

Pan continuait de m'étonner avec son esprit vif, et devant son ardent désir de s'instruire, je commençai bientôt à lui apprendre à lire et à écrire.

Un après-midi, moins d'un an après son arrivée, il se tenait devant mon bureau pendant que j'essayais une fois de plus de corriger son langage. Il se pencha pour croiser mon regard.

— M'sieur Burton, pourquoi vous faites ça pour moi ?

— Pourquoi *faites-vous cela* pour moi ? rectifiai-je.

— Oui, m'sieur Burton. Je m'ai trompé. Pourquoi faites-vous cela pour moi ? répéta-t-il.

— Je *me suis* trompé, le corrigeai-je de nouveau.

— Non, c'est moi, dit-il avant de répéter sa question. Pourquoi faites-vous cela pour moi ?

— Peux-tu être plus précis ? demandai-je.

Devant son expression perplexe, je posai la question autrement.

— Que veux-tu savoir au juste quand tu me demandes pourquoi je fais cela pour toi ? Que penses-tu que je fais pour toi ?

— Vous êtes un homme blanc qui aide un enfant nègre. Vous m'apprenez à parler comme un Blanc. Pourquoi vous m'aidez ?

Son regard sérieux me toucha et je fus frappé par sa question directe. Je me détournai pour prendre mon mouchoir. Après m'être mouché, je repliai le carré de tissu et m'apprêtais à le remettre dans ma poche, quand Pan me le prit des mains.

Il se pencha vers moi en disant :

— Regardez-moi.

De sa petite main, il prit mon menton pour tourner mon visage vers lui. Avec délicatesse, il se servit du mouchoir pour essuyer une larme qui avait coulé sous mon cache-œil.

— Votre œil pleure, remarqua-t-il.

Je fus si ému que je me levai et m'approchai d'une étagère remplie de livres, faisant mine de m'y intéresser pendant que je me ressaisissais.

Il attendit que je vienne me rasseoir.

— Votre œil vous fait beaucoup mal ?

— Votre œil est-il douloureux ? rectifiai-je.

Il poussa un énorme soupir.

— M'sieur Burton, si vous m'arrêtez chaque fois pour me dire comment parler, j'aurai jamais la chance d'entendre ce que vous avez à dire ! protesta-t-il.

Il eut l'air surpris en m'entendant glousser.

Pan continua d'aider Robert dans la maison et Molly à la cuisine. Si celle-ci se plaignait de lui, c'était uniquement parce qu'il ne cessait de corriger sa grammaire. Quant à moi, je faisais de plus en plus appel à lui pour mes nombreux projets. Dans son désir d'apprendre, il me bombardait de questions et n'hésitait pas à me faire part de ses observations. Son attitude insouciante eut raison de ma réserve prudente et, au cours des cinq années suivantes, j'en vins à m'attacher profondément au jeune garçon.

Et maintenant, il avait disparu. Était-ce possible qu'on l'ait volé pour en faire un esclave ? C'était une frayeur constante parmi les nègres de Philadelphie, car cela se produisait souvent. J'imaginais le désespoir de Henry, tout comme je me souvenais de sa terreur à l'idée de redevenir un esclave. Et la mienne.

L'idée de Pan subissant un pareil sort me remplissait d'effroi. Il était vif d'esprit, mais avait toujours été frêle et ne pourrait sûrement pas survivre à la pénible existence réservée aux esclaves.

Si on l'avait volé, il fallait le retrouver. Puisque je devais voyager vers le sud pour mon travail, ne pouvais-je pas m'en charger ? Toutefois, la perspective de m'exposer délibérément aux hommes qui vendaient et achetaient des nègres me terrifiait. J'avais travaillé dur ces quinze dernières années pour m'éloigner de mon passé et me mettre en sécurité. La boule d'angoisse au creux de mon ventre, celle qui s'était peu à peu résorbée mais ne m'avait jamais tout à fait quitté, se remit à me tourmenter.

# 2

# *1825*
# *Pan*

Après que ma mama est morte, mon papa n'a pas de place pour moi. Alors, un dimanche, il m'amène à la maison de M. Burton. Comment il connaît cet homme blanc, il me le dit pas. Il me dit juste de pas parler pendant qu'il discute avec lui. On passe par la porte de derrière. Un homme noir, habillé chic et appelé Robert, vient dans la cuisine et nous emmène dans ce qu'il appelle le cabinet. J'ai jamais vu une pièce comme celle-là, remplie de livres et d'oiseaux morts. Pendant qu'on attend, je prends la main de papa pour l'empêcher de trembler, mais je le connais assez pour me taire.

Aussitôt que M. Burton entre, je vois qu'il veut rien savoir de nous.

Papa me pousse en avant.

— M'sieur Burton, c'est mon garçon, Pan.

M. Burton baisse les yeux sur moi, puis regarde papa comme s'il savait pas quoi dire.

— Je vous ai jamais rien demandé, mais là, je vous demande de prendre mon fils, dit papa.

— Henry, tu sais que j'ai une dette envers toi. Mais il est tellement jeune, et je n'ai pas besoin de personnel supplémentaire. Je suis prêt à te donner de l'argent si cela peut t'aider.

— Je suis pas ici pour ça ! Je suis venu parce que mon garçon a besoin d'un travail et d'un endroit où rester. Sa mama est morte la semaine passée. Maintenant qu'elle est plus là, il a plus personne…

La voix de papa se met à trembler et je lui reprends la main. Il peut toujours pas parler de la mort de mama sans pleurer. Il me serre la main et recommence à parler.

— Il peut pas rester en ville tout seul, et moi, je travaille toujours en dehors de la ville. Il peut pas rester avec moi.

M. Burton me demande :

— Quel âge as-tu ?

Je suppose que cet homme a juste un bon œil parce qu'il a un bandeau noir qui cache l'autre. Mais à sa façon de me regarder, je pense qu'il en a juste besoin d'un.

— Réponds, mon fils, dit papa en me poussant l'épaule.

— J'ai huit ans, dis-je d'une voix forte, car je sais que papa compte sur moi.

— Tu me sembles petit pour huit ans, dit M. Burton.

Je n'attends pas que papa me pousse, cette fois.

— Pas trop petit pour transporter du bois. Ou de l'eau, si vous en avez besoin.

Il se tourne vers papa.

— N'est-il pas trop jeune pour rester seul ici ?

Papa se dépêche de répondre :

— Il est assez grand pour rester. Il va travailler fort. Il a besoin de rien d'autre qu'un endroit où dormir, quelque chose à manger et quelqu'un pour lui dire quoi faire. Je viendrai le chercher chaque dimanche matin et je le ramènerai le soir. J'aurai même pas besoin d'entrer dans la maison.

Papa se tourne vers moi.

— T'es prêt à rester ici et travailler, hein, Pan ?

— Oui, dis-je sans hésiter.

Papa hoche la tête en regardant M. Burton. Personne parle pendant un moment, puis M. Burton dit :

— Henry, je te dois bien ça. Nous allons faire un essai, mais dimanche prochain si ce garçon ne fait pas l'affaire, tu devras le ramener avec toi et je te donnerai de l'argent.

Papa répond pas. Il se tourne et s'en va en me laissant là. À le voir partir comme ça, on pourrait penser qu'il se fiche de moi, mais je le connais bien. Il est pas à l'aise avec les adieux.

M. Burton appelle Robert. Ils restent là à m'examiner, comme s'ils essayaient de m'évaluer. J'aime pas ce silence.

— Où est le travail ? dis-je.

Ils se regardent, puis M. Burton sourit comme si j'avais dit quelque chose de drôle.

— Pouvez-vous trouver des tâches simples pour le garder occupé ? demande-t-il.

— Je vais y réfléchir, répond Robert, l'homme bien habillé. Il est trop jeune pour pouvoir faire grand-chose.

Il en sait rien ! J'ai pris soin de mama tous les jours de la semaine en attendant que papa revienne en ville les dimanches.

— Mama dit que je suis très utile dans la maison, dis-je.

— Tu ne préférerais pas rester avec ton père ? demande M. Burton.

— Il a essayé de m'emmener à la taverne, mais ils ont dit qu'il devait se débarrasser de moi s'il voulait pas perdre son emploi.

— Il ne te manquera pas ? ajoute M. Burton.

— Il va venir me voir tous les dimanches, comme il faisait quand mama était là.

— Ta mère est morte récemment ?

— Non, elle est pas morte, elle s'est juste libérée de son corps terrestre. C'est ça qu'elle disait tout le temps. Mais elle est avec moi maintenant. C'est juste qu'on peut pas la voir.

Les deux hommes se regardent encore. M. Burton prend une grande respiration, puis laisse sortir l'air lentement.

— Robert, amenez-le à Molly. Qu'elle lui donne une chambre et lui confie quelques légères corvées.

— J'imagine que tu pourrais apprendre à polir l'argenterie ? dit l'homme en me prenant par l'épaule pour me faire descendre l'escalier.

La maison est tellement grande que je sais pas comment je vais faire pour pas me perdre. La chambre à côté de la cuisine où Molly m'emmène est plus grande que la pièce où je vivais avec mama. Après que Molly m'a dit de dormir et a refermé la porte, je commence à pleurer. Papa me manque, mais plus encore les baisers de mama quand elle me disait bonne nuit. Elle me bécotait jusqu'à ce que je lui dise d'arrêter. Je voudrais tant la sentir m'embrasser une dernière fois.

J'ai peur tout seul. Cette grande maison est trop silencieuse. Je suis habitué à entendre des bruits la nuit : des gars de mon âge qui courent dans la rue en criant, des hommes qui boivent, parient, jouent et rient. Et des femmes aussi, qui s'amusent avec les hommes. Certains soirs, ils se battaient et j'avais peur qu'ils entrent chez nous. Après avoir mis le verrou, mama prenait sa chaise et s'asseyait devant la porte en disant que si quelqu'un voulait entrer, il serait obligé de lui passer sur le corps. Alors, je pouvais dormir. Mama n'était pas très grande, mais elle était prête à tout pour me défendre. Ces fois-là, je lui demandais :

— Pourquoi on dit pas à papa de venir vivre avec nous ?

— Il fait son possible, répondait-elle.

— Mais pourquoi il reste pas ici ?

— Petit, il ramène un demi-dollar chaque dimanche. Ça paie le loyer. On n'a pas à se plaindre.

— S'il ramène de l'argent, pourquoi tu dois faire tous ces travaux de couture ?

— Comment tu penses qu'on peut manger ? Comment on paie pour le bois pour faire cuire le gruau et nous réchauffer quand il fait froid ? Regarde autour de toi. Combien tu en vois qui gèlent quand il neige parce qu'ils ont pas de vêtements chauds ? Tu te souviens pas de l'hiver dernier, quand on est allés voir M. Woods ?

— Non, mama. Parle pas de ça.

J'aime pas penser à cet homme qu'on avait trouvé couché sur le sol en terre battue de sa chambre, avec un bout de tissu qui couvrait son corps. Sa femme pleurait et se demandait ce qu'elle allait faire.

— Il y a plein de gens comme M. Woods. Ton papa s'arrange toujours pour qu'on ait un bon endroit avec un feu et un toit sur la tête.

— Mais pourquoi il vit pas avec nous ?

J'arrêtais pas de lui poser cette question, et un jour, elle m'a expliqué :

— La prochaine fois que ton papa sera ici, remarque comment il reste toujours debout. L'as-tu déjà vu s'asseoir ? Non, et je vais te dire pourquoi. Il est toujours prêt à partir. Il s'est sauvé quand il était un esclave, et il pense tout le temps qu'ils vont venir le chercher. Il travaille aux portes de Philadelphie, dans une taverne où s'arrêtent toutes les diligences. En surveillant qui arrive en ville, il pense qu'il va savoir si quelqu'un est à sa recherche. Ici, ton papa a toujours peur que quelqu'un le voie et le dise à son ancien maît'.

— Alors, pourquoi on va pas vivre avec lui ?

— Henry vit dans les bois et arrête pas de changer de place au cas où quelqu'un l'aurait remarqué. Et il veut pas qu'on soit là si jamais il se fait prendre. Il a peur qu'on nous emmène, nous aussi. Qu'on soit vendus comme esclaves.

— Et on veut pas être des esclaves comme papa. Sheila dit que c'est honteux d'être un esclave.

— Mon gars, je veux plus t'entendre dire ça ! Esclave, c'est pas un mot qui veut dire que quelqu'un est mauvais. Plein de gens par ici étaient des esclaves avant. Ça veut juste dire que quelqu'un t'a pris et que t'avais pas le choix. Ton papa a pas eu le choix d'être un esclave. Il y a pas de honte à ça. La seule honte est pour l'homme qui s'est servi de lui.

La première nuit chez M. Burton, je me demande où est mon papa, puis je m'endors en pleurant ma mama.

Le lendemain, quand je me réveille, le soleil entre par la petite fenêtre au-dessus de mon lit. Je me dépêche de m'habiller et je vais dans la cuisine. Mais Molly est déjà en train de s'occuper du poêle. Je lui dis, inquiet à l'idée que M. Burton l'apprenne et me renvoie :

— Vous auriez dû me réveiller pour que je commence mon travail.

— Viens ici et mange quelque chose, réplique-t-elle.

Elle me fait asseoir à la table et met une assiette avec deux œufs et une grosse tranche de jambon devant moi. Je bouge pas, j'attends qu'elle revienne pour prendre sa part. Elle me regarde et dit :

— Vas-y, mange !

— Combien je peux en manger ?

— Tout est pour toi.

— Tout ça ? Et vous, vous allez manger quoi ? Et Robert ?

— Petit, on a déjà eu notre repas. C'est ton tour, maintenant. Je te donnerai du lait quand t'auras fini.

Je mange avec la cuillère, mais quand je prends la viande avec mes doigts, Molly s'approche.

— Tiens, c'est comme ça qu'on fait dans cette maison.

Elle coupe la viande avec un couteau et me donne une fourchette pour la piquer dedans. J'ai jamais vu deux œufs sur une assiette avant. Les œufs sont rares. Même si certaines personnes ont des poulets, elles les ont pas longtemps parce qu'ils finissent par être mangés.

J'ai terminé et mon ventre est tout gonflé quand Robert arrive. Je me lève vite de ma chaise pour lui montrer que je suis prêt à travailler. Il m'examine des pieds à la tête, puis s'avance vers un crochet sur le mur et prend un grand tablier vert qu'il attache autour de sa taille.

— On a du pain sur la planche ! dit-il. Je t'ai trouvé des vêtements convenables, mais d'abord, il faut te nettoyer.

— Mais vous m'avez lavé hier, lui dis-je.

— Et aujourd'hui, tu vas prendre un vrai bain.

Je lui demande si je peux transporter l'eau. Comme s'il m'avait pas entendu, Robert s'approche d'un robinet intérieur, là, dans la cuisine. Il le tourne et de l'eau commence à couler ! Il remplit deux gros chaudrons, et pendant qu'il attend que l'eau chauffe, il me fait monter sur un tabouret pour me couper les cheveux. J'arrête pas de regarder le robinet. Je suis content si ça veut dire que je serai pas obligé de transporter de l'eau, car c'est très lourd.

Quand mama était malade et pouvait plus rien porter, c'est moi qui transportais l'eau de la pompe extérieure commune. L'eau pour se laver était toujours froide et on gaspillait pas le bois pour la chauffer, sauf en hiver, quand le feu était déjà allumé.

Porter de l'eau était si difficile que j'apportais juste un demi-seau chaque fois. Mama disait toujours que c'était assez. Même si elle restait à la porte pour me regarder, j'aimais pas trop aller dans la ruelle, où il y avait des tas de saletés et des rats gros comme des chats qui fouillaient dans les ordures.

L'hiver, c'était moins pire parce que les déchets étaient gelés et que l'odeur était moins forte. Mais quand le temps se réchauffait, les gens comme M. Woods, qui vivait dans une pièce à côté des toilettes dehors, respiraient toute cette puanteur.

— Pourquoi vous voulez couper mes cheveux ? dis-je à Robert.

— Parce qu'ils te donnent l'allure d'un chien sauvage.

— Ah bon ? dis-je. Quelle sorte de chien sauvage ?

Mais il dit rien et continue de couper. Quand il a fini, je lui dis que j'ai froid aux oreilles. Je sais pas s'il m'entend, parce qu'il est occupé à verser de l'eau chaude du poêle dans une grosse bassine. Puis il me demande d'y monter.

— Là-dedans ? dis-je en regardant la vapeur qui monte.

— Retire tes vêtements, dit-il.

J'enlève ma chemise très lentement, pas content du tout.

— Maintenant, ton pantalon, ordonne-t-il.

Je regarde Molly, mais on dirait pas qu'elle me regarde, alors j'enlève mon pantalon et je saute vite dans l'eau. Elle est trop chaude pour s'asseoir.

— Assieds-toi, insiste Robert.

— Je vais cuire !

J'essaie de pas crier quand il appuie sur mes épaules et que je m'enfonce dans le bain.

Quand il commence à me savonner et me frotter comme mama faisait avec les pieds de cochon avant de les faire cuire, je lui demande :

— Qu'est-ce que vous me faites ?

— Ne bouge pas, ordonne-t-il en versant de l'eau sur moi.

Mes yeux commencent à brûler à cause du savon, alors je m'accroche à lui et me relève. J'oublie que je dois pas faire de bruit et me mets à crier :

— Je peux rien voir, je peux rien voir !

Il enlève le savon de mes yeux, puis me donne un chiffon pour m'essuyer avant de me tendre de nouveaux vêtements.

— Où vous avez trouvé ces vêtements ? Comment vous avez fait pour qu'ils soient à ma taille ?

La chemise blanche et le pantalon brun, même s'ils sont trop longs, sont presque aussi beaux que les siens. Il répond pas et se penche pour rouler les jambes du pantalon et coudre les revers. Puis il recule, m'observe et me donne des souliers noirs.

J'en ai jamais eu avant, juste une vieille paire de bottes que mama et moi on utilisait tous les deux pour aller dehors en hiver. Ça fait drôle de porter ces souliers.

— Ils sont trop petits. Ils me serrent les pieds.

— Ils sont parfaits, dit-il. Et je ne veux jamais te voir sans eux.

Robert m'emmène en haut pour me montrer comment nettoyer les cheminées et faire du feu. Il y a cinq pièces, et je reste près de lui en me demandant comment on va retrouver notre chemin. Mais il nous ramène à la cuisine. Une fois là, il m'installe dans une petite pièce et me montre comment nettoyer des bottes. D'abord, il faut enlever toute la saleté avec une brosse, et après, on mélange un cirage noir qu'on applique avec une autre brosse.

— Qu'est-ce qu'il y a dans ce truc ? dis-je, pas certain d'aimer l'odeur.

— De l'huile douce, de la bière, de la mélasse…

— J'ai déjà goûté à la mélasse.

— Eh bien, ne goûte pas à ce produit, dit-il.

Puis il me montre comment finir le travail avec la dernière brosse qu'il appelle le polissoir. Il s'en va et je me mets au travail. Je continue de frotter même quand j'ai l'impression que mes bras vont tomber. Puis Molly arrive et me dit que c'est l'heure de manger.

— Encore ? dis-je, étonné, car c'est le milieu de la journée.

— Viens, dit-elle.

Elle m'installe à table et me donne une autre assiette. Cette fois, il y a des patates rôties et une saucisse de porc entière. Elle s'assoit devant moi et commence à manger dans sa propre assiette. Je n'en reviens pas de toute cette nourriture. Je regarde la mienne et commence à renifler.

— Tu pleures, petit. Pourquoi ? T'aimes pas la cuisine de Molly ?

— Oui, je l'aime !

— Quel est le problème, alors ?

— Je pensais à ma mama. Je voudrais qu'elle soit ici pour goûter à tout ça.

— Rien ferait plus plaisir à ta mama que si tu mangeais pour pouvoir retourner travailler, dit Molly.

— Je peux garder ça pour plus tard ? Quand j'aurai faim ?.

— Tu peux, dit-elle. Mais si tu restes ici un peu plus, tu vas peut-être changer d'avis.

Je sais pas quoi faire, alors je reste et la regarde manger. Je remarque les petites fleurs vertes sur le fichu rouge qu'elle a sur la tête. Molly a une grosse tête et un corps encore plus gros. Je pense que c'est à cause de toute cette nourriture.

— Miam, dit-elle. J'aime beaucoup cette saucisse.

Elle a de grands yeux bruns et j'aime comment elle me regarde.

— Les pommes de terre sont bonnes aussi. Les oignons et le beurre leur donnent bon goût. T'es sûr que t'en veux pas ?

— Non. Je les garde pour plus tard.

— Tu sais, tant que tu vivras ici, t'auras toute la nourriture que tu veux.

Quand elle finit de manger, elle boit du café dans une tasse de porcelaine bleu et blanc.

— Veux-tu du lait ? demande-t-elle.

— Non. Mon ventre est encore plein d'avoir mangé les deux œufs.

Elle incline la tasse et finit son café, puis recule sa chaise et se lève.

— Bon, vas-y, alors. Continue de cirer les bottes.

Le soir, quand Molly m'envoie au lit, je lui demande si je peux laisser la porte ouverte pour pouvoir l'appeler si j'ai besoin de quelque chose. Elle dit que ça la dérange pas. Un peu plus tard, je l'entends ronfler, alors c'est moins silencieux qu'hier. Même si je pleure en pensant à mama, j'ai moins de mal à m'endormir.

Le lendemain, je me réveille avant le soleil et j'attends dans la cuisine quand Robert et Molly arrivent.

— Donnez-moi du travail.

J'ai peur que s'ils me font pas travailler, M. Burton va me renvoyer. Molly me dit d'apporter du bois et de balayer le plancher. Quand il est l'heure de manger, elle me donne une assiette avec deux œufs et des galettes chaudes dégoulinantes de beurre. Je mange tout, même si mon ventre gargouille parce qu'il sait pas quoi faire de toute cette nourriture. Après, Molly me demande de l'aider à laver les casseroles.

# 3

## *1830*
## *James*

Il faisait noir quand Henry repartit. Dans mon vestiaire, Robert avait allumé les bougies de ma psyché. Je retirai ma veste et la plaçai soigneusement sur le dossier du fauteuil tapissé, un meuble élégant dont j'avais hérité après la mort de Mme Burton. À cet instant, l'appréciation de ce que mes parents adoptifs m'avaient légué était assombrie par l'inquiétude. J'étais si soucieux que, même si je suis généralement ponctuel, je pris le temps de m'asseoir un moment dans le fauteuil. J'avais conscience que j'étais en retard et que, ce soir, une arrivée à une heure indue n'était pas souhaitable.

Pour me mêler à la société aristocratique, j'avais méticuleusement observé ses règles tacites au fil des ans. Savoir quand faire son entrée et, tout aussi important, savoir quand prendre congé, n'étaient que le début. Qui saluer, quelles mains serrer, quels vêtements porter, quel cadeau envoyer, tout cela projetait une image. Dans mon cas, il n'y avait pas de place pour l'erreur.

Ce soir, pour la première fois depuis longtemps, je craignais de ne pas être à la hauteur. Cette réception, donnée chez l'un des couples les plus influents de la ville, M. et Mme Cardon, avait pour but de célébrer l'attribution de bourses à des artistes par le musée Peale. L'attention serait surtout portée sur les artistes plus connus, et bien que je sois l'un des bénéficiaires secondaires, ma présence était requise. J'aurais dû être impatient d'y assister, et pourtant, je demeurai assis, la tête dans les mains. La disparition de Pan et la visite de Henry avaient réveillé des craintes enfouies au plus profond de moi.

Lorsque le musée avait offert de financer une expédition artistique, j'avais sauté sur l'occasion. Grâce à cet appui, je pourrais voyager vers le sud, le long de la côte, pour étudier l'habitat naturel des oiseaux natifs de cette région. Si mes croquis et observations étaient approuvés à mon retour, ils seraient publiés dans un petit livre destiné aux voyageurs désireux d'identifier les espèces d'oiseaux. Après la visite de Henry, je me demandai si j'avais bien fait d'accepter aussi rapidement. Au cours des vingt ans qui s'étaient écoulés depuis ma fuite de la Virginie, le temps avait estompé mes peurs. Mais l'inquiétude de Henry face à la disparition de Pan me rappelait les dangers qui me guettaient dans ces États esclavagistes du Sud. Se pourrait-il que je sois reconnu ? Des patrouilles me recherchaient-elles encore vingt ans après ? Pourquoi n'avais-je pas pensé à ma sécurité ? Cependant, ces inquiétudes survenaient trop tard. Je m'étais engagé et ne pouvais plus reculer.

Mon anxiété à la perspective de cette soirée ne fit qu'augmenter quand je songeai à un autre problème, tout aussi préoccupant. Caroline.

J'étais déchiré, car la revoir mettrait un terme à l'agonie de notre séparation. Mais dans quel état la trouverais-je ? Elle avait toutes les raisons d'être furieuse, car je m'étais délibérément tenu éloigné d'elle.

En entendant l'horloge sonner, je m'obligeai à me lever. J'enlevai rapidement mes vêtements, puis me plongeai dans mon bain en frissonnant. Malgré le feu qui crépitait dans la cheminée, l'eau avait déjà refroidi dans la bassine en métal. Je venais à peine de me savonner quand Robert entra, portant un grand seau d'eau fumante.

— J'espérais que vous auriez attendu, dit-il.

— Je suis déjà en retard.

— Oui, monsieur, dit-il en versant lentement le liquide chaud pour que je puisse me rincer.

Je sortis et saisis le drap de bain qu'il me tendait, puis me séchai pendant qu'il attendait avec une chemise blanche. J'enfilai un caleçon propre et mon pantalon habillé, dans lequel je rentrai ma chemise.

— Monsieur, nous n'avons pas fait votre manucure, fit remarquer Robert avec un claquement de langue.

J'examinai mes mains.

— Ça devra faire l'affaire, dis-je en boutonnant mon pantalon.

Robert attacha mes bretelles par-derrière, puis les plaça sur mes épaules pour que je puisse les boutonner devant. Pendant qu'il nouait adroitement ma cravate, je pris quelques grandes inspirations.

— J'annulerais bien ce voyage, si je n'étais pas obligé d'y aller.

— Oui, monsieur.

— Et maintenant, j'ai promis à Henry de chercher Pan.

— Je comprends, mais le garçon avait été averti de ne pas s'approcher du port.

— Dans ce cas, pourquoi y est-il allé ?

Robert hésita un instant en boutonnant mon gilet de satin bleu.

— Qu'y a-t-il ? Dites-moi.

— Il a demandé de l'argent à Molly.

— À quelles fins ?

— Il a dit qu'il voulait vous acheter un perroquet.

— Quoi ? Pourquoi voulait-il faire une chose pareille ?

— Selon Molly, il voulait vous rendre de nouveau heureux.

Mon cœur se mit à battre la chamade. C'était bien le genre de Pan d'avoir cette sorte d'attention. Le petit imprudent ! Je frissonnai. Jusqu'ici, j'avais gardé espoir qu'il réapparaîtrait sain et sauf, mais à ces mots, je sus que, pour trouver un oiseau, il avait dû se rendre au port.

— Molly ne l'a-t-elle pas averti ?

— Elle ne pensait pas qu'il irait là-bas. Elle croyait que tous les oiseaux étaient vendus au marché.

Robert souleva ma queue-de-pie noire, m'indiquant de retenir les manches de ma chemise.

— Si nous nous dépêchons, vous ne serez pas si en retard.

Je tendis les bras pendant qu'il remontait la veste sur mes épaules. Il ajusta le col jusqu'à ce que, impatient, je me retourne pour observer mon reflet dans le miroir. Je me rapprochai, utilisant mes doigts pour ramener mes cheveux bruns humides vers l'avant en boucles lâches, pendant que Robert prenait une brosse pour lisser les mèches coupées ras à l'arrière de ma tête. Je mis ensuite le cache-œil noir en satin, bien que ce soir, mon œil aveugle m'importât moins que les plis soucieux sur mon visage. Il fallait les effacer. Cette soirée devait être une célébration, et on s'attendait à ce que je joue le rôle du joyeux voyageur.

Je me rappelai une fois de plus que me déplacer en tant qu'artiste subventionné me permettrait d'entrer dans des demeures qui m'auraient été autrement interdites. Toutes les occasions me seraient utiles pour retrouver Pan.

Ce n'est qu'une fois installé dans le coupé, en route vers ma destination, que je me permis de songer à Caroline. Mon cœur s'emballa alors, car même si le fait de lui révéler la vérité risquait de mettre un terme à notre liaison, j'étais impatient de la revoir.

pour les ladies pendant que Kenan [illegible] faire laver les mêmes [illegible] [illegible]

[illegible]

[illegible] papa le [illegible] et je [illegible] et mes [illegible] aux [illegible] [illegible] comme [illegible]. [illegible] pour ces [illegible]

— J'aurais bien [illegible] dimanche quand il [illegible]

[illegible]

# 4

## *1825*
## *Pan*

J'aime travailler avec Molly dans la cuisine. On s'entend bien. Avec Robert, c'est une autre histoire. Tout ce qui lui importe, c'est que je sois propre comme lui et que je travaille dur. Il me laisse pas partir avec papa le dimanche si je porte pas une chemise propre et mes nouveaux souliers, bien cirés comme les siens. Je vois bien que papa est content de me voir habillé comme si j'étais quelqu'un d'important qui travaille pour des Blancs.

— Tu vas bien, mon garçon ? demande-t-il chaque dimanche quand il vient me chercher.

Je lui dis que oui et je lui raconte tout ce qui m'arrive. Il m'écoute, sauf quand je commence à parler de mama. Un jour, on est assis parmi les arbres et on regarde l'eau, en finissant ce que Molly nous a donné à manger. Soudain, je lui demande si mama peut nous voir et si elle veut nous dire quelque chose.

Il secoue la tête et dit :

— Tu es un parleur, toi, comme ta mama. Ça me dérange pas, mais je veux plus que tu me parles d'elle. Elle est partie.

— Mais papa, elle va toujours être avec nous. Elle me le répétait tout le temps. Elle disait…

— Pan ! Je veux plus jamais t'entendre parler d'elle !

— D'accord, papa. J'ai besoin de rien dire d'autre, juste qu'elle est ici, c'est tout.

— Tu sais qu'elle est partie !

— Elle est encore ici ! Elle a dit qu'elle resterait toujours avec moi !

Mes yeux commencent à piquer, mais je pleure pas parce que papa aime pas ça.

Il me regarde un long moment, puis dit :

— Raconte ça à personne.

— Je l'ai déjà dit à m'sieur Burton.

— C'est vrai ?

Je hoche la tête.

— Qu'est-ce qu'il a dit ?

— Rien.

— Rien ?

— Non, il a rien dit.

Papa regarde le cours d'eau.

— Parles-en à personne d'autre.

Des mouettes descendent en piqué sur l'autre rive. Ça me rappelle que j'aide M. Burton avec son oiseau. Quand j'en parle à papa, il a l'air de penser que j'ai tout inventé.

— Quel oiseau ?

— Il en a un qui parle comme toi et moi. M'sieur Burton dit que je me débrouille bien avec les oiseaux.

Je peux l'aider parce que Molly a peur que l'oiseau la morde, et Robert veut pas s'en occuper.

— Qu'est-ce qu'ils te font faire d'autre ?

— M'sieur Burton m'apprend à écrire.

— Ah bon ?

— Et à lire !

— C'est bien, mon garçon. Observe bien et parle pas trop.

— M'sieur Burton dit que c'est une bonne chose de poser des questions. C'est comme ça qu'on apprend, qu'il dit.

— Cet homme serait pas là où il est rendu aujourd'hui s'il était pas intelligent.

Je hoche la tête.

— Il connaît vraiment tout sur les oiseaux. Et il a dit à Robert que j'étais pas obligé de porter des souliers tout le temps, en attendant que mes pieds arrêtent de me faire mal.

— Comment il sait que tes pieds te font mal ? demande papa.

— Je lui ai dit.

— Tu ennuies m'sieur Burton avec tes problèmes de pieds ?

— Non, c'est juste que je pouvais pas marcher comme il faut et il m'a demandé pourquoi. Je lui ai expliqué que Robert voulait que je porte des souliers tout le temps. Et que mes pieds s'habituaient pas comme ils auraient dû.

Papa secoue la tête.

— Arrête d'ennuyer cet homme en lui parlant toujours de toi.

— Je lui parle de moi que quand il me pose des questions.

— Est-ce qu'il t'en a posé sur moi ?

— Il a demandé pourquoi je peux pas vivre avec toi. J'ai répondu qu'une taverne, c'est pas un endroit pour un enfant et que tu veux pas me laisser à l'écurie tout seul. Je lui ai dit que t'es triste depuis que mama est partie, mais qu'il faut pas que tu t'inquiètes parce qu'elle garde un œil sur nous.

Papa me regarde, puis prend le panier de Molly et se lève pour partir. C'est sa manière de me faire comprendre qu'on a assez parlé. On revient en marchant sans rien dire, mais je lui prends la main et je sais qu'il est pas fâché parce qu'il serre ma main très fort.

# 5

# *1830*
# *James*

J'arrivai une heure plus tard que l'heure indiquée sur l'invitation. Dire que la demeure de M. et Mme Cardon était magnifique ne serait pas exagéré. Pourtant, on racontait que la taille de cette maison géorgienne, leur résidence en ville, était éclipsée par celle de leur propriété à la campagne.

— Monsieur Burton, quel plaisir de vous revoir !

Je remerciai Bill, leur serviteur noir à cheveux gris, en lui tendant mon manteau, mon chapeau et mes gants.

— Vous connaissez le chemin, dit-il en désignant l'escalier du menton.

— En effet, répondis-je.

J'hésitai et dus faire appel à mon courage. Comme je détestais la sensation de moiteur sous le coton empesé de mon col ! Au cours des années, j'avais appris à dissimuler mon incertitude sous le couvert du raffinement, mais ce soir, j'étais trop ébranlé, trop secoué. J'observai le long couloir, et bien que je ne fusse pas un adepte de l'alcool, je me demandai si je ne ferais pas mieux de passer d'abord à la bibliothèque pour me verser un petit cognac. Devant la soudaine arrivée d'une autre voiture chargée d'invités, je décidai de résister à la tentation et gravis le large escalier au tapis rouge menant à la salle de bal.

Les tables de jeu avaient été installées dans l'antichambre, et plusieurs personnes s'y tenaient déjà. Me savoir si près de Caroline était insoutenable, mais je m'obligeai à marcher lentement en traversant la pièce, saluant des connaissances et acceptant leurs félicitations. Enfin, j'entrai dans la salle de bal. La vaste pièce était d'un blanc éclatant ce soir-là. Des roses blanches et des cèdres en pot occupaient les moindres espaces et recoins. J'embrassai du regard le spectacle des corps emportés par une valse, les tourbillons de soie colorée, j'entendis le glissement des escarpins sur le plancher blanc, le frémissement des rires et des murmures de conversation… quand soudain je la vis.

Son visage au teint clair se colora de rose en m'apercevant, mais elle demeura immobile et continua d'accorder son attention à celui qui l'avait déjà réclamée. Ses cheveux blonds, bouclés de chaque côté et remontés à l'arrière, soulignaient son long cou blanc, mis en valeur par la robe blanche dégageant élégamment ses épaules. Une rose pâle enfoncée dans son décolleté galbé s'assortissait parfaitement à la couleur délicate de ses joues. Elle s'éventa d'un geste gracieux et ne put s'empêcher de me jeter un coup d'œil.

Je me détournai en voyant ses parents, les hôtes de la soirée, s'approcher de moi. Je me ressaisis rapidement, irrité qu'ils m'aient vu accorder une telle attention à leur fille.

— Monsieur Cardon, madame Cardon, dis-je en m'inclinant poliment.

Je pris la main tendue de mon hôtesse. Je ne pouvais effacer ce qu'ils venaient d'observer et orientai donc la conversation dans cette direction. Mais d'abord, je posai délibérément un regard appréciateur sur Mme Cardon pendant qu'elle feignait le désintéressement, tout en guettant mon approbation.

— J'admirais à l'instant votre superbe fille, mais en vous observant, madame Cardon, je vois qu'elle ne fait que refléter votre beauté.

M. Cardon grogna.

— Ce sont de bien belles paroles, Burton, mais dois-je vous rappeler le récent mariage de ma fille ?

— Pour l'amour du ciel, monsieur Cardon ! s'exclama sa femme en retirant sa main de la mienne pour lui donner une légère tape sur le bras avec son éventail. Caroline est mariée depuis trois ans. Ce n'est pas ce que j'appelle récent.

— Ce que je voulais dire…

— Oui, oui, mon cher. Elle a un mari. Nous le savons. Mais vous connaissez sûrement mieux les femmes que cela ? Nous voulons toujours savoir si nous avons des admirateurs, surtout après des années de mariage.

— Où est-il donc ? demanda M. Cardon.

Sa femme ayant adroitement détourné son attention, il se mit à chercher son gendre des yeux.

— Oh ! mon Dieu ! murmura soudain mon hôtesse en voyant apparaître les parents de leur gendre.

Le couple approchait si rapidement qu'il nous rejoignit avant que je puisse m'esquiver.

Le mari, un homme fortuné qui me déplaisait souverainement, était aussi un pasteur de renom, dont les sermons sinistres invoquaient le feu et le soufre. Il m'avait déjà interpellé lors d'une soirée et avait eu l'audace de me déclarer qu'en raison de ma « réputation avec le beau sexe » j'étais le candidat tout désigné pour bénéficier de ses petits conseils. Ébahi par son culot, je n'avais pas répliqué directement. Je m'étais simplement demandé à haute voix si ses préoccupations pour mon salut ne devaient pas s'orienter vers son propre fils, notoirement aux prises avec les démons de l'alcool.

À présent, en observant le couple, je remarquai à quel point l'épouse fade à l'allure de souris effacée était éclipsée par son gros ours de mari. Voilà l'exemple d'un homme pour qui une gaine, si populaire auprès de ses contemporains, aurait pu accomplir des miracles. Je me demandai enfin si la gourmandise faisait partie de sa liste de péchés.

L'alliance entre ces deux familles, résultant du mariage de leurs enfants, avait donné lieu à la fusion de leurs fortunes. Les deux hommes étaient maintenant unis à la tête d'un empire puissant dans le milieu de l'exploitation forestière et du transport à Philadelphie.

Dès notre première rencontre, M. Cardon m'était apparu comme une énigme. Cet homme raffiné était au fait des règles de la société et savait être généreux, pas seulement envers l'Église mais auprès de nombreuses institutions. Durant sa jeunesse, il avait participé au commerce de fourrures. Des histoires circulaient sur son comportement à l'époque, lorsqu'il était un jeune homme impitoyable vivant parmi les Indiens de l'Ouest. Je l'avais moi-même entendu décrire la meilleure façon de tuer et scalper un sauvage, un acte qu'il affirmait avoir pratiqué plus d'une fois. Et à l'entendre raconter cette expérience, en voyant la lueur dans ses yeux et ses mâchoires serrées, je ne doutais pas une seconde de sa véracité.

Pourtant, il soutenait aujourd'hui les tentatives du musée pour rassembler des objets indiens et versait des sommes souvent spectaculaires pour aider les membres à obtenir ce dont ils avaient besoin. Je soupçonnais même que c'était son argent, et peut-être l'influence de sa femme, qui avait rendu possible mon expédition ornithologique imminente.

Toutefois, en ce qui concernait M. et Mme Cardon, je demeurais conscient du terrain glissant où j'évoluais, car leur perception de l'esclavage présentait une dualité dangereuse. Le public connaissait le couple sous des dehors abolitionnistes. Il affichait une image impeccable et approuvait ostensiblement le fait que les nègres étaient tous libres à Philadelphie. Mais avec le temps, j'avais appris que M. Cardon détenait des parts dans l'une des plus importantes plantations de coton de Louisiane. Quant à Mme Cardon, elle recevait une somme annuelle substantielle de son père, propriétaire d'une grande ferme en Caroline du Sud où travaillaient des esclaves africains.

— Alors, monsieur Burton, déclara le pasteur. J'ai entendu dire que vous nous quitterez bientôt ?

Je hochai la tête, peu désireux d'encourager la conversation, ce qui sembla lui déplaire. Il rejeta sa veste en arrière et glissa ses pouces dans les poches de son gilet. Projetant son ventre considérable en avant, il balaya la pièce du regard.

— Certains pères et maris respireront mieux une fois que vous serez parti, ajouta-t-il.

Sa femme eut la décence de pousser une exclamation étouffée.

J'allais répliquer lorsque Mme Cardon, en parfaite hôtesse, s'adressa au pasteur et à sa femme.

— Eh bien, M. Burton et moi devons vous laisser avec M. Cardon. Après tout, M. Burton est l'homme de la soirée, et nous devons donner aux autres invités la chance de lui souhaiter bon voyage.

Elle se pencha vers moi en s'éloignant :

— Ignorez-le, comme j'ai appris à le faire.

Je lui jetai un coup d'œil, mais elle ne souriait pas. Quel âge avait-elle ? Entre quarante-cinq et cinquante-cinq ans ? Ses dents étaient gâtées, mais son teint était toujours clair. Et malgré son léger embonpoint, son corset et sa robe de soie bleue magnifiquement coupée avantageaient sa silhouette rondelette. Considérée comme l'une des femmes les plus influentes de Philadelphie, elle usait de son esprit vif et de son charme pour régner du haut du trône que constituait l'énorme fortune de son mari.

Une fois hors de portée de voix de ce dernier, elle me dit d'un air tendu, par-dessus la musique :

— Monsieur Burton, vous devez savoir que c'est grâce à mon insistance que vous avez obtenu ce financement ?

En fait, j'en étais récemment arrivé à cette conclusion.

— Vous savez à quel point je suis reconnaissant de pouvoir compter sur votre soutien, lui dis-je.

— En effet, dit-elle, le menton levé, en se dirigeant vers Caroline. J'ai promis à ma fille de vous emmener auprès d'elle. C'est sa dernière soirée, car demain, elle et moi partons pour la campagne. Je suis inquiète pour sa santé. M. Preston, son mari, a accepté de me la confier en attendant la naissance de leur enfant.

Sa main serrait mon bras dans un étau pendant qu'elle répondait avec affabilité aux différents invités qui nous arrêtaient au passage pour m'offrir leurs félicitations.

Tout en se frayant un chemin dans la foule, Mme Cardon se pencha vers moi une fois de plus.

— Il est trop tôt dans la saison pour que M. Cardon et M. Preston nous rejoignent à Stonehill. Ils demeureront donc en ville. C'est tellement tranquille à la campagne, et nous y jouirons d'une parfaite intimité. Caroline n'a accepté d'aller à Stonehill qu'à la condition que je vous y invite. J'espère que vous trouverez le temps de nous rendre visite avant votre départ ?

Je croisai son regard insistant.

— Rien ne me ferait plus plaisir, dis-je. J'attendrai votre invitation.

Pendant qu'elle me tenait le bras, je n'avais qu'une envie : desserrer mon col humide. Mais j'oubliai tout quand j'aperçus Caroline et vis à quel point elle avait maigri. Puis je notai sa taille fine. Les baleines de son corset ne risquaient-elles pas de nuire à notre enfant ?

# 6

## *1830*
## *Pan*

Maintenant que j'ai douze ans, je suis assez grand pour aller voir papa tout seul le dimanche. Comme je suis bien habillé et que j'apprends à parler comme M. Burton, les chariots qui quittent la ville acceptent de me laisser monter si je le demande poliment. Papa m'attend toujours à l'écurie derrière la taverne, puis il m'amène à son refuge, dans la forêt, qui n'arrête pas de changer de place.

— Pourquoi tu ne restes pas au même endroit ? lui dis-je. Je pourrais venir te retrouver tout seul.

— Il faut que je me déplace sinon mon ancien maît' va me retrouver, répond-il.

— Mais papa, tu ne penses pas qu'il t'a oublié, maintenant ?

— Ce maît' est rusé, il peut arriver n'importe quand. Je dois me tenir prêt à me sauver dès que je le verrai.

— Tu partirais et tu m'abandonnerais ?

— Mon garçon, ta meilleure chance, c'est de rester avec M. Burton. Tout ce qu'on ferait ensemble, c'est fuir.

— C'était comment d'être un esclave ?

— J'aime pas parler de ça.

— Est-ce que c'était dur ?

— Assez dur pour que je préfère mourir plutôt que de recommencer cette vie.

— Et s'ils te rattrapent ? dis-je.

— Ils m'auront plus jamais. Il va falloir qu'ils me tuent avant.

Depuis qu'il m'a dit ça, chaque fois que je vais le voir, j'ai mal à la tête jusqu'à ce que je l'aperçoive parmi les arbres. Alors, je cours vers lui et le serre dans mes bras en me retenant de pleurer. Je veux le voir chaque dimanche, parce que c'est ce que j'ai fait toute ma vie. Les autres jours, c'était juste moi et mama. Ce que je préférais, c'est quand Sheila, l'amie de mama, venait nous voir. Je m'asseyais pour les écouter parler. J'aimais les entendre rire, même si Sheila avait ses propres problèmes. Ses fils, tous deux plus vieux que moi, faisaient toujours des bêtises. Et sa fille, âgée d'à peine quatorze ans, venait d'avoir un bébé.

Un jour, après le départ de Sheila, j'ai demandé à mama :

— Pourquoi sa fille est allée chercher un autre bébé ? Sheila dit qu'elle peut pas nourrir ceux qu'elle a déjà.

— Ces gens-là ne savent pas comment agir parce qu'ils étaient des esclaves avant, m'a expliqué mama. Ils ont quitté la ferme pour venir à Philadelphie, mais personne leur a montré comment vivre libres. C'est dur pour eux, essayer de gagner leur vie sans savoir lire ou écrire. La plupart travaillaient dans les champs et savent pas comment servir dans une grande maison. Aussi, ils ont souvent peur des Blancs.

J'avais six ou sept ans quand mama est tombée malade. J'ai fait de mon mieux pour l'aider, mais j'étais content quand Sheila venait le soir. Elle nous apportait parfois à manger quand on n'avait plus rien. Un soir, elle est venue pendant que je prenais soin de mama qui était très malade. Sheila s'est occupée de mama, puis elle m'a pris sur ses genoux.

— On t'a déjà dit que t'es un bon garçon ?

Je ne sais pas pourquoi, mais ça m'a fait pleurer.

— Vas-y, mon petit, pleure, a-t-elle dit. Je sais que ça doit être dur pour toi.

J'ai pleuré longtemps, puis elle m'a serré contre elle.

— Allons, tu dois être un petit homme. Ta mama compte sur toi.

— Je suis pas un homme. Je suis juste un enfant.

— Je sais, mais des fois, il faut grandir vite. Quand j'avais ton âge, je m'occupais de toute une maison de Blancs.

— C'est vrai ? ai-je dit, sans voir son visage parce que son menton était posé sur ma tête.

— Hum, hum.

— Alors, quand t'as été une enfant ?

— Je m'en souviens plus si je l'ai déjà été.

Un dimanche, Sheila est venue quand papa était là, et elle l'a grondé.

— Qu'est-ce que tu vas faire ? lui a-t-elle dit. Cette femme passera pas l'hiver. Tu peux pas laisser ton garçon s'en occuper tout seul !

— Qu'est-ce que tu veux que je fasse ? a demandé papa. Si je laisse la taverne, j'aurai plus d'argent pour les aider ! Elle va s'en sortir, et mon garçon se débrouille très bien !

— Tu devrais trouver du travail près d'ici, a ajouté Sheila.

— Où ça ? T'as quelque chose à me proposer ?

Sheila n'avait pas de réponse à ça. Elle est partie en claquant la porte.

Avant que mama soit malade, on allait à l'église pour avoir de la religion. Les chansons et les prières à Dieu élevaient nos âmes, mais je gardais toujours un œil sur le gâteau et le lait qu'ils nous donnaient après.

Quand mama ne pouvait plus marcher aussi loin, on s'asseyait ensemble le soir pour demander à Dieu de nous aider. Je n'aimais pas quand mama me disait qu'elle devrait bientôt me laisser pour aller voir son Créateur. Chaque fois, je protestais :

— Pars pas, je veux pas que tu t'en ailles !

— Mon bébé, quand Il m'appellera, je devrai partir, répondait-elle. Souviens-toi toujours que, même si tu me vois pas, je serai là pour veiller sur toi. Allez, dis à mama que t'oublieras jamais ce que je t'ai dit.

J'ai promis, mais j'ai tout oublié le soir de sa mort. Même si j'avais déjà huit ans, je suis resté sur les genoux de Sheila à pleurer. Quand papa est arrivé, il est resté debout à la porte comme s'il n'était pas certain d'être dans la bonne maison.

— Qu'est-ce qui se passe ici ?

— Elle est partie, a répondu Sheila d'une voix douce.

Papa s'est approché lentement de mama, puis s'est mis à la secouer et à crier son nom comme s'il pouvait la ramener. Je me suis levé et j'ai couru vers lui pour le repousser.

— La touche pas, tu vois pas qu'elle se repose ?

Papa m'a regardé, il a regardé mama en disant tout bas :

— Je pensais pas que ça arriverait.

Puis il m'a pris par le bras en me demandant, comme si j'avais la réponse :

— Qu'est-ce qu'on va faire ? Qu'est-ce qu'on va faire ?

Sheila s'est occupée de nous. Le lendemain, papa m'a emmené avec lui. Mais ça n'a pas marché, et le dimanche d'après, il m'a emmené voir M. Burton.

Ce que j'aime le plus chez M. Burton, c'est que ça ne le dérange pas si je pose des questions.

Je suis comme ça, plein de questions. Le silence, ce n'est pas pour moi. Je suis comme mama, j'aime le bruit des mots. J'aime le bruit des chansons aussi, même si c'est Robert qui chante quand il pense que personne ne l'entend. Ces fois-là, il se laisse aller. Un jour, cet homme distingué travaille dans la salle à manger et chante pour le bon Dieu comme s'il était à l'église, quand M. Burton et moi, on passe pour aller dans le cabinet. Robert ne sait pas qu'on est là. M. Burton me fait un clin d'œil et continue comme s'il n'avait rien vu.

Il y a un an, cette Mlle Caroline est venue aux cours de dessin que M. Burton donne le samedi. M. Burton a toujours été un homme tranquille, mais après quelques semaines, les jours où Mlle Caroline doit venir assister au cours, je l'entends siffler dans la maison, une chose que Robert m'interdit de faire.

Robert me dit que je dois apprendre à être discret. C'est un mot qui veut dire de moins parler. Un samedi après-midi, je cours voir Robert.

— Il se passe quelque chose dans la bibliothèque, dis-je. M'sieur Burton est là avec mam'zelle Caroline, et on dirait qu'ils ont besoin d'aide.

— Pourquoi déranges-tu M. Burton ? demande Robert.

— Molly m'a envoyé lui demander s'il veut du thé, comme d'habitude. Je sais que mam'zelle Caroline et lui sont dans la bibliothèque parce que je les ai vus y aller.

— Alors, quel est le problème ?

— La porte est verrouillée et ils ne répondent pas quand je frappe. Ils sont peut-être malades.

Robert me dit de rester là et il va écouter à la porte. Peu de temps après, il revient et m'emmène dans la salle à manger pour polir l'argenterie.

— Ils vont bien ? lui dis-je.

— Ils ont une réunion privée. Tu ne dois jamais interrompre une réunion privée.

— Jamais ?

— Jamais.

— Et s'il y a un feu dans la maison ?

— Alors, tu viens me chercher, dit Robert.

— Et si vous êtes en train de brûler ?

Il pousse un soupir.

— Dans ce cas, je suppose que tu pourrais frapper à la porte et crier : « Au feu ! »

— Je ne crois pas que je dirais ça. Je dirais plutôt : « M'sieur Burton ! Arrêtez votre réunion privée parce que Robert brûle et que la maison est en feu ! »

— Tu pourrais parler ainsi toute la journée, n'est-ce pas ?

— Vous voulez dire parler du feu ?

Mais il ne veut plus me répondre.

Puis un jour, en entrant dans la chambre de Malcolm, je surprends M. Burton et Mlle Caroline en train de s'embrasser. Je suis tellement surpris que je reste planté là jusqu'à ce que M. Burton me voie.

— Pan ! dit-il comme si j'avais fait quelque chose de mal.

— Désolé, m'sieur Burton. Je suis venu nettoyer la cage de Malcolm.

Je remarque que le visage blanc de Mlle Caroline est devenu tout rouge.

— Va-t-il le dire à Robert et à votre gouvernante ? demande-t-elle à M. Burton, comme si je ne l'entendais pas.

— Tu sais que c'est quelque chose de privé, Pan. Tu ne dois parler à personne de ce que tu as vu.

Je réponds aussitôt :

— Je ne dirai rien.

— Vous êtes certain…, chuchote-t-elle assez fort pour que je l'entende.

— Pan est très fiable, n'est-ce pas, Pan ? demande M. Burton.

— Je sais comment être discret ! dis-je.

Les sourcils de M. Burton se lèvent, puis il me sourit.

— Discret, hein ? Nous comptons sur toi, Pan.

Pendant des mois, M. Burton siffle comme jamais auparavant, et je sais pourquoi. Mais je garde le silence quand j'entends Robert et Molly parler presque tous les soirs au souper. Ils pensent que je ne sais rien de ce qui se passe. Puis, soudain, tout s'arrête. M. Burton cesse de donner des cours de dessin et Mlle Caroline ne vient plus à la maison. M. Burton ne siffle plus et passe ses journées dans son cabinet.

Un jour, je vais voir Malcolm avec une pomme que Molly a prise pour moi dans la chambre froide.

— Hé ! Malcolm ! dis-je. Regarde ce que je t'ai apporté !

Quand je lance la pomme dans les airs et m'avance pour la rattraper, je heurte M. Burton qui est assis dans un fauteuil et regarde ses pieds.

Malcolm vole vers moi et je le fais parler avant de lui donner la pomme. C'est la première fois que les jacasseries de l'oiseau ne font pas sourire M. Burton. Je l'observe un instant, puis je lui répète ce qu'il me dit toujours quand j'ai des problèmes :

— M'sieur Burton, est-ce que quelque chose vous préoccupe ?

Je sais qu'il va partir en voyage en Caroline du Nord pour peindre des oiseaux. Je me demande si ça l'aiderait que je l'accompagne. J'ouvre la bouche pour le lui proposer quand il me demande :

— Quel âge as-tu maintenant, Pan ?

— Douze ans.

— Tu as toujours été plus sage que ton âge.

M. Burton est le genre d'homme qui a besoin de réfléchir avant de parler, alors je ne dis rien et j'attends.

— J'avais treize ans quand j'ai rencontré ton père pour la première fois, poursuit-il. Henry t'a-t-il parlé de notre première rencontre ? Il m'a sauvé la vie, tu sais.

J'ouvre de grands yeux. Durant toutes ces années, il ne m'a jamais parlé de cela, et papa non plus, même quand je le questionnais.

— Comment a-t-il fait ?

M. Burton passe les mains dans ses cheveux, ce qui les fait boucler. Pas comme les miens qui se dresseraient tout droit si Robert ne les coupait pas.

— Je te parlerai de mes jeunes années un autre jour. Pour l'instant, j'ai beaucoup de choses à régler. Je crois bien que j'ai tout gâché.

— Avez-vous tout gâché avec mam'zelle Caroline ?

Il hoche la tête.

— J'en ai bien peur.

J'essaie de trouver quelque chose à dire.

— Ma mama disait toujours : « Du moment que tu dis la vérité, tu n'as rien à craindre. »

M. Burton me jette un coup d'œil, puis se tourne vers la fenêtre.

— Eh bien, tu as mis le doigt sur le problème.

Je vois qu'il a fini de parler, alors je nettoie la cage de Malcom. Puis j'entends Molly qui m'appelle et je vais la retrouver.

Pendant deux semaines, j'attends que M. Burton redevienne de bonne humeur, parce que je n'aime pas le voir triste. Il n'a jamais été comme ça avant, et je voudrais trouver une solution. Un matin, je me souviens qu'avant de connaître Mlle Caroline, il parlait souvent d'avoir un perroquet à plumes vertes.

— Où allez-vous trouver un oiseau pareil ? lui avais-je demandé.

— Ils les amènent sur les navires.

Je n'ai jamais été au port parce que Robert et papa m'ont dit de ne pas y aller à cause des chasseurs d'esclaves. Mais je suis assez grand pour faire attention. Après tout, papa a peur depuis des années de se faire attraper par les chasseurs d'esclaves, et il ne lui est rien arrivé.

J'ai l'argent que M. Burton m'a donné, mais je ne sais pas combien coûte un nouvel oiseau. J'espère que j'en aurai assez avec ce que Molly m'a donné.

## 7

## *1830*
## *James*

Je quittai la réception avant que le dîner soit servi, car si j'étais resté plus longtemps, Caroline et moi aurions pu nous trahir. Un instant, certains avaient même sourcillé en la voyant perdre toute retenue et poser les deux mains sur mon bras. Lorsque Mme Cardon fut appelée ailleurs, j'entraînai Caroline vers la salle à manger, espérant y trouver moins d'oreilles indiscrètes.

Mais il y avait tout autant d'activité dans la grande pièce bleue. Des serveurs et des chefs s'affairaient à tout préparer. En d'autres circonstances, j'aurais apprécié l'abondance de roses rouges et les fraisiers joliment taillés sur les étagères, les tables et les buffets.

Un serveur indécis était immobile, un plat couvert dans les mains, pendant que deux chefs se disputaient.

— La sauce va devant le saumon !

— Non ! Elle doit être présentée sur une desserte !

J'attirai Caroline dans un coin, près d'un groupe d'arbustes en pot aussi hauts que moi. Ce faisant, je bloquai la route à l'un des serviteurs et nous nous heurtâmes si violemment que la cocotte qu'il portait s'envola. Lorsque le récipient tomba, renversant du homard à la Newburg sur le tapis, Caroline me prit par la main et m'entraîna dans un long couloir sombre. Dès que nous fûmes seuls, elle se blottit dans mes bras. Malgré le désir que j'éprouvais pour elle, je la repoussai.

— Pas ici ! Pas ici !

— Pourquoi, James ? supplia-t-elle. Pourquoi refusez-vous de me voir ? Est-ce à cause de l'enfant ?

— Non, Caroline, non !

— Pourquoi, alors ? Pourquoi ne m'avez-vous pas fait venir ? Je vous gêne, c'est ça ? C'est le fait que j'attends un enfant qui vous dérange ?

— Non, ma chérie !

Ses yeux bleus étaient pleins de larmes.

— Alors, dites-moi ! Pourquoi m'avez-vous abandonnée ?

Je l'attirai vers moi et lui murmurai à l'oreille :

— Je ne vous ai pas abandonnée. J'ai été lâche, mais je vous jure que je ne vous ai pas abandonnée.

Un serviteur nous fit sursauter, et bien qu'il baissât les yeux en se hâtant dans le couloir, cela me rappela le danger qui nous guettait. Je tentai de mettre de la distance entre nous, mais elle ne voulut pas me lâcher.

— Je dois vous voir ! Quand pourrons-nous nous retrouver ? Père est furieux que je sois venue ici ce soir, mais il fallait que je vous voie ! Mère insiste pour que j'aille à la campagne. Elle dit que des rumeurs circulent et que je dois partir !

— Votre mère a raison. Ce sera plus sûr pour vous là-bas. Elle m'a invité à vous rendre visite à Stonehill, et j'ai accepté.

— Vraiment ? Vraiment, vous viendrez ? Donnez-moi votre parole, James ! supplia-t-elle en s'accrochant à mon bras, le front appuyé sur ma poitrine.

Je posai la main sur la peau douce de sa nuque.

— Vous avez ma parole. Dès que je recevrai l'invitation, je viendrai.

J'étais désemparé par sa détresse. Qu'avais-je fait à ma pauvre Caroline ? Pourquoi ne lui avais-je pas accordé plus de soutien ?

Un autre serveur passa en détournant les yeux.

— Allons, venez avant que nous ne soyons découverts, dis-je en posant sa main sur mon bras.

Heureusement, car au moment où nous franchîmes la porte, un cousin envoyé par M. Cardon s'approcha de nous. Avec un hochement de tête hautain, il entraîna Caroline avec lui. Elle tourna la tête et me jeta un regard si suppliant que je fis un pas dans sa direction, puis me ravisai. Si j'allais la chercher, je ne doutais pas qu'elle accepterait de me suivre, mais que se passerait-il alors ? Je n'avais rien planifié.

Je demeurai là, parmi les arbustes, sans remarquer les serveurs qui s'affairaient. Pourquoi nous avais-je gardés séparés si longtemps ? Si seulement je lui avais avoué la vérité dès le début !

Sauf que je l'aimais comme je n'avais jamais aimé auparavant et étais tenaillé par la crainte de son rejet. Pourtant, en l'évitant, je n'avais pas tenu compte de son besoin de me voir. Le fait qu'elle percevait mon absence comme un abandon me remplissait de honte.

Dire qu'elle risquait de donner naissance à un enfant de couleur. Comment avais-je pu lui cacher cela ? Elle serait non seulement horrifiée, mais ne serait pas préparée aux risques qu'elle encourait. On entendait tant d'histoires de situations similaires qui s'étaient terminées par le meurtre ou la mystérieuse disparition de bébés et de mères. Je n'avais pas le choix. Le temps était venu. Je devais la préparer.

J'irais à Stonehill comme promis et lui avouerais tout. J'implorerais son pardon et jurerais de donner un foyer à l'enfant, si nécessaire. Rien ne me paraissait plus difficile que de dire la vérité, mais ce soir, j'avais vu la souffrance que lui causait mon silence.

Un groupe de femmes plus âgées qui s'étaient approchées pour examiner le banquet me contemplaient maintenant avec curiosité. Quand je répondis à leurs regards par un hochement de tête, elles ouvrirent brusquement leurs éventails et se mirent à chuchoter. Il ne m'en fallut pas plus pour m'éclipser discrètement.

# 8

## *Mars 1830*
## *Pan*

Vendredi matin, je me faufile dehors et me dirige vers le port. J'ai peur d'y aller, parce que si papa l'apprend, je ne sais pas ce qu'il va me faire.

La dernière fois que j'ai parlé des navires à papa, on était assis au bord du ruisseau et on pêchait. Personne ne fait frire le poisson mieux que papa, et je le lui ai dit. C'était une bonne journée, où il pouvait rester assis tranquille. Certains jours, il est trop nerveux et n'arrête pas de regarder derrière lui pour vérifier si son ancien maît' est là.

— Tu grandis, a-t-il dit après m'avoir jeté un coup d'œil. Mais tu seras jamais un costaud. C'est bien que tu apprennes à travailler dans une grande maison pour les Blancs.

— Penses-tu que je suis assez grand pour aller voir les bateaux ?

Papa m'a regardé d'un air sérieux.

— Quand je te dis de rester loin du port, ça veut dire de rester loin !

— Pourquoi ne m'emmènes-tu pas là-bas ?

— Mon garçon, tu me verras jamais m'approcher de cet endroit. Il y a des chasseurs d'esclaves qui viennent de Caroline et de la Géorgie. Ils t'attrapent, t'attachent dans un bateau et t'emmènent dans le Sud pour te vendre comme esclave. Toi et moi, on a rien à faire là-bas !

— S'ils nous prennent, on a qu'à leur dire qu'on est libres, papa.

— Une fois qu'ils t'ont, ça sert à rien de parler.

— Je n'ai pas peur d'eux, ai-je répliqué. S'ils m'attrapent un jour, j'écrirai à m'sieur Burton pour lui dire de venir me chercher.

Je n'ai pas vu sa main partir et me frapper l'arrière de la tête. Il m'a tapé si fort que j'en ai vu des étoiles. Je me suis tenu la tête à deux mains sans pouvoir parler parce que j'essayais de ne pas pleurer. Il ne m'avait jamais frappé comme ça avant. Je me suis levé parce que ça ne m'amusait plus de pêcher.

— Pourquoi m'as-tu frappé ? ai-je demandé en me frottant la tête. Mama disait toujours que personne ne doit frapper personne !

Il s'est levé aussi, mais avec l'air si fâché qu'il m'a fait peur. J'ai reculé de quelques pas.

— Je vais encore te frapper si jamais j'apprends que t'es allé là-bas !

Je ne savais pas quoi dire, alors je me suis assis et j'ai repris ma canne à pêche. Heureusement que Robert m'oblige à avoir un mouchoir sur moi, car je dois toujours me moucher quand je pleure.

Papa est parti marcher, puis il est revenu et s'est assis. Ses mains tremblaient quand il a pris sa canne. En levant les yeux, j'ai vu son menton frémir, comme s'il se retenait de pleurer. Je ne savais pas quoi faire, alors je lui ai tapoté le bras.

— Je ne voulais pas te faire de peine, papa. Je fais toujours ce que tu dis.

— Du moment que tu vas pas là-bas ! Il faut pas qu'ils te prennent, tu comprends ?

— Comment c'était, d'être un esclave ? Pourquoi tu ne m'en parles jamais ?

Il a regardé le ruisseau, puis a déposé sa canne et s'est tourné vers moi. Il a levé les mains en agitant ce qui restait de ses pouces.

— Voilà ce qu'ils font aux esclaves. Ils les coupent en petits morceaux.

Regarder ses pouces m'a donné la chair de poule.

— Pourquoi tu ne t'es pas sauvé plus tôt ?

— Parce que j'avais une mama et un petit frère.

— Qu'est-ce qui est arrivé à ta mama ?

— Tu veux pas le savoir ! Oh non !

— Tu vas te faire mal, ai-je dit en lui prenant la main pour l'empêcher de marteler sa cuisse. Ne fais pas ça.

Il a regardé ma main qui tenait la sienne, puis m'a fixé droit dans les yeux, une chose qu'il ne faisait jamais. Il avait un regard si effrayé que j'étais content quand sa canne a commencé à sauter. Je ne voulais plus qu'il parle de sa vie d'esclave.

— Continuons de pêcher, papa.

Et c'est ce qu'on a fait.

Le soleil brille quand je sors tôt le matin. La neige a presque entièrement fondu et je ne porte pas mon gros manteau, car je ne crois pas en avoir besoin. Je ne serai pas parti longtemps.

Je vais au port juste cette fois pour acheter un oiseau à M. Burton. J'espère que papa ne le saura jamais. Quelle autre façon j'aurais de trouver cet oiseau ?

M. Burton a une carte de la ville sur le mur de sa bibliothèque, et je l'ai bien étudiée avant de partir. On vit sur la Septième Rue, alors je me dirige vers Spruce, puis je prends Front Sreet jusqu'à Dock Street et je continue de marcher. Avant même d'arriver, j'entends les goélands qui crient et je sens l'odeur des poissons et de l'eau. Quand je passe devant les hommes qui vendent du poisson, mon cœur se met à battre plus vite parce que je sais que je devrais rebrousser chemin. Mais je me dis de ne pas faire le bébé. Je commence à penser que j'aurais dû porter mon manteau chaud, car il fait froid près de l'eau. Je continue de marcher, puis j'aperçois un bateau devant moi. Il est si gros qu'il doit avoir dix fois la taille de la maison de M. Burton.

Autour de moi, des quais s'étirent comme des doigts. Le long de chacun, des bateaux plus gros les uns que les autres sont alignés. Au début, je dois me boucher les oreilles à cause du bruit. Il y a des chariots et des charrettes, et des hommes qui lancent des caisses et des barils en criant à tue-tête. C'est la même chose tout le long du fleuve, aussi loin que je puisse voir.

Sur l'eau, il y a des bateaux qui s'éloignent avec leurs voiles gonflées comme de gros ventres remplis de vent. J'oublie d'avoir peur parce qu'il y a tellement de choses à voir.

— Hé ! toi ! Écarte-toi de là !

Je manque de me faire accrocher par un chariot rempli de barils. Le cocher arrête ses chevaux et descend. Pendant que des hommes déchargent la marchandise, il me demande d'un ton pas très amical :

— Qu'est-ce que tu cherches, petit ?

Je sens une odeur sucrée que je n'arrive pas à identifier.

— Qu'est-ce qu'il y a, là-dedans ? dis-je.

— La meilleure eau-de-vie que t'as jamais goûtée. Les gars, dit-il à ses assistants, je pense que quelqu'un veut acheter un baril d'alcool !

Quelques hommes rient comme s'ils savaient quelque chose que j'ignore.

Le cocher me regarde :

— T'as rien à faire ici. Tu ferais mieux de rentrer chez toi.

— Je suis venu acheter un perroquet.

— Un quoi ?

— Je veux trouver un oiseau. Savez-vous où ils les vendent ?

— Les gars ? Savez-vous où trouver un oiseau ?

Un des hommes rit en désignant les goélands qui volent en criant au-dessus de nos têtes.

— Prends-en autant que tu veux ! crie-t-il.

Cette fois, ils rient tous. Puis un des hommes me lance avant de prendre un baril :

— Tu cherches des vendeurs de perroquets ? Parfois, ils les amènent au bout du quai. Un peu plus loin par là, il y a une taverne. Va les voir. Ils te diront où aller.

Le cocher remonte sur son chariot.

— Va-t'en, maintenant. Ôte-toi de là avant de te faire écraser !

Je dois bondir de côté pour l'éviter quand il fait tourner ses chevaux.

Même si je dois marcher longtemps, je trouve facilement la taverne. Je suis devant la porte à me demander quoi faire quand deux hommes sortent. Le plus gros manque de tomber sur moi.

— Hé ! le petit, pousse-toi !

Son visage est rouge foncé et sa moustache jaune, recourbée de chaque côté, remue quand il parle.

— Pardon, dis-je en reculant.

— T'es bien habillé, pour un nègre. Que fais-tu ici ?

— Je veux acheter un perroquet. Un perroquet qui parle.

— Tu cherches un perroquet ? Où est ton papa ? ajoute-t-il en regardant autour de lui.

Il sort un couteau de sa ceinture et commence à se couper un ongle. Je réponds, sans comprendre pourquoi il veut le savoir :

— Il travaille.

— Et ta mama ? Elle est ici avec toi ?

— Ma mama est morte.

Tout à coup, quelque chose me tracasse dans la manière dont les deux hommes se regardent. Je recule en me disant que je ferais mieux de partir.

— Où tu vas ? demande l'homme au couteau.

— Je dois rentrer chez moi.

— T'as pas dit que tu voulais un oiseau ?

— Oui, un perroquet vert.

— Eh bien, tu parles d'une coïncidence ! dit-il en glissant le couteau dans sa ceinture. On en a justement un !

Les deux hommes se font signe et j'ai une drôle de sensation sur la nuque. Je commence à m'éloigner, mais ils se mettent à marcher avec moi, un de chaque côté.

— Dis donc, mon gars, tu veux pas faire affaire avec nous ? demande l'homme au couteau en me serrant l'épaule. Je m'appelle Ed, et toi ?

— Pan, dis-je, même si j'ai vraiment envie de retourner à la maison.

— Pan, on a un oiseau pour toi !

— Je dois partir, maintenant.

— D'abord, tu devrais venir avec nous voir les oiseaux, dit Ed en resserrant sa prise sur mon épaule. Combien d'argent tu as pour en acheter un ?

Je lui dis que je n'ai que quelques pièces de monnaie.

— Ça suffira, répond-il.

Je n'aime pas sentir sa main sur moi et quand j'essaie de m'écarter, il serre plus fort et me pousse pour que j'avance. J'ai peur et je veux partir, mais je suis entre les deux et je ne sais pas quoi faire.

— Est-ce que c'est loin ? dis-je.

En voyant qu'ils ne me répondent pas, je me dis qu'ils n'ont peut-être pas entendu. On marche vite et j'ai envie de m'enfuir en courant, sauf que la main d'Ed me tient trop fort. Je voudrais appeler à l'aide, mais personne ne m'entendrait. Il y a trop de bruit, avec les marins qui crient et un bateau qui s'éloigne du quai avec des craquements et des grincements.

On arrive à une jetée où est attaché un plus petit bateau. Je voudrais dire quelque chose à l'homme de couleur qui est assis là à fumer sa pipe, mais, en me voyant, il se tourne vers l'eau. Ed monte sur une planche qui passe au-dessus de l'eau et mène au bateau.

— Viens, dit-il en me faisant signe.

L'autre homme monte derrière moi pendant que j'observe les alentours.

— Où sont les oiseaux ? lui dis-je.

— Ils sont à bord, répond-il avant de cracher dans l'eau qui a l'air presque noire.

— Je dois aller dans le bateau pour les voir ?

— Ouais. On les garde dans la cale, sinon ils parlent trop.

Je commence à lui dire que je ne veux pas y aller, mais il me pousse en ordonnant :

— Monte avant que je te jette dans le fleuve.

Il a l'air sérieux, alors je me dépêche d'avancer. La planche qui passe au-dessus de l'eau est instable, et je dois me tenir à la corde pour traverser. Dès que j'arrive au bout, Ed me prend par la main et me tire sur le pont.

Je pousse un cri et essaie de me libérer, mais le chiffon qu'il met sur ma bouche a une odeur forte et je ne me souviens plus de ce qui arrive après.

Quand je me réveille, le bateau se balance d'un côté et de l'autre. Tout ce que j'ai en tête, c'est que je dois me lever et partir d'ici. Quand j'essaie de me mettre debout, mes pieds glissent et je m'écroule à côté de quelque chose qui fait du bruit. J'ai tellement peur que mes jambes ne peuvent plus me soutenir. Je reste assis là jusqu'à ce que mes yeux s'habituent à l'obscurité. Puis je remarque un petit garçon noir couché à côté de moi. Il y a une mauvaise odeur, et quand je cherche d'où elle provient, le garçon vomit sur lui et en partie sur mes vêtements.

— Arrête ! lui dis-je en m'éloignant.

J'ai mal à la tête et j'ai une drôle de sensation dans l'estomac. Je reste assis et essaie de comprendre ce qui se passe. On dirait que le plancher bouge sous moi, alors je devine que le bateau vogue sur l'eau. Mais où va-t-il ?

— Que fais-tu ici ? dis-je au garçon.

— Ils m'ont pris, répond-il avant de se mettre à pleurer. Je veux ma mama ! Je veux ma mama !

Il pleurniche comme un bébé. Plus il appelle sa mama, plus il crie fort.

— Arrête de pleurer ! lui dis-je. Tu me fais mal à la tête à crier comme ça.

— Je veux ma mama, répète-t-il.

Puis il se tait et recommence à vomir. En l'entendant régurgiter, je ne peux plus me retenir et je suis malade moi aussi. On continue de vomir tous les deux jusqu'à avoir l'estomac vide. Ma tête me fait si mal que je m'étends et m'endors.

Quand je me réveille, je le vois qui m'observe. J'ai toujours mal à la tête, mais mon ventre va mieux même si le bateau se balance toujours. Je m'assois et regarde autour de moi.

— Où est-on ? Où est-ce qu'on va ?

— Je sais pas, répond le garçon.

— Comment t'appelles-tu ?

— Randall.

Il est tellement petit.

— Quel âge as-tu ?

— J'ai cinq ans, répond-il.

Je me demande si j'étais aussi petit quand je prenais soin de ma mama.

— Je m'appelle Pan.

— T'as quel âge ? demande-t-il.

— J'ai douze ans.

— T'es aussi grand que mon frère, dit-il d'une voix tremblotante. Il s'est battu avec eux et ils l'ont frappé sur la tête. Je sais pas où il est allé.

— Je n'ai pas de frère, dis-je en parlant vite pour l'empêcher de se remettre à pleurer. Mais j'ai un oiseau.

— Un oiseau ? répète-t-il.

Je reste silencieux, soudain conscient que je me suis retrouvé ici à cause de cet oiseau. J'ai toutes sortes de questions en tête, et quand j'y pense, elles me font toutes plus peur les unes que les autres. Qui est Ed ? Où m'emmène-t-il ? Est-ce un des chasseurs d'esclaves dont parlait papa ? Va-t-il me vendre ? Vais-je devenir un esclave ? Vont-ils me couper comme ils l'ont fait à mon papa ?

— Qu'est-ce qui va nous arriver ? demande Randall.

— Je ne sais pas.

Quand il se rapproche de moi en pleurant, avec son odeur de vomi, je me mets à pleurer à mon tour. En voyant ça, il arrête de sangloter et me regarde.

— Tu pleures ? T'as peur, toi aussi ?

Puis je me souviens de l'amie de mama, Sheila, qui prenait soin de moi quand j'étais petit comme lui. Je pose un bras sur ses épaules et réponds :

— Je suis trop grand pour pleurer. Et toi, sois patient. Je vais trouver une façon de nous sortir d'ici.

On est couchés par terre quand Ed arrive et glisse dans notre vomi. Il crie si fort que Randall se met à trembler de tout son corps.

— Vous avez vu les dégâts que vous avez faits ? hurle-t-il.

— On a été malades, lui dis-je.

— Vous allez tout laver !

— Où nous emmenez-vous ?

— T'occupe pas de ça, répond-il. Je vais vous apporter de quoi nettoyer !

Peu de temps après, il revient avec un seau et un torchon. Dès qu'il est reparti, je nous rince tous les deux du mieux que je peux, puis je lave le plancher. La seule lumière provient de la trappe au-dessus de nos têtes, équipée d'une échelle. C'est par là qu'Ed descend pour nous apporter de la nourriture. Randall ne veut pas le pain dur et le fromage, mais je sais qu'on doit mettre quelque chose dans notre estomac.

— Je vais prendre une bouchée, puis tu en prendras une, lui dis-je pour l'encourager.

Et c'est comme ça que je réussis à le faire manger un peu.

Quand Ed revient, je lui demande encore où on va.

— C'est pas tes affaires.

Je ne peux pas m'empêcher de crier :

— Je veux rentrer à la maison ! Où est-ce que vous nous emmenez ? Vous devez nous le dire !

Il s'approche et se plante devant moi, en disant d'une voix basse :

— Je pense que t'as pas entendu la première fois. J'ai dit que c'était pas tes affaires.

Tant pis, il faut que je le sache. J'arrête de crier et je me redresse, en essayant de parler comme Robert :

— Je crois que ce sont mes affaires. Vous m'avez amené ici pour voir…

Son poing se lève et me frappe. Je tombe par terre.

— Lâche-moi ! crie Ed.

Je vois Randall, qui était accroché à son bras, s'envoler vers le mur. Il retombe en poussant un glapissement de chiot.

Après le départ d'Ed, j'essaie de m'asseoir, mais je ne peux pas. Randall rampe vers moi. En m'entendant gémir, il chuchote :

— T'as mal ? Tu t'es fait mal ?

Pendant que je reste étendu, Randall s'assoit à côté de moi, les mains serrées sur ses genoux. Je n'arrive pas à croire qu'il a essayé de repousser Ed.

— Je voudrais être aussi brave que toi.

— Je veux ma mama, réplique-t-il.

Même s'il ne fait pas de bruit, je vois des larmes couler de ses yeux.

— Écoute, aussitôt qu'on arrivera à terre, j'écrirai à M. Burton. Il va venir nous chercher.

— Tu vas nous sortir d'ici ?

— Oui. Je vais envoyer une lettre à M. Burton et il va venir.

Randall me prend la main.

— Tu vas m'emmener avec toi ?

— Évidemment que je vais t'emmener. Je n'irai nulle part sans toi.

Plus tard, je trouve ce qui ressemble à une vieille voile et je nous enveloppe tous les deux dedans, parce qu'on a froid.

Même pendant qu'il dort, Randall me tient la main.

Les seules fois où on voit Ed, c'est quand il nous apporte à manger et vide notre seau hygiénique. Je ne lui pose plus de questions.

C'est difficile de dire combien de jours passent, parce que, après un certain temps, tous les jours se ressemblent. Je continue de dire à Randall de ne pas s'inquiéter. J'écrirai à M. Burton et il viendra nous chercher, probablement dans sa grande berline.

Quand Randall a froid, je lui parle des fourrures que M. Burton garde dans sa voiture et lui dis qu'on s'en servira pour se réchauffer pendant le voyage de retour. Il aime m'écouter, alors je lui décris la maison où je vis et toute la nourriture que je mange. Je lui dis à quel point M. Burton est bon pour moi. Je lui raconte que je prends soin de Malcolm et que, quand je serai prêt, M. Burton va m'envoyer dans une école à New York.

Je ne lui dis pas que mon papa a été un esclave. Ni que, chaque jour de plus qu'on passe sur l'eau, je n'arrête pas de me répéter que M. Burton doit venir nous chercher. Car si Ed est un chasseur d'esclaves, je ne veux pas qu'il me vende. Je me rappelle ce qu'ils ont fait aux mains de papa, et mes doigts me font mal rien que d'y penser. Et quand je sens la main de Randall dans la mienne, je suis certain d'une chose : ils ne peuvent pas couper un seul morceau de Randall parce qu'il est trop petit pour perdre des doigts.

Quand le bateau finit par accoster, on a tous les deux une mauvaise toux. Même si j'essaie de convaincre Randall de manger, il ne peut pas car il est trop malade.

— Vous deux, taisez-vous ou vous allez avoir ma botte au derrière, avertit Ed en nous faisant sortir de la cale.

Il fait plus chaud ici. Quelqu'un sur le quai dit qu'on est en Virginie. Je me sens un peu mieux, car je me rappelle avoir vu sur une carte de M. Burton que la Virginie est près de la Caroline du Nord. Et c'est là que M. Burton doit aller pour peindre ses oiseaux. Je parie qu'il pourra nous retrouver facilement !

Le soleil brillant me fait mal aux yeux, mais, lorsqu'ils nous font monter dans un chariot, je m'oblige à les garder ouverts pour voir où on est. Il n'y a pas autant de quais qu'à Philadelphie, pourtant on dirait le même genre d'hommes qui crient et travaillent. S'ils sont nombreux à s'occuper des bateaux, aucun d'eux ne nous regarde, Randall et moi. De toute façon, je ne peux pas crier, parce que la main d'Ed me serre le cou très fort.

Il nous jette dans le chariot. Quand il se met à rouler, Ed injurie le conducteur parce qu'il n'y a qu'un seul cheval et qu'il n'avance pas vite. Le cocher lui répond sur le même ton, et Randall me prend la main.

Pour nous éloigner des quais, il faut nous faufiler entre les autres voitures et les chevaux qui vont et viennent dans le port. Certains chariots sont tellement chargés de bois et de barils qu'ils nous cachent la vue. On finit par atteindre une route. Après avoir roulé un certain temps, on tourne sur un chemin qui coupe à travers les arbres, qui ont déjà des bourgeons. Je ne peux pas vraiment regarder autour de moi, car il y a tellement de cahots que j'ai du mal à nous retenir dans le chariot, Randall et moi. Ed n'arrête pas de jurer, jusqu'à ce qu'on arrive devant deux petites granges.

Le chariot s'arrête et Ed nous fait descendre. C'est difficile de se tenir debout après avoir été dans le bateau. Le conducteur vient nous examiner.

— C'est le mieux que t'as pu faire ? À eux deux, ils valent pratiquement rien. Celui-là est trop petit et l'autre est trop maigre.

— Le plus grand a de l'éducation. Ça doit valoir quelque chose, réplique Ed.

— Non, il n'y a rien à en tirer. Ils les veulent pour les champs !

— Tu sais qu'ils surveillent les quais de Philly de très près, maintenant. Les nègres de là-bas commencent à être un peu trop établis. Ils s'organisent avec les quakers. On en avait un meilleur, plus costaud, mais il a résisté. Il a fini par nourrir les poissons.

— T'as encore été trop brutal ! Je te l'ai déjà dit, il faut les manipuler comme si c'était de l'argent. Quand vas-tu apprendre ?

Je tiens la main de Randall en espérant qu'il ne comprend pas ce qu'ils disent à propos de son frère. Au moment où je songe à m'enfuir, Ed nous saisit par le cou et nous pousse dans une pièce au fond d'une grange. Il nous enferme, puis le chariot s'en va, pendant que les deux hommes continuent à se disputer.

— Maintenant, vas-tu écrire à ton monsieur ? demande Randall en s'asseyant à côté de moi sur le sol de terre battue.

— Je n'ai pas de papier.

— Il faut que tu lui dises de venir nous chercher, insiste-t-il d'une voix aiguë, au bord des larmes.

— Chut, dis-je en regardant par-dessus mon épaule. Quelqu'un pourrait nous entendre.

Il regarde tout autour, puis se rapproche de moi. Après une quinte de toux, il se calme. Puis, comme s'il n'avait plus d'énergie, il s'étend et pose la tête sur mes genoux.

— J'ai mal au crâne et j'ai froid, se plaint-il.

— Dors pendant que je cherche une solution, lui dis-je en frottant ses petites épaules maigres.

Je me demande pourquoi il dit qu'il a froid puisqu'il est tellement chaud. J'attends qu'il s'endorme avant de bouger, en prenant soin de ne pas le réveiller. Je m'approche de la fenêtre et essaie de sauter, mais c'est trop haut. En plus, il y a des planches clouées dessus. J'essaie d'ouvrir la porte, mais elle est verrouillée, comme je m'y attendais. Je lui donne des coups jusqu'à me faire mal au pied, et après, je marche en boitant. Finalement, je reviens m'asseoir à côté de Randall, parce qu'il tousse beaucoup et tremble dans son sommeil.

Ce soir-là, Ed revient avec le cocher et un autre homme. Je me lève dès qu'ils ouvrent la porte. En moins d'une minute, Randall est debout à côté de moi et me tient la main.

— Qu'est-ce qu'ils vont nous faire ? demande-t-il.

— Chut, dis-je en essayant de voir au-delà de la lanterne que tient Ed.

— Ils sont bien maigres ! dit le nouveau venu.

— Donne-moi trois cents pour les deux, dit Ed.

— Thomas ne les veut pas quand ils sont aussi petits. Trop de problèmes. Je vais te donner cent pour le plus grand.

— Et vingt pour le petit, réplique Ed. Tu sais que tu pourras le vendre en route. Il va te rapporter le double.

— Marché conclu, dit l'homme.

Quand il s'approche avec une corde, je recule et Randall aussi.

— Si je vous donne mon argent, pourra-t-il rester avec moi ? dis-je à l'homme.

— Montre-moi combien tu as, répond-il.

Je déplie le bout de tissu qui contient mes pièces de monnaie, et il s'en empare pour les mettre dans sa poche.

— Et maintenant, tu n'as plus rien, lance-t-il en riant.

— C'est du vol ! dis-je sans réfléchir.

Il rit de nouveau.

— On dirait que tu as de l'éducation. Serais-tu un de ces petits domestiques mollassons ? Thomas va vite te faire perdre ces manières en te faisant travailler !

— S'il vous plaît, est-ce que Randall peut rester avec…

Avant que je puisse l'éviter, le poing de l'homme s'abat sur moi.

— Je ne veux plus entendre un mot, déclare-t-il.

Quand je crache du sang, une de mes dents tombe et Randall se met à crier. Je ne le fais pas taire parce que je pleure, moi aussi.

# DEUXIÈME PARTIE

# 9

## *1830*
## *James*

À mon retour de la réception, mon coupé s'arrêta devant la maison, dont les lampes extérieures étaient toujours allumées. Comme d'habitude, Robert m'attendait à la porte.

— Il y a du feu dans la bibliothèque, dit-il en prenant mon manteau et mon chapeau.

— Des nouvelles de Pan ?

— Non, malheureusement, répondit-il.

Sans plus de commentaire, je me dirigeai vers la bibliothèque, désireux de me retrouver seul.

— Voulez-vous quelque chose à boire ? lança-t-il derrière moi.

— Non, allez vous coucher, Robert, dis-je en refermant la porte.

Il était plus de minuit. Je m'avançai vers mon fauteuil préféré près de la cheminée et m'enfonçai dans le cuir usé avec un profond soupir. Cette pièce réussissait toujours à me réconforter. Comme j'étais reconnaissant à Robert d'avoir pensé à y faire du feu !

Je pouvais toujours compter sur lui. Il était sûrement en train de brosser mon manteau et mon chapeau et de terminer ses tâches pour la nuit. Les lampes et les bougeoirs seraient apportés à la cuisine, où Molly les nettoierait demain matin. Et, si ce n'était déjà fait, il irait jeter un dernier coup d'œil au petit salon où je prenais mon déjeuner. Il s'assurerait que l'âtre avait été nettoyé et que les bûches étaient prêtes pour un feu matinal. Il vérifierait que la table était couverte d'une nappe en lin au pli parfaitement centré. Le matin, mon plateau contiendrait une salière en cristal, un coquetier de porcelaine avec un œuf mollet, une tranche de jambon et un petit récipient de moutarde. Il y aurait du beurre sur glace dans un beurrier en argent étincelant. Après l'avoir étalé sur ma rôtie chaude, je couperais le dessus de l'œuf et tremperais la rôtie beurrée dans le jaune tiède. Ensuite, je savourerais mon thé en lisant le journal, et Pan arriverait avec une de ses questions précoces qui savaient toujours me divertir.

Pan ! Comme je m'étais habitué à l'avoir ici ! Robert était mon soutien, celui qui établissait la routine nécessaire à mon équilibre, mais Pan… Pan était celui qui me mettait de bonne humeur. Où était-il en ce moment ?

Pour me rassurer, je me dis qu'il avait assez de ressort pour prendre soin de lui en attendant d'être secouru. Après tout, il avait déjà douze ans, presque l'âge que j'avais quand Henry m'avait trouvé. J'appuyai ma tête contre le dossier et fermai les yeux, en songeant à mes propres capacités à ce jeune âge. Tout ce dont je me souvenais, c'est à quel point j'étais vulnérable et terrifié à mon arrivée à Philadelphie.

Il m'avait fallu des semaines pour faire confiance à Henry. Toute ma vie, grand-mère m'avait inculqué la notion que les nègres étaient sournois et dangereux, qu'on ne pouvait se fier à eux. Pourtant, non seulement je mangeais et dormais auprès de Henry, mais je dépendais entièrement de lui pour subvenir à mes besoins.

Son mode de vie primitif était nouveau pour moi, et il m'enseignait chaque jour des techniques de survie. Après avoir recouvré la santé, je m'étais mis à apprécier la vie en plein air et ma nouvelle indépendance. Chez ma grand-mère, j'avais des serviteurs sous mes ordres et n'avais qu'à formuler des requêtes. Avec Henry, je devais faire ma part des corvées, comme aller chercher du bois et m'occuper du feu. Loin d'être une épreuve, ces tâches me semblaient stimulantes et je me réveillais chaque matin avec une vigueur renouvelée.

Au début de l'automne, Henry commença à parler de mon départ en ville pour y trouver du travail. J'évitais ce sujet car l'idée de le quitter me terrifiait. Cet homme m'avait sauvé la vie et continuait de s'occuper de moi. Je dépendais chaque jour un peu plus de lui. Un soir où nous venions de terminer un bon repas de ragoût de lapin et d'oignons sauvages, Henry aborda de nouveau la question. Nous étions assis près du feu crépitant, et le froid nocturne s'était installé.

— La neige arrive, dit-il. Je vais devoir déménager.

— Où ça ?

— J'ai un autre endroit, loin d'ici. Mieux isolé pour l'hiver.

Sans le regarder, je me rapprochai du feu.

— Est-ce que je peux venir avec toi ? Je pourrais te payer si tu me laisses t'accompagner.

— Avec quoi ? demanda-t-il.

J'hésitai, puis décidai que je n'avais pas d'autre choix que de lui faire confiance.

— J'ai des bijoux. Je pourrais les vendre.

Je lui jetai un coup d'œil pour jauger sa réaction.

— Me dis pas que tu les gardes dans ta veste ? dit-il avec un petit sourire.

Je hochai la tête et m'empressai de la retirer. À l'aide de mon canif, je fendis soigneusement l'une des poches dissimulées qui contenaient des bijoux. J'en sortis la bague de ma grand-mère, sertie d'un gros saphir bleu entouré de diamants imposants. Mon ventre se serra au souvenir de sa main me lissant les cheveux, quelques mois auparavant. Était-ce possible qu'elle soit morte ? Je chassai cette pensée sombre et tendis la bague à Henry.

— On pourrait la vendre.

— Mon petit, tu vas t'en servir pour te trouver un logement. Il est temps que tu t'en ailles. Si tu restes ici, ils vont te prendre pour un nègre.

— Mais où vais-je aller ? demandai-je d'une voix aiguë comme celle d'un enfant.

— Tu dois partir à la ville. Tu trouveras pas de travail en restant assis ici. Il y a plein de rues avec des endroits où les Blancs font des affaires. On va aller là-bas et tu leur diras que tu cherches un emploi. Dans quoi es-tu bon ?

— Je sais lire et écrire, et je connais les chiffres. Je peux aussi dessiner et peindre. Grand-mère a fait encadrer deux de mes peintures.

Des étincelles jaillirent quand Henry déplaça une bûche. Je me frottai les tempes pour empêcher les souvenirs de remonter.

— Mais elles ont brûlé, ajoutai-je. Tout a brûlé !

Ma voix se mit à trembler et je secouai la tête pour chasser l'image des hautes flammes qui avaient détruit notre maison. Je gémis en me remémorant comment j'avais fouillé les décombres fumants pour trouver la dépouille de ma grand-mère – une femme que j'avais toujours considérée comme ma mère.

— Mon gars, tu dois laisser aller ces souvenirs et passer à autre chose, sinon tu t'en sortiras pas.

— Je n'arrête pas de penser à l'incendie… À la douleur qu'elle a dû ressentir !

Je m'efforçai de retenir mes larmes.

— Elle sent plus rien maintenant. Elle est partie. C'est toi qui sens quelque chose. Penses-tu que c'est ça qu'elle veut pour toi ? Sentir la douleur qu'elle sent plus elle-même ?

J'avais la gorge trop serrée pour répondre.

— J'ai traversé assez d'épreuves pour savoir qu'on peut pas prendre la douleur de quelqu'un d'autre. C'est déjà assez dur de supporter la nôtre.

Je hochai la tête.

— Maintenant, il faut qu'on te trouve un travail. Que peux-tu faire avec ton éducation qui vient des livres ?

— Eh bien, je pourrais peindre et dessiner.

Henry grogna.

— Je connais rien là-dedans. Le mieux, c'est d'aller là-bas. Ce sera pas dur pour un gars qui a l'air blanc comme toi de te trouver un emploi.

Le lendemain soir, Henry rentra à la maison en me parlant d'un prêteur sur gages à qui je pourrais vendre ma bague.

— Et si on y allait demain matin ? demanda-t-il comme si de rien n'était.

J'étais tellement soucieux et fâché qu'il me pousse à partir que je ne pus fermer l'œil de la nuit. Et si Rankin et les patrouilleurs me cherchaient encore ? Jusque-là, tapi dans les bois sous la protection de Henry, je ne m'étais pas inquiété à cette idée. Mais s'ils venaient en ville ?

À l'aube, Henry me fit ranger mes maigres possessions dans un sac de toile. Nous étions au cœur de la forêt, et il me guida parmi les chênes et les pins majestueux. Je commençai à marquer la route à l'aide de brindilles, comme il me l'avait enseigné, afin de pouvoir retrouver mon chemin au besoin. Mais Henry avançait si vite que je dus bientôt consacrer toute mon attention à le suivre. Après avoir marché longtemps, nous atteignîmes l'orée de la forêt, où se trouvait une route fréquentée menant à la ville. Nous entreprîmes ce qui aurait été un long trajet à pied de plusieurs kilomètres si un fermier conduisant un chariot à un cheval ne s'était arrêté.

— Voulez-vous monter ? demanda-t-il.

Henry me regarda et je répondis :

— Oui, s'il vous plaît.

Le conducteur me fit signe de m'installer à la place qui me revenait, près de lui sur le siège, pendant que Henry s'installait à l'arrière du chariot. Le cocher fit claquer ses rênes pour faire avancer le cheval. Une fois en route, il me demanda :

— Vous allez en ville, toi et ton serviteur ?

— Oui.

— Es-tu de la région ?

— Non, je viens de Virginie, répondis-je nerveusement.

Puis je me remémorai les recommandations de Henry : « S'ils te posent trop de questions, poses-en toi aussi. »

— Et vous, êtes-vous du coin ? demandai-je. Êtes-vous né ici ?

— Oui ! Je suis né et j'ai grandi ici, mais mes parents venaient d'Allemagne. Ils sont morts à présent et m'ont laissé une petite ferme. Moi et mes deux garçons, on élève du bétail et on cultive la terre.

Il désigna l'arrière du chariot.

— On se débrouille en vendant des carottes et des pommes de terre au marché.

Il abaissa son chapeau cabossé sur son front pour protéger son visage buriné par le soleil. Ses mains saisirent les rênes de cuir brun pour guider le cheval sur la route parsemée d'ornières.

— La pluie de la semaine dernière n'a pas arrangé cette route, déclara-t-il. Heureusement que c'est sec aujourd'hui. La boue peut rendre le passage difficile.

Je hochai la tête pour signifier mon accord, même si je n'avais aucune expérience en matière de conduite ou de conditions routières. Jusqu'à ma récente fuite de Tall Oakes, j'avais été si protégé par ma grand-mère durant mes treize années d'existence que je n'avais jamais quitté notre ferme.

— C'est ta première fois en ville ? demanda l'homme.

Je hochai de nouveau la tête. Voyant que je n'apportais pas grand-chose à la conversation, il se mit à siffler, ce qui me permit d'observer les alentours. Le chariot avançait en bringuebalant sur une route défoncée à travers une forêt dense. Je regrettai bientôt de ne pas avoir de gants et craignis d'avoir des échardes en m'agrippant aux parois du chariot de bois. Nous passâmes devant quelques petites fermes aux champs dégarnis, où des poulets erraient dans les jardins et les pommeraies.

Les maisons de ferme étaient construites en pierre ou en brique, et bien que de taille modeste, elles semblaient solides.

Mon intérêt fut ravivé en arrivant aux abords de Philadelphie. De grandes voitures commencèrent à dépasser notre petit chariot, et lorsque notre conducteur accéléra pour se joindre au pandémonium, je jetai plusieurs coups d'œil inquiets à l'arrière pour m'assurer que Henry s'accrochait solidement et était toujours avec nous.

À l'entrée de la ville, le cocher ralentit pour se faufiler dans les rues pavées. Je contemplai avec incrédulité les hauts immeubles de trois ou quatre étages qui longeaient les rues.

Lors de ma fuite de Tall Oakes, j'étais si terrifié et malade que j'avais à peine remarqué les villes que traversait notre diligence. Mais cette fois, fasciné, j'observai le rythme frénétique de la ville en roulant entre des rangées interminables de grands bâtiments. La plupart étaient ornés d'énormes panneaux annonçant leurs marchandises : Tabac et cigares, Café, Bottes et souliers… Je n'aurais jamais pu m'imaginer autant de produits offerts au même endroit.

Dans Market Street, d'immenses auvents verts s'étendaient au-dessus de trottoirs en brique, abritant les marchandises présentées en devanture. Des hommes, des femmes et des enfants, souvent chargés de plusieurs paniers, s'interpelaient en criant parmi les échoppes, ajoutant au tohu-bohu. Nous passâmes d'abord devant les étals des poissonniers, où flottait une odeur âcre, avant d'arriver aux fermiers, dont les légumes étaient entassés dans des barils et des caisses. Près d'eux, des femmes en tablier blanc vendaient du beurre, du fromage et des œufs bruns et blancs.

De mon siège sur le chariot, je pouvais voir un peu plus loin des bouchers en tabliers rougis de sang qui coupaient des tranches de viande pendant que leurs clients attendaient en file.

Notre cocher arrêta son cheval sous l'un des auvents, puis sauta à terre pour attacher l'animal de manière que l'arrière du chariot serve d'étal pour ses produits. Nous remerciâmes l'homme, puis Henry m'entraîna pendant que j'avançais en trébuchant, sidéré par toute cette animation.

Nous eûmes quelque difficulté à trouver Lombard Street, où nous vîmes aussitôt l'enseigne du prêteur sur gages, avec ses trois boules distinctives. J'hésitai devant la porte, mais Henry avait insisté pour que j'y entre seul. Je tâtai la bague dans ma poche, soudain incertain de ma décision. Grand-mère aurait-elle été contrariée que je la vende ? Pourtant, il me fallait trouver du travail et un logement.

Je me rappelai que j'avais d'autres bijoux cousus dans la doublure de ma veste. Je pris une grande inspiration et poussai la porte.

Le vendeur parut désireux d'obtenir la bague, et mes hésitations s'envolèrent rapidement quand il m'offrit une bourse de bonne taille en échange. J'avais l'impression d'être en possession d'une petite fortune et rejoignis Henri avec le sourire, en exhibant mon gain.

Il fronça les sourcils et s'exclama :

— Tu ferais mieux de cacher ça !

Je m'empressai de ranger la bourse dans ma poche.

— Tu te souviens de ce qui t'est arrivé à la taverne ? T'as pas eu ta leçon ?

— Je voulais juste te montrer…

— J'ai pas besoin de le voir, répliqua-t-il.

À une autre occasion, sa critique m'aurait piqué au vif, mais j'étais d'humeur allègre en raison de ma transaction.

— Retournons dans Market Street, dis-je. Il y avait tant à voir !

— Oublie pas que tu dois chercher du travail, dit Henry.

— Aujourd'hui ?

— L'hiver arrive, me rappela-t-il.

Même si ses paroles me calmèrent, je ne pus réprimer mon excitation grandissante en contemplant tout ce qui m'entourait.

— Regarde ! ne cessais-je de m'exclamer en pointant du doigt.

Henry dut me rappeler à plusieurs reprises d'avancer quand je m'arrêtais pour dévisager des chalands ou des marchands.

Nous n'étions pas très loin du marché quand j'aperçus une magnifique vitrine. Le soleil, en traversant une grande fenêtre, illuminait deux oiseaux en argent qui semblaient se pavaner, leurs longues queues s'étirant derrière eux.

— Regarde ! dis-je à Henry. Des paons en argent !

Henry s'approcha pour les observer.

— Grand-mère en avait deux comme ceux-ci. Ils étaient sur la table de la salle à manger. Quand j'étais petit, elle me permettait de les prendre pour m'amuser. Elle disait qu'ils venaient de Philadelphie !

Excité par ce soudain souvenir, je demandai :

— Penses-tu qu'ils les fabriquent ici ?

Henry haussa les épaules avec indifférence.

Je lus l'enseigne au-dessus de la porte :

— Orfèvrerie Burton.

Puis je remarquai une pancarte placée à côté des oiseaux.

— Cette pancarte dit qu'ils embauchent.

Le visage de Henry s'éclaira.

— Entre, alors. Je vais attendre ici.

— Tu veux que j'y aille ? Maintenant ?

— C'est un endroit aussi bien qu'un autre.

N'étant pourvu d'aucune compétence particulière, j'étais mal à l'aise pour offrir mes services. Mais je décidai de jouer le jeu pour calmer Henry.

Une clochette tinta à mon entrée, me faisant sursauter. Un homme âgé, assis à une table derrière le comptoir, leva les yeux. Tout en continuant de polir un objet en argent, il me scruta par-dessus ses lunettes, posées sur le bout de son nez court. Il était assis près d'une fenêtre, et le soleil illuminait les cheveux blancs qui encerclaient son crâne dégarni. Je me tournai vers le présentoir qui me faisait face, rempli de tabatières et de chaînes de montre. Soudain, un objet attira mon regard.

Je m'approchai et vis le même couteau tubulaire que j'avais emporté de Tall Oakes et que je transportais dans ma poche. Je me penchai pour l'examiner. L'homme déposa son outil à polir.

— Que puis-je faire pour toi ?

— J'en ai un identique, lui dis-je, ravi de voir un autre objet familier.

— Le vide-pomme ? demanda-t-il, donnant un nom à l'objet.

— Oui, dis-je en tapotant le présentoir. Un vide-pomme comme celui-là. Je m'en sers pour sculpter.

Il se leva en repoussant son tabouret.

— Aimerais-tu le voir ?

— Non, dis-je en reculant d'un pas, craignant d'avoir donné une fausse impression. Je… j'ai vu les oiseaux dans la vitrine. Ils sont splendides ! Ma grand-mère avait les mêmes, mais les siens étaient plus petits. Les avez-vous fabriqués ici ?

— Oui, répondit-il.

— Comment vous y prenez-vous ? demandai-je en secouant la tête, impressionné.

— Serais-tu intéressé par le métier d'orfèvre ? demanda-t-il en m'observant par-dessus ses lunettes.

— Est-ce la raison de la pancarte ? Vous voulez trouver quelqu'un qui vous aide à fabriquer de l'argent ?

— On ne fabrique pas de l'argent, jeune homme, on le travaille. On le fait fondre, on le façonne, on le martèle, mais on ne le fabrique pas.

Même si son ton était direct, sa gentillesse était évidente. Cela m'encouragea à poser ma question suivante.

— Pourrais-je apprendre à faire des oiseaux comme ceux-là ? demandai-je en désignant la vitrine.

— Tu cherches un emploi ?

Il me scruta de la tête aux pieds, en s'arrêtant sur mon œil malade.

— Oui. J'ai besoin de travailler.

— Et qu'as-tu comme éducation ?

— Je suis bon en lecture, en écriture et en mathématiques. Oh ! et je connais un peu de latin !

Son regard inquisiteur me mit mal à l'aise, et je me tournai vers les oiseaux dans la vitrine.

— Je peux aussi sculpter des formes très ressemblantes dans du bois, ajoutai-je.

J'ouvris mon sac de toile et en sortis deux oiseaux miniatures et un lapin que j'avais sculptés récemment. Je les déposai sur le comptoir.

— Oh ! fit-il, étonné.

Il les prit et les retourna dans ses mains, puis les leva vers la lumière pour étudier leur silhouette.

— C'est remarquable, déclara-t-il en fixant de nouveau mon œil. Est-ce que ton œil te cause des problèmes quand tu travailles de près ? Se fatigue-t-il rapidement ?

— Non, ça va, répondis-je.

Il replaça le lapin sur le comptoir, puis posa les oiseaux de chaque côté. Il modifia leur position jusqu'à ce qu'il soit satisfait, puis recula pour les observer de nouveau.

— Ces miniatures sont exceptionnelles, répéta-t-il.

Encouragé, je sortis mon carnet de croquis.

— Je suis doué pour dessiner les oiseaux, mais je peux aussi dessiner autre chose.

Il prit le carnet et tourna lentement les pages, puis le ferma et me le rendit.

— Je n'avais pas de peinture, dis-je. Ces dessins auraient été bien mieux…

Il leva la main pour m'arrêter.

— Jeune homme, tu as beaucoup de talent.

Soudain, je repris espoir.

— Pourrais-je travailler ici, alors ?

— D'où viens-tu ?

Sa question me surprit tellement que ma bouche devint sèche.

— De Virginie, répondis-je. Et j'ai besoin de travailler.

Il s'éclaircit la voix.

— Eh bien, voilà ce que je pense. Tu dis que tu cherches un emploi et tu sembles avoir beaucoup de talent. Je crois que ce travail te conviendrait parfaitement. Ton langage et tes habits indiquent un certain raffinement, mais ton odeur et la saleté de tes vêtements me portent à douter de tes intentions.

Je baissai les yeux sur mes habits. J'avais toujours été soigneux de ma personne et méticuleux pour ma tenue vestimentaire, mais au cours des dernières semaines dans les bois, j'avais négligé mes anciennes habitudes. Je levai la main pour repousser mes longs cheveux qui n'avaient vu ni eau ni brosse depuis que j'avais perdu mon sac. À quoi avais-je donc pensé en me présentant ainsi ? Les joues empourprées, je tournai les talons. Mais alors que je me hâtais vers la sortie, l'orfèvre me lança :

— Jeune homme !

Je m'immobilisai, le visage écarlate.

— La propreté est ce que je recherche. Si tu es toujours intéressé, suis mes recommandations et reviens me voir avant la fin de la semaine.

Pressé de m'enfuir, je hochai la tête et sortis. Henri me rattrapa pendant que je m'éloignais d'un pas vif.

— Alors ? Cet homme n'avait pas de travail pour toi ?

— Il a dit que j'étais un sale cochon.

— Un cochon ? Il t'a traité de cochon ?

— Eh bien, pas tout à fait. Il m'a dit de me laver.

— Et après, il va te donner du travail ?

— Je ne le saurai jamais.

— Pourquoi pas ?

— Parce qu'il m'a insulté ! Je n'y retournerai pas !

Henry regarda autour de lui pour s'assurer que nous étions seuls, puis me dit à voix basse :

— Là, tu penses comme un jeune Blanc. Comment vas-tu t'en sortir comme ça ? Si tu veux quelque chose, tu dois te battre pour l'avoir ! Ça veut dire que tu dois te nettoyer et revenir ici.

Furieux, je poursuivis mon chemin. Mais en passant devant des magasins de vêtements, ma colère s'apaisa. Je m'arrêtai devant une vitrine présentant une chemise blanche et une veste en velours vert magnifiquement coupée. On pouvait lire en lettres d'or sur la vitrine : « Vêtements pour hommes ».

— Entre, m'encouragea Henry. Achète-toi de nouveaux habits. Tu as de l'argent.

J'hésitai, embarrassé par ma tenue négligée. Toutefois, encore sous le coup des insultes de l'orfèvre, je me décidai à entrer, déterminé à améliorer mon apparence. Je ressortis de la boutique avec un sac de cuir brun tout neuf contenant trois nouvelles chemises blanches en coton, deux pantalons de couleur foncée, une veste noire, des bas et une paire de beaux souliers noirs. Je possédais maintenant des ciseaux, une brosse et un pain de savon parfumé au bois de santal.

Je tendis à Henry un sac de cuir noir luisant, similaire au mien.

— Ouvre-le, dis-je.

Il me jeta un regard étonné en fouillant dans le sac, où il trouva une nouvelle chemise de mousseline, un pain de savon et une brosse en bois. Il huma le savon et ne dit rien, mais je pus voir à son petit sourire qu'il était ravi.

Durant deux jours, je ne trouvai pas le courage de retourner en ville, mais le troisième jour, Henry insista. Je m'étais lavé et avais revêtu mes nouveaux atours quand Henry me mena à travers bois. Cette fois, en arrivant à la route, il me tendit mon sac et m'encouragea à partir.

— Tu ne viens pas avec moi ? demandai-je, inquiet.

— Il est temps de couper les ponts, répondit-il en évitant mon regard.

Je regardai autour de moi, cherchant une excuse pour le forcer à m'accompagner.

— Je ne devrais peut-être pas y aller aujourd'hui, dis-je. On dirait qu'il va pleuvoir.

Henry regarda le ciel.

— Qu'il pleuve ou pas, tu dois y aller.

J'allais le supplier, mais son visage se durcit.

— Va, maintenant. Pars et fais quelque chose de ta vie.

Je ne savais pas comment réagir. La gorge serrée, craignant de fondre en larmes, je tournai abruptement les talons et m'éloignai. Je comprenais pourquoi Henry me disait de partir mais, à mes yeux, il était la seule famille qui me restait. J'avais le cœur brisé de le quitter. J'essuyai quelques larmes, puis, désireux de le voir une dernière fois, me retournai pour lui faire signe. Mais il avait déjà disparu. Il me fallut tout mon courage pour ne pas courir dans les bois à sa recherche.

J'attendis quelque temps, dans l'espoir qu'il reviendrait me surprendre. Finalement, je repris la route. Lorsqu'un fermier en route vers le marché s'arrêta pour m'offrir de monter, mes nouveaux souliers avaient usé la peau de mes talons. Je fus donc heureux d'accepter. Son chariot était rempli de poulets mécontents et leur tintamarre n'était pas propice à la conversation, ce dont je fus reconnaissant.

Une fois en ville, impatient d'avoir un emploi, je partis à la recherche de la boutique de l'orfèvre. Quand j'y parvins, mes pieds couverts d'ampoules étaient douloureux. La pancarte d'embauche était toujours dans la vitrine, près des oiseaux en argent, mais je redoutais d'entrer, certain de me faire chasser.

J'époussetai mon pantalon et le devant de ma veste, puis entrai à la rencontre de l'homme qui m'avait conseillé de prendre un bain. Étonnamment, il me reconnut et m'accueillit même avec enthousiasme.

— Alors, tu es revenu ! s'exclama-t-il. Je vois que tu as suivi mon conseil.

Il sortit de derrière le comptoir pour venir m'examiner.

— En effet, répondis-je, les mains agrippées à mon sac.

— Je suis content de te voir.

— Vraiment ?

— Mais oui ! Tu as du talent, mon garçon. J'espérais que tu reviendrais. Et maintenant, je vois que tu peux accepter les directives.

Je ne savais que penser.

— Pourquoi es-tu revenu ? demanda-t-il.

— J'ai besoin de travailler.

— Serais-tu prêt à laver par terre ?

— Oui, si vous me montrez comment faire, dis-je. Mais je préférerais apprendre à travailler l'argent.

— Ça peut s'arranger, mais il faut des années pour connaître ce métier.

— Des années ?

— Oui. D'abord, tu dois commencer par nettoyer le magasin et faire des courses.

— Allez-vous me payer ? demandai-je.

— Pas si tu es mon apprenti.

Mon expression dut trahir ma déception, car il ajouta :

— Mais tu apprendras un métier. Et pendant que tu seras ici, je te donnerai de la nourriture et quelques pièces de monnaie si tu en as besoin.

— J'en aurai besoin, répliquai-je.

— Dois-tu consulter ta famille ?

— J'avais seulement ma grand-mère.

— Ta grand-mère ? Et où est-elle ?

Je ne m'attendais pas à cette question.

— Elle a péri dans un incendie, répondis-je.

— Et tes parents ?

— Heu… ils sont morts aussi, mentis-je. Je n'ai plus personne.

Soudain, pour la deuxième fois de la journée, j'eus envie de pleurer. Une larme coula sur ma joue et je l'essuyai aussitôt avec ma manche.

— Je n'aime pas parler de ma grand-mère, dis-je en guise d'explication.

En vérité, mes larmes étaient causées par le regret d'avoir quitté Henry et ma crainte d'être pris en flagrant délit de mensonge.

L'homme m'accorda quelques secondes, puis s'enquit :

— Comment t'appelles-tu ?

Je baissai les yeux et mentis de nouveau, donnant le nom choisi avec Henry :

— James Smith.

— Et quel âge as-tu ?

Je levai la tête. Son expression était si compatissante que je lui dis la vérité :

— J'ai eu treize ans en février dernier.

Il hocha la tête et sourit.

— Treize ans est un bon âge pour débuter.

Faisant un pas un avant, il me tendit la main.

— Je suis M. Burton. Sois le bienvenu chez moi.

J'hésitai. Où allais-je vivre ? J'avais encore un peu d'argent dans ma poche, mais ne voulais pas le dépenser. Je détestais l'idée de vendre le reste des bijoux de ma grand-mère.

— Qu'y a-t-il ? demanda-t-il devant ma réticence.

— Connaissez-vous un endroit où je pourrais dormir ?

— Ah ! Eh bien, la coutume est de nourrir et loger les apprentis, répliqua-t-il. Je peux t'accueillir dans ma maison. Tu dormiras en bas, avec les domestiques. Ta chambre sera petite, mais tu seras au chaud et au sec. Et tu auras suffisamment à manger. Est-ce que cet arrangement te convient ?

Je fus si soulagé que je hochai la tête pour toute réponse.

# 10

## *1810-1811*
## *James*

Incroyablement reconnaissant de la générosité de M. Burton, je gardai le silence dans la voiture qui nous ramenait chez lui le premier soir. J'avais passé l'après-midi à nettoyer la boutique, et comme j'avais quitté Henry tôt le matin, j'étais épuisé par cette longue journée.

Le trajet me parut court et les chevaux s'engagèrent bientôt dans une allée menant à l'arrière d'un bâtiment de brique de trois étages. Nous descendîmes de la voiture et le conducteur continua jusqu'à l'écurie, pendant que M. Burton me précédait dans la maison. La porte de derrière donnait sur un petit vestibule carré où brûlait une lampe.

Je suivis M. Burton dans un escalier étroit, puis dans une grande cuisine au sous-sol. Il y flottait une odeur de pain fraîchement sorti du four et de ragoût de viande. La chaleur et le confort de cette grande pièce contrastaient nettement avec le froid extérieur. Cependant, elle me semblait si peu familière que j'aurais échangé tout cela contre Henry et son feu de bois en plein air.

M. Burton s'approcha d'une longue table en pin au centre de la pièce et souleva un linge à carreaux bleu et blanc.

— Ah ! Delia ! s'exclama-t-il en respirant l'odeur du pain frais.

Une femme noire mince, qui se tenait devant la grande cheminée, se retourna à ces mots.

— Il est prêt depuis près de deux heures, dit-elle sans sourire.

Elle continua à remuer le contenu du chaudron.

— Ne me dis pas que c'est mon ragoût de bœuf favori ! ajouta-t-il en humant l'air.

— Exactement comme vous l'aimez, avec des clous de girofle et des oignons, dit-elle.

— J'ai hâte de déguster ce repas, Delia !

La femme remit le couvercle en fer sur le chaudron, puis s'approcha de la table avec un petit seau pour y balayer les pelures d'oignon. Pendant que je l'observais, elle ne cessait de jeter des coups d'œil dans ma direction.

— Comment était Mme Burton, aujourd'hui ? demanda-t-il.

— Elle a eu une bonne journée, répondit Delia.

— A-t-elle vu Malcolm ?

— Oui, m'sieur. Elle est allée dans sa chambre. Comme je disais, c'était une bonne journée.

— Bien, bien, dit-il avant de se tourner vers moi. Nous faisons l'essai d'un nouvel apprenti au magasin. Voici James.

Il désigna un couloir sombre et ajouta :

— Peut-on vider la pièce arrière pour y installer un lit ?

— Celle qui est devant la cave à vin ? demanda-t-elle.

— C'est cela.

— Je dirai à Ed d'enlever les barils de pommes et…

— Bien, bien, l'interrompit-il en se dirigeant vers l'escalier.

Avant de monter, il m'adressa de nouveau la parole :

— Delia va s'occuper de toi. Sois prêt à partir demain à sept heures.

— Oui, monsieur, dis-je, si reconnaissant de sa gentillesse que j'en avais les larmes aux yeux.

Je me ressaisis bientôt lorsque Delia et moi nous retrouvâmes seuls, l'un en face de l'autre. Son fichu de mousseline brune était noué bas sur son front, et son visage semblait figé dans une grimace renfrognée. Toutefois, cette impression s'expliquait peut-être par sa forte mâchoire et sa lèvre inférieure charnue. Son visage n'était certainement pas attrayant.

— C'est la première fois qu'un garçon blanc vit en bas avec nous, dit-elle, irritée par ma présence.

— Et je ne suis pas habitué à dormir avec les domestiques, répliquai-je.

Elle me jeta un regard sévère que je trouvai intimidant, mais je n'allais pas laisser une négresse me parler sur ce ton.

Tout en grommelant, elle prit une des lampes et s'avança d'un pas lent sur le sol de briques disposées en chevrons. Une fois dans le couloir sombre, elle sentit que je n'étais pas derrière elle et se retourna.

— Vous venez ?

Je la suivis jusqu'à une petite pièce à moitié remplie de gros barils. À la lueur de la lampe, je vis qu'il y avait assez d'espace pour placer un lit sous l'étroite fenêtre, à l'écart de la petite cheminée.

— Posez votre sac ici. Ed installera une paillasse pour ce soir. Demain, on ajoutera un lit. Vous avez besoin d'autre chose ?

Je me dis qu'il était préférable de donner une liste complète.

— Je suppose que j'aurai besoin d'un bureau et d'un tapis. Bien sûr, il me faudra aussi une lampe, une table de toilette et un miroir…

— J'ai demandé de quoi vous avez besoin, pas ce que vous voulez ! dit-elle en quittant abruptement la pièce.

Comme elle avait la lampe, je n'eus d'autre choix que de la suivre à la cuisine.

Avec rien d'autre à faire, je m'assis sur un tabouret et la regardai s'affairer et préparer un plateau pour le souper des Burton. Lorsqu'il fut prêt, elle l'apporta dans un coin de la pièce et ouvrit une petite trappe. Elle le glissa à l'intérieur, puis tira à quelques reprises sur une corde, faisant tinter une sonnette à l'étage du dessus. On entendit un grondement sourd pendant que quelqu'un tirait sur une poulie dans la salle à manger pour faire monter le repas.

Je ne pus m'empêcher de l'interroger :

— Qui est là-haut ?

— Robert.

— Robert ?

— Le majordome.

— Le majordome ? répétai-je.

C'était un mot inconnu, que je n'avais jamais entendu auparavant. Mais je ne voulais pas révéler mon ignorance devant cette femme.

— C'est ce que j'ai dit, répliqua-t-elle.

Elle me fit signe de m'asseoir au bout de la table, puis déposa une cuillère d'étain et un bol en bois rempli de ragoût devant moi. Jusque-là, j'avais été trop épuisé par les événements de la journée pour avoir faim, mais l'arôme réveilla mon appétit.

Je fus soulagé de voir qu'elle ne s'attablait pas avec moi. C'était une chose de partager mon repas avec Henry dans les bois, mais m'asseoir à la même table qu'une domestique noire était une autre histoire.

— Pourrais-je avoir une serviette ? demandai-je.

Elle alla à un buffet et ouvrit un long tiroir, d'où elle sortit un linge blanc qui devait sûrement servir à essuyer la vaisselle.

— Ça fera l'affaire ? dit-elle en le plaçant à côté de moi.

— Merci, dis-je.

Je secouai le bout de tissu et l'étalai sur mes genoux avant de commencer à manger.

Delia étendit du beurre fraîchement baratté sur une épaisse tranche de pain et me la tendit.

Tout en coupant une autre tranche, elle me jeta un coup d'œil sournois :

— Vous savez ce que fait un majordome ?

Je trempai le pain dans la sauce à l'oignon, pris une bouchée et mâchai lentement avant de répondre.

— J'imagine qu'il ramasse les plateaux des repas ?

— Il ramasse rien du tout, répliqua-t-elle.

— Dans ce cas, vous feriez mieux de me l'expliquer, dis-je, piqué par la curiosité.

Elle me toisa sévèrement.

— Après M. Burton, Robert est le patron dans cette maison. Alors, vous ferez aussi bien de l'écouter.

— Il n'a sûrement pas plus d'autorité que Mme Burton ?

— Mme Burton fait rien sans me le demander d'abord, répondit-elle. Ed et moi, on était là avant Robert.

En prenant la deuxième tranche de pain qu'elle me tendait, je me souvins du conducteur de la voiture.

— Ed est votre mari ? dis-je, davantage pour faire la conversation que par désir de le savoir.

— Ed est mon petit frère.

Son petit frère ? Quel âge avait-elle donc ? Comme en réponse à ma question, elle déclara :

— On est avec M. et Mme Burton depuis qu'ils nous ont achetés, mais on est libres maintenant. On est ici depuis longtemps.

Je voulus savoir si les Burton avaient des enfants.

— Un garçon. Ils l'ont enterré quand il y a eu la fièvre jaune en 93. Ça devait être avant votre naissance ?

Décontenancé, je ne répondis pas tout de suite, et elle posa une autre question :

— Où êtes-vous né ?

Ses questions inattendues me mirent mal à l'aise et je craignis d'en dire trop.

— Je préfère ne pas parler de moi-même, dis-je en terminant mon souper.

Je me levai et, me rappelant mes bonnes manières, ajoutai :

— C'était un excellent repas. Merci, Delia.

— Appelez-moi Mlle Delia, rétorqua-t-elle.

Heureusement, Ed entra bientôt avec ma paillasse et je le suivis dans ma chambre.

Après son départ, je m'assis sur le matelas rempli de paille et regardai autour de moi d'un air hébété. Jusqu'à récemment, je n'avais connu que le luxe. Ma grand-mère m'avait élevé pour devenir un gentleman, ayant une propriété et ses propres serviteurs. À présent, je dormais dans une pièce d'entreposage. Qu'aurait dit grand-mère en me voyant ici ? Il y avait des semaines qu'elle était morte, et pourtant, mon cœur se serrait encore à la pensée qu'elle était partie.

Je m'étendis, complètement vêtu. L'épuisement eut raison de moi et je m'endormis.

Au cours des premiers mois, je servis de garçon de courses à M. Burton. J'allais chercher des fournitures et effectuais des livraisons. Peu à peu, je m'habituai à l'animation des rues et pris de l'assurance à mesure que je me familiarisais avec la ville. Si un client satisfait me donnait un sou ou deux, je les offrais à M. Burton à mon retour au magasin. Mais il m'informa que je pouvais les garder, et je les rangeai donc avec empressement.

Lorsque je ne faisais pas de livraisons, j'avais pour tâche de nettoyer les trois pièces du magasin. Je devais bien sûr faire la poussière dans la boutique, où les vitrines et les étagères présentaient les plus beaux objets en argent. Mais je m'occupais également du petit bureau et de la grande pièce à l'arrière qui servait d'atelier à M. Burton ainsi qu'à l'autre orfèvre, Nicolas.

Avant de me présenter à ce dernier, M. Burton m'avait pris à part.

— Il faut que tu saches que Nicolas a des petites manies.

— Oui, monsieur, dis-je, en me demandant s'il pensait que j'en avais également.

— Il parle sans réfléchir. En fait, il semble incapable de filtrer ses pensées. Il a toujours été comme ça, mais il est inoffensif.

Ainsi averti, je le suivis pour rencontrer Nicolas, qui travaillait dans l'atelier comme à son habitude. Le grand homme bien charpenté eut un moment d'hésitation à ma vue, avant de frapper à deux reprises un marteau sur un lingot d'argent. Les muscles de son énorme bras se gonflèrent sous l'effort, puis il sortit un chiffon de son tablier de cuir pour s'éponger le front en m'examinant.

— Tu as l'air bizarre avec ton drôle d'œil, dit-il pour toute salutation.

J'étais né avec un œil aveugle couvert d'une taie blanche, mais jusqu'à récemment, j'y avais à peine porté attention. Durant mon enfance, mon entourage ne l'avait pratiquement jamais mentionné, mais depuis ma fuite, l'aspect étrange de mon œil avait été souligné plus d'une fois. Aussi, sa remarque m'embarrassa.

— Je t'avais prévenu, dit M. Burton en quittant l'atelier. Heureusement qu'il ne souhaite pas avoir sa propre entreprise, car ses commentaires directs risqueraient d'indisposer la clientèle.

Il gloussa, puis ajouta :

— C'est une bonne chose pour moi qu'il préfère être seul pour travailler à l'arrière, car il est le véritable artisan ici.

Comme preuve de ses dires, il désigna la plus récente œuvre de Nicolas, une théière à la forme élégante que, malgré mon manque d'expérience, je pouvais apprécier.

— Toutefois, voici où se trouve notre véritable profit, poursuivit l'orfèvre en ouvrant deux grands tiroirs remplis de bijoux en argent. Nous fournissons ces parures aux comptoirs qui négocient avec les Indiens.

Il me fit voir divers bracelets, bagues et fermoirs d'argent.

— Les Indiens les achètent ? demandai-je, intéressé.

— Ils font du troc, expliqua-t-il. Les commerçants me les achètent et les échangent contre des fourrures. Les Indiens, surtout les hommes, portent ces parures. Il y a une grande demande pour l'argent, et ces pièces sont simples à fabriquer. Nous avons même du mal à répondre à la demande.

— Est-ce que je peux y toucher ?

Avec sa permission, je manipulai les objets dans les tiroirs. Je glissai une bague sur mon doigt et levai la main pour mieux admirer le reflet argenté.

— Allez-vous me montrer comment les fabriquer ? demandai-je avec enthousiasme.

Il mit du temps à répondre, et je vis avec étonnement qu'il pleurait.

— Je suis désolé, dis-je en m'empressant de retirer la bague.

— Non, non, tu n'as rien fait de mal ! dit-il en s'essuyant les yeux. C'est seulement ta façon de t'exprimer, ton excitation. J'avais un fils… et tes paroles m'ont fait penser à lui. Pour répondre à ta question, oui, tu apprendras à fabriquer des bagues, mais tu dois être patient.

J'effectuai donc consciencieusement mes corvées, et, quelques semaines plus tard, M. Burton m'appela dans son bureau. Assis derrière une grande table de travail à cylindre en chêne, il m'invita à m'asseoir devant lui et me tendit un document.

— James, j'aimerais que tu lises ceci et y réfléchisses avec soin. En le signant, tu accepteras d'être mon apprenti. Pendant que je t'enseignerai l'art de l'orfèvrerie, je continuerai de te nourrir et de te loger. Tu resteras avec moi durant sept ans, mais j'espère qu'avec ton talent artistique tu seras établi bien avant.

— Je n'ai pas besoin de le lire. Je vais signer, dis-je en lui remettant le document.

— Non, jeune homme, répliqua-t-il en me redonnant la feuille. Tu dois toujours lire avant de signer ton nom sur un document. Ta signature équivaut à donner ta parole. Et la parole d'un homme est une indication de son caractère. En réalité, c'est ce qu'il a de plus précieux.

Ses mots me blessèrent. Il m'avait interrogé à quelques reprises sur mon passé, et chaque fois, je lui avais fait croire que j'étais orphelin, dépourvu de famille. Je lui étais profondément reconnaissant de m'avoir accueilli dans sa demeure et j'éprouvais beaucoup de respect pour cet homme si droit. J'aurais voulu lui dire la vérité, mais j'avais trop peur. J'évitai son regard et repris le document, en espérant qu'il ne verrait pas ma main trembler quand je signai du nom de James Smith.

Même si mes tâches incluaient toujours des livraisons, je commençai à aider Nicolas dans l'atelier. Au début, j'activais le soufflet pour la forge, et bien que mes bras soient fatigués, j'étais fasciné de voir les pièces d'argent fondre, puis durcir de nouveau dans les moules. Cependant, c'était lorsque Nicolas réchauffait les lingots et martelait l'argent pour lui donner sa forme que l'art se révélait. Il était si habile que ce travail semblait facile. Le jour où il finit par céder et m'aida à créer ma première cuillère, je fus donc étonné par l'endurance physique que cela exigeait. Une fois le lingot réchauffé, il fallait à la fois de la force et de la dextérité pour saisir le bloc d'argent malléable avec des pincettes, puis l'aplatir sur l'enclume. Mon bras était déjà fatigué quand nous plaçâmes le métal sur le moule. Voyant que Nicolas me tendait un autre marteau, je me frottai l'épaule.

— Votre bras ne se fatigue jamais ? lui demandai-je.

— Non, grogna-t-il.

— Le mien, oui, dis-je en remuant mon épaule de haut en bas, dans l'espoir qu'il suggérerait de prendre une pause.

Mais Nicolas n'était pas comme ma grand-mère, qui m'avait toujours dorloté. Il ignora mon commentaire et me fit signe de continuer, jusqu'à ce que l'argent prenne la forme voulue.

— À présent, tu dois y aller plus doucement, déclara-t-il en me tendant un autre marteau plus petit pour la finition.

M. Burton entra pendant que je tapais et voulut savoir ce que je faisais.

— Le planage, répondis-je, fier d'utiliser le terme adéquat.

En constatant l'approbation de M. Burton, j'oubliai ma douleur à l'épaule.

Mon admiration pour cet homme croissait chaque jour. Mon seul but était de lui plaire. Je voulais apprendre ce métier, certes, mais je souhaitais surtout obtenir son approbation. Je me consacrai donc entièrement à mon apprentissage. Probablement grâce à ma dextérité et à mon œil d'artiste, les scies, gouges et repoussoirs devinrent aussi confortables dans ma main que mon couteau à sculpter. Chaque fois que M. Burton me félicitait pour une nouvelle étape franchie, j'étais plus fier de moi que jamais.

Si seulement mon intégration dans la demeure des Burton avait été aussi aisée !

Les repas de Delia étaient de bonne qualité et toujours servis dans la cuisine où je mangeais seul, ce qui me convenait tout à fait. Puis un jour, en voyant la table mise pour trois, indiquant que je devais manger avec Delia et Ed, je déclarai que je prendrais mon repas dans ma chambre.

— Pour qui se prend donc ce garçon ? entendis-je Delia demander à son frère pendant que je m'éloignais dans le couloir avec mon souper. Il se donne de grands airs comme Robert !

Curieux, je m'arrêtai devant ma porte pour les écouter.

— Delia, ce garçon est blanc, répondit Ed. Tu sais qu'ils ne mangent pas avec des gens de couleur.

— Il agit comme un Blanc, mais il cache quelque chose, c'est certain. Il dit pas d'où il vient ni qui est sa famille.

— Del ! Même si c'est vrai, c'est son affaire.

— Et moi, c'est mon affaire de m'occuper de cette maison et de M. et Mme Burton ! Je te dis que ce garçon cache quelque chose.

Son intuition me terrifia, et à partir de ce jour, je me méfiai de ses questions.

— Qu'as-tu là-dedans ? demanda-t-elle un matin en désignant la besace que j'emportais chaque jour avec moi à la boutique.

— Mes affaires personnelles, répondis-je en agrippant le sac qui contenait les bijoux de ma grand-mère.

M. Burton l'avait aussi remarqué, mais j'avais été moins réticent envers lui et lui avais expliqué qu'il contenait des objets appartenant à ma grand-mère. Il n'avait pas insisté et m'avait même proposé un placard où le mettre en sûreté au magasin.

— Tes affaires personnelles ! répéta Delia en imitant ma voix.

Malgré mon envie de la frapper, je feignis l'indifférence.

J'étais reconnaissant que son frère me laisse tranquille et vaque discrètement à ses occupations à l'écurie et au jardin. Si nous échangions quelques mots, il me parlait toujours avec déférence, un comportement auquel j'étais accoutumé.

Toutefois, il y avait Robert.

Avant que je le rencontre, Delia m'avait clairement fait comprendre que, même s'il dirigeait la maison, leurs relations n'étaient guère cordiales. J'avais supposé qu'elle n'appréciait pas l'autorité d'un homme blanc dans sa cuisine. Puis un soir, quelques jours après mon arrivée, je fis enfin connaissance avec cet homme. Il fit son apparition au moment où je finissais mon souper.

— Oui ? dis-je en déposant ma fourchette et mon couteau.

— Je suis Robert. Pourrions-nous avoir un entretien quand vous aurez terminé votre repas ?

Son accent britannique légèrement saccadé était, comme je l'appris plus tard, le résultat de ses cinq années de formation de majordome à Londres, en Angleterre.

C'était donc Robert ! Ce n'était pas un Blanc, comme je l'avais cru, mais un nègre à la mise impeccable et soignée, qui s'exprimait avec distinction. Quelle aurait été la réaction de grand-mère ?

Après avoir réprimé ma surprise, je pliai ma serviette à côté de mon assiette.

— Je suis prêt maintenant.

Je notai sa chemise blanche empesée et le tablier blanc immaculé noué autour de son pantalon noir.

Delia, qui réchauffait de l'eau pour la vaisselle, me jeta un coup d'œil satisfait avant d'adresser un petit sourire à Robert. Elle hésita lorsqu'il lui suggéra de monter à l'étage s'occuper de Mme Burton, puis obtempéra pendant qu'il attendait patiemment son départ.

— Je serai dans l'office, me dit-il.

Sa façon de parler démontrait clairement qu'il était habitué à donner des ordres. Irrité de recevoir des directives d'un domestique, je pris mon temps pour aller le rejoindre. Je le trouvai assis derrière une table, dans une pièce attenante à la cuisine, en train de noter des chiffres dans un livre de comptes. Grand et mince, il se tenait le dos bien droit. Ses longs pieds étroits étaient chaussés de souliers de cuir noir poli et luisant. Il était difficile d'évaluer son âge, mais quand il leva les yeux vers moi, je lui donnai à peu près quarante-cinq ans.

— Asseyez-vous, me dit-il en désignant une chaise de l'autre côté de la table.

Je refusai, affirmant préférer rester debout.

— Comme vous voulez.

— Que puis-je faire pour vous ? demandai-je, contrarié par son attitude arrogante.

— Vous le savez peut-être, je suis le majordome dans cette maison.

— Oui.

— Vous comprendrez alors que je doive vous signaler tout problème vous concernant dans cette demeure ?

Je ne savais pas à quoi il faisait allusion. J'attendis, puis comme le silence se prolongeait, je fus forcé d'ajouter :

— Poursuivez.

— Si je comprends bien, vous avez laissé votre manteau et vos bottes à Delia afin qu'elle les nettoie.

— En effet, dis-je. C'est la tâche d'une servante, non ?

— Vous avez raison de croire que c'est ce qu'on attend de sa servante. Cependant, Delia n'est pas la vôtre. Quand on vit à l'étage inférieur, comme on dit en Angleterre, on est considéré comme un domestique.

— Un domestique ? m'écriai-je, outré.

Il était vrai que je logeais à l'étage des serviteurs, mais je n'étais sûrement pas considéré comme l'un d'eux ! C'étaient des nègres !

— Oui, un domestique, qui doit s'occuper lui-même de son manteau et de ses chaussures. Bien entendu, Delia continuera de faire la lessive pour vous, comme elle le fait pour le reste de la maisonnée.

— Je vois, dis-je.

Aucun argument ne me venant à l'esprit, je m'empressai de sortir.

J'eus beaucoup de mal à m'endormir, ce soir-là. J'étais irrité que cet homme noir me considère comme un serviteur, mais j'étais surtout troublé par sa façon péremptoire et éloquente de s'exprimer. Je n'avais jamais vu pareille chose. Son comportement raffiné, son élocution distinguée et son maintien général contredisaient tout ce que ma grand-mère m'avait enseigné sur les capacités limitées des nègres.

Mes dimanches étaient libres. Le matin, M. Burton allait à l'église et je profitais généralement de la journée pour me promener en ville. Toutefois, un dimanche de novembre, je restai couché, aux prises avec un rhume. J'entendis Ed amener la voiture pour M. Burton et écoutai le bruit des chevaux qui s'éloignaient. J'avais l'intention de me lever, mais le temps était devenu glacial et je décidai de demeurer au lit un peu plus longtemps. Je devais avoir somnolé, car je fus réveillé en sursaut par les appels à l'aide de Delia.

J'hésitai à répondre, car il s'agissait de Delia, après tout. Cependant, ses cris étaient si urgents que j'enfilai mon pantalon par-dessus ma chemise de nuit et sortis de ma chambre en toute hâte.

— Là-haut ! cria Delia en m'apercevant. Venez en haut !

M'attendant à un incendie ou à une urgence de cet ordre, je la suivis dans l'escalier de service. Dans le couloir du rez-de-chaussée, la lumière qui entrait par la fenêtre en demi-lune au-dessus de la grande porte d'entrée éclairait un fauteuil où était assise une vieille femme. Elle semblait avoir du mal à respirer, mais quand je me précipitai vers elle, elle agita son mouchoir bordé de dentelle en direction de la porte de la salle à manger. Je compris alors qu'elle riait, tout en cherchant à reprendre son souffle.

— Venez, venez ! me lança Delia.

Elle ouvrit la porte de la salle et me poussa à l'intérieur. Dès que le battant se referma, je vis un grand oiseau blanc passer devant moi et plonger vers la table. Un plumeau jaillit de dessous, attirant l'oiseau, qui vola en criaillant. À ma grande surprise, j'aperçus Robert, accroupi entre deux chaises, agitant le plumeau pour se défendre.

— Jetez-le, lui dis-je.

— Mais j'en ai besoin ! répliqua-t-il.

— Lancez-le ! répétai-je. L'oiseau pense que c'est un autre oiseau qui l'attaque.

L'ustensile à plumes vola vers moi et s'écrasa sur le mur. Profitant du fait que l'oiseau s'élançait dans sa direction, je reculai deux des chaises.

— Sortez pendant qu'il est distrait, dis-je.

Sans plus d'encouragements, Robert sortit en rampant et se précipita vers la porte, me laissant seul pour affronter le volatile. J'étais plus fasciné qu'effrayé par cette magnifique créature. Apercevant du pain sur la table, je m'en approchai. J'attendis tranquillement, assis sur une chaise. Lorsque l'oiseau remarqua ma présence, il vint se percher sur une chaise près de moi.

— Tiens, lui dis-je d'un ton rassurant en lui tendant un bout de pain.

Il continua de crier et de se plaindre, mais sa huppe rouge vif n'était plus dressée. Cela signifiait qu'il était en train de se calmer, j'en avais la certitude. Tout à coup, il se posa sur mon épaule et, entre deux bouchées de pain, se mit à me pincer doucement l'oreille. Je sus instinctivement qu'il s'agissait d'une caresse.

J'entendis des coups discrets à la porte.

— Êtes-vous vivant ? fit une voix.

— Nous le sommes tous les deux, répondis-je.

— Je vais entrer, annonça la femme avant de se glisser dans la pièce.

Je me levai, ayant deviné que c'était Mme Burton. Elle avança en boitillant jusqu'à une chaise. L'oiseau toujours perché sur mon épaule, j'acceptai les deux cannes qu'elle me tendit avant de s'asseoir pour reprendre son souffle.

C'était une femme trapue au nez retroussé et au visage rond et avenant. Sa robe d'intérieur grise, de la même couleur que ses cheveux tressés, n'éclairait en rien son teint grisâtre.

— Asseyez-vous, me dit-elle. Vous devez être James Smith, le nouvel apprenti de mon mari ?

— En effet, répondis-je.

L'oiseau criailla pour attirer son attention. Elle rit et agita un doigt dans sa direction.

— Malcolm ! Tu es un vilain garçon de t'enfuir comme ça !

Elle gloussa, puis reprit :

— Oh ! je ne me souviens pas de la dernière fois que j'ai ri comme ça ! Pauvre Robert. Je ne sais pas pourquoi il a si peur de cet oiseau !

Elle s'essuya les yeux et se remit à rire. Son hilarité était si communicative que je me mis à rire à mon tour.

— Qu'est-il arrivé quand vous êtes entré ? demanda-t-elle.

Je décrivis la scène de l'attaque au plumeau.

— Oh ! Vraiment ? Sous la table ? s'exclama-t-elle en riant et en m'agrippant le bras, le souffle court. Arrêtez, j'ai déjà assez de mal à respirer !

— Vilain garçon ! Vilain garçon ! cria Malcolm.

En l'entendant, nous pouffâmes tous les deux, et c'est ainsi que M. Burton nous trouva en ouvrant brusquement la porte.

— Que se passe-t-il ? s'enquit-il, étonné de me voir en compagnie de son épouse.

— Oh ! monsieur Burton ! soupira cette dernière en se tamponnant les yeux. Vous auriez dû voir ça !

Il s'approcha et déposa un baiser sur sa tête.

— Ça fait du bien de vous voir rire, déclara-t-il en m'adressant un sourire reconnaissant.

Je me levai pour prendre congé, mais Mme Burton me saisit le bras.

— Non, restez, je vous en prie. Mon cher mari, asseyez-vous et nous vous raconterons tout.

— Pourrions-nous boire du thé pendant ce temps ? demanda M. Burton. Il fait froid et je suis gelé.

Il s'approcha de la cheminée en se frottant les mains.

Je me levai aussitôt en proposant :

— Je vais aller en chercher à la cuisine.

— Dites à Delia d'envoyer de l'eau chaude et des tasses. J'ai la boîte à thé ici, répliqua Mme Burton en désignant le buffet. Et dites-lui d'ajouter une tasse pour vous.

Le cœur léger, je quittai la pièce. Toutefois, je me rembrunis avant d'arriver à la cuisine. Je craignais que Robert ne soit embarrassé et même fâché que j'aie été témoin de son altercation avec l'oiseau. Au contraire, il m'accueillit comme un véritable héros. Ce ne fut pas le cas de Delia. Pendant que Robert chantait mes louanges, son visage se renfrogna de dépit. En apprenant que Mme Burton m'avait invité à prendre le thé, elle me contempla avec incrédulité.

— Vous êtes certain qu'elle veut que vous remontiez ?

— Oui, dis-je en tentant de réprimer mon irritation. Elle a dit d'ajouter une tasse pour moi.

Delia fit claquer sa langue en secouant la tête. Son antipathie envers moi grandissait un peu plus chaque jour.

— Et pourquoi ne prendrait-il pas le thé avec eux ? lui dit Robert. Ils ont tous deux besoin d'un peu de distraction, surtout Mme Burton. Un nouveau visage sera bénéfique pour elle.

Puis il remarqua ma chemise de nuit.

— Allez vous habiller de façon plus convenable.

Pendant que Delia préparait le plateau, j'allai donc enfiler une chemise et une veste. À mon retour, elle me jeta un regard si désapprobateur que je gardai mes distances dans l'escalier quand elle monta le plateau.

Dans la salle à manger, Mme Burton me fit signe d'approcher du buffet.

— Apportez-moi la boîte à thé et le sucrier, s'il vous plaît.

Je reconnus le sucrier en argent, mais ne sus quelle était la boîte contenant le thé.

— C'est la poire en bois, précisa-t-elle en désignant une petite boîte polie en forme de poire.

— Comme c'est joli ! dis-je en revenant vers la table.

— N’est-ce pas ? répondit-elle avec un grand sourire.

Je lui souris à mon tour. Je me sentais à l’aise avec elle. Le regard qu’elle posait sur moi me rappelait ma grand-mère.

La boîte à thé était magnifique.

— De quel type de bois s’agit-il ? demandai-je en caressant le grain sombre et poli du bout du doigt.

— Je crois que c’est du bois de rose, répondit-elle.

— Du bois de rose ?

M. Burton, assis à la table, intervint :

— Il vient des tropiques, expliqua-t-il avant de se tourner vers sa femme. Ce jeune homme est très doué pour le dessin et la sculpture.

— Vraiment ? dit-elle en prenant la boîte à thé. Je serais curieuse de voir vos œuvres.

Devant cet intérêt inattendu, je rougis et demeurai immobile. Mme Burton tripota la châtelaine à sa taille jusqu’à ce qu’elle trouve la clé de la boîte à thé. Après avoir soigneusement mesuré une quantité de feuilles noires aromatiques, elle verrouilla la boîte et me demanda de la remettre à sa place.

Tapotant la chaise à côté d’elle, elle m’invita à m’asseoir.

— M. Burton me dit que vous apprenez vite.

Je jetai un coup d’œil à mon employeur.

— J’aime beaucoup ce travail.

Malcolm poussa un cri et Mme Burton se tourna vers son mari :

— Auriez-vous l’obligeance de ramener Malcolm à sa chambre ? Il a mangé, et je ne voudrais pas demander à Robert de nettoyer les dégâts de son ennemi.

— Oh ! s’exclama-t-il en se levant.

Il tendit le bras et déclara d'un ton autoritaire :

— Viens, vilain garçon. Tu as créé assez d'émoi pour aujourd'hui !

— Vilain garçon ! Vilain garçon ! répéta Malcolm avant de sortir, provoquant de nouveaux éclats de rire.

Lorsque son mari eut quitté la pièce, Mme Burton me demanda :

— Alors, dites-moi, appréciez-vous vraiment votre travail ?

Je lui répondis franchement :

— Oh ! oui !

J'eus une soudaine inquiétude.

— M. Burton se serait-il plaint de moi ? demandai-je.

— Pas du tout ! dit-elle en souriant.

Je poussai un soupir de soulagement en lui rendant son sourire.

— Je suis heureux de l'apprendre.

— Malcolm s'est pris d'amitié pour vous, remarqua-t-elle. Vous aimez les oiseaux, on dirait ?

— Oui. Je me suis intéressé aux oiseaux toute ma vie.

— D'où vient cet intérêt ?

— Il a commencé quand j'étais enfant. On m'avait offert un livre rempli de magnifiques illustrations d'oiseaux. Après m'être exercé à en reproduire les images, j'ai passé des heures à la fenêtre, à dessiner les oiseaux qui nichaient dans les arbres.

— Pourquoi n'alliez-vous pas dehors ? demanda-t-elle. Étiez-vous malade ?

— Non, j'étais en bonne santé, mais ma grand-mère avait besoin de moi à ses côtés. Quand elle était très malade, je pouvais dessiner et oublier tout ce qui m'entourait. C'est encore ce qui se passe quand je peins. Cela m'absorbe entièrement.

Pendant que Mme Burton vérifiait si le thé était prêt, je regardai autour de moi. Pour la première fois depuis mon arrivée à Philadelphie, j'éprouvai un vague sentiment de contentement.

Cette pièce me rappelait ma demeure à Tall Oaks, avec ses hauts plafonds, les murs d'un vert éclatant, les hautes fenêtres drapées de velours doré ainsi que la longue table et le buffet de bois poli. Un portrait flatteur de Mme Burton jeune était suspendu au-dessus de la cheminée. Sur le mur opposé s'en trouvait un autre de M. Burton, peint quand il avait encore tous ses cheveux.

— Nous formions un beau couple, n'est-ce pas ? dit-elle en voyant mon intérêt.

— Vous étiez très belle, mais c'est étrange de voir M. Burton avec tous ces cheveux !

Cela la fit rire.

— Désolé, ce n'était pas gentil de ma part, dis-je en me sentant rougir.

— Cela aurait été un manque de tact s'il vous avait entendu, mais je ne vois pas la nécessité de répéter ces propos.

— Merci. M. Burton a été très bon pour moi.

— Et comment se fait-il que vous soyez venu à Philadelphie ? s'enquit-elle. Où est votre famille ?

Mon cœur se mit à battre plus fort. Quand j'étais enfant, lorsque j'étais effrayé par l'hystérie de ma grand-mère, j'avais appris à me calmer en comptant silencieusement chaque doigt avant de les entrelacer. C'est ce que je fis alors. Les mains jointes, je répondis :

— Je suis seul. Ma mère, enfin, ma grand-mère, est décédée.

— Et vos parents ?

Je détournai le regard.

— Ils sont morts tous les deux, mentis-je. Ma grand-mère m'a élevé.

— Je vois. Et la mort de votre grand-mère est-elle récente ?

— Oui. Elle a péri dans un incendie.

— Chez elle ?

— Oui, dans notre maison. Nous avions une ferme.

— C'est terriblement triste pour vous, dit-elle doucement.

Mes yeux s'emplirent de larmes devant ces paroles pleines de compassion. J'avais tellement envie de lui dire la vérité !

— Et vous vous êtes retrouvé dans la misère ?

— Il me reste les bijoux de grand-mère, mais je ne veux pas les vendre, marmonnai-je, la tête baissée. C'est tout ce qu'il me reste d'elle.

— Je comprends, mon cher garçon. J'ai perdu mon fils unique il y a dix-sept ans, mais sa chambre est encore telle qu'il l'a laissée. Même aujourd'hui, j'ai du mal à parler de sa disparition.

Jusqu'à ce moment, personne n'avait reconnu mon deuil, et ses paroles me touchèrent profondément. Non seulement elle comprenait mon chagrin, mais elle avait subi une épreuve similaire. Mon attachement envers Mme Burton prit naissance ce jour-là.

Désireux de revoir Mme Burton, j'avais un plan. Le lundi matin, à la boutique, je demandai à Nicolas de m'aider à trouver un magasin vendant du papier et des fournitures artistiques. Il en connaissait un et, avec l'accord de M. Burton et des pièces dans ma poche, je m'y rendis dans l'après-midi.

Je ne m'étais pas imaginé une boutique aussi merveilleuse. Je n'avais jamais vu de pastilles de peinture estampées pour l'aquarelle, ni un tel assortiment de pinceaux et de papier. Un commis m'aida à choisir. J'étais si excité à mon retour à la boutique d'orfèvrerie que j'eus du mal à me concentrer sur le polissage que Nicolas me confia.

Le soir, je mangeai rapidement, puis allai dans ma chambre comme à mon habitude. Je travaillai très tard, et fis de même chaque soir de la semaine.

Dans la soirée du samedi, je m'estimai satisfait. Tôt le lendemain, après le départ de M. Burton pour l'église, je roulai la petite aquarelle représentant Malcolm et la donnai à Robert en lui demandant de la remettre à Mme Burton.

Il jeta un regard curieux à la feuille roulée, mais se conforma à ma requête. Plus tard, comme je l'espérais, il revint avec une invitation à rejoindre Mme Burton dans la pièce connue comme la chambre de Malcolm.

De la cuisine, je suivis Robert dans l'escalier jusqu'à un vaste palier au deuxième étage. Dans le long couloir, en passant devant les chambres de M. et Mme Burton, je remarquai une magnifique horloge de parquet. Je n'en avais jamais vu de ce type, mais je connaissais leur mécanisme à balanciers. Je m'arrêtai pour admirer le boîtier de noyer noir brillant, intrigué par son tic-tac sonore. Lorsque l'instrument émit un bruit de gong, je glapis de surprise, faisant sursauter Robert. Il me jeta un regard irrité, car il était déjà nerveux à l'idée que Malcolm puisse ne pas être enfermé dans sa cage.

Le majordome frappa à une porte et me regarda avec soulagement quand j'offris d'entrer avant lui.

— Bonjour, jeune homme, m'accueillit Mme Burton de son fauteuil près de la cheminée.

— Bonjour ! interrompit Malcolm en imitant la voix de Robert à la perfection. Bonjour !

Robert lui jeta un regard inquiet, mais constata avec soulagement que l'oiseau était bien dans sa grande cage blanche en métal.

— Bonjour ! Bonjour ! cria Malcolm un peu plus fort.

— Vous feriez mieux de lui répondre, me conseilla Mme Burton. Sinon, il n'arrêtera pas. Robert, tu peux partir. Je sonnerai si j'ai besoin de toi.

J'étais aussi intrigué par l'oiseau que la première fois. Lorsque je tendis la main pour caresser ses plumes, il saisit un de mes doigts avec son bec.

— Doucement, murmurai-je.

Il continua de tenir mon doigt, sans le serrer.

— Vilain oiseau, dis-je.

Il lâcha mon doigt pour répéter ma phrase, et j'éclatai de rire.

— Sortez-le si vous voulez, me dit mon hôtesse.

Malcolm s'agita nerveusement pendant que je m'efforçais de détacher l'énorme loquet.

— Offrez-lui votre bras, conseilla Mme Burton.

Je m'exécutai, et l'oiseau s'y percha aussitôt. Pendant que je me dirigeais vers elle, Malcolm grimpa le long de mon bras pour s'installer sur mon épaule, où il saisit le lobe de mon oreille.

— Hééé, l'avertis-je à voix basse.

— Hééé, répéta-t-il.

En m'entendant m'esclaffer, il imita aussi mon rire.

Je levai la tête pour voir si Mme Burton appréciait autant ces échanges que moi. Malgré son sourire, je sentis qu'elle était préoccupée. Elle désigna une bergère à oreilles tendue de velours rouge.

— Venez vous asseoir.

Je m'approchai et l'oiseau s'envola vers un perchoir suspendu devant une fenêtre.

— Vous savez comment vous y prendre avec lui, remarqua-t-elle.

— Il est superbe, répondis-je en m'installant dans le fauteuil.

— Il appartenait à mon fils.

— A-t-il manqué à Malcolm après qu'il…

Je m'interrompis, me demandant si c'était une erreur d'aborder un sujet si douloureux.

— Quand Gerard est décédé, Malcolm a eu autant de chagrin que moi. Il a refusé de manger pendant des jours et n'a pas parlé avant plusieurs mois. Pour moi, c'était presque une consolation de le voir bouleversé. Il était aussi malheureux que moi.

Pendant qu'elle parlait, l'oiseau revint en voletant et se posa sur mon épaule pour me pincer l'oreille.

Elle essuya quelques larmes.

— Pardonnez-moi, dit-elle. Je suis touchée de le voir réagir ainsi à votre présence. Il n'a plus jamais été le même après la mort de Gerard. Il est même devenu un problème, mais je n'ai jamais pu me résoudre à m'en débarrasser. Maintenant, de le voir avec vous… Eh bien, c'est ainsi qu'il se comportait avec lui.

— Je ne voulais pas vous faire de peine. Devrais-je le remettre dans sa cage ?

— Non, non ! Je ne pleurerai plus !

Elle se moucha et ajouta en me regardant tendrement :

— Merci d'être aussi prévenant. Votre grand-mère vous a bien élevé. Puis-je vous tutoyer et vous appeler James ?

— Bien sûr. Ou Jamie.

— Est-ce le nom que ta grand-mère te donnait ?

Je hochai la tête, craignant de parler.

— Alors, je t'appellerai aussi Jamie, dit-elle d'une voix douce.

Elle m'examina comme pour jauger ma sensibilité avant de poursuivre.

— Jamie, j'ai une question personnelle à te poser. Ça concerne tes yeux.

— Oui ? dis-je avec circonspection.

Récemment, devant la curiosité témoignée par les gens, ce sujet était devenu plus délicat pour moi.

— Ton bon œil est-il douloureux quand tu peins ? Sens-tu que tu le surmènes ?

— Non, il ne me dérange pas.

— Parfait, c'est ce que j'espérais. En ce qui concerne ton œil malade, puis-je te faire une suggestion ?

— Bien sûr.

— Mon mari a un ami qui a perdu un œil durant sa jeunesse. Il porte un cache-œil, et je dois dire que les dames trouvent cela irrésistible. Je me demandais si tu aimerais qu'on fasse faire un cache-œil similaire pour toi ?

— Je suppose que je pourrais essayer.

— C'est donc réglé, dit-elle en baissant les yeux sur ma peinture, posée sur ses genoux. Jamie, c'est l'une des meilleures représentations de cacatoès à huppe rouge que j'aie jamais vue.

— J'ai fait de mon mieux en travaillant de mémoire.

— Elle est si réussie que je vais la faire encadrer. As-tu déjà songé à suivre des cours de peinture ?

— Grand-mère en parlait souvent. Mais maintenant…

Elle sourit.

— Mon cher, ta grand-mère avait raison. Tu as un don inné. Il faut veiller à le développer.

Malcolm, désireux d'attirer l'attention, émit un gloussement si humain que nous sursautâmes. Nous nous regardâmes en pouffant, puis éclatâmes de rire quand Malcolm répéta son gloussement.

— Oh ! mon Dieu ! soupira Mme Burton en s'essuyant les yeux. Tu ne peux imaginer à quel point ça me fait du bien de rire de nouveau.

Pourtant, je le pouvais ! Je n'avais pas ri depuis le décès de ma grand-mère et ne m'étais pas senti aussi à l'aise avec quelqu'un depuis mon départ de la maison. J'aimais et admirais M. Burton pour l'homme qu'il était, mais sa femme représentait tout ce que j'avais perdu avec ma grand-mère. Et j'en voulais davantage.

Le dimanche suivant, je fus invité à partager le souper des Burton. Les sujets de conversation ne manquèrent pas, car aussitôt que Robert eut servi la soupe, mes deux hôtes se mirent à me raconter des anecdotes de leur jeunesse. Avant la naissance de leur fils, ils avaient voyagé ensemble dans l'Ouest.

— Elle était intrépide, dit M. Burton à propos de sa femme. Tu aurais dû la voir ! Elle montait…

— Je montais à cheval à califourchon ! l'interrompit-elle. Si mes parents m'avaient vue ! Pas de selle d'amazone. Quelle liberté !

En l'entendant glousser comme une jeune fille, M. Burton et Robert échangèrent un sourire.

— Vous souvenez-vous de ce que je portais, monsieur Burton ? demanda-t-elle.

— Comment pourrais-je l'oublier ? Vous portiez mon pantalon !

Se tournant vers moi, il ajouta :

— Je n'oublierai jamais le spectacle de ma jeune épouse filant dans les herbes hautes sur ce poney indien à la robe tachetée.

— Il était brun et blanc et filait comme le vent !

M. Burton sourit devant l'animation de son épouse, pendant que je m'avançais au bord de ma chaise.

— Était-ce un véritable poney indien ? voulus-je savoir.

— Des Indiens le lui avaient donné, confirma M. Burton.

— Vous en avez vraiment rencontré ?

Ils m'assurèrent que oui, et mes questions fusèrent avec enthousiasme, faisant de ce repas un tel succès qu'ils m'invitèrent de nouveau.

Les Burton avaient eu une vie bien remplie et s'animaient en racontant leurs souvenirs. J'étais fasciné et débordant de curiosité, car je n'avais jamais rêvé d'une vie aussi aventureuse. Bientôt, nos repas du dimanche devinrent une habitude. De plus en plus souvent, Mme Burton remarquait à haute voix que certaines de mes attitudes lui rappelaient celles de son fils.

— Regardez, mon cher, comment Jamie joint les mains en parlant. C'est exactement ce que faisait Gerard, n'est-ce pas ?

Au début, M. Burton se contentait de hocher la tête, mais graduellement, il se mit aussi à faire ce genre de commentaires. Chaque fois, je me sentais un peu plus accepté et désireux d'avoir une famille, aussi entretins-je ce comportement pour susciter d'autres remarques similaires.

Avec le temps, Mme Burton commença à exprimer son inquiétude quant à la taille de ma chambre au sous-sol. Je lui assurai qu'elle n'était pas trop petite. Toutefois, au printemps de l'année suivante, j'eus une agréable surprise lorsque mes bienfaiteurs annoncèrent que j'allais emménager dans celle de leur fils, située au troisième étage.

Delia fut outrée en voyant Robert m'aider à déménager mes affaires et ne se priva pas de le dire.

— Ce n'est pas correct ! Pourquoi ils le mettent dans la chambre de leur garçon ?

— Delia ! la morigéna Robert. Vous devriez être heureuse que Mme Burton ait finalement vidé la chambre de Gerard. Pourquoi James ne pourrait-il pas l'occuper ?

Nous transportâmes mes quelques affaires dans l'escalier de service, jusqu'au troisième. Je n'avais jamais vu l'étage supérieur de la maison. Pendant que Robert me précédait dans le couloir, je jetai un coup d'œil aux pièces qui avaient autrefois servi de chambre d'enfant et de logements pour les domestiques.

La plupart étaient petites et vides, mais la chambre de Gerard, située à l'extrémité du couloir, était spacieuse. Bien que dotée d'un plafond bas, ses quatre lucarnes procuraient suffisamment de lumière. Cette chambre peinte en blanc comportait toujours les meubles nécessaires, mais les affaires personnelles de Gerard en avaient été retirées. L'espace me parut étrangement vide et abandonné.

J'eus un instant d'hésitation.

— Robert, je ne sais pas si je devrais m'installer ici…

— Vous pensez sûrement aux Burton, dit-il en lissant le couvre-lit bleu. Vous avez de nouveau fait entrer le bonheur dans cette maison. Ils vous l'ont proposé pour vous faire plaisir. De pareilles occasions ne se présentent pas souvent pour les gens comme n…

Il s'interrompit, puis ajouta avant de sortir de la pièce :

— Je suis toujours là pour vous aider.

Je fixai la porte, perplexe. Qu'avait-il voulu dire ? Allait-il dire « les gens comme nous » ?

Je chassai cette question de mon esprit et m'assis au bord du lit pour examiner la pièce. C'est le silence qui me frappa le plus. Si loin de tous, je me sentis seul. Je contemplai la table de toilette et le bureau en chêne, puis aperçus une grande commode. Alors que d'autres auraient apprécié la beauté du grain du noyer ou les neuf grands tiroirs, elle offrait à mes yeux quelque chose d'encore plus précieux. Le tiroir du bas se fermait à clé ! Enfin, j'avais un endroit où conserver mes affaires en sécurité, à l'abri des yeux indiscrets de Delia.

# 11

## *1810-1812*
## *James*

Après mon installation dans la chambre de Gerard, j'en vins à redouter l'arrivée de la nuit. J'avais du mal à trouver le sommeil, et quand j'y parvenais, mes cauchemars étaient si effrayants que je me réveillais souvent en criant. Trop terrifié pour me rendormir, je restais réveillé jusque tard dans la nuit. Dans mon état de fatigue, les souvenirs d'autrefois que je parvenais à réprimer durant la journée remontaient alors facilement.

J'avais huit ans quand j'avais compris pour la première fois à quel point Marshall me détestait. C'était une agréable journée de juin, et les membres de la maisonnée faisaient un pique-nique à l'extérieur, sous le grand chêne derrière la propriété. C'était inhabituel pour mère, c'est-à-dire grand-mère, d'aller dehors. Sa bru Lavinia, qui était la femme de Marshall, l'avait convaincue de profiter du beau temps.

À cet âge tendre, j'étais entiché de Mme Lavinia. Ce jour-là, elle se pencha pour placer un grand livre sur mes genoux, et je ne pus m'empêcher de toucher la mèche de cheveux roux soyeux qui me frôlait le visage. Elle sourit, prit ma main et y déposa un baiser. C'est en raison de sa douceur que les abus dont l'accabla plus tard Marshall me parurent si horribles.

— Cher Jamie, c'est pour toi, me dit-elle. Je l'ai commandé il y a des mois pour ton anniversaire, mais il vient tout juste d'arriver.

Je lus le titre à haute voix : *Illustrations d'oiseaux*.

— Comme c'est gentil, ma chère, dit ma grand-mère pendant que j'ouvrais le livre pour contempler les pages.

Mme Lavinia me tapota la tête.

— Je n'ai jamais connu quelqu'un d'aussi fasciné par les oiseaux que notre cher Jamie.

— C'est le cadeau idéal, ajouta grand-mère. J'aurais voulu y penser moi-même.

— Mère, j'adore la peinture à l'aquarelle que vous m'avez donnée, m'empressai-je de dire pour la rassurer.

Elle se pencha vers moi, assis par terre à côté de sa chaise, et écarta une mèche de cheveux qui était retombée sur mon front.

— Je te donnerais l'univers si je le pouvais, déclara-t-elle en plongeant son regard dans le mien.

Je lui souris et attendis qu'elle se redresse. Ce n'est qu'alors que j'osai reporter mon attention sur le livre – celui qui, avec le temps, allait devenir mon trésor le plus précieux.

Ce souvenir s'assombrit lorsque je me rappelai la soudaine apparition de Marshall.

Nous le voyions rarement, car il était souvent absent. Cet homme grand et imposant avait une expression courroucée en permanence. S'il lui arriva de prononcer des paroles agréables, je ne les entendis jamais. Jusqu'à ma dernière année à Tall Oakes, celle où je le tuai, j'avais toujours cru à tort qu'il était mon frère. Alors qu'à ses yeux, j'étais un rappel désagréable de son accouplement contre nature avec une esclave noire.

Lavinia se raidit à l'approche de son mari. Le regard désapprobateur de Marshall se posa aussitôt sur Sukey, la servante bien-aimée de Mme Lavinia, assise sur une couverture à côté de sa maîtresse.

— Faites-la lever, ordonna-t-il. Apprenez-lui à se lever quand je…

— Lève-toi, s'il te plaît, Sukey, s'empressa de dire Mme Lavinia.

La jeune négresse se redressa vivement.

Marshall se tourna vers sa mère.

— Du vin si tôt dans la journée, mère ?

— Ça me calme les nerfs, répondit grand-mère d'une voix tremblante.

Je détestais voir à quel point il lui faisait peur.

— Oui, j'en suis certain, répliqua-t-il.

Quand son regard se posa sur moi, j'y lus une telle aversion que je me tournai vers grand-mère. Qu'avais-je fait ? Pourquoi me détestait-il à ce point ?

— Et que fait-il ici, pour l'amour de Dieu ? tonna-t-il.

Quand il fit un pas dans ma direction, grand-mère me saisit le bras. Je sentis ses doigts s'enfoncer dans ma chair, mais j'étais si effrayé que je ne protestai pas.

Lavinia se leva aussitôt, secouant ses jupes et se plaçant devant moi pour me soustraire à la vue de son mari.

— Voulez-vous vous joindre à nous, Marshall ? lui proposa-t-elle. Je vais renvoyer les enfants. Restez avec nous, je vous prie, et mangez un peu de gâteau !

Nous avions tellement de plaisir quelques instants plus tôt ! Je fus chagriné d'entendre la tension dans sa voix. Je résolus une fois de plus de chasser mon horrible frère de cet endroit lorsque je serais grand.

— Je ne mange pas avec les nègres ! cracha Marshall en me toisant avec tant de haine que je reculai.

Il repartit aussi vite qu'il était arrivé, mais les nerfs de grand-mère étaient trop ébranlés. Elle dut retourner à sa chambre pour prendre une forte dose de laudanum.

J'étais toujours soulagé quand son médicament la faisait dormir, car je redoutais les occasions où ses nerfs prenaient le dessus. Ses terreurs m'effrayaient, et pendant que tout le monde tentait de la calmer, je me retirais dans mon propre monde, avec mes crayons et ma peinture. Je dessinais, coloriais et m'imaginais dans une forêt en essayant de me convaincre que les exclamations de grand-mère n'étaient rien de plus que des cris d'oiseau.

En me remémorant ces souvenirs dans le silence de la chambre de Gerard, je passai des nuits d'agonie à me demander si grand-mère avait poussé de tels cris en mourant dans l'incendie. M'avait-elle appelé ?

Un soir, je me rappelai que j'avais de la peinture et décidai de me lever pour dessiner et peindre. C'est ce que je fis par la suite, chaque fois que mes souvenirs revinrent me tourmenter. Cette distraction était si apaisante que, lorsque le sommeil finissait par me gagner, je rêvais presque toujours que j'étais un oiseau en vol, réchauffé par le soleil et porté par une douce brise dans les airs.

La veille de mon quinzième anniversaire, en février 1812, je me réveillai soudain en sueur au milieu de la nuit à la suite d'un autre cauchemar. En changeant ma chemise, je me souvins que c'était mon anniversaire. Je songeai alors à ceux que j'avais célébrés à Tall Oakes. À mesure que les souvenirs agréables me revenaient en mémoire, mon cœur se serra de nostalgie.

Je ressentis un sursaut de culpabilité, car le soir de mon départ, j'avais promis d'envoyer un mot à ma famille pour l'informer que j'étais arrivé à destination sain et sauf. Jusque-là, je n'avais pas tenu promesse, tenaillé par la peur. Henry m'avait répété maintes fois de couper tous les ponts avec mon ancienne vie, soutenant que des patrouilleurs étaient à l'affût. Pour appuyer ses dires, il m'avait raconté des récits de fuyards qui avaient été rattrapés et livrés à leurs maîtres des années après leur évasion.

Je n'avais donc pas osé écrire, de crainte qu'on ne puisse remonter jusqu'aux Burton. Cependant, j'avais récemment appris que je pouvais louer un casier au bureau de poste. Grâce à cet anonymat, je jugeai qu'il n'était plus aussi risqué d'envoyer un message.

Mais à qui devrais-je l'adresser ?

Je repensai au soir de ma fuite, lorsque Belle, l'esclave noire, m'avait donné la veste où elle avait cousu les bijoux de grand-mère. Avant que je parte, elle avait tenté de m'embrasser et je m'étais rapidement détourné, révolté à l'idée qu'il s'agissait de ma mère, comme je l'avais récemment appris. Deux ans plus tard, j'avais encore envie de rentrer sous terre à l'évocation de ce souvenir.

Non. J'écrirais à Mme Lavinia. C'était elle qui avait pris soin de moi au fil des ans et qui avait essayé de me protéger contre Marshall.

J'écrivis donc :

*Chère Madame Lavinia,*

*Je vous écris pour vous faire savoir que je vais bien. Je vis à Philadelphie et suis devenu apprenti dans un atelier d'orfèvrerie. Le propriétaire me dit que j'ai du talent pour ce travail et m'a accueilli chez lui. J'espère que vous allez bien et vous transmets mes sincères salutations.*

Après une hésitation, je décidai de signer de mon nouveau nom, James Smith.

Le lendemain matin, j'emportai la lettre avec moi. Lors d'une livraison pour la boutique, je passai au bureau de poste. Je dépensai une partie de mon argent pour me procurer une boîte postale avant d'expédier ma missive.

Mme Burton avait des difficultés respiratoires, mais son principal problème était l'arthrite qui affectait ses hanches. Lors de ses pires journées, quand elle devait rester au lit, je lui envoyais une fleur ou un croquis pour lui redonner courage, comme j'avais l'habitude de le faire pour ma grand-mère. Sa réaction était toujours surprise et enjouée. Je fus encouragé à continuer quand M. Burton me répéta à quel point ces petits présents comptaient pour son épouse.

En constatant que son état d'invalide ne me répugnait pas, Mme Burton me demanda de lui amener Malcolm lorsqu'elle était confinée dans sa chambre et que j'étais à la maison.

Je ne me souviens pas de la première fois où j'allai la voir dans sa chambre, mais je sais que c'était une journée d'hiver. Je craignais que le courant d'air froid dans le couloir n'affecte Malcolm, qui se dandinait avec excitation sur mon épaule.

En entrant, je fus soulagé de voir qu'un feu brûlait dans la cheminée, réchauffant la pièce au haut plafond. Malgré la taille imposante du lit à baldaquin sculpté, les tentures vertes et violettes procuraient une atmosphère feutrée.

Après que Malcolm eut diverti Mme Burton, je lui trouvai un perchoir sur un paravent, et elle m'invita à m'asseoir auprès du lit. J'aperçus un livre sur sa table de chevet.

— Aimeriez-vous que je vous fasse la lecture ?

— Lis-tu bien ? demanda-t-elle avec réserve.

— Oui, répondis-je sans hésiter, car j'avais lu pour ma grand-mère à partir de l'âge de sept ans.

Elle sourit.

— Je suis difficile sur la façon dont lisent les gens. Alors, ne t'offusque pas si je t'arrête.

Il s'agissait d'une œuvre légère de fiction pour dames dont j'ai oublié le titre, mais je lus en prononçant clairement chaque syllabe, comme me l'avait enseigné ma grand-mère. Lorsque je m'interrompis pour prendre une pause, Mme Burton soupira.

— Jamie, je dois dire que tu lis de façon charmante.

— Je le faisais souvent pour grand-mère, dis-je.

Oubliant ma réserve, je poursuivis :

— Parfois, les serviteurs venaient le soir et je lisais aussi pour eux.

— Ce devait être agréable.

— En effet, dis-je.

— Aviez-vous une grande bibliothèque ?

— Oui, mais tout a été détruit dans l'incendie.

J'avais constaté que, chaque fois que je mentionnais l'incendie, ses questions sur mon passé se tarissaient. Elle savait que ce sujet me rendait malheureux. Pour la même raison, je ne mentionnais pas son fils, à moins qu'elle ne l'évoque elle-même, alors je me contentais de l'écouter.

— Eh bien, j'espère que tu profites de notre bibliothèque ? demanda-t-elle.

— Non, dis-je. Je n'irais pas sans qu'on m'y invite.

— Jeune homme, estime-toi invité !

— Merci !

— Jamie, ajouta-t-elle en me prenant la main. Je veux que tu considères cette maison comme la tienne.

Ému par son regard plein d'affection, je résolus ce jour-là de lui dire bientôt toute la vérité sur mon passé.

À mesure que le temps passait, je me sentais de plus en plus chez moi dans ce nouveau foyer. Un soir, durant le souper, les Burton eurent un différend. Lorsque j'en connus la raison, je me sentis mal à l'aise. Leur discussion concernait la visite que Mme Burton avait reçue d'un notaire, venu lui apprendre la mort de son frère. Apparemment, ce dernier ne s'était jamais marié et avait laissé à sa sœur une grande plantation en Caroline. Bien que cela semble être une aubaine, il apparut après quelques recherches que la propriété était largement hypothéquée et devait être vendue pour rembourser les dettes.

Les Burton estimaient que le domaine, sur lequel vivaient de nombreux esclaves, devait être mis aux enchères. Prévoyant cette éventualité, le frère de Mme Burton avait demandé dans son testament que deux de ses servantes, une mère et sa fille qui avaient été à son service de nombreuses années, soient placées avec soin par son héritière.

Le désaccord entre les époux survint quand M. Burton se demanda s'ils devaient faire venir ces deux femmes et leur offrir une place dans leur maison. Mme Burton, elle, préférait les vendre avec les autres esclaves.

Jusqu'alors, le sujet de l'esclavage n'avait jamais été abordé devant moi. Comme Delia et son frère avaient obtenu leur liberté, j'avais supposé que les Burton avaient des idées antiesclavagistes. En les entendant discuter, je constatai à ma grande surprise qu'il n'en était rien.

Mme Burton se tourna soudain vers moi :

— James, tu m'as dit que tu as été élevé avec des esclaves. Qu'est-il advenu d'eux après la mort de ta grand-mère ?

Pris de court, je répondis :

— Ils ont tous été vendus.

C'est la première pensée qui me vint à l'esprit. Malgré ce mensonge proféré d'un air détaché, je me sentis embarrassé. En réalité, je n'avais aucune idée de ce qui était arrivé aux gens de Tall Oakes après mon départ.

— Étais-tu attaché à certains de ces serviteurs ? s'enquit-elle.

— Je… je suppose que oui. Mais il y avait des dettes…

— Vous voyez, mon cher, reprit Mme Burton en se tournant vers son mari. Il y a également des dettes dans ce cas-ci ! Nous devons vendre le tout et en finir !

— Mais vous ne trouvez pas injuste d'y inclure ces deux femmes ? protesta-t-il.

— Injuste ? Injuste ? s'écria Mme Burton, dont l'indignation m'étonna. Au cours des trente dernières années, je n'ai pas pu rendre visite à mon seul frère. Il s'entêtait à poursuivre cette union illégale et malsaine avec une négresse. Et comme si cela ne suffisait pas, il a eu le culot d'avoir une progéniture ! Imaginez ! Laisser derrière lui une fille noire qui prétend être de son sang ! Et maintenant, il veut que je décide de l'avenir de ces deux femmes ? Je ne le ferai pas ! Je refuse d'assumer cette responsabilité à sa place. Elles seront vendues avec les autres.

Je fus si abasourdi par ses paroles que je balbutiai une piètre excuse et quittai la table.

J'étais horrifié d'apprendre les véritables opinions de Mme Burton. J'avais été si près de lui révéler la vérité sur mon passé. Et s'ils découvraient un jour mon secret ? Que feraient-ils ? Devais-je partir avant que cela se produise ? Mais où irais-je ? Comment gagnerais-je ma vie ? À présent que je me sentais vraiment chez moi, mon ventre se serra à la pensée de devoir partir. Ce soir-là, je restai couché dans mon lit, tourmenté par l'indécision. Mais le lendemain matin, j'étais déterminé à rester, convaincu que les Burton ne découvriraient jamais mon passé.

Ma seule inquiétude concernait Delia, dont le ressentiment s'intensifiait à mesure que les Burton se rapprochaient de moi. Je me méfiais d'elle, car un jour, après qu'elle eut apporté des chemises propres dans ma chambre, je remarquai que mes croquis et pinceaux étaient en désordre sur mon bureau. En examinant de plus près, je vis que le tiroir du haut avait été fouillé.

Je gardais religieusement la clé du tiroir de la commode dans la poche de mon gilet, mais ces indiscrétions m'alarmèrent. En plus de garder mes bijoux en sécurité, ce tiroir contenait la lettre que m'avait envoyée Lavinia. Je tenais à cette missive, tout en sachant qu'il aurait été préférable de la détruire.

Près de deux mois après avoir posté ma lettre, j'avais reçu une réponse. Même si je m'étais enjoint de ne pas avoir d'attentes, je m'arrêtais fréquemment au bureau de poste quand j'étais dans les parages pour une livraison. Le jour où la lettre me parvint, je fus si surpris que je la manipulai comme du charbon ardent et la glissai dans ma poche avant de retourner à la boutique.

Elle me brûla la poitrine pour le reste de la journée. En rentrant à la maison, j'avais l'intention de monter à ma chambre comme d'habitude pour me rafraîchir avant le repas, comptant en profiter pour la lire. Cependant, Robert nous accueillit à la porte.

— Mme Burton a eu une journée difficile et aimerait que vous vous joigniez à elle pour souper sans délai.

— Bien sûr, bien sûr, acquiesça M. Burton.

N'ayant pas d'excuse toute prête, je le suivis dans la chambre de sa femme.

Malgré son alitement, ou peut-être en raison de celui-ci, Mme Burton était d'humeur bavarde. Après le repas, je dissimulai ma déception quand elle me demanda d'aller chercher Malcolm.

L'oiseau était surexcité et, pour la première fois, je le réprimandai lorsqu'il me pinça l'oreille gentiment.

— Était-ce une mauvaise journée, mon cher ? me demanda Mme Burton en constatant mon humeur irritable.

— Non, tout va bien, répondis-je abruptement, avant de me ressaisir. Je n'ai pas bien dormi la nuit dernière.

— Alors, tu dois te reposer ce soir. Ramène Malcolm, puis demande une tasse de lait chaud à Delia avant de te retirer pour la nuit. Cela fonctionne toujours pour moi.

Je la remerciai. Lorsque je me penchai pour lui donner mon baiser habituel sur la joue, j'eus l'impression d'être un traître.

Une fois dans ma chambre, je demeurai longtemps immobile, la lettre dans les mains, hésitant à en briser le sceau. Quand je finis par m'y résoudre, je retins mon souffle en lisant la réponse qui venait à la fois de Mme Lavinia et de Belle.

*Cher James,*

*Comment exprimer tout le bonheur que nous avons éprouvé en apprenant que tu étais en sécurité ! Nous nous sommes inquiétées tant de fois à ton sujet ! J'aurais tellement voulu avoir la chance de te parler avant ton départ. J'imagine le choc que tu as subi en découvrant la vérité sur ta mère, et je déplore le rôle que j'ai joué dans ce mensonge.*

*Si tu éprouves un jour le besoin d'obtenir des papiers confirmant ta liberté, fais-le-moi savoir. J'ai convaincu ta mère que tu aimerais avoir de ses nouvelles, et j'ai inclus son message plus bas. Si ce n'est pas trop risqué pour toi, donne-nous encore de tes nouvelles.*

*Lavinia*

Les jambes molles, j'allai m'asseoir à mon bureau pour poursuivre ma lecture.

*Jamie,*

*Merci de nous avoir fait savoir que tu allais bien. Tu ne dis pas dans ta lettre si tu vis comme un Blanc, mais j'espère que oui.*
*Je vis avec Mme Lavinia dans la grande maison qui a été reconstruite. À la ferme, on élève maintenant des chevaux au lieu de cultiver le tabac.*

*Belle*

J'allai à la cheminée dans le but de détruire la missive, mais je ne pus me résoudre à m'en débarrasser. Je relus les mots à maintes reprises et me mis à sangloter. Je tenais là la preuve que des gens se souciaient de moi. J'avais un foyer, sauf que je n'avais pas le courage d'y retourner.

# 12

## *1814*
## *James*

Au cours des deux années suivantes, je me dévouai entièrement aux Burton. Au travail, je m'appliquais tellement que lors de mon dix-septième anniversaire, Nicolas commença à me confier des commandes de nos plus riches clients. Le soir, durant le souper, M. Burton ne tarissait pas d'éloges sur moi. Son approbation me réjouissait. De son côté, Mme Burton était toujours aussi chaleureuse. Même si je n'oubliais pas ses paroles révélatrices, sa dévotion était telle que je pouvais pratiquement me convaincre que ses sentiments ne changeraient pas si elle apprenait la vérité à mon sujet.

Un matin de mars 1814, quelques semaines après mon anniversaire, elle m'informa qu'à la fin du mois aurait lieu un souper de fête où ma présence était requise.

— Mon mari et moi avons une annonce à faire, et nous avons invité des amis pour célébrer la nouvelle.

Cette soirée mondaine me surprit, car les Burton étaient des gens solitaires. Quand je voulus en savoir plus, Mme Burton devint inhabituellement discrète.

— C'est une occasion importante, et tout le monde sera en tenue de soirée. Avec Robert à la barre, cette célébration surpassera sûrement toutes les précédentes ! Et cela, mon cher garçon, devra te suffire pour le moment, conclut-elle en souriant.

Je gardai le silence en réfléchissant.

— Jamie ? Je connais cette expression. As-tu une question ?

— Je ne crois pas avoir de vêtements convenables.

Elle sourit.

— C'est pour cette raison que j'ai pris un rendez-vous pour toi avec le tailleur de mon mari. Considère cela comme un cadeau.

Deux jours plus tard, j'allai donc faire mon premier essayage de tenue de soirée.

Dans les jours précédant la soirée, une entreprise de ménage fut engagée. Robert supervisa le travail et s'assura que chaque pièce était nettoyée du sol au plafond. On sortit l'argenterie et la vaisselle pour les astiquer et les laver, et les lustres furent même descendus pour être dépoussiérés.

Des domestiques supplémentaires furent recrutés. Au grand dam de Delia, les Burton jugèrent que Robert avait raison d'embaucher une autre cuisinière pour diriger la cuisine durant la préparation de ce repas élaboré.

Mme Burton ayant fait plusieurs allusions au fait que cette soirée avait quelque chose à voir avec moi, je commençai à croire que cela concernait mon apprentissage.

Bien que mon patron ait récemment suggéré que je reçoive bientôt un salaire, nous n'avions jamais discuté officiellement de mon avenir au sein de son affaire. Plus j'y réfléchissais, plus je soupçonnais qu'il profiterait peut-être de l'occasion pour m'y offrir un poste. Plus que tout au monde, je souhaitais continuer de travailler pour lui. En revanche, je craignais qu'en me versant un salaire il ne s'attende à ce que je vive de manière indépendante. Comme je redoutais l'idée de quitter sa maison !

J'avais déjà commencé à m'habiller en vue de la soirée quand on frappa à ma porte.

— Je suis venu vous aider, annonça Robert d'un ton cérémonieux.

— M'aider ?

— Oui, c'est Mme Burton qui m'envoie.

— C'est gentil de sa part, mais vous êtes si occupé ! N'ont-ils pas besoin de vos services ailleurs ?

— Je suis heureux de vous offrir mon assistance, ce soir, dit-il, plus professionnel que jamais.

— J'apprécie votre offre, Robert, mais je crois que j'ai tout ce dont j'ai besoin.

Le majordome examina mon long pantalon noir qui s'attachait sous mes chaussures neuves, noires et bien cirées.

— Ce nouvel habit convient très bien à votre silhouette, déclara-t-il.

— Vous trouvez ? J'espère que Mme Burton approuvera.

— Je n'en ai aucun doute.

Je regardai le lit, où j'avais étalé mon nouveau gilet de soie et ma veste bleu foncé. Juste à côté se trouvait une cravate d'un blanc éclatant. Le tailleur m'avait enseigné la façon de la nouer, et j'espérais me souvenir du nœud approprié.

Je me dirigeai vers le lit et pris la cravate.

— Maintenant que j'y pense, Robert, j'apprécierais votre aide pour nouer ceci.

— Quel style aviez-vous prévu ?

— Que me suggérez-vous ?

Sans hésiter, il répondit :

— Pour ce soir, le nœud à la Maharatta serait parfait.

En m'aidant ensuite à enfiler mon gilet, il exprima son admiration pour les fleurs bleues brodées sur la soie ivoire. Puis j'endossai ma veste, dont il tira les basques avant de compléter le tout par un coup de brosse.

Je mis le cache-œil de soie noire que le tailleur avait conçu de manière qu'il s'ajuste aussi parfaitement qu'un gant de qualité. Je me tournai vers Robert pour avoir son opinion.

— Qu'en dites-vous ?

Il me scruta des pieds à la tête, puis m'adressa un de ses rares sourires.

— Cette tenue vous va à merveille. M. et Mme Burton seront ravis.

— Vous croyez, Robert ?

— Tout à fait.

Après un dernier coup de brosse sur mes épaules, il m'ouvrit la porte.

Le salon, attenant à la salle à manger, était déjà rempli d'invités quand j'y entrai. M. et Mme Burton m'attendaient et m'entraînèrent pour faire les présentations. Je connaissais déjà Nicolas et sa femme et avais rencontré le notaire de la famille à quelques reprises. Ce soir-là, il me présenta sa ravissante nièce, Mlle Grewen.

Lorsque Robert ouvrit les portes de la salle à manger pour annoncer que le repas était servi, on entendit une exclamation de ravissement collective. Les bougies du lustre faisaient luire l'argenterie et le cristal disposés sur la longue table. Des gerbes de fleurs blanches se déversaient sur la nappe d'un blanc éclatant et une odeur de jasmin flottait dans l'air.

Robert, très élégant en jaquette et pantalon bleus agrémentés d'un gilet jaune, se tenait au garde-à-vous avec ses six assistants, vêtus de façon similaire à l'exception du gilet. Delia, la mine maussade, était debout près du buffet.

En voyant que j'étais assis à la place d'honneur, à la droite de Mme Burton, je fus convaincu que cette soirée concernait ma promotion. Toute cette attention à mon égard me rendait de plus en plus nerveux. J'aurais préféré que les Burton ne se soient pas donné tout ce mal. Pourtant, je voyais bien l'excitation de ma protectrice et me forçai à lui sourire. Je ne l'avais jamais vue si heureuse.

Lorsque tout le monde fut assis, Robert, tel un chef d'orchestre, lança le dîner. Delia servit des bols de potage aux carottes qu'elle confia à un serveur. Robert s'assura que le pouce du serveur était couvert d'une serviette blanche avant de le laisser servir chaque convive.

L'étiquette dictait de ne pas attendre que toute la table soit servie, et ceux qui commencèrent leur repas s'empressèrent de manifester leur approbation.

Le festin se déroula de manière fluide et efficace. La soupe fut suivie de crabe décortiqué et grillé, présenté dans sa carapace. Mme Burton savait que j'appréciais particulièrement ce plat. Chaque service était accompagné d'un nouveau vin. Même si je buvais rarement, je ne me fis pas prier ce soir-là. En fait, je bus deux verres l'un après l'autre et étais très détendu quand un autre de mes plats préférés, un gigot d'agneau à la menthe, fit son apparition.

À l'arrivée du fromage et des fruits, Mlle Grewen, la jeune femme assise à ma droite, se tourna vers moi.

— Aimeriez-vous partager une poire ? demanda-t-elle en rougissant, comme s'il s'agissait d'une proposition plus intime.

D'humeur affable sous l'effet du vin, je souris pour manifester mon accord et piquai adroitement le fruit mûr de ma fourchette. Je jetai un coup d'œil à Mme Burton, qui me regarda peler la poire comme elle me l'avait appris. Je lui fis un clin d'œil. Elle éclata de rire, mais ses yeux s'emplirent soudain de larmes. Avant que je puisse lui présenter mes excuses, le champagne fut servi et M. Burton se leva, son verre à la main. Je me tournai vers sa femme et vis à mon désarroi que ses yeux étaient encore humides.

— Est-ce que ça va ? lui murmurai-je.

— Oui, répondit-elle en me prenant la main.

Elle me regardait avec tant d'affection que cela me rappela ma grand-mère. Ma réserve habituelle se dissipa et je pris spontanément sa main pour y déposer un baiser.

— Nous sommes ici ce soir pour célébrer ce jeune homme, déclara M. Burton en me désignant du menton.

Mes joues s'empourprèrent. Il n'y avait plus de doute, il allait m'offrir un emploi. Encouragé par le vin du souper, je m'empressai de prévoir quelques paroles de gratitude.

— Il est non seulement devenu un membre apprécié de notre équipe de travail, poursuivit mon employeur en échangeant un regard avec Nicolas, mais ma femme et moi en sommes venus à le considérer comme un fils.

Je baissai la tête. Comme ces paroles étaient inattendues ! Je m'étais moi-même attaché profondément à eux, mais l'entendre utiliser le mot « fils » me toucha. Quand je relevai les yeux, je vis qu'il me regardait directement :

— Alors, James, avec nos amis comme témoins, Mme Burton et moi t'invitons à entrer dans notre famille. Nous aimerions que tu deviennes légalement notre fils, James Burton.

Ébahi, je me tournai vers Mme Burton, qui pleurait sans retenue.

— James ? répéta M. Burton.

Je m'efforçai de saisir l'ampleur de cette nouvelle. Était-ce possible ? Non ! Ils ne me connaissaient pas ! Mon esprit fut assailli par une image de moi, un fusil à la main, suivie par le souvenir de Belle. Je ne pouvais pas accepter. Et s'ils finissaient par apprendre la vérité ? Non ! voulus-je crier. Vous ne me connaissez pas !

— Nous acceptes-tu comme parents, James ? demanda mon bienfaiteur, la voix étranglée par l'émotion.

Sa femme se pencha vers moi et me prit la main.

— Dis oui, s'il te plaît. Tout le monde attend.

Si elle ne m'avait pas serré la main si fort, je me serais peut-être enfui. Au lieu de cela, devant son insistance, je me levai en chancelant.

— Je ne sais pas quoi dire…, balbutiai-je, indécis.

Mme Burton se mit à rire malgré ses larmes.

— Oh ! Jamie, dis oui, je t'en prie ! Ne sais-tu pas que nous te voyons déjà comme notre fils ?

Je la regardai. Elle portait une robe de soie verte commandée spécialement pour cette occasion, et même si le jabot de dentelle était trop imposant, elle ne m'avait jamais paru si charmante. Comment aurais-je pu la blesser devant tous ses amis ?

La tête me tourna et je serrai sa main pour y puiser du courage.

— Oui, me forçai-je à déclarer. Oui.

L'exclamation de Nicolas déclencha les applaudissements de l'assemblée.

— J'aimerais que tout le monde lève son verre, lança M. Burton en levant sa flûte de champagne dans ma direction. À notre fils, James Burton !

Pendant que tous les convives portaient un toast, personne ne remarqua le fracas du plateau qui avait glissé des mains de Delia. Tout le monde s'agglutina autour de moi pendant qu'elle sortait précipitamment de la pièce.

— Vous les avez rendus si heureux, ces dernières années. Ils sont tellement fiers de vous.

On ne cessait de me répéter ces phrases, auxquelles je fis de mon mieux pour répondre adéquatement. Pendant que Robert invitait les convives à passer au salon pour le café, les Burton m'entraînèrent dans le bureau. Nous nous assîmes à une table où leur notaire me tendit un document inséré dans une magnifique chemise d'un bleu indigo velouté. Pendant que je le lisais, le notaire expliqua qu'il ne manquait que ma signature et celle des Burton pour finaliser mon adoption. Il me tendit une plume, que je déposai aussitôt. Je voulais désespérément dire la vérité, mais si je le faisais, j'étais certain de tout perdre – cette maison, mon emploi, et, pire encore, le soutien et l'amour des Burton.

— Qu'y a-t-il, James ? demanda M. Burton devant mon hésitation.

— Je n'en suis pas digne, murmurai-je.

Mme Burton prit ma main et l'embrassa.

— Bien sûr que si, mon cher.

— Nous nous faisons vieux, James, ajouta son mari. Tu comprends bien le métier et tu apprendras vite ce que tu ne connais pas. Personne n'est mieux équipé que toi pour prendre la relève un jour.

— Tu ne vois pas à quel point nous avons besoin de toi ? demanda ma bienfaitrice.

Son mari renchérit :

— Cela me rassure de savoir que tu seras là pour Mme Burton si jamais quelque chose m'arrivait.

Présenté ainsi, comment aurais-je pu refuser ? Je trempai la plume et signai le document.

Ils firent de même avec joie, et, après une solide poignée de main de M. Burton et une étreinte émue de sa femme, nous allâmes rejoindre les autres. Profondément ébranlé, j'avais besoin de me ressaisir. Je m'excusai donc, faisant croire à Mme Burton que je devais satisfaire un besoin naturel.

— Prends ton temps, mon cher garçon. Mlle Grewen va nous divertir en jouant de la harpe. Entre discrètement quand tu reviendras au salon.

L'escalier et le long couloir étaient obscurs, mais si familiers que je ne pris pas de lanterne pour me diriger vers ma chambre. En approchant, je vis de la lumière filtrer sous la porte. Craignant d'avoir laissé l'une des bougies de ma psyché allumée, je me précipitai pour ouvrir la porte.

Delia était devant mon bureau.

Bouleversé par les événements de la soirée, il me fallut un moment pour comprendre ce que je voyais. Elle profita de ma surprise pour sortir de la pièce en me bousculant. Je vis immédiatement ce qui était sur le bureau. Dans l'excitation de mes préparatifs, j'avais oublié de prendre la clé du tiroir du bas.

Je m'approchai en toute hâte de la commode et vérifiai que le tiroir était bien verrouillé. Après l'avoir ouvert, je poussai un soupir de soulagement en voyant que la veste était intacte. Mais un examen plus poussé me fit constater que la lettre de Lavinia avait disparu !

Je ne sais pas combien de temps je restai assis sur le lit à me demander quoi faire. Au coup de l'horloge, je me souvins que les Burton m'attendaient en bas avec leurs invités. Je m'obligeai à me lever pour aller les rejoindre. Quand je me faufilai dans le salon, certains invités se tournèrent pour me sourire. Après leur avoir répondu par un hochement de tête, je relevai mes basques et m'assis auprès de Mme Burton, qui me tapota la main.

Les ondulations mélodieuses de la harpe de Mlle Grewen s'estompèrent et les pensées se bousculèrent dans mon esprit. Je tentai de me remémorer exactement le contenu de la lettre. Le cœur battant, je me souvins de deux phrases qui pourraient m'incriminer. La première était l'offre de Lavinia de me fournir des documents confirmant ma liberté. La deuxième était le souhait de Belle que je vive « comme un Blanc ».

J'étais furieux contre Delia. Même si elle était une ancienne esclave, je savais qu'elle pouvait lire et écrire. J'avais vu des notes qu'elle avait laissées pour Robert. Qu'avait-elle l'intention de faire avec ma lettre ? Lui suffirait-il de la posséder pour me menacer ou comptait-elle la montrer à Robert et même aux Burton ? Comment leur expliquerait-elle son larcin ? Elle savait sûrement que cela compromettrait sa position.

J'étais indécis. Devais-je l'affronter ? Naturellement, elle nierait le vol. Finalement, je décidai d'attendre pour voir ce qu'elle ferait. Si elle osait présenter la lettre à Robert ou aux Burton et que cela m'oblige à quitter la maison, je ne serais certainement pas le seul à partir.

## 13

## *1815-1816*
## *James*

Parallèlement à l'adoption, je me vis offrir une position dans l'entreprise d'orfèvrerie de M. Burton, accompagnée d'un salaire généreux. Déterminé à prouver ma valeur aux Burton, je m'appliquai plus que jamais. Durant l'hiver de l'année suivante, on me confia une responsabilité supplémentaire. M. Burton et moi restâmes plus tard à la boutique après nos journées de travail, afin qu'il m'enseigne son système de comptabilité plutôt confus.

— Nous avons tous des faiblesses, me dit-il d'un air embarrassé en fouillant dans des boîtes de paperasse en désordre. Ceci, cher garçon, est l'une des miennes.

Il me confia qu'il avait toujours détesté cet aspect des affaires. Après avoir constaté le chaos, je compris pourquoi. Je savais qu'il existait une autre façon de procéder car, durant mon enfance, j'avais passé des heures à aider Mme Lavinia à tenir les comptes de la maison.

Après des semaines de tentatives pour mettre de l'ordre dans la comptabilité de M. Burton, je lui demandai avec respect s'il était possible de recourir à un autre système.

Il accepta d'essayer, et quand l'ordre commença enfin à émerger, nous fûmes plus enclins à consacrer les longues heures nécessaires pour compléter le travail. Nous étions presque à jour dans les dossiers lorsque, un après-midi de février, il suggéra de rentrer plus tôt à la maison car il avait mal à la tête. Désireux de terminer ma tâche, je lui proposai de partir sans moi et de renvoyer Ed avec la voiture plus tard dans la soirée.

— Serait-ce trop demander à Ed que de revenir me chercher dans les rues enneigées ?

La main de M. Burton était chaude sur mon dos.

— J'apprécie ton ardeur au travail, mon garçon. Je suis certain qu'Ed ne verra pas d'inconvénient à revenir.

Il s'enveloppa dans son long manteau de laine et sortit.

Nicolas quitta aussi la boutique plus tôt. Après avoir verrouillé la porte de devant, je me hâtai de manger un bout de pain, puis retournai dans le bureau. J'étais déterminé à mettre de l'ordre dans les derniers comptes.

C'est seulement lorsque l'horloge sonna huit coups que je constatai l'heure tardive. Épuisé, je me levai et m'étirai. Où était donc Ed ? S'il m'attendait dehors avec la voiture, pourquoi n'avait-il pas frappé à la porte ? Peut-être n'avait-il pas voulu me déranger ? J'écartai les bras en bâillant et décidai que mon travail était terminé pour la journée.

Il restait peu de chose à faire, je pouvais très bien terminer le lendemain. J'avais baissé l'abattant du bureau à cylindre et le verrouillais quand j'entendis des coups à l'entrée. Une voix m'appela et j'ouvris la porte à la volée pour y trouver le serviteur de notre voisin.

— Robert m'a envoyé. Vous devez rentrer à la maison !

— Où est Ed ?

— Il y a eu un accident. Ils sont blessés.

— Qui est blessé ?

— M. Burton et Ed ! Ils sont mal en point ! J'ai aidé à les transporter dans la maison !

Robert m'accueillit à la porte. Il murmura à mon oreille en prenant mon manteau :

— M. Burton est gravement blessé. Le médecin est ici.

— Que s'est-il passé ?

— Nous ne le savons pas. Ed a pris un virage trop serré, ou peut-être était-ce à cause de la glace, mais le patin s'est coincé et la voiture s'est renversée. Quand M. Burton a tenté de sortir, les chevaux se sont emballés et l'ont traîné jusqu'à…

— Où était Ed ? Pourquoi n'a-t-il pas retenu les chevaux ?

— Il a été éjecté de la voiture. Il est…

Un cri déchirant s'éleva à l'étage, rempli de douleur.

— Mon Dieu ! m'exclamai-je. Est-ce…

Sans terminer ma question, je courus vers l'escalier et montai les marches quatre à quatre.

— Jamie ! Jamie ! s'écria Mme Burton, assise au chevet de son mari.

— Je viens d'apprendre la nouvelle !

Elle agrippa ma veste et se mit à sangloter.

— Chut ! Chut ! dis-je pour l'apaiser.

Au son de ma voix, M. Burton ouvrit les yeux. Je pris sa main en m'efforçant de demeurer impassible à la vue de son visage enflé et tuméfié.

— Ne vous inquiétez pas, je suis là, murmurai-je.

Il serra mes doigts et referma les paupières.

Le médecin me fit signe à la porte, pendant que Robert entrait avec l'infirmière.

— Je viens de lui administrer un médicament, expliqua le médecin, mais sa hanche gauche est fracturée. Je ne sais pas si cela pourra le soulager. Ses côtes sont contusionnées, et il souffre peut-être d'une hémorragie interne. C'est difficile à dire.

— Survivra-t-il ? parvins-je à demander.

— Je ne sais pas. Ce qui est certain, c'est que le cocher ne s'en sortira pas.

— Ed ?

Robert hocha la tête.

— Où est-il blessé ?

— À la tête, précisa le médecin. Il est inconscient.

Je ne pus discuter plus longtemps, car Mme Burton m'appelait.

Nous restâmes tous deux au chevet de M. Burton. Le laudanum lui apportait peu de soulagement, et ses cris à déchirer le cœur retentissaient dans toute la maison. Après deux longues journées et nuits, je persuadai Mme Burton de penser à sa propre santé.

Épuisée, elle accepta de me laisser prendre soin de son mari.

Il fallut près de deux semaines avant que son état s'améliore suffisamment pour que je puisse quitter la maison et me rendre à l'atelier. J'y trouvai Nicolas aux prises avec les commandes qu'il avait du mal à honorer seul.

Le voisin m'avait prêté son cabriolet, et en rentrant à la maison en fin d'après-midi, je décidai d'en acheter un pour les Burton. Dès mon arrivée, j'allai voir Robert pour lui demander de chercher un autre cocher. Je fus stupéfait de le trouver dans la cuisine, les manches relevées, en train de peler des pommes de terre.

— Que faites-vous là ? demandai-je.

— Delia a besoin d'aide, répondit-il en désignant la chambre d'Ed.

— Dans ce cas, il faut embaucher quelqu'un pour prendre soin de son frère.

— Elle ne veut pas, dit-il. Elle refuse de laisser entrer quiconque.

— Que dit le docteur ?

— Toujours la même chose. Ed s'affaiblit chaque jour. Il ne survivra pas.

— Alors, il faut trouver une autre cuisinière. Vous ne pouvez pas assumer la tâche de Delia. En fait, quand tout sera terminé… il sera temps qu'elle parte.

J'avais enfin trouvé un moyen de me débarrasser de cette femme. Quel soulagement de prononcer ces paroles ! Je la détestais, et j'étais obsédé par la menace qu'elle représentait. Avant l'accident, je songeais chaque jour à lui parler du larcin, mais craignais des représailles. J'avais donc gardé le silence tandis que ma colère croissait.

On sonna à la porte d'entrée. Robert s'essuya les mains et s'empressa de monter répondre. J'allais le suivre quand Delia apparut.

Elle s'approcha rapidement, saisit le couteau posé près du chaudron de pommes de terre et l'enfonça dans le bois de la table.

— Vous pensez pouvoir vous débarrasser de moi ? cracha-t-elle. J'ai tout entendu ! On verra bien ce que Mme Burton va dire. C'est ma patronne. Personne d'autre qu'elle peut me dire de partir !

— Je crains que vous ne fassiez erreur, répondis-je. C'est moi qui décide maintenant, et nous allons embaucher une nouvelle cuisinière.

— Qu'est-ce que je vais faire, alors ?

— Vous allez continuer de vous occuper de votre frère.

— Et s'il meurt ?

Je ne pouvais plus reculer.

— Vous recevrez une rétribution et je vous trouverai une chambre ailleurs qu'ici.

— Une chambre ? Vous allez me trouver une chambre ! Vous pensez que vous pouvez me renvoyer, me chasser loin d'ici ?

Elle me jeta un regard furieux que je lui rendis.

— Oui ! Vous allez partir ! criai-je en m'efforçant de maîtriser ma rage. Et avant de partir, vous allez me rendre ma lettre !

Elle tressaillit, mais seulement une seconde.

— Si j'ai une lettre et que vous me renvoyez, je vous promets qu'elle va revenir jusqu'ici. En fait, si vous embauchez une nouvelle cuisinière, peut-être bien que cette lettre va apparaître !

Elle me défia du regard. Nous savions tous deux qu'avec ces mots, elle venait de reprendre le pouvoir. Elle ajouta, d'une voix basse et menaçante :

— Et allez pas chercher pour rien, parce que s'il y a une lettre, Delia la garde pas dans sa chambre.

Je m'approchai d'elle, les dents serrées.

— Si je pars d'ici, vous partirez aussi !

Elle me tourna le dos et sortit de la pièce.

Tout dilemme que j'aurais pu avoir en engageant une autre cuisinière fut résolu lorsque, une journée plus tard, Ed mourut. Delia reprit donc sa place.

Au cours des mois suivants, même si je demeurais vigilant envers Delia, je fus tellement pris par mes responsabilités qu'elle passa au second plan.

Mon père adoptif survécut pendant presque une année, et je fis de mon mieux durant cette période pour m'occuper de lui et de Mme Burton. De plus, je travaillais avec assiduité pour garder l'entreprise à flot, me débrouillant avec Nicolas pour honorer les commandes. Au début de janvier de 1816, quand la santé de M. Burton se mit à décliner plus rapidement, il me prit à part.

— James, tu dois te douter que je ne retournerai jamais à la boutique…

Je baissai la tête. Je ne voulais pas avoir cette conversation, même si je la savais nécessaire. Le visage de mon père adoptif avait pris une teinte grisâtre. La veille, quand je l'avais aidé à se mettre au lit, il m'avait paru remarquablement léger.

— Tu dois trouver de l'aide pour Nicolas, ajouta-t-il. J'aimerais t'avoir près de moi plus souvent.

Je donnai mon accord et fis ce qu'il me demandait. Durant les semaines suivantes, Nicolas et le nouvel employé s'occupèrent de la boutique pendant que je prenais soin de mes parents. Je n'avais jamais éprouvé autant d'affection pour un homme que pour M. Burton. Je me sentais impuissant en le voyant dépérir un peu plus chaque jour.

Cependant, Robert était toujours là pour me donner son soutien.

J'étais seul auprès de M. Burton la nuit où il rendit l'âme. Il était très faible depuis quelques jours, et cette nuit n'était pas différente des autres. Lorsque Mme Burton se retira dans sa chambre, mon père adoptif me demanda :

— Assieds-toi tout près de moi, dit-il d'une voix rauque.

J'approchai mon fauteuil du lit et il prit ma main.

— Fils, prends soin de ta mère, murmura-t-il.

Moins d'une heure plus tard, il rendit son dernier souffle. Je fus si abasourdi qu'il me fallut un moment pour comprendre qu'il était parti. Quand je me rendis à l'évidence, je laissai tomber sa main inerte et courus chercher Robert.

À notre retour, la chambre me parut froide et vide. Mon père n'était plus. Je tombai à genoux à son chevet, et, même si j'avais dix-neuf ans, je pleurai à gros sanglots comme un enfant.

# 14

## *1817-1824*
## *James*

Malgré mes efforts pour m'en libérer, je fus accablé par une profonde léthargie durant les mois qui suivirent le décès de M. Burton. J'éprouvais un tel épuisement que je ne remarquai pas l'arrivée du printemps. Chaque jour, je devais me secouer et m'obliger à partir à l'heure pour me rendre à la boutique.

Une fois là, je poursuivais mon travail sur un objet en argent, pour perdre peu après tout intérêt. Prétextant devoir m'occuper de Mme Burton, je partais alors, laissant la responsabilité de l'entreprise à Nicolas et à l'orfèvre récemment embauché, M. Taylor.

À mon retour, la maison était toujours silencieuse. Robert m'offrait invariablement son aide, que je déclinais. Si je croisais Delia à l'occasion, même ma haine envers elle avait diminué devant l'ampleur de mon chagrin.

Au cours de ces longs mois, Mme Burton demeura dans sa chambre. Puis, au début de l'été, il m'arriva plus souvent de la trouver dans le petit salon, en train de converser avec la voisine, Mme Miller. Cette veuve semblait très affable, et, un après-midi, je les trouvai en pleine partie de cartes. Cela devint bientôt leur habitude. Elles m'invitaient à me joindre à elles, mais je refusais et prenais congé après un bref moment.

Ensuite, je faisais une courte visite à Malcolm, avant de me traîner jusqu'à ma chambre où je m'étendais pour faire une sieste. Pourtant, je me réveillais toujours aussi fatigué.

Me sentant obligé de m'occuper de ma mère adoptive, je me levais à l'heure du souper. Cependant, si la nourriture la réconfortait, elle me dégoûtait. Quand mes vêtements devinrent trop lâches pour mon corps amaigri, Mme Burton s'inquiéta.

— Quelque chose ne va pas, Jamie. Es-tu malade ? Devrais-je appeler le docteur Holland ?

— Non ! protestai-je. Je manque seulement d'appétit.

— Mais tu sembles avoir tellement besoin de sommeil ! insista-t-elle, les yeux pleins de larmes. Je ne le supporterais pas s'il t'arrivait quelque chose.

Je pris sa main dans la mienne.

— Vraiment, je ne me sens pas malade. Je suis juste fatigué. Ça va passer.

— Je me fais du souci pour toi. Tu es encore si jeune et tu as dû assumer tant de responsabilités ! Ça peut paraître ridicule, mais depuis que Mme Miller m'a appris à jouer au whist, cela me remonte le moral. Tu as peut-être besoin de t'intéresser à autre chose ? Tu étais si heureux quand tu peignais, mais tu as cessé depuis que… Pourquoi ne prendrais-tu pas des cours de dessin ? Nous en avions parlé, mais l'occasion ne s'est jamais présentée.

— Des cours de dessin ?

Je savais qu'elle voulait m'aider, mais le dessin et la peinture, des activités qui m'avaient toujours procuré du plaisir, ne m'attiraient plus.

— Oui ! Mme Miller m'a parlé hier de ses liens avec la famille Peale. Je vais lui demander s'ils peuvent nous recommander un professeur.

Trop fatigué pour protester, j'abandonnai la discussion. J'étais certain que les membres de la famille Peale, bien connus pour leurs illustres carrières artistiques, auraient peu d'intérêt pour un jeune homme comme moi.

Mais je n'avais pas pris en considération la détermination des deux femmes. Le dimanche suivant, M. Leeds, un professeur d'art accompli, vint prendre le thé avec Mme Burton et moi.

Il arriva tard par cette belle journée d'août. C'était un homme grand et maigre, d'aspect hirsute, et plus âgé que nous ne nous y attendions.

— Bonjour ! nous salua-t-il gauchement quand Robert le fit entrer dans le salon.

Il s'inclina cérémonieusement devant Mme Burton, ramena ses longs cheveux gris derrière les oreilles et remonta ses jambes de pantalon avant de s'asseoir.

Il n'était pas du genre à échanger des banalités, et les moments de silence embarrassants n'étaient brisés que par les lapements bruyants qu'il produisait en buvant son thé. Mme Burton tenta de multiples sujets de conversation, ne recevant qu'un ou deux mots pour toute réponse. Quant à moi, j'espérais qu'il repartirait bientôt, car je ne voyais pas l'utilité de cette rencontre. Je ne m'y étais plié que pour satisfaire ma mère adoptive.

Enfin, en désespoir de cause, Mme Burton dut se résoudre à aborder des questions personnelles.

— Quel dommage que Mme Leeds n'ait pu vous accompagner !

— Je ne suis pas marié, répliqua-t-il. Je ne l'ai jamais été.

— Je vois, dit-elle en me jetant un regard si désespéré que je vins à sa rescousse.

— Mme Miller nous a dit que vos œuvres sont exposées au musée Peale ? demandai-je.

Il hocha la tête.

— Quelques aquarelles de feuilles. Et d'insectes.

— D'insectes ? répéta Mme Burton pour l'encourager à poursuivre.

— Oui. Ils étaient morts, précisa-t-il pour la rassurer.

Il se tourna vers moi.

— Êtes-vous allé au musée ? Les avez-vous vues ?

— Non, répondis-je.

Je connaissais le célèbre musée Peale, bien entendu, mais ne l'avais jamais visité. Si j'avais eu l'intention d'y aller avec M. Burton, notre travail à l'atelier était toujours passé en priorité.

À la mention de ses œuvres, M. Leeds s'anima. Il vida sa tasse, qu'il déposa avec un tintement de porcelaine, puis remonta les manches de sa veste brune mal ajustée pour prendre le carton à dessins posé près de son fauteuil. Il défit le cordon du portfolio de cuir usé et fouilla parmi les pages avant de choisir une petite aquarelle.

— Tenez, regardez, dit-il en me la tendant.

J'y jetai un coup d'œil, peu préparé, et poussai une exclamation. Un coléoptère noir, représenté sur un rondin pourri, était peint avec tant de détails et de dynamisme qu'il aurait pu être vivant. L'image était si réaliste que j'aurais voulu la toucher, sentir son mouvement.

— Comment avez-vous fait ? demandai-je. Comment êtes-vous parvenu à rendre autant de détails ?

Ses yeux gris s'illuminèrent.

— J'ai utilisé une surrémige. Pour travailler en miniature, c'est le meilleur outil.

Mon intérêt fut aussitôt éveillé.

— Une surrémige ?

— Oui, une plume de bécasse.

— N'est-ce pas extrêmement petit ?

Il m'adressa un sourire en coin.

— C'est là tout le défi.

Devant l'insistance de Mme Burton, j'allai chercher mes croquis de Malcolm, dont l'exécution me semblait maintenant primitive. Je les tendis à M. Leeds en précisant :

— J'aime peindre des oiseaux.

Il prit son temps pour examiner mon travail.

— Vous avez des aptitudes, déclara-t-il enfin. Mais si vous étudiez avec moi, vous devrez commencer par la base.

— Que voulez-vous dire ?

— Vous devrez étudier la forme.

— La forme ? J'ai surtout besoin d'aide pour les couleurs. Et j'aimerais apprendre à peindre en miniature, comme vous.

— Cela viendra en son temps. Vous devrez d'abord étudier la forme.

— Mais c'est la couleur qui…

— Alors, faites à votre guise.

Il rangea l'aquarelle dans le portfolio et se leva. Mme Burton me jeta un regard impuissant. Malgré ma frustration, je ne voulais pas laisser échapper cette occasion.

Je me levai de toute ma taille, égale à la sienne.

— Monsieur Leeds, je ferai ce que vous me recommandez.

Il m'examina, comme pour décider si j'en valais la peine.

— Êtes-vous libre demain après-midi ? finit-il par demander.

Je jetai un coup d'œil à Mme Burton, qui hocha la tête.

— Oui, répondis-je.

— Alors, venez me retrouver au jardin de M. Bartram. Vous connaissez ?

— Je n'y suis jamais allé, mais j'ai son livre de voyages sur ma table de chevet.

Je ne précisai pas que ce précieux livre relié en cuir était défraîchi par l'usage. Avant la mort de M. Burton, je l'ouvrais tous les soirs pour lire les récits de voyage du botaniste. Le célèbre William Bartram y avait non seulement décrit ses fascinantes explorations botaniques, mais avait également inclus de magnifiques dessins des plantes et oiseaux qu'il avait observés. En réalité, il m'avait inspiré le rêve de suivre un jour ses traces.

M. Leeds haussa ses sourcils blancs :

— Vous n'avez jamais vu le jardin de M. Bartram ?

— Non, dis-je, embarrassé par son air incrédule.

— Il a eu trop de responsabilités pour s'accorder du temps libre, intervint Mme Burton d'un ton défensif.

Je lui jetai un regard reconnaissant.

— Demain, alors, déclara M. Leeds avant de s'incliner avec raideur devant Mme Burton pour prendre congé.

Pendant qu'il s'éloignait, nous remarquâmes tous les deux sa cheville blanche qui apparaissait par un trou dans son bas bleu vif.

Visiter le domaine de M. Bartram fut l'une des nombreuses sorties que je fis en compagnie de M. Leeds. Avec le temps, cet homme excentrique mais talentueux m'apprit à peindre, non seulement avec un pinceau en poil de martre, mais aussi en miniature avec une plume de bécasse. Je me découvris un don pour cette forme d'art peu courante, qui m'accapara de plus en plus.

Quant à ma léthargie, après les premières semaines de cours sous la tutelle de ce professeur, Mme Burton nota avec soulagement qu'elle faisait place à une énergie renouvelée. Elle avait raison.

Je constatai bientôt que l'insistance de M. Leeds sur l'attention aux détails commençait à influencer mon travail d'orfèvrerie. Avant, je me contentais de produire une pièce en argent solide et fonctionnelle mais, désormais, je cherchais à améliorer mon travail en y ajoutant des détails.

Un défi se présenta un jour quand ma mère adoptive m'appela dans le petit salon, où elle jouait aux cartes avec Mme Miller.

— Regarde, n'est-ce pas admirable ? me dit-elle. As-tu déjà vu une aussi superbe boîte vinaigrette ?

Elle me montra un petit objet en argent, mesurant au plus vingt-cinq millimètres de longueur et vingt millimètres de largeur.

— Mme Miller l'a reçue d'Angleterre, ajouta-t-elle.

Mon pouce me sembla trop gros quand j'ouvris le couvercle orné d'un monogramme pour examiner la grille délicatement ouvragée.

Je reniflai.

— Holà ! Quelle odeur suffocante !

J'écartai la minuscule boîte qui répandait une forte odeur d'orange vinaigrée.

Les deux femmes rirent devant ma réaction exagérée, mais il est vrai que l'éponge imbibée insérée à l'intérieur exhalait une odeur âcre assez puissante pour masquer des relents désagréables ou ranimer une femme en cas d'évanouissement.

— Je l'ai toujours sur moi quand je marche dans les rues, dit Mme Miller. Surtout durant l'été. Vous savez à quel point les odeurs peuvent être incommodantes !

— En effet, répondis-je.

J'avais remarqué l'admiration de Mme Burton pour cet objet. Comme son anniversaire approchait, je décidai qu'elle aurait sa propre vinaigrette.

Si je n'avais pas peint de miniatures avec M. Leeds, je doute que je me serais lancé dans ce projet. Je créai un motif que je montrai à M. Taylor, le plus doué d'entre nous pour travailler l'argent.

— Cela exige de la précision, mais vous pouvez y arriver, dit-il, me donnant l'assurance qui me manquait.

Créer la petite boîte ne fut pas difficile, mais ciseler un motif de cornouiller autour de l'image gravée sur le couvercle était un travail d'une grande délicatesse.

En outre, il fallait une main sûre pour souder les minuscules charnières du grillage. Tous ces efforts en valurent la peine, car lorsque je présentai la boîte à Mme Burton, elle poussa une exclamation de ravissement.

Naturellement, elle montra son trésor à son nouveau cercle d'amies joueuses de cartes, qui furent tout aussi charmées qu'elle par cette babiole.

Quelques jours plus tard, les commandes commencèrent à entrer. En raison du talent et du temps requis pour créer chacune des minuscules boîtes, nous établîmes le prix en conséquence. Loin de décourager ces clientes, cela eut pour effet d'augmenter la demande pour les vinaigrettes estampillées Burton. Notre entreprise d'orfèvrerie devint encore plus florissante.

Après un an de deuil, Mme Burton m'encouragea à accepter certaines des invitations que nous recevions.

— Je ne peux pas à cause de mon état de santé, mais tu dois accepter, me dit-elle. Sinon, comment rencontreras-tu des jeunes de ton âge ?

Je commençai par refuser mais, devant son insistance, j'acceptai d'assister à un souper chez un ami de la famille.

La soirée me parut longue. Peu habitué à la compagnie de gens de ma génération, je n'étais pas à mon aise. Je trouvais les hommes immatures et pompeux, alors que les femmes me semblaient exagérément enjouées et taquines. Leurs marques d'attention non dissimulées m'embarrassèrent.

Le lendemain, nous eûmes des échos de la soirée par Mme Miller, qui se plaisait à colporter des ragots.

Apparemment, bien qu'on m'estime vaniteux, les femmes m'avaient trouvé mystérieux et séduisant.

— Il paraît qu'après votre départ, quelqu'un a raconté que vous aviez perdu votre œil dans un duel, ajouta-t-elle. Comme vous pouvez l'imaginer, les femmes ont trouvé cela très romantique !

— Mais ce n'est pas ce qui s'est passé ! protestai-je.

Mme Miller éclata de rire.

— Cher garçon, ce n'est pas important. Une rumeur a été lancée et va persister.

Elle prit son châle rouge et, avant que je puisse lui offrir mon aide, le drapa sur ses larges épaules.

— Bon, je dois vous quitter, déclara-t-elle en se dirigeant vers la porte.

— Mais sûrement…, commença Mme Burton, toujours prête à me défendre.

Je secouai la tête et pris le fauteuil près du sien.

— Vous comprenez maintenant pourquoi je préfère passer mes soirées avec vous, lui dis-je après le départ de notre invitée.

Elle prit ma main et répliqua :

— Jamie, tu es jeune. Tu devrais être entouré de gens de ton âge.

— J'aime notre quotidien, dis-je en lui embrassant la main. J'ai toujours hâte d'être à notre repas du soir, et j'apprécie votre compagnie pendant que je peins. Je n'ai pas besoin des autres. Je vous ai, vous, ainsi que Malcolm. J'ai l'entreprise d'orfèvrerie et mon art. C'est une belle vie.

Son regard affectueux me toucha.

— Comme j'ai de la chance de t'avoir !

— Et moi de même, répliquai-je.

Ainsi, les années suivantes s'écoulèrent en toute tranquillité. Même si Delia demeurait dans la maison, nous nous croisions rarement. Elle faisait tout pour m'éviter, et je la tenais tout autant à distance.

Au début du printemps de 1822, Mme Burton voulut organiser une fête pour mon anniversaire, malgré mes objections.

— Mon chéri ! Tu vas avoir vingt-cinq ans ! À ce rythme, je n'aurai jamais de petits-enfants ! Il est temps que tu rencontres une jeune femme. Et apparemment, c'est à moi de t'en fournir l'occasion.

Même si son commentaire était prononcé d'un ton léger, ce n'était pas la première fois qu'elle exprimait le désir que je perpétue le nom des Burton.

J'éprouvais de la culpabilité chaque fois que ce sujet faisait surface, car le mariage m'était impossible. En raison de mes origines, je ne pourrais jamais courir le risque d'avoir un enfant. Durant l'une de mes dernières années à Tall Oakes, la femme du propriétaire d'une plantation voisine avait donné naissance à un bébé aux traits négroïdes. Quand on avait appris qu'un serviteur nègre à la peau claire était le père, la rumeur avait couru que l'enfant avait été tué. Désespérée, la mère s'était ôté la vie.

Ce scandale s'était produit au moment où la sœur de ma grand-mère, Mme Madden, était venue de Williamsburg pour nous rendre visite. Ses paroles inflexibles m'avaient marqué :

— Cela prouve que peu importe la pâleur de leur peau, le sang des nègres ressort toujours !

Je ne savais pas si son commentaire était crédible, mais je n'avais pas l'intention de le mettre à l'épreuve.

Cependant, j'acceptai qu'on célèbre mon anniversaire. Au cours de ce long hiver, j'avais remarqué que ma mère semblait plus abattue. J'espérais que la perspective de cette petite fête lui redonnerait de l'énergie. Les préparatifs avaient à peine commencé que Robert tomba malade, terrassé par la fièvre. Tous les projets s'interrompirent.

En raison de l'épidémie de fièvre jaune qui lui avait enlevé son fils, Mme Burton craignait le pire. Elle me supplia de ne pas m'approcher du lit de Robert. Je lui obéis durant deux jours, puis décidai d'aller le voir, espérant le trouver en voie de guérison.

Au lieu de cela, je vis de l'eau et de la nourriture déposées à sa porte, alors qu'il était trop faible pour les atteindre. Furieux, je me précipitai à la cuisine où je demandai à Delia :

— Êtes-vous malade ?

— Non, répondit-elle.

— Dans ce cas, pourquoi ne vous occupez-vous pas de Robert ?

— Je m'occupe pas de ceux qui ont de la fièvre. J'ai vu comment le garçon de M. et Mme Burton est mort. Non, monsieur, je veux rien savoir de la fièvre !

— Mais vous le devez ! Il a besoin de soins !

— Non ! J'entrerai pas dans sa chambre ! insista-t-elle.

Je la quittai pour faire venir une infirmière. La rage que j'avais réprimée toutes ces années à son endroit venait de ressurgir.

Je m'assurai quotidiennement que Robert recevait tous les soins nécessaires, jusqu'à ce qu'il commence à aller mieux.

Un matin, je le trouvai installé dans un fauteuil. Il demanda à l'infirmière de nous laisser pour que nous puissions parler en tête à tête.

— Qu'y a-t-il ? dis-je en approchant mon siège du sien.

— Où est Delia ? Pourquoi ne prend-elle pas soin de moi ?

— Elle a refusé. Elle ne voulait pas s'occuper d'un malade avec de la fièvre.

Il haussa les sourcils.

— Elle a refusé ? Et vous avez dû embaucher une infirmière ?

— Je n'avais pas le choix.

— Elle va trop loin ! lança-t-il en secouant la tête.

Je sautai sur l'occasion et répliquai :

— Je ne lui ai jamais fait confiance. Je sais que vous dépendez d'elle, mais j'aimerais qu'elle soit renvoyée.

— C'est Mme Burton qui dépend d'elle. Pour ma part, je serais heureux de la voir partir.

Mes yeux s'écarquillèrent de surprise.

— Si vous êtes d'accord, il me fera plaisir de suggérer à Mme Burton de la congédier.

Robert jeta un œil à la porte fermée avant de se pencher vers moi en murmurant :

— À mon arrivée ici, Delia était déjà au service des Burton. Elle n'a pas apprécié que je prenne les commandes de la maison et est allée raconter à Mme Burton une rumeur qui m'avait regrettablement suivi d'Europe.

Il posa son front sur le bout de ses doigts et ferma les yeux. Après une longue minute, il se redressa.

— La rumeur était fondée, mais heureusement, les Burton étaient ouverts d'esprit. Devant ma promesse de ne plus donner lieu à des ragots, ils ont accepté de me garder.

Robert aussi avait un secret ! Et un secret si compromettant que les Burton auraient pu renvoyer cet homme formidable ! Quel soulagement de savoir que je n'étais pas le seul dans cette situation ! Sa franchise me donna le courage de parler ouvertement de Delia.

— Je ne lui fais pas confiance car, il y a quelques années, elle a volé quelque chose dans ma chambre.

Ses yeux brun foncé m'étudièrent soigneusement.

— Pourquoi n'en avez-vous rien dit à M. et Mme Burton ?

— Cela concernait mon passé, répondis-je en rougissant. Ils… cela les aurait perturbés.

— Je vois, dit-il, les yeux baissés, en lissant la couverture sur ses genoux. J'aurais dû vous en parler plus tôt. Il y a des années, j'ai surpris une conversation entre Ed et Delia. Elle disait avoir des informations compromettantes à votre sujet. Ed s'est fâché et lui a fait promettre de ne rien dire.

— Cela ne vous a pas inquiété ? dis-je. Ne vous êtes-vous pas demandé de quoi il s'agissait ?

Robert me regarda dans les yeux.

— Je savais que vous ne vouliez pas faire de mal aux Burton. En fait, vous avez ramené la vie dans cette maison, et M. Burton est mort en paix grâce à vous.

J'éprouvai tant de gratitude que j'en eus les larmes aux yeux.

— Merci, Robert.

— Je ne suis pas innocent. Nous transportons tous le fardeau de notre passé, mais ce n'est pas aux autres de l'exploiter.

J'inspirai profondément. J'avais l'impression qu'un énorme poids avait été enlevé de mes épaules. Pour la première fois depuis le vol de Delia, je ressentais un certain apaisement. Maintenant, je savais que je pouvais compter sur l'appui de Robert.

— Dès que vous irez mieux, je m'assurerai du départ de Delia, déclarai-je. C'est ma responsabilité.

— Je vous laisse vous en occuper. Mais procédez prudemment. Cette femme peut être impitoyable.

J'attendis que Robert ait recouvré la santé avant de parler à Delia. Un matin, avant de partir travailler, je la surpris au moment où elle s'asseyait pour boire une tasse de café.

— J'aimerais que vous me rendiez ma lettre, déclarai-je en m'approchant.

— Je sais pas de quoi vous parlez, répliqua-t-elle en déposant soigneusement sa tasse sur la table.

Je la toisai.

— La lettre que vous m'avez volée il y a des années. Elle est à moi, et je veux la récupérer.

Elle se leva précipitamment et commença à ramasser la vaisselle du déjeuner.

— J'ai jamais rien dit à personne. Je sais pas pourquoi vous venez me parler de ça maintenant.

— Je veux que vous me redonniez cette lettre ! insistai-je en serrant les poings de colère. Elle m'appartient !

— Delia a pas de lettre.

— Alors, où est-elle ?

— Elle a jamais eu de lettre, répéta-t-elle en continuant d'empiler la vaisselle.

— Vous mentez ! Donnez-la-moi maintenant ! m'exclamai-je en lui prenant le poignet.

Ce mouvement envoya tournoyer une soucoupe, qui s'écrasa sur le sol. Delia libéra son bras d'un coup sec et recula.

— Cette lettre garantit que je peux rester ici. Alors, je vous le dis, oubliez ça !

— Vous allez le regretter !

Fou de rage, je tournai les talons pendant que je pouvais encore me maîtriser.

Ce jour-là, je fus inefficace au travail et passai le reste de la matinée à arpenter la boutique de long en large. Comment devais-je m'y prendre ? Avait-elle toujours la lettre ou s'en était-elle débarrassée ? Et si je la renvoyais, que ferait-elle ? Irait-elle voir Mme Burton ?

Finalement, incapable de travailler, je retournai à la maison au début de l'après-midi. J'étais déterminé à dire à Mme Burton que Delia devait partir. Cependant, à mon arrivée, ma mère n'était pas dans sa chambre comme je m'y attendais. Je la trouvai avec Malcolm dans celle de son mari.

— Oh ! Jamie ! m'accueillit-elle, les yeux rougis. Tu es rentré ! Je ne savais pas si je devais envoyer quelqu'un te chercher ! Je ne sais plus quoi faire !

— Bonjour ! Bonjour ! cria Malcolm avec l'accent saccadé de Robert, avant de venir se percher sur mon épaule.

Il s'y accrocha pendant que j'approchais un fauteuil de celui de Mme Burton. Je pris sa main et elle se mit à pleurer.

— Je suis ici, maintenant, tout va bien, murmurai-je. Dites-moi ce qui vous trouble.

— J'ai promis à Delia…

— Que lui avez-vous promis ? Vous pouvez tout me dire.

— Ça te concerne. Tu ne croiras pas…

— Vous savez que Delia m'en veut depuis que je suis arrivé ici quand j'étais un jeune garçon…

— Mais elle prétend que tu veux lui faire du mal !

Malcolm me mordilla l'oreille, et pour la première fois, je donnai une petite tape sur son bec. Avec un criaillement de surprise, il vola vers son perchoir devant la fenêtre. Je desserrai mon col humide et m'enfonçai dans le fauteuil.

— Lui faire du mal ? Pourquoi voudrais-je faire une chose pareille ?

— Elle dit qu'elle a lu une lettre qui t'appartient. Bien sûr, je lui ai demandé si tu lui en avais donné la permission, mais elle n'a pas répondu. Elle a seulement répété que tu voulais la forcer à partir.

— Et cette supposée lettre, a-t-elle mentionné son contenu ?

— Oh, son accusation était si malveillante que je ne veux pas la répéter. Elle t'a accusé de… Oh, c'est si horrible, Jamie, que je préfère me taire.

— Je vous en prie, dites-le-moi.

— Mais j'ai promis…

— Je dois connaître ces calomnies afin d'y répondre, dis-je en agrippant les accoudoirs du fauteuil pour tenter de retrouver mon calme.

— Oh, mon cher garçon, oublions tout ça ! s'écria-t-elle devant ma colère grandissante. Ce serait trop ridicule de répéter des propos si scandaleux.

— S'il vous plaît, dites-le et finissons-en !

— Elle dit que tu es un nègre, lâcha-t-elle.

Je me penchai pour essuyer une poussière imaginaire sur la jambe de mon pantalon et en profitai pour contrôler ma respiration. Puis je me redressai avec un petit rire.

— Elle a perdu la tête.

Je tendis les mains, la paume vers le haut, et ajoutai :

— Selon elle, quelle partie de moi serait noire, exactement ?

— Je sais à quel point cela doit te sembler ridicule, mais elle l'affirmait avec tant de force que c'en était troublant.

— Vous n'avez sûrement pas cru que…, dis-je en m'approchant du bord de mon siège.

— Bien sûr que non, James ! Je n'aurais jamais pu croire une chose pareille ! Je t'en prie, ne t'offusque pas. Je n'en crois pas un mot. Toi, un nègre ? Ce n'est pas possible !

La colère me submergea tout à coup. Son amour pour moi était-il si limité que mon sang impur pourrait le détruire ? Redoutant sa réponse, je ne pus m'empêcher de demander :

— Et si c'était vrai ? Que cela signifierait-il pour vous si je vous disais que j'étais un nègre ?

Avec une expression de dégoût manifeste, elle secoua la tête.

— Mais c'est impossible ! insista-t-elle.

— Alors, vous ne m'aimeriez plus ? dis-je en me levant de mon fauteuil.

Ma pire crainte se réalisait !

— James ! Jamie, mon chéri, assieds-toi !

Toutefois, elle avait révélé ses véritables sentiments et je ne pouvais plus me taire.

— Ce qui me trouble le plus, c'est que vous refusez de répondre. La simple idée que vous pourriez cesser de m'aimer si…

Je ne pouvais plus respirer. La pensée que son affection soit conditionnelle à ma race me bouleversait tellement que je n'arrivais plus à reprendre mon souffle.

Elle cria mon nom quand je quittai la pièce et sortis de la maison. Je marchai durant des heures par ce bel après-midi de mai, sans rien voir, l'esprit en ébullition. Que devais-je faire ? Lui dire la vérité ? Mais quelle était la vérité ? Devais-je m'identifier comme un nègre ?

Il n'y avait sûrement pas assez de sang noir en moi pour qu'on me considère comme l'un d'eux. Je n'étais pas un nègre ! Combien de fois grand-mère m'avait-elle répété qu'il s'agissait d'une race inférieure, désireuse d'être prise en charge, toujours prête à se soumettre ? Combien de fois avais-je entendu parler de leur moralité inexistante, de leur propension à coucher les uns avec les autres et à produire une progéniture qu'ils abandonnaient aussitôt ? En outre, ces gens étaient des voleurs, comme l'avait prouvé Delia en dérobant ma lettre. Comment pouvais-je être l'un d'entre eux ? Rien ne me correspondait dans cette description. Je ne présentais aucun de leurs traits. Je n'étais pas des leurs !

Pourtant, je ne pouvais oublier l'expression de répulsion sur le visage de ma mère adoptive. À deux reprises, je me précipitai dans une ruelle pour me vider l'estomac, pris de nausées à ce souvenir. Pourquoi ne pouvait-elle m'aimer tel que j'étais, nègre ou pas ? Je l'aimais comme j'avais aimé ma propre grand-mère adorée.

L'idée de quitter cette maison accueillante et rassurante me navrait mais, à la tombée de la nuit, j'en étais arrivé à la conclusion déchirante que je n'avais pas le choix.

J'étais épuisé quand je rentrai enfin à la maison et montai à ma chambre. Au moment où je sortais mon sac de cuir et m'apprêtais à le remplir, Robert arriva avec un mot portant le sceau de Mme Burton. Il repartit et je lus le message.

*J'ai demandé à Delia de quitter la maison. Je te supplie de me pardonner de t'avoir questionné à propos de ces calomnies. Le sujet est clos. Tu as ma parole que je ne douterai plus jamais de toi.*

Je restai longtemps assis, la note à la main, incapable de prendre une décision. Le lendemain matin, Robert vint m'avertir que Delia était partie et que Mme Burton désirait me voir. J'allai la retrouver, ne sachant toujours pas comment réagir. Ma mère adoptive était assise dans un fauteuil près de son lit, en chemise de nuit. Elle paraissait si frêle et ébranlée, si seule et effrayée, que je sus aussitôt quoi faire. Elle méritait au moins de connaître la vérité avant mon départ.

Je m'approchai de son fauteuil et m'agenouillai, arrachant mon cache-œil pour qu'elle me voie en entier. D'une main tremblante, elle lissa le pli que le cache-œil avait laissé sur ma peau.

— Je dois vous dire..., commençai-je, le cœur battant et les yeux pleins de larmes.

Sa main descendit pour couvrir ma bouche.

— Non, dit-elle. Nous n'en parlerons plus jamais. La question est réglée.

Submergé par le soulagement, je posai la tête sur ses genoux en pleurant, pendant qu'elle me réconfortait comme le ferait une mère avec son fils.

Mais le mal était fait. La vérité n'ayant jamais été dévoilée, ce secret suppura comme une blessure. Alors que Mme Burton et moi avions toujours été proches, notre relation devint tendue. Bien qu'elle fît preuve d'une grande sollicitude, je devins plus distant, en raison de ma culpabilité et de mon besoin non assouvi.

Après des années d'apprentissage auprès de M. Leeds, je poursuivais toujours mes cours de dessin, car ma passion pour la peinture ne cessait de croître. La chambre de Malcolm débordait d'aquarelles, principalement des miniatures, qui couvraient chaque surface et étaient épinglées sur les murs. Les oiseaux étaient toujours mon sujet préféré, mais je peignais également la flore et la faune. J'étais devenu si habile dans l'art des miniatures que M. Leeds me suggéra de créer un petit guide à l'intention des botanistes amateurs, à l'instar de M. Bartram. Toutefois, pour mener ce projet à bien, il m'aurait fallu voyager, comme l'avait fait M. Bartram. Avec la boutique et la responsabilité de Mme Burton, je ne voyais pas comment cela serait possible.

Au fil des ans, M. Leeds était devenu autant mon ami que celui de ma mère adoptive, et il nous procurait une distraction très appréciée. Nous avions pris l'habitude, le dimanche après-midi, de l'inviter à prendre le thé après mon cours de dessin. Comme il appréciait particulièrement le quatre-quarts au citron, nous lui en servions chaque fois. Nous étions assurés de sa présence excentrique et divertissante jusqu'à ce que le gâteau soit entièrement terminé.

Mme Burton et moi fûmes donc consternés d'apprendre au cours de l'été que M. Leeds avait des problèmes de santé et devait cesser d'enseigner.

— J'aimerais que vous me remplaciez pour un cours que je donne chez moi, me dit-il. Les élèves pourraient tirer profit de ce que je vous ai enseigné.

— Mais je ne suis pas qualifié ! J'en connais si peu…

Il éclata de rire.

— Je crois que certains affirmeraient le contraire !

Il faisait référence à de petites aquarelles que j'avais vendues récemment, toutes deux exécutées à la surrémige. J'en avais obtenu un bon prix.

— Je pense en outre que l'enseignement vous serait bénéfique, ajouta-t-il.

— Est-ce un cours d'aquarelle ? Les élèves utilisent-ils des pinceaux de martre ?

— Bien sûr ! Quoi ? Vous pensiez que vous devriez leur apprendre à peindre avec une plume de bécasse ? Bonne chance pour trouver des élèves ayant ce genre de talent !

— Pourquoi ne pas accepter, James ? intervint Mme Burton d'un ton enthousiaste. Tu pourrais donner ce cours dans la chambre de Malcolm, où tu travailles actuellement. Elle est suffisamment grande et cela mettra de la vie dans la maison.

J'acceptai donc, puisque cela nous procurait une distraction supplémentaire à tous les deux le dimanche après-midi.

Ce fut une bonne décision puisque ces cours s'avérèrent une bénédiction pour notre relation. Ma mère adoptive connaissait la famille de plusieurs de mes étudiants, et les histoires les concernant étaient souvent au cœur de nos conversations. Avec le temps, une certaine complicité s'installa entre nous, mais nous ne retrouvâmes jamais l'intimité que nous avions connue. Aucun de nous ne voulait franchir ce fossé : elle avait besoin de nier la vérité, alors que je souhaitais qu'elle l'accepte et m'aime malgré tout.

Je n'ai qu'un seul regret de cette époque. À plusieurs reprises, Mme Burton m'avait demandé de vider la chambre de M. Burton pour m'y installer, mais je m'y étais toujours refusé. Voulais-je la punir ou craignais-je de me sentir encore davantage comme un imposteur ? Je n'ai toujours pas de réponse.

Cependant, quand Robert vint me prévenir, le 4 septembre 1824, que Mme Burton était décédée soudainement durant la nuit, je fus accablé de chagrin.

Je l'avais aimée comme une mère, et même si elle avait fait de son mieux pour m'aimer comme un fils, nous savions tous deux qu'un changement s'était produit depuis la révélation de Delia. Je n'en tenais pas rigueur à ma mère adoptive. Comment aurais-je pu lui reprocher son incapacité d'aimer la partie de moi que je détestais ?

# 15

## *1824-1828*
## *James*

Bien que j'aie hérité de tout et que la maison soit la mienne, des mois s'écoulèrent avant que Robert puisse me persuader de prendre la chambre de M. Burton. Tout en comprenant son raisonnement, je me sentais comme un intrus. Robert me convainquit que cela rendrait la tâche plus facile aux domestiques, et je finis par céder.

Quand nous descendîmes examiner la chambre de M. Burton, je me demandai à haute voix si cette maison n'était pas trop grande et élégante pour moi.

— Et pourquoi ne seriez-vous pas à votre place ici ? protesta Robert. Les Burton vous ont choisi comme fils et, en tant qu'héritier, cela vous appartient à présent.

Puisqu'il le croyait, je tentai de me convaincre à mon tour.

L'hiver suivant fut long et solitaire. Je passais tellement de temps à l'atelier que je finis par m'en lasser.

Au printemps de 1825, une femme franchit la porte de la boutique et exigea de voir le propriétaire.

Nicolas vint me chercher dans le bureau, où j'étais occupé à vérifier les comptes. Depuis Noël, les affaires étaient au ralenti. Je savais que je devais donner un regain à l'entreprise, mais en l'absence de mes parents adoptifs, cela m'intéressait beaucoup moins.

En entrant dans la boutique, je reconnus immédiatement la visiteuse.

— Madame Cardon ! m'exclamai-je, étonné, en m'approchant pour la saluer.

J'avais rencontré cette femme très en vue par le biais de M. Leeds, qui était un ami de longue date des Cardon. En fait, c'était elle qui avait acheté deux de mes tableaux.

— Vous vous souvenez de moi ! dit-elle en souriant.

— Bien sûr, répliquai-je, heureux de la revoir.

Ces deux dernières années, nous nous étions croisés à deux reprises au domaine de M. Bartram, où j'effectuais des croquis sous le regard critique de M. Leeds. J'appréciais son attitude désinvolte et son enjouement, qui me mettaient toujours à mon aise. Comme elle avait une vingtaine d'années de plus que moi, ses taquineries étaient moins menaçantes que si nous avions eu le même âge. Elle riait gaiement chaque fois que je lançais une réplique inattendue à une de ses reparties.

Tout en jetant un regard rapide à la boutique, elle laissa glisser de ses épaules un châle à motif cachemire, révélant une robe verte qui épousait parfaitement sa belle silhouette. Lorsqu'elle se tourna brusquement, une des nombreuses plumes de son chapeau à large bord se détacha. Nous la regardâmes tous deux flotter lentement jusqu'au sol. Je ramassai la parure récalcitrante, soufflai dessus pour en enlever tout grain de poussière, et la lui tendis avec un grand geste de la main.

— Madame, votre plume.

— Oh ! vous pouvez la garder en souvenir de ma première visite ici ! répliqua-t-elle en riant.

Suivant l'exemple de son ton badin, je glissai la plume dans la poche de mon gilet avec un sourire en coin.

— Je la chérirai toujours, dis-je en m'inclinant.

Elle éclata de rire et me tapota le bras avec son éventail, puis me toisa en penchant la tête.

— Alors, James Burton ! J'ai entendu des rumeurs à votre sujet.

— Ah bon ? rétorquai-je. Sont-elles intéressantes ?

Le cœur battant, j'enlevai un grain de poussière imaginaire sur le présentoir.

— Certainement. L'une d'elles évoque un duel !

Étonné de cette allusion, je portai involontairement la main à mon cache-œil. Voyant que je l'avais embarrassée, je me redressai et déclarai d'une voix grave :

— Madame Cardon, cette rumeur est fausse ! Je n'ai pas perdu mon œil dans un duel. En réalité, cela s'est produit durant un événement si spectaculaire que je crains d'en avoir oublié les détails.

Elle pouffa et me donna un autre coup d'éventail. Avant qu'elle puisse répondre, je repris :

— Non, toutes ces rumeurs sont fausses, j'en ai bien peur. Naturellement, vous ne serez pas surprise d'apprendre que j'ai également entendu des rumeurs vous concernant ?

— Oh ! je suis sûre que oui, mais les miennes sont toutes fondées !

Nous rîmes de bon cœur.

— Vous êtes amusant, dit-elle en souriant. Vous devriez venir à l'une de nos soirées. D'après les rumeurs, vous êtes un véritable reclus.

— Je dois le reconnaître. Mme Burton était invalide et je ne voulais pas la laisser seule.

— J'ai été désolée d'apprendre son décès.

— Merci. Elle me manque beaucoup.

— Eh bien, alors, nous allons y remédier. J'aimerais vous présenter à mes amis.

— Cela me serait très agréable, répondis-je, anticipant la signification de cette offre.

À tout le moins, ce serait là une réponse à mon dilemme pour l'entreprise. Nous étions nombreux à nous livrer compétition dans le commerce de l'argent, et une cliente comme Mme Cardon assurerait la survie de la boutique, tout en y conférant beaucoup de prestige.

J'avais entendu maintes fois les Burton parler de Mme Cardon et du pouvoir qu'elle détenait. Dans la grande ville de Philadelphie, l'échelon supérieur de l'aristocratie comprenait uniquement des familles pouvant retracer leur lignée jusqu'aux premiers colons quakers. Elles estimaient faire partie d'un groupe d'élite et n'acceptaient aucune nouvelle fortune au sein de leur cercle fermé. En conséquence, les marchands et hommes d'affaires ayant récemment fait fortune et désireux de se hisser dans la hiérarchie sociale avaient dû créer leur propre société d'élite. Cette dernière était dirigée par nulle autre que Mme Randolph

Cardon. Et elle se tenait devant moi, dans ma boutique d'orfèvrerie.

Elle regarda autour d'elle sans rien dire.

— Puis-je vous montrer quelque chose ? proposai-je.

— En fait, j'ai une requête spéciale. J'ai vu certaines de vos vinaigrettes, et j'aimerais que vous en fabriquiez une pour ma fille. Mais elle doit être unique ! C'est un présent pour son dix-huitième anniversaire.

— Avez-vous un motif particulier en tête ? Quels sont ses intérêts ?

— Eh bien, elle aime peindre… Et elle s'intéresse à tout ce qui concerne les oiseaux ! Elle possède une perruche qu'elle adore.

— Elle aime les oiseaux ? demandai-je.

— Oui.

Je réfléchis un moment.

— J'ai une idée, mais cela prendra du temps. Et le coût de la pièce terminée risque de…

Sa main balaya l'air, rejetant mes inquiétudes.

— Le prix est accessoire. Mais vous devez terminer la vinaigrette en quatre semaines, afin qu'elle la reçoive pour son anniversaire.

— Je la terminerai à temps.

— Ne me décevez pas ! lança-t-elle.

Bien que nous ayons fixé un délai de livraison d'un mois, Mme Cardon passait chaque semaine s'informer de mes progrès. En raison de notre badinage habituel, c'était toujours un plaisir de la voir. Cependant, le jour où elle vint chercher la vinaigrette terminée, elle arborait une expression plus sombre qu'à l'habitude.

Je l'invitai dans mon bureau. Cette petite pièce était rendue encore plus exiguë par le bureau à cylindre en chêne qui occupait un quart de l'espace. La femme de ménage avait laissé les lieux en ordre et fleurant le citron frais. Je fis asseoir Mme Cardon et m'empressai d'aller chercher le paquet.

À mon retour, elle tenait une peinture miniature de Malcolm, qui se trouvait sur le bureau.

— C'est vous qui l'avez peinte ?

— En effet.

— C'est magnifique. Me permettez-vous de l'acheter ? Vous savez à quel point j'apprécie les peintures que vous m'avez vendues !

Toutefois, j'étais impatient :

— Avant d'en discuter, j'aimerais vous montrer ceci. Venez !

Je lui fis signe d'approcher de la fenêtre, où j'ouvris la petite boîte bleue sous la lumière du soleil.

Comme prévu, le petit cacatoès d'argent se mit à luire dans son écrin de velours bleu foncé, pendant que le rubis logé dans l'œil de l'oiseau étincelait de tous ses feux. Mme Cardon poussa une exclamation ravie en le sortant de la boîte. Elle ouvrit l'aile miniature de l'oiseau pour révéler la grille ouvragée.

— Oh ! monsieur Burton ! C'est superbe ! Caroline va l'adorer.

— Vous croyez ? répliquai-je, savourant son admiration.

— Oh oui ! Certainement !

Ses yeux s'emplirent soudain de larmes.

— Qu'y a-t-il ? dis-je, alarmé par son brusque changement d'humeur.

— Pardonnez-moi, murmura-t-elle en me redonnant la vinaigrette en argent.

Elle ouvrit son réticule de cuir rouge pour y prendre un mouchoir. Voyant cela, j'allai fermer la porte du bureau.

— Asseyez-vous, je vous prie. Soyez franche. Vous n'aimez pas cette vinaigrette ?

— Oh ! non, non ! Je l'adore ! Mon problème est… en fait, il est de nature plus… personnelle.

Elle jeta un coup d'œil à la porte fermée.

— Ce que vous me direz ne sortira pas de cette pièce, promis-je.

— Vous me donnez votre parole ? Cela restera entre vous et moi ?

— Certainement ! lui dis-je.

— Ce matin, pendant que je m'habillais pour venir ici, M. Cardon m'a informée qu'il était en train de régler les détails du mariage de Caroline.

Elle me regarda, éperdue de chagrin.

— Cette union est déplorable, mais il insiste pour y donner suite.

— Le jeune homme ne vous plaît pas ? dis-je, tentant de mieux comprendre.

— Non ! Et Caroline ne sera pas plus d'accord que moi ! lança-t-elle d'une voix amère.

— Ne peut-elle pas refuser ?

— Refuser ? Caroline ? Personne n'oppose un refus à M. Cardon. Surtout pas sa fille.

— Et votre mari ne tient pas compte de votre opinion ?

Elle me jeta un regard incrédule.

— Mon opinion ? Son opinion est notre opinion. C'est aussi simple que ça. Ce mariage va détruire la vie de ma fille.

Posant son coude sur l'accoudoir, elle appuya sa tête dans sa main.

Je m'efforçai de trouver des paroles de réconfort.

— Au moins, elle sera ici avec vous, à Philadelphie ?

— Non, répondit-elle avec un regard affligé. Ils doivent partir à l'étranger pour deux ans. Cela fait partie de l'entente. Le père du garçon veut qu'il voyage, et ma fille doit l'accompagner.

— Je vois.

— Non, vous ne voyez pas ! s'écria-t-elle. Ce garçon est déjà une loque. Et il s'agit de mon seul enfant, ma fille unique ! Comprenez-vous ce que cela signifie pour moi ? Ce que cela signifie pour elle ?

La pauvre semblait si désemparée que je posai une main sur son épaule. Je la retirai aussitôt en répliquant :

— Oui, je comprends.

Elle redressa les épaules et tenta de se ressaisir.

— Oh ! mon Dieu ! Je suis désolée. Je n'aurais pas dû vous infliger cela.

J'étais frappé par la position difficile où se trouvait cette femme et voulais la consoler, mais ne trouvais pas les mots. Je me levai pour aller chercher la petite peinture de Malcolm.

— Je vous l'offre, dis-je en la lui tendant. C'est un cadeau.

— Oh ! Comme c'est gentil à vous !

Elle se leva et la serra sur son cœur.

— Je veux simplement vous voir sourire de nouveau, ajoutai-je.

Je compris trop tard l'intimité suggérée par ces paroles quand elle s'approcha et posa une main sur mon bras.

— Dois-je comprendre…, murmura-t-elle d'une voix douce et invitante. Peut-être mercredi après-midi ? Je suis libre.

Je balbutiai pour tenter de rétablir une distance :

— Je n'aurais pas demandé mieux, mais je crains que mes journées ne soient prises par le travail.

À ce moment précis, ma montre de gousset sonna pour marquer l'heure.

— Bien sûr, répliqua-t-elle en retirant sa main d'un ton offensé. Naturellement, vous êtes occupé. C'était bête de ma part de ne pas l'avoir compris.

Avec un petit rire léger, elle s'affaira à remettre son mouchoir dans son sac.

— Je suis désolé, dis-je, conscient de l'avoir insultée. Peut-être un souper…

— Certainement, répliqua-t-elle. Je vous enverrai une invitation. Vous devez rencontrer mon mari.

— Ce sera avec grand plaisir, répondis-je, déçu de la froideur qui s'installait entre nous.

Avant de partir, elle ouvrit son réticule.

— Vous avez créé deux œuvres d'art. Dites-moi, combien vous doit mon mari ? Je considérerai toujours cette peinture comme un présent, mais je tiens à ce qu'il vous paie pour les deux.

Bien avant que je reçoive ma première invitation de Mme Cardon, quelques-unes de ses amies se mirent à fréquenter ma boutique. Ces femmes très fortunées n'hésitaient pas à dépenser des sommes considérables. Grâce à elles, notre entreprise d'orfèvrerie redevint florissante.

En revanche, ma maison était un endroit solitaire. Mme Burton me manquait plus que je n'aurais pu l'imaginer. Parfois, dans mon esseulement, je visitais sa chambre avec Malcolm. Je m'asseyais près de son lit, feuilletais les livres que nous avions l'habitude de lire à haute voix, pendant que Malcolm voletait dans la pièce d'un air agité. Cependant, il se calmait rarement et nous devions partir, car dans sa frustration de ne pas la trouver, il finissait par s'attaquer aux colonnes sculptées du lit.

J'en étais venu à redouter mes repas solitaires dans la grande salle à manger, jusqu'à ce que Robert propose de me servir dans le petit salon à l'arrière. Dans ce décor plus intime, Malcolm et le feu crépitant dans l'âtre me tenaient compagnie pendant que je mangeais.

J'attendais toujours avec impatience mes cours du dimanche, non seulement pour la compagnie de mes élèves, mais pour la stimulation de mon propre travail artistique. Souvent, le soir, je trouvais du réconfort dans mon art en peaufinant ma technique à la plume de bécasse. Je rêvais du jour où je voyagerais et créerais un guide similaire à celui de Bartram.

Je n'avais pas revu Mme Cardon durant l'été, après notre dernière rencontre à la boutique. Toutefois, ses amies, qui étaient devenues mes clientes, m'avaient parlé du mariage extravagant de sa fille au mois de juin.

À l'automne, je reçus une invitation à souper chez elle. Cette soirée prévue un mois plus tard présentait une difficulté, car elle comportait de la danse, un art que je ne possédais pas encore. Robert mena quelques recherches discrètes et trouva un maître de danse qui accepta de venir chez moi m'en enseigner les rudiments, ainsi que l'étiquette des salles de bal.

Je fus étonné du plaisir que me procura cet exercice. La jeune et jolie femme du maître de danse riait pendant que nous tournions vertigineusement dans la pièce.

— Je préfère la valse à toutes les danses ! lançai-je par-dessus la musique, savourant le rythme sans effort et l'idée de n'avoir qu'une partenaire.

Le maître de danse cessa brusquement de jouer de l'épinette.

— Il n'est pas de bon ton de tenir votre partenaire d'aussi près, dit mon instructeur avec un reniflement dédaigneux. Même si la valse se pratique lors des soirées de Mme Cardon, ce ne sera pas le cas dans les salons plus conservateurs. L'intimité de cette danse est encore considérée comme scandaleuse.

Il jeta un coup d'œil à sa femme aux joues roses, puis me toisa sévèrement par-dessus ses lunettes.

Dès mon arrivée chez les Cardon le soir prévu, je m'aperçus que je connaissais déjà plusieurs invités, qui étaient à présent mes clients. Néanmoins, Mme Cardon me prit le bras pour me présenter à la ronde. Même si sa voix demeurait enjouée, sa main se raidit quand nous approchâmes de son mari.

— Monsieur Cardon, voici l'orfèvre James Burton. C'est le jeune homme dont je vous ai parlé. Vous vous souvenez ?

— Je me souviens de sa facture !

Il éclata de rire, comme pour faire oublier cette insulte. Quand son regard insistant se posa sur mon cache-œil, indiquant sa curiosité, je fis mine de ne pas le remarquer. Je savais pertinemment que ses bonnes manières l'empêcheraient de poser la question qui l'intriguait le plus.

Le souper se déroula sans accroc, et notre hôtesse entretint habilement la conversation sur un ton léger et dénué de controverse. Après le repas, je fus déçu d'apprendre que la danse avait été annulée. On nous conduisit dans un grand salon attenant à la salle à manger, où des échiquiers et des tabliers de backgammon avaient été disposés. Enfant, j'étais plutôt habile à ces jeux. Je m'empressai donc de prendre place à une table et passai une soirée très agréable.

Probablement en raison du parrainage de Mme Cardon, des invitations à souper chez ses amies affluèrent bientôt. Comme cela me permettait d'échapper à mon existence solitaire, je les acceptai et me mis à sortir davantage.

La plupart de ces soirées suivaient le même modèle, généreusement arrosées de vin pendant que les convives dégustaient des repas élaborés. Sous l'influence des spiritueux servis plus tard dans le salon, les invités s'adonnaient aux divertissements proposés avec plus d'enthousiasme et de désinvolture qu'en d'autres circonstances. Parfois, un petit orchestre jouait de la musique et je pouvais mettre à profit les cours de danse que j'avais suivis. Toutefois, c'est au cours des parties de cartes ou de backgammon que l'on donnait libre cours au badinage. Lorsque Mme Cardon était présente, son attention était toujours tournée vers moi. À plus d'une occasion, elle fit allusion à sa disponibilité, mais j'éludai adroitement ses avances. Comme je ne lui opposais jamais un refus catégorique, elle ne semblait pas s'offusquer comme cela avait été le cas dans ma boutique.

Étrangement, c'est elle qui me présentait aux femmes libres et semblait prendre un malin plaisir à constater leur intérêt envers moi. Certaines d'entre elles attiraient mon attention, les plus hardies s'arrangeant même pour se retrouver seules avec moi et m'offrir un baiser. Quelques-unes offraient davantage et, même si je participais, je ne faisais rien pour provoquer ces échanges impromptus. Je n'avais pas oublié qui j'étais ni ce qui était en jeu, mais j'étais un homme vigoureux, et la frustration qui s'ensuivait était très inconfortable. Puis, en discutant avec les hommes rassemblés dans les salons remplis de fumée pour boire des spiritueux plus corsés et parler librement, j'appris l'existence de maisons où les hommes pouvaient être soulagés de cette tension. J'y réfléchis, mais décidai de ne pas les fréquenter par crainte des maladies. Cependant, au cours des années suivantes, je me mis à considérer cette possibilité plus sérieusement.

C'est alors qu'à l'automne 1828, je fis la connaissance de Caroline, la fille de Mme Cardon.

C'était à l'occasion d'un souper que donnait une amie de Mme Cardon pour souhaiter la bienvenue à Caroline et à son mari après leur séjour de deux ans à l'étranger. Seulement une vingtaine de personnes avaient été conviées au souper, qui précédait une importante réception en l'honneur du couple.

Bien que le nombre de convives soit restreint, je faisais partie des invités. En tant que célibataire, j'étais généralement convié même lorsque les places étaient rares. J'avais déjà assisté à des soirées dans cette demeure. Moins majestueuse que la résidence des Cardon, cette maison possédait cependant un grand salon qui donnait sur un jardin magnifique, où devait se tenir la réception.

Par cette douce soirée du mois de juin, le souper fut servi à l'extérieur, dans la roseraie luxuriante, où des centaines de bougies et de lanternes vacillaient au crépuscule. Lorsque les invités d'honneur arrivèrent enfin, il était trop tard pour faire les présentations. Nous fûmes immédiatement invités à nous asseoir, car la réception devait suivre peu de temps après.

Le mari de Caroline, M. Thomas Preston, prit place en face de moi. En ajustant nerveusement ses lunettes sur son long nez étroit, il salua ceux qui l'entouraient d'un hochement de tête guindé. Son cou était engoncé dans une chemise blanche au col exceptionnellement haut, maintenu par une large cravate. Lorsque la femme assise près de lui le complimenta sur sa tenue qu'elle qualifia d'européenne, son visage pâle et étroit s'empourpra de fierté.

Caroline était assise un peu plus loin, et je ne la remarquai pas immédiatement. Par contre, je notai que son époux avait déjà bu une quantité impressionnante de vin avant même que nous n'ayons terminé la vichyssoise.

Ce n'est qu'au moment où l'on servit les huîtres que je regardai le reste de la tablée et vis Caroline. Je m'étais réjoui à l'idée de la rencontrer, m'attendant à une version plus jeune de sa mère. Comme je me trompais ! Bien que Mme Cardon soit une belle femme, sa fille était une véritable beauté. Vêtue de soie gris-bleu clair, Caroline était penchée pour mieux entendre son voisin de table. Elle tourna la tête dans ma direction et ses yeux bleu foncé croisèrent mon regard admiratif. Voyant son petit sourire, je me détournai, embarrassé.

M'avait-elle pris pour quelqu'un d'autre ? Incapable de réprimer ma curiosité, je lui jetai un autre coup d'œil. Toujours en pleine conversation, elle me sourit de nouveau.

Quelqu'un proposa un toast et elle leva son verre de vin. Ses doigts fins tenaient si gracieusement la coupe que je me surpris à la contempler une fois de plus. Me forçant à me détourner, je jetai un regard coupable à son mari, qui n'avait rien remarqué. Son attention était accaparée par le verre de vin qu'il voulait faire remplir.

Une fois le repas terminé et la danse commencée, Mme Cardon s'approcha enfin de moi avec sa fille et son gendre. Elle avait à peine eu le temps de me les présenter qu'une petite crise survint. L'hôtesse envoya chercher Mme Cardon pour qu'elle lui prête main-forte. Après son départ, M. Preston marmonna des paroles inintelligibles et s'éloigna à son tour en titubant, laissant Caroline seule avec moi.

— Je vous prie d'excuser le comportement de mon mari, dit-elle.

De près, elle était encore plus belle et j'avais du mal à me concentrer sur ses paroles.

— Je suis certain que votre retour au pays exige une adaptation, répondis-je pour lui fournir une excuse.

— En effet. Il n'était pas heureux de revenir.

— Et vous ?

— Je n'ai jamais voulu partir d'ici, répliqua-t-elle.

— Ah non ?

Comme elle semblait vulnérable, les yeux ainsi levés vers moi ! J'avais posé une question trop intime et m'efforçai de faire diversion :

— Puis-je vous demander si vous avez eu l'occasion d'utiliser la vinaigrette que j'ai fabriquée pour votre anniversaire ?

— Oh ! pardonnez-moi ! Je voulais vous en parler dès que je vous ai reconnu durant le repas !

— Pourtant, nous ne nous étions jamais rencontrés.

— Non, mais votre œil..., commença-t-elle avant de s'interrompre. Désolée, c'était un commentaire déplacé.

— Ne vous inquiétez pas, j'y suis habitué. Je suppose que c'est un trait distinctif.

— En effet, dit-elle avec franchise, avant de changer adroitement de sujet. Vous savez, j'adore ma vinaigrette ! C'est une véritable œuvre d'art.

— Merci.

— Vous peignez également ?

— Comment le savez-vous ?

— N'êtes-vous pas l'auteur de cette magnifique miniature de cacatoès que possède ma mère ?

— Oh ! Oui. Oui, elle est de moi.

— Elle est si petite et si détaillée ! Je l'ai observée maintes fois. Comment vous y êtes-vous pris ?

— Au lieu d'un pinceau de martre, j'ai utilisé une surrémige, qui est une plume d'oiseau, expliquai-je, étonné de son intérêt.

— Vous vous êtes servi d'une plume d'oiseau ?

— Oui, c'est un art très ancien.

— Et où trouve-t-on ces plumes ?

— Les chasseurs de gibier apportent des bécasses au marché. Au cours des mois d'hiver, j'achète tout ce dont j'ai besoin.

— C'est remarquable ! En Angleterre, j'ai entendu parler d'une femme qui utilisait une plume d'oiseau pour peindre sur l'ivoire.

— Vraiment ? Je dois en informer M. Leeds, mon professeur. Il croit que c'est un art oublié.

— M. Leeds est votre professeur ? Peut-être pourrait-il être le mien également ?

— Malheureusement, il a pris de l'âge et n'enseigne plus.

Elle était si exceptionnellement belle et j'étais si subjugué que sa proximité me semblait dangereuse.

— Oh ! c'est dommage ! murmura-t-elle.

Elle inclina la tête et ses longs doigts blancs jouèrent avec une mèche qui frisottait sur sa nuque.

— Accepteriez-vous de me donner quelques cours ? demanda-t-elle en souriant de sa bouche rose aux lèvres pleines.

Même conscient du danger, j'étais perdu.

— Quand aimeriez-vous commencer ? répondis-je avec tant d'empressement que Caroline éclata de rire, tout comme moi.

— Peut-être dans quelques mois ? J'aurai alors terminé notre installation dans la maison, dit-elle au moment où sa mère, hors d'haleine, nous rejoignait.

— Ton mari est en train de pérorer et est passablement ivre, déclara cette dernière.

— Je n'en doute pas un instant, mère.

Mme Cardon pinça les lèvres en jetant un coup d'œil vers M. Preston.

— Mère, M. Burton a accepté de me donner des cours de peinture, annonça joyeusement Caroline.

Sa mère se tourna vers nous en souriant.

— Oh, ma chérie, quand trouveras-tu le temps ? Tu dois organiser ta maison.

— M. Burton est d'accord pour attendre l'automne. À ce moment-là, tout le monde se sera lassé de me voir et j'aurai une activité en vue de l'hiver.

Mme Cardon tapota le bras de sa fille.

— Eh bien, si un cours de dessin peut te rendre heureuse, nous te trouverons un professeur. M. Burton est très occupé. Tu ne veux sûrement pas abuser de son temps.

— Il a déjà accepté, n'est-ce pas, monsieur Burton ? lança-t-elle en me souriant.

Pris entre deux feux, je n'eus d'autre choix que d'acquiescer.

Mme Cardon prit le bras de sa fille et m'adressa un sourire dénué de chaleur.

— Je vois, murmura-t-elle. Vous allez nous excuser, monsieur Burton, mais d'autres invités veulent s'entretenir avec Caroline.

— Bien sûr.

Peu après leur départ, je rentrai chez moi, où je tentai de comprendre la surprenante fascination que j'éprouvais pour Mme Preston.

## 16

## *1828*
## *Caroline*

Pendant des semaines, j'hésitai à envoyer un mot à M. Burton pour lui rappeler nos cours de dessin. Puis, un jour, nous nous croisâmes par hasard.

Au début d'octobre, j'acceptai d'accompagner ma mère et son jardinier, Phelps, au jardin de M. Bartram pour y visiter les serres. Mais le matin de notre excursion, ma mère fut affligée par une migraine et dut y renoncer. Comme c'était une belle journée et que je connaissais bien l'endroit, je décidai d'accompagner Phelps plutôt que de passer l'après-midi seule.

Je pris mon carnet de croquis avec l'intention de me promener dans les jardins pendant que notre jardinier vaquerait à ses occupations et ferait ses choix.

Phelps et moi fîmes le trajet en voiture en bavardant. Je l'avais connu toute ma vie et il avait toujours été une source fiable pour chacune de mes questions sur la botanique. Il riait encore en se rappelant le jour où, enfant, je lui avais demandé si les ailes de sa moustache noire servaient à attirer les papillons.

Dès notre arrivée, Phelps partit visiter les multiples serres du domaine pendant que je me dirigeais vers les jardins. Comme c'était un mardi, il y avait peu de visiteurs. Je déambulai parmi les dahlias et chrysanthèmes rouges et jaunes. À l'approche de la rivière, j'éprouvai un sentiment de joie et me hâtai vers l'eau bleue. Une douceur d'été flottait encore dans l'air. En approchant d'une zone ombragée sous les érables et les cornouillers, je vis qu'il n'y avait personne et ôtai mon chapeau. Ma nouvelle femme de chambre, malgré tous ses efforts, n'avait aucun talent pour me coiffer. Les épingles étaient trop serrées et je poussai un soupir de soulagement en les retirant pour libérer mes cheveux. En les secouant, je sentis un frémissement sur ma nuque et entendis un bourdonnement d'abeille. Craignant de me faire piquer, j'eus une réaction instantanée. J'assenai une tape sur l'insecte, puis l'enlevai délicatement de mes cheveux emmêlés.

— Oh non ! m'exclamai-je en voyant que je l'avais tuée, car j'avais une affection toute particulière pour les abeilles.

J'enveloppai l'insecte dans mon mouchoir blanc afin de le rapporter à la maison. Soudain, une voix sévère me fit sursauter.

— Que faites-vous là ?

Je me retournai vivement, surprise de voir le sourire amusé de M. Burton.

— Oh ! c'est vous !

— Alors, madame Preston ! Qu'êtes-vous en train d'empocher illégalement ? demanda-t-il.

Son air enjoué me troubla. Je m'éventai le visage avec mon chapeau et perdis mon mouchoir. Il se pencha pour le ramasser.

— Attention, lui dis-je. Elle va tomber.

— Puis-je savoir quel trésor contient ce mouchoir ?

— Une abeille. Je l'ai tuée par accident.

— Vous l'avez tuée ! Et pourquoi avez-vous fait cela ? J'aime bien les abeilles.

— Elle était dans mes cheveux, expliquai-je.

— Oh non ! Vous a-t-elle piquée ?

Je me tâtai le cou.

— Non, mais j'ai eu peur. Je n'aurais pas dû enlever mon chapeau.

— Pourquoi l'avoir fait, alors ? demanda-t-il d'un air taquin.

— Parce que mes épingles me serraient. Je sais que je n'aurais pas dû.

— Oh ! la la ! Je vois déjà les gros titres. *Mme Preston, vue au jardin de M. Bartram sans son chapeau.* Quel scandale !

Je ris de bon cœur et lui aussi.

— J'étais assis là-bas, sous ce pin, reprit-il en désignant un banc. Aimeriez-vous vous joindre à moi ?

Je ne vis aucune raison de refuser, et, après qu'il eut soulevé son carnet à dessins pour me faire de la place, nous restâmes assis en silence, à regarder la rivière.

— Madame Preston ?

— Oui.

— Pourquoi gardez-vous cette abeille ?

— Je la rapporte chez moi pour la dessiner.

— Je vois.

— Je ne tuerais pas intentionnellement une abeille, mais maintenant que c'est fait, je ne veux pas rater l'occasion de l'utiliser.

— Et comment procédez-vous ?

— Eh bien, je l'étudie et j'observe ses couleurs. Ensuite, je la peins. Mais d'abord, je la dessine plusieurs fois, jusqu'à ce que je maîtrise tous les détails.

— Ah ! dit-il. Comme ceci ?

Il ouvrit son carnet à une page remplie de croquis de moineaux.

— Puis-je le feuilleter ? demandai-je.

Il me tendit le carnet. Je constatai avec curiosité qu'il était non seulement rempli d'esquisses d'oiseaux, comme je m'y attendais, mais de pommes de pin, de glands, de feuilles et de branches. Quand je l'interrogeai sur l'utilité de ces dessins, il m'expliqua :

— J'espère un jour publier un petit livre d'illustrations d'oiseaux. Pour les reproduire de façon réaliste, je dois être en mesure de les situer dans leur habitat naturel.

— Ce livre présentera les oiseaux de notre région ?

— Pas uniquement. Mon but est de fournir un guide qui servira de référence aux voyageurs le long de la côte Est.

— C'est merveilleux ! Y a-t-il un oiseau qui vous intéresse particulièrement ?

— J'avoue que j'ai un faible pour la perruche de la Caroline.

— Oh ! j'adore les perruches !

— Je sais. Votre vinaigrette…, me rappela-t-il avec un sourire si sincère que je détournai les yeux.

— Évidemment ! dis-je.

Embarrassée par cet oubli, j'orientai la conversation vers un autre sujet.

— Ce livre sera-t-il à vendre ?

— Je crains que ce ne soit prématuré, répondit-il. Le faire imprimer risque d'être très coûteux.

— Eh bien, je serai votre première cliente !

Il éclata de rire devant mon enthousiasme.

Nous nous tournâmes une fois de plus vers l'eau, puis je rassemblai mon courage.

— Monsieur Burton ?

— Oui ?

— Je dois savoir. Êtes-vous toujours prêt à m'enseigner à peindre avec une surrémige ?

Il ramassa une feuille dorée qui était tombée sur la manche de sa veste.

— Je me demandais si vous étiez toujours intéressée.

— Bien sûr, mais je ne voulais pas m'imposer.

— Je donne déjà un cours le samedi matin. C'est un cours d'aquarelle. En faites-vous ?

Je hochai la tête.

— Très bien. Par contre, mes élèves utilisent le pinceau de martre traditionnel. Si vous le désirez, vous pouvez vous joindre à eux. Nous verrons comment vous progressez, puis nous aviserons pour la suite.

— Ce serait parfait, dis-je en tentant de contenir mon excitation.

— Je n'ai qu'une hésitation, ajouta-t-il.

Je me penchai pour mieux voir son expression.

— Laquelle ?

— Cela concerne votre mère. J'ai eu l'impression qu'elle avait des objections.

Je me redressai.

— Je ne suis plus une enfant et je n'ai pas besoin de sa permission.

Quand il riait, son visage se plissait d'une façon très séduisante.

— Non, vous n'êtes pas une enfant, rétorqua-t-il. Au contraire. Mais j'avoue que je pensais seulement à ma propre protection. Votre mère peut être redoutable !

Ce fut mon tour de m'esclaffer.

— Laissez-moi m'occuper d'elle, monsieur Burton. Je vais m'assurer que vous en sortirez indemne.

# 17

## *1828-1829*
## *Caroline*

Un samedi matin, à l'heure matinale de dix heures, j'entrai dans le vestibule de M. Burton. À mon grand désarroi, je m'aperçus que j'étais la seule femme présente. Les trois autres élèves étaient des étudiants de l'université. J'étais si intimidée que je serais repartie si Robert, le majordome, n'avait pas conduit notre petit groupe vers l'escalier. Pendant que nous avancions dans cette maison plutôt sombre, ma nervosité ne cessait de croître. Qu'avais-je fait ? À quoi avais-je pensé ? J'étais prête à m'enfuir quand Robert nous fit entrer dans une pièce si charmante que je me détendis aussitôt. Les murs étaient peints en jaune, ma couleur préférée. Lorsque Robert ouvrit les tentures bleu et blanc, la lumière du jour envahit la pièce, éclairant une vieille table de pin couverte de chopes d'eau, de bocaux en verre pleins de pinceaux, de palettes de céramique et de multiples boîtes de peinture. Le paradis !

Après avoir choisi leur matériel, les autres élèves s'installèrent à leur chevalet. En avançant, bouche bée, je trébuchai sur la grosse toile qui couvrait le plancher de chêne foncé. Je me raccrochai de justesse au manteau de cheminée. Dans une tentative pour dissimuler ma maladresse, je me penchai pour humer l'odeur des roses jaunes surgissant d'un vase à cinq branches. C'est alors que M. Burton entra avec un grand cacatoès blanc perché sur son épaule.

Auparavant, j'étais aussi curieuse que quiconque à propos de son cache-œil, mais ce jour-là, je trouvai qu'il ajoutait à son charme. C'était un homme de grande taille, bien proportionné, et son gilet ajusté à motif bleu et noir était mis en valeur par sa chemise blanche et sa cravate noire.

Je regrettai de ne pas porter une tenue plus attrayante que ma robe marine de tous les jours.

Il s'immobilisa à la porte en m'apercevant, puis se tourna vers ses élèves qui le saluaient. Je ne sais ce qu'il avait l'intention de dire ou faire ensuite, car nous fûmes tous surpris quand l'oiseau s'envola pour venir se percher sur mon épaule. Pour me tester, le cacatoès me pinça l'oreille. Je donnai une petite tape sur son bec, comme j'avais appris à le faire avec ma propre perruche trop gâtée.

— Non ! dis-je d'un ton ferme. Je n'aime pas ça.

L'oiseau inclina la tête pour me regarder. Froissé de s'être fait corriger, il vola jusqu'à un perchoir devant la fenêtre et se mit à crier à tue-tête :

— Vilain garçon !

— Tu es un vilain garçon, répétai-je.

Les jeunes hommes éclatèrent de rire.

M. Burton ne semblait pas amusé. Il s'approcha et me demanda :

— Vous a-t-il fait mal ?

— Non, répondis-je en portant la main à mon oreille, qui devait être rouge.

M. Burton eut un air dubitatif.

— Je vais bien, je vous assure ! Je connais les oiseaux. J'ai ma propre perruche, un mâle appelé Rodger. Il est parfois vilain, lui aussi, ajoutai-je en souriant.

Sur ces entrefaites, un jeune garçon de couleur entra dans la pièce en portant un grand bol bleu rempli de pommes rouges et vertes.

— Pan ! l'accueillirent les autres élèves avec enthousiasme.

Ses grands yeux bruns s'illuminèrent.

— Vas-y, l'encouragea M. Burton.

Le garçon s'avança précautionneusement vers l'avant de la pièce, où il déposa le bol sur une table servant d'accessoire pour les natures mortes. À côté de moi, M. Burton dit doucement :

— Madame Preston, si vous voulez bien prendre votre matériel sur la table et aller à un chevalet. Le cours va commencer.

Naturellement, je craignais de ne pas être à la hauteur de mes camarades, mais au cours des semaines qui suivirent, je constatai avec plaisir que je me débrouillais plutôt bien. Quant à M. Burton, même s'il était au courant de mes études précédentes, il se disait surpris de mon talent, ce dont je me réjouissais intérieurement.

Cependant, je fus déçue de découvrir qu'il n'était pas le même homme que celui avec qui j'avais passé la journée au jardin de M. Bartram. Devant sa classe, il agissait avec retenue, non seulement avec moi, mais avec les autres étudiants. Peut-être en raison de sa réserve, nous travaillions tous avec ardeur pour mériter ses éloges.

Ce cours devint bientôt le point central de ma semaine. Là-bas, j'étais absorbée par le plaisir de peindre et le temps passait comme l'éclair. Pourtant, ce n'était pas uniquement l'art qui m'attirait chez M. Burton.

À la maison, les commentaires de M. Preston à propos de ma nouvelle activité étaient tellement désobligeants que je cessai peu à peu de lui en parler. Mon mariage était un échec si retentissant que mon époux et moi parvenions à peine à être courtois l'un envers l'autre. M. Preston n'avait pas plus d'affection à mon égard que moi pour lui. Nous n'avions pas eu de rapports intimes depuis le début de notre mariage, quand je l'avais trouvé dans une position compromettante avec un autre homme. Toutefois, liés l'un à l'autre comme nous l'étions, nous continuions de répondre à nos obligations sociales. Son inévitable ébriété et son comportement subséquent provoquaient invariablement notre humiliation à tous deux.

Lors de ces soirées, M. Burton et moi échangions des salutations cordiales, et je prenais toujours soin de garder une certaine distance. Pourtant, il y avait des instants, des moments inéluctables, où nos regards se croisaient. Ce qui passait alors entre nous était si puissant que j'en étais profondément ébranlée.

Bien entendu, cette tension nous suivit dans la classe. Mais alors que mon attirance s'intensifiait, il devint de plus en plus distant. En sa présence, je me contrôlais, mais loin de lui, je passais des heures à imaginer qu'il me désirait autant que moi. Durant ces rêveries, je traçais sa bouche du bout des doigts et imaginais son sourire pendant qu'il prenait ma main et m'embrassait.

Attirer son attention devint bientôt mon seul objectif et mes journées furent monopolisées par mes efforts. J'annulai certaines de mes obligations de routine et utilisai ce temps pour peindre.

Je trouvai une autre femme de chambre, plus douée pour la coiffure et capable de me conseiller en matière de vêtements. Ce désir d'attirer les regards de M. Burton me donna une nouvelle énergie. Mon bonheur manifeste suscita la curiosité de ma mère.

Quelques mois après le début de mes cours, ma mère et moi revenions en voiture après avoir fait des courses dans des boutiques.

Coincée entre des piles de boîtes, je tripotais silencieusement le paquet sur mes genoux contenant mon nouveau châle bleu. Je me demandais si M. Burton remarquerait que la couleur était assortie à mes yeux.

— Et comment vont tes cours de peinture, ma chérie ? demanda ma mère d'un ton désinvolte.

— Très bien, dis-je, heureuse d'aborder ce sujet. Je suis impatiente de commencer à travailler en miniature. J'ai tellement hâte ! J'espère que je ne décevrai pas M. Burton !

— Tu dois le tenir en haute estime si tu ne veux pas le décevoir.

— Oh oui !

— C'est un bon professeur, je présume ?

— Je n'en ai jamais eu de meilleur, dis-je, incapable de refréner mon enthousiasme. Il est tellement encourageant !

— Fais attention, ma chérie, murmura-t-elle en me touchant la main.

— À quoi, mère ?

Avec un pincement de culpabilité, je retirai ma main.

— Tu es une femme mariée. Et tu n'as pas encore d'enfant. D'ici là, tu dois être prudente dans ta façon de te comporter.

— Que voulez-vous dire ?

— Tu le sais bien, ma chérie. D'abord le rejeton, puis la liaison.

— Mère ! C'est horrible !

— Je sais, dit-elle en se couvrant la bouche avec un petit rire embarrassé. C'est juste que… Je sais que ta situation maritale n'est pas…

— Je n'ai rien fait de déplacé ! N'oubliez pas que vous étiez d'accord pour que je suive ces cours.

— Bien sûr. Je suggérais seulement…

Ma colère mêlée de culpabilité me poussa à l'interrompre :

— Je sais ce que vous suggérez, mère, et c'est offensant ! Comment pouvez-vous insinuer une chose pareille ?

— Caroline, dit-elle d'un ton apaisant. Je n'ai que ton bien-être à l'esprit. De plus, j'oubliais, ajouta-t-elle avec un petit rire. Il doit avoir au moins quinze ans de plus que toi.

— Neuf ans, rétorquai-je sèchement, avant de me ressaisir. Je ne pense pas que cela ait de l'importance !

Je défis les rubans violets de mon bonnet et les renouai en retenant mes larmes. Évidemment que cela avait de l'importance ! C'était un tel gâchis ! Je n'avais aucune façon d'échapper à mon mariage désastreux, et j'étais amoureuse d'un autre homme. Même si je souhaitais me confier à ma mère, je ne le pouvais pas. Elle aurait insisté pour que j'abandonne mes cours, ce dont il n'était pas question. Voir M. Burton me gardait en vie. En fait, rien d'autre n'importait que lui.

Ma mère me regardait tripoter mes rubans.

— Ça va, ma chérie ?

Je ne répondis pas et regardai par la fenêtre pendant que la voiture s'arrêtait devant sa maison. Quand le cocher lui ouvrit la portière, elle hésita, puis se pencha vers moi en chuchotant :

— Sois patiente. J'essaie de convaincre ton père que ton mariage est une erreur et qu'il serait préférable que tu reviennes à la maison. Tu sais comme il est entêté, mais je crois que je progresse.

— Merci, mère, dis-je.

Ses paroles me surprirent désagréablement. Malgré mon aversion pour mon époux, ce mariage m'avait au moins donné une certaine liberté. Si je devais retourner vivre chez mes parents, je me retrouverais de nouveau sous la stricte autorité de mon père. Et pour suivre la voie que je m'étais tracée, la maison conjugale était la plus facile des deux à négocier.

# 18

## *1829*
## *James*

J'espérais que mon inclination pour Caroline se dissiperait, mais plus les semaines passaient, plus elle s'intensifiait. Je la voyais non seulement tous les samedis, où je m'efforçais de dissimuler mon attirance pour elle, mais nous fréquentions également les mêmes soirées. Je surprenais souvent des commentaires sournois sur sa beauté, et des rires devant son embarras lorsque son mari ivre urinait dans les plantes ou vomissait dans les buissons. Durant le cours de dessin du samedi, elle était invariablement gracieuse et ne faisait jamais allusion à ses problèmes. Cela m'enrageait de penser au mariage qu'elle devait endurer.

Le premier jour où Caroline me demanda de rester après le cours afin de compléter son projet, je lui assurai que je devais poursuivre moi-même mon travail et qu'elle pouvait rester aussi longtemps qu'il lui plairait. Après le départ des autres élèves, je me sentis si irrésistiblement attiré par elle que je me demandai si j'allais pouvoir me maîtriser. Je gardai donc le silence et nous travaillâmes côte à côte jusqu'à ce que Robert vienne me demander si je soupais à la maison. Caroline, prétendant être surprise par l'heure tardive, s'éclipsa alors.

Le samedi suivant, c'est moi qui l'invitai à rester après le cours. Lorsque les autres étudiants nous laissèrent seuls, je lui dis :

— J'ai pensé que je pourrais commencer votre apprentissage avec la surrémige.

Elle déposa son pinceau avec une telle expression de ravissement que j'en fus troublé. Ayant besoin de me ressaisir, je me dirigeai vers la porte.

— J'aimerais vous montrer certaines de mes premières peintures. Je vais aller les chercher. Elles sont dans la bibliothèque.

— Puis-je venir avec vous ? demanda-t-elle soudain.

— Si vous voulez, dis-je en m'écartant pour la laisser passer.

Sa taille fine était à ma portée et je luttai pour ne pas tendre la main vers elle. Lorsque Malcolm cria de mécontentement en voyant que nous le laissions seul, nous nous sourîmes. Autre chose que de l'amusement, un sentiment d'urgence, peut-être, fut échangé durant ce regard.

La bibliothèque était plongée dans la pénombre, même si le soleil de la mi-juillet frappait sur les rideaux tirés. C'était l'une des seules pièces que je n'avais pas redécorées. En espérant que le velours brun des tentures ne semblait pas trop élimé, j'ouvris l'un des panneaux. Quand je me retournai, Caroline, baignée de lumière, m'apparut comme un mirage.

— Caroline. Caroline !

Je vins vers elle en chuchotant son nom comme une prière. Elle leva la tête vers moi. Ses yeux avaient la même teinte que la soie bleue qu'elle portait. En voyant ses larmes, je lui tendis les bras.

— Ne pleurez pas. Je vous en prie, ne pleurez pas.

Elle laissa tomber sa tête sur ma poitrine.

— J'ai désespérément envie de vous, chuchotai-je.

— Et moi de vous, dit-elle dans un souffle.

Quand elle m'offrit sa bouche, ma raison s'envola et je fus perdu.

## 19

## *1829*
## *Caroline*

Le moment arriva où James m'offrit de m'enseigner à peindre avec une surrémige. Toutefois, l'art était oublié aussitôt que nous nous retrouvions seuls, car le temps était limité et notre passion dévorante. Nous nous voyions chaque samedi après le cours, mais bientôt, trop impatients pour attendre aussi longtemps, nous fîmes en sorte de nous retrouver durant la semaine.

Je mentais à ma mère, lui servant une excuse après l'autre, car j'avais moins de temps à lui consacrer. Elle ne me questionnait jamais et avait probablement deviné la raison, mais peu m'importait.

Les heures passées avec James étaient trop brèves. Lors des rares après-midi précieux où le temps n'était pas compté, je savourais le peu que j'apprenais à son sujet. Généralement réservé en ce qui le concernait, il m'encourageait toujours à parler.

Il m'interrogeait sur mon enfance et je lui décrivais volontiers ces années solitaires. S'il m'arrivait de verser une larme durant mon récit, il embrassait ma joue. Comme il ne posait jamais de questions sur les circonstances de mon mariage, je devinai qu'il respectait ces limites afin que je n'outrepasse pas les siennes.

Même s'il ne parlait pas ouvertement de lui, sa solitude était palpable et aussi grande que la mienne. C'est donc dans l'acte amoureux que nous nous complétions. Le quitter, pour moi, était toujours un déchirement.

Un samedi après-midi, nous étions étendus, épuisés, dans son grand lit à baldaquin. Blottie sous son bras, j'observais les colonnes de chêne sculptées et le tissu vert et crème des tentures. Sur la table de chevet réfléchie dans le miroir se trouvaient plusieurs flacons de verre taillé, chacun fermé par un bouchon d'argent ciselé. À côté reposaient deux cache-œil noirs, et je me rendis soudain compte que je ne l'avais jamais vu sans cet accessoire.

— James, racontez-moi ce qui est arrivé à votre œil. Je ne vous ai jamais vu sans cache-œil. Pourquoi en portez-vous un ?

— Il n'y a pas grand-chose à dire, répondit-il avec un petit rire. Je suis né ainsi. Cet œil est aveugle et Mme Burton m'a suggéré de porter un cache-œil. J'ai fini par m'y habituer.

— Pourriez-vous me montrer votre œil ?

— Asseyez-vous, dit-il.

Je lui obéis et il souleva le tissu. La taie blanche qui couvrait l'œil affecté le faisait uniquement paraître plus vulnérable.

— Vous ne percevez rien du tout avec cet œil ?

— Seulement des ombres.

Je pris sa tête dans mes mains et déposai un baiser sur chaque œil avant de me blottir sous son bras. Je tournai la tête vers sa poitrine chaude, me demandant quel produit de toilette il avait utilisé, car j'adorais cette odeur vivifiante. Dans l'intimité de ce moment, je désirais tout savoir de lui.

— Comment en êtes-vous venu à être adopté par les Burton ?

Sa main cessa de caresser mes cheveux.

— J'avais besoin d'une famille et ils m'ont adopté.

— Qu'est-il arrivé à vos parents avant eux ? Vos véritables parents ?

— Ils sont morts tous les deux, répondit-il abruptement.

— Oh ! mon chéri ! Cela a dû être terrible de les perdre tous les deux ! Quel âge aviez-vous ?

Il garda le silence. Je décrivis des cercles avec ma main sur sa poitrine, puis la posai sur son cœur, percevant son rythme régulier. Même si je devinais son malaise, je voulais en savoir plus. Comment était-il quand il était enfant ?

— Jamie, murmurai-je, optant pour un diminutif affectueux. Jamie, mon chéri, j'en sais si peu sur vous.

Le long silence qui s'ensuivit me fit craindre d'être allée trop loin.

Puis il reprit la parole :

— Vous m'avez appelé Jamie.

— Oui.

— Ma mère m'appelait ainsi. Enfin, je croyais qu'elle était ma mère, mais j'ai fini par découvrir qu'elle était ma grand-mère.

— Votre grand-mère ? Où était donc votre mère ? demandai-je. Était-elle déjà morte ?

Une fois de plus, il demeura muet. Sa respiration s'était accélérée et ma main sentit les battements affolés de son cœur.

Je me soulevai sur un coude pour l'observer :

— Qu'y a-t-il, mon chéri ? Qu'est-ce qui vous trouble à ce point ?

Il détourna les yeux.

— Caroline, il y a des détails me concernant que je dois vous…

— Dites-moi tout ! m'écriai-je en me redressant. Je veux tout savoir à votre sujet.

— C'est ce que vous croyez, répliqua-t-il avec un rire désenchanté.

— Mais je le veux vraiment !

— Et si je vous disais que j'ai non seulement des pieds d'argile, mais que je suis fait d'argile ? D'argile brun foncé.

Ce fut à moi de rire.

— Oh ! James ! Je me perçois souvent ainsi moi-même. Enfin, pas tellement moi, mais mon mariage, qui est couvert de boue. Pardonnez-moi cette obscénité, mais cette boue est comme du fumier.

— Du fumier ? répéta-t-il en riant. Ma Caroline est couverte de fumier ! Que vais-je faire ?

— Eh bien, comme vos pieds sont déjà en argile, vous n'aurez aucune objection à venir me secourir !

Nous rîmes de nouveau. Quand il tendit la main vers moi, je la repoussai d'un air amusé en lui faisant remarquer l'heure tardive. Mon mari se préoccupait peu de mes allées et venues, mais ce soir-là, nous étions attendus chez mes parents pour souper. Il ne fallait pas être en retard.

Pendant que je m'empressais de me rhabiller, je questionnai de nouveau James sur son enfance.

— Je vous en parlerai un autre jour, répliqua-t-il brusquement en remontant son pantalon sur sa chemise.

Son col s'était replié et j'allai vers lui pour le remettre en place.

— Il n'y a rien chez vous que je ne pourrais aimer, chuchotai-je.

Il m'attira vers lui et m'embrassa avec tant de tendresse que les larmes me montèrent aux yeux.

Dans les mois qui suivirent, je libérai mon emploi du temps le plus possible afin d'être disponible chaque fois que James m'envoyait chercher. Mon mari ne semblait pas s'en soucier. S'il soupçonnait quoi que ce soit, il n'en disait rien.

Cependant, je ne pouvais éviter les visites bihebdomadaires avec ma mère, qui arrivait en voiture à onze heures chaque mardi et jeudi. Nous partions alors ensemble pour répondre à nos obligations sociales.

J'étais submergée par mon amour pour James, et même si je ne disais rien, ma mère avait remarqué ma bonne humeur.

Un jeudi matin, elle arriva tout agitée.

— Nous sommes en retard ! lança-t-elle quand je montai en voiture.

Après m'être installée, je sortis ma nouvelle montre de poche de mon réticule pour vérifier l'heure.

— Oh ! mère, c'est bien ce que je pensais ! Nous avons tout notre temps.

Elle nota aussitôt le scintillement de l'argent.

— Comme c'est joli ! D'où vient-elle ? demanda-t-elle en tendant la main pour prendre la montre.

— C'est un cadeau.

— De la part de qui ?

— Un de mes nombreux admirateurs, mère, dis-je pour la taquiner.

Elle ignora ma repartie en examinant le dessous du petit bijou en argent.

— Je n'en ai jamais vu d'aussi délicate, déclara-t-elle. Elle porte la marque Burton. Il est le seul à pouvoir créer un bijou aussi raffiné. Ce présent vient-il de lui ?

— En effet, répondis-je.

Quelque chose dans ma voix, une certaine fierté peut-être, lui mit la puce à l'oreille.

— Oh ! Caroline ! Tu dois être plus prudente.

— Mère…

— Non ! Écoute-moi ! C'est un homme d'expérience, et tu es une proie facile. Je connais les difficultés que tu éprouves dans ton mariage, mais tu dois être patiente. Chaque jour, je supplie ton père de te laisser rentrer à la maison. Jusqu'à ce qu'il accepte, tu dois protéger ton nom.

Ses paroles m'alarmèrent. C'est seulement parce que mon mari se préoccupait si peu de mes activités que je pouvais rendre visite à James de façon aussi spontanée. Cela changerait si je devais retourner vivre chez mes parents.

— Mère ! Je vous en prie ! Ne vous inquiétez pas pour moi. Je vais très bien, ne le voyez-vous pas ?

— Tu sais que je me fais du souci pour toi.

— Mais vous voyez bien que je vais mieux !

— Justement, Caroline. À mesure que la réputation de ton mari se ternit, tu sembles devenir plus heureuse. Pardonne-moi, ma chérie, mais cela me porte à croire que peut-être…

— Oh ! mère ! J'espère que vous ne m'accusez pas de…

— Je ne t'accuse de rien. Je te fais seulement part de mes inquiétudes.

— N'en faites rien, je vous prie, dis-je sèchement.

— S'il te plaît, ma chérie, ne nous disputons pas, répliqua-t-elle, s'empressant de détourner la conversation. T'ai-je dit que j'ai convaincu ton père que j'avais besoin de six nouvelles robes ?

Soulagée de ce changement de sujet, je répondis en riant :

— Six robes, mère ? Six ?

— C'est exactement ce qu'il a dit : « Six ? Pourquoi voulez-vous six nouvelles robes ? » J'ai répliqué : « Eh bien, je devrai me contenter de deux, si vos finances ne le permettent pas… » Tu sais à quel point il déteste quand je lui dis ça ! Il a répondu, du ton que tu connais bien : « N'insinuez pas que je ne peux pas vous offrir ce dont vous avez besoin, madame Cardon ! Si vous avez besoin de six robes, vous aurez six robes ! » Évidemment, je ne lui ai pas dit que trois d'entre elles seront pour toi ! Quand pourras-tu trouver un moment pour aller chez Geraldine faire les essayages ?

# 20

## *1830*
## *Caroline*

James et moi fûmes amants tout au long de ce magnifique été et de l'automne. Toutefois, à la fin de janvier, je ne pus plus dissimuler ma grossesse.

— Pourrais-tu lacer ce corset plus serré ? demandai-je à Mary, ma nouvelle femme de chambre.

— Pardonnez-moi, madame, mais selon moi, vous êtes déjà trop serrée, dit-elle en s'avançant pour regarder mon ventre. Vous ne voulez pas blesser ce qu'il y a à l'intérieur…

— Chut ! fis-je en portant un doigt à mes lèvres.

J'avais déjà fait jurer le secret à la jeune femme. Je posai les mains sur ma taille élargie.

— Peut-on voir que j'ai gagné du poids ?

Elle hocha la tête.

— Ô mon Dieu, dis-je en m'asseyant au bord du lit.

Ces derniers mois, j'avais tenté d'ignorer l'arrêt de mon flux mensuel et la sensibilité accrue de mes seins gonflés. À présent, je ne pouvais plus cacher la vérité, surtout pas à moi-même.

Je n'étais pas naïve et savais dès le début qu'une grossesse risquait de survenir. Mais j'étais si amoureuse de James et prise par notre passion que j'avais refusé d'assombrir mon bonheur en pensant aux complications possibles. À présent, face à cette réalité, je n'étais pas entièrement malheureuse. En fait, l'idée d'avoir le bébé de James était plutôt exaltante. Je ne voyais pas de problème à présenter l'enfant comme celui de M. Preston. Puisque ce dernier n'était pas en position de me juger, j'étais convaincue d'obtenir son soutien.

Je m'attendais à ce que James soit ravi de cette nouvelle, car il s'agissait de sa progéniture, après tout.

S'il avait des hésitations, je l'assurerais de ma bonne santé, car je ne m'étais jamais sentie aussi vivante.

En outre, en dehors des quelques semaines nécessaires à mon rétablissement après l'accouchement, je ne voyais pas comment cette grossesse affecterait notre liaison. Cependant, avant d'annoncer la nouvelle à James, je décidai qu'il serait plus prudent de commencer par obtenir l'appui de mon mari.

Aborder M. Preston ne m'inquiétait pas, car il avait déjà mentionné son désir d'avoir un enfant. Nous savions lui et moi que si cela dépendait uniquement de nous deux, nous n'en aurions jamais.

Depuis le début de ma liaison avec James, mon mari et moi avions des relations plus cordiales. Durant la journée, il nous arrivait d'échanger des banalités sur la température ou de discuter de notre tenue en vue d'une soirée. Mais cette courtoisie disparaissait dès que mon mari se mettait à boire. Il faisait presque toujours des excès, et si son humeur devenait belliqueuse, sa furie était souvent dirigée contre moi.

— Si vous étiez une vraie femme, fulminait-il alors.

J'essayais de m'esquiver avant qu'il ne lance des accusations et affirme que mon père l'avait contraint à m'épouser.

À la suite de ces soirées, ses excuses étaient rares, mais son remords était évident. Je décidai que s'il désapprouvait cette grossesse, je me servirais de son sentiment de culpabilité pour le gagner à ma cause.

Le lendemain matin, j'envoyai ma femme de chambre porter un message à mon mari. Même si nous partagions rarement un repas à la maison, il accepta de souper avec moi ce soir-là.

Je demandai à la cuisinière de préparer son plat italien préféré, des macaroni au fromage, ainsi qu'un pudding au pain accompagné de crème anglaise. En vue de la soirée, je revêtis ma nouvelle robe de soie rose, ce que je regrettai aussitôt car elle était trop serrée. Je me serais changée si la bonne n'était venue me prévenir que mon mari m'attendait.

Le repas fut servi en silence, puis je renvoyai les domestiques pour que nous soyons seuls.

Les yeux de mon jeune époux étaient méfiants, mais amadoué par ses plats favoris, il se mit à manger. Je tentai de faire la conversation sur un ton léger, sans succès. Tout en manipulant les couverts en argent ouvragé que ma mère avait choisis pour nous, je déclarai abruptement :

— Je vais avoir un enfant.

Il leva les yeux.

— Est-il de Burton ?

Mes joues s'empourprèrent.

— Comment le savez-vous ?

— J'ai mes sources, répondit-il avec un sourire suffisant.

J'eus la nausée en le voyant enfourner une autre bouchée de macaroni.

— Je ne sais pas quoi dire.

— Il n'y a rien à dire. Nous élèverons cet enfant comme le nôtre.

Ma robe m'empêcha de pousser un soupir de soulagement.

— J'espérais que vous accepteriez, dis-je, si reconnaissante de sa générosité inattendue que j'en eus les larmes aux yeux.

Il vida son verre de vin, puis me regarda en s'en versant un autre.

— Évidemment, vous allez mettre un terme à cette liaison.

— Que voulez-vous dire ? demandai-je, interloquée.

— Vous devez cesser de le voir.

— Non ! Certainement pas !

Il vida de nouveau son verre.

— Si, vous le ferez ! Je ne veux pas que la paternité de cet enfant soit mise en doute.

Je posai les mains sur la table.

— Mais je l'aime ! Je dois continuer de le voir !

— Vous l'aimez ? Caroline ! Aussi naïve que vous soyez, vous devez sûrement savoir qu'il se sert de vous, comme il a utilisé la moitié des femmes…

Je me levai à demi :

— C'est faux ! Comment osez-vous !

— Caroline, ne vous faites pas plus bête que vous ne l'êtes. Asseyez-vous !

Je me laissai tomber sur ma chaise.

— Il ne m'utilise pas !

Je me sentais faiblir rien que d'y penser.

Il m'adressa un sourire rempli de pitié.

— C'est pourtant sa réputation !

— Ne dites pas cela ! Ce n'est pas vrai !

Je jetai ma serviette sur la table et me mis à sangloter. Il se leva si brusquement que sa chaise se renversa, me faisant sursauter.

— Pour l'amour de Dieu ! cria-t-il. Vous n'allez pas encore pleurer ? Toujours des larmes ! Les femmes et leurs satanées larmes !

Il ajusta sa veste avant de relever sa chaise, puis prit la bouteille de vin entamée et quitta la pièce.

Mes larmes ! Comment osait-il ? Les seules fois où il me voyait pleurer étaient durant ses crises de rage d'ivrogne !

Lorsque je lançai mon couteau sur la table, le poids de l'argent heurta son gobelet de cristal, envoyant voler des éclats de verre sur le sol. Abasourdie par mon geste rageur, je demeurai assise une minute avant de fondre en larmes.

Le jour suivant cet horrible souper était un mardi. James et moi nous voyions régulièrement les mercredis et samedis après-midi. Jusque-là, je m'étais toujours conformée à cet emploi du temps. Toutefois, durant la journée de mardi, je me mis à redouter que mon mari n'aille parler de ma grossesse à James. Le soir, folle d'inquiétude, je décidai sur un coup de tête de me rendre chez mon amant sans m'annoncer.

Je n'avais pas dormi la nuit précédente, obsédée par la crainte que les accusations de mon mari ne soient fondées. Ce qu'il avait dit à propos de James était-il vrai ? Mon amant m'utilisait-il ? Y avait-il d'autres femmes ?

Après tout, ma mère n'avait-elle pas insinué la même chose quelques mois plus tôt ? Cela affecterait-il sa réaction en apprenant ma grossesse ? J'avais eu tellement confiance en lui, mais à présent, les paroles de mon mari avaient semé le doute.

Il neigeait à gros flocons quand j'arrivai chez James. Je ne fis donc pas passer la voiture à l'arrière comme d'habitude, mais demandai au cocher de s'arrêter devant la maison. Robert sentit aussitôt que quelque chose n'allait pas et me conduisit directement à la bibliothèque avant d'aller chercher James.

Affaiblie par l'inquiétude et probablement à cause de mon corset trop serré, je m'assis au bord d'un fauteuil pour attendre. Quand James entra précipitamment, je fus si soulagée de le voir que je ne trouvai pas mes mots.

Il s'agenouilla devant moi.

— Qu'y a-t-il ? Caroline, c'est imprudent d'arriver ainsi sans prévenir. Mon notaire sera ici dans une heure.

— Votre notaire ? demandai-je stupidement.

— J'ai l'intention de vendre mon entreprise, répondit-il, comme s'il ne trouvait rien d'autre à dire, lui non plus.

— Vendre votre entreprise ? m'écriai-je, saisie d'appréhension. Allez-vous quitter Philadelphie ?

Je saisis l'accoudoir du fauteuil, me préparant au pire. Mon mari était donc déjà venu ici !

— Non ! Bien sûr que non ! Je voulais vous en faire la surprise. Je vends la boutique et vais enfin illustrer ce livre sur les oiseaux.

Il me prit par les épaules et plongea son regard dans le mien.

— Mais dites-moi ! Que s'est-il passé ? Vous êtes toute pâle. Qu'y a-t-il ?

— M'aimez-vous ? chuchotai-je.

— Vous le savez bien !

Je tremblais. Il était toute ma vie ! Que ferais-je s'il se détournait de moi ? Je ne pouvais vivre sans lui !

— Je vais avoir un enfant, murmurai-je.

Il me serra les épaules, puis me relâcha et se leva.

— En êtes-vous certaine ? demanda-t-il, la tête entre les mains.

— Oui, chuchotai-je.

Il regarda autour de lui, cherchant ses mots.

— James, c'est votre enfant.

— Je le sais bien ! répliqua-t-il sèchement. Ce n'est pas le problème !

Je ne m'étais pas attendue à sa colère. Il s'était sûrement douté que cela pouvait se produire. Pourquoi détestait-il autant l'idée de cet enfant ? Croyait-il que cela lui nuirait auprès de ses autres maîtresses ?

Il s'approcha de la fenêtre, puis revint vers moi. Je n'osais pas le regarder, terrifiée par ce qu'il allait dire. Voudrait-il mettre un terme à notre liaison ? Je ne pourrais le supporter !

— Caroline, je dois vous informer de certains détails à mon sujet. Je n'ai pas été honnête avec vous.

Mon Dieu ! C'était vrai ! Mon mari avait raison ! James allait m'avouer qu'il voyait d'autres femmes ! Il s'apprêtait à dire qu'il ne m'avait jamais aimée. Je ne pouvais entendre ces paroles ! Je me couvris les oreilles en secouant la tête comme un enfant.

— Non ! Non, taisez-vous ! Je ne veux pas le savoir !

Perdant toute retenue, je me mis à sangloter si désespérément qu'il s'agenouilla à mes côtés et me prit dans ses bras. Quand l'horloge sonna à l'étage supérieur, je le sentis trembler.

— Caroline, vous devez partir, maintenant, déclara-t-il en me tenant à bout de bras. Mon notaire va arriver d'un instant à l'autre. Je vous verrai bientôt et nous parlerons. Je vous dirai tout.

Je secouai la tête.

— Je vous en prie, James. Je ne veux rien savoir. S'il vous plaît, ne changeons rien.

— Très bien, murmura-t-il.

Mais son visage avait une expression troublée et chagrinée lorsqu'il m'aida à monter en voiture.

Le lendemain, j'attendis toute la journée un message de James me conviant à notre rendez-vous habituel du mercredi. Mais en vain.

Le vendredi, je reçus un mot impersonnel annonçant que le cours de dessin était annulé jusqu'à nouvel ordre.

Tout en sachant que c'était une erreur, j'envoyai un message à James :

*Je vous en prie, laissez-moi venir vous voir.*

Sa réponse :

*Soyez patiente. Dans les circonstances, nous ne pouvons prendre ce risque pendant que je négocie la vente de mon entreprise d'orfèvrerie. Je vous ferai signe dès que la transaction sera conclue.*

J'avais tant besoin de son réconfort que j'en étais malade. Chaque journée qui passait sans lettre de sa part me remplissait d'anxiété. J'annulai tous mes rendez-vous, incapable de quitter ma demeure au cas où une lettre arriverait, réclamant ma présence à ses côtés.

J'attendis chaque jour, durant des heures interminables, pendant tout le mois de février. Je refusai de recevoir quiconque et donnai de multiples excuses à ma mère. À la fin du mois, elle passa outre aux objections de ma gouvernante et de ma femme de chambre pour se présenter à l'improviste dans ma chambre.

Un peu plus tôt, en janvier, quand j'étais encore optimiste, je lui avais annoncé ma grossesse. Sa réaction avait été directe :

— Pardonne-moi de te dire ça, ma chérie, mais ton père et moi avions cru que tu n'avais pas de relations avec… Enfin, disons que c'est plutôt surprenant.

— Oui, ça l'est aussi pour moi.

— Es-tu heureuse ? avait-elle demandé en tentant de déchiffrer mon expression.

— Plus que jamais, avais-je répondu en souriant.

— Et…

Elle avait hoché la tête en direction du bureau de mon mari.

— Il est satisfait, lui aussi.

— Quel soulagement ! avait-elle répliqué.

Toutefois, son étreinte guindée ne m'avait pas donné ce sentiment.

En ce jour de la fin février, elle entra avec une expression soucieuse.

— Ma chérie ! As-tu perdu du poids ?

— Je ne sais pas, répondis-je avec apathie.

— Qu'as-tu donc ? Serais-tu malade ?

— Ce doit être l'hiver… ou peut-être le fait de porter un enfant.

— Mais tu en es déjà à six mois ! Tu devrais te sentir bien.

Je resserrai mon châle sur mes épaules. Même si un feu brûlait dans la cheminée, je sentais des courants d'air et n'arrivais pas à me réchauffer.

— Ne me regardez pas ainsi, mère, protestai-je, mal à l'aise devant son expression sévère.

Elle envoya Mary chercher du thé à la cuisine, puis jeta sa cape de laine rouge doublée de fourrure au bout de mon lit.

— Tu n'as pas bonne mine, dit-elle. Tu as l'air malade.

— Je suis seulement fatiguée.

Que pouvais-je dire d'autre ? Je ne pouvais pas lui confier que j'avais été abandonnée.

— C'est tout ? insista-t-elle. Il n'y a rien d'autre qui te tracasse ?

— Je suppose que j'ai peur, admis-je.

Elle approcha un fauteuil du lit.

— C'est normal. Toutes les femmes craignent l'accouchement. Mais il faut que tu te ressaisisses, pour le bien de l'enfant. Tu dois trouver des activités pour te distraire.

Après une pause, elle reprit :

— M. Preston te donne-t-il son soutien ? A-t-il été… malveillant ?

— Non, mère, soupirai-je. Tout est comme d'habitude.

Je ne lui confiai pas que c'était moi qui traitais mon mari avec froideur, car je soupçonnais qu'il avait joué un rôle dans l'éloignement de James.

— J'aime bien votre nouvelle robe, mère, dis-je pour changer de sujet avant qu'elle puisse m'interroger davantage.

— Vraiment ? dit-elle en faisant bouffer les énormes manches de sa robe. Qu'en penses-tu ? Ces manches sont-elles trop volumineuses ? On les appelle « gigots » et elles sont très à la mode. Par contre, en hiver, c'est difficile de garder leur forme avec ma cape.

— Les fleurs rouges du tissu s'assortissent bien avec votre cape, ajoutai-je, bien qu'énervée par sa coquetterie excessive. Dites-moi, mère, que faites-vous, ces temps-ci ? Quelles sont les dernières nouvelles ?

Enfin satisfaite de son apparence, elle joignit les mains sur ses genoux.

— Eh bien, je suis très excitée ! déclara-t-elle. On nous a proposé, à ton père et à moi, de tenir l'événement annuel du musée dans notre maison !

— Oh ! dis-je en réprimant un soupir d'ennui. Racontez-moi tout.

— Tu te souviens du bal annuel qui honore les artistes ayant reçu un financement pour leurs projets ? Tu dois avoir appris la nouvelle à propos de James Burton ?

Elle évita mon regard et reporta son attention sur ses manches.

— Quelle nouvelle ? demandai-je en agrippant les couvertures.

— Eh bien, il est l'un des rares candidats devant recevoir une subvention du musée en vue d'un projet artistique. Il s'agit d'un livre et d'une expédition, je crois.

Je luttai pour garder une mine impassible.

— J'avais entendu parler d'un livre, mais une expédition ? Que voulez-vous dire au juste ?

Elle leva les yeux et expliqua :

— Apparemment, il a soumis une proposition pour un livre d'illustrations d'oiseaux, que le musée a accepté de financer. Je ne connais pas tous les détails, mais je crois qu'il a l'intention de voyager vers le sud pour étudier et peindre des oiseaux.

Je me redressai.

— Sera-t-il présent au bal ?

— Bien sûr. Tous ceux qui ont été choisis vont y assister, répondit-elle d'un ton circonspect.

— Quand aura lieu cet événement ?

Elle hésita.

— Quand, mère ?

— Dans quelques semaines.

— Quand, mère ?

— La deuxième semaine de mars, répondit-elle à contrecœur.

Enfin ! Une solution ! Je pourrais y rencontrer James ! Réchauffée par l'excitation, je rejetai les couvertures.

— Je vais y assister.

— Oh ! ma chérie ! Ce n'est vraiment pas possible ! Ta grossesse est bien trop avancée pour te montrer en public !

— Je porterai un corset !

— Caroline ! Il y a déjà des rumeurs ! En fait, c'est pour cette raison que j'étais heureuse d'apprendre le voyage imminent de M. Burton.

— Des rumeurs ? Je me fiche des rumeurs, mère !

— Ma chérie. Tu dois en tenir compte. Tout ce que ton père a fait avait pour but d'assurer ton avenir et celui de tes enfants. Tu dois protéger cela. Si ton mari remettait en question… S'il décidait d'avertir ton père ou de te pointer du doigt, les conséquences seraient graves.

— Mon mari ? Vous dites que mon mari pourrait me pointer du doigt ? Comment pourrait-il m'accuser ? Lui ! Lui qui préfère les hommes…

Le visage de ma mère devint blême. Devant son expression scandalisée, je ravalai mes mots. Elle détourna le regard et tenta de se ressaisir, mais dans mon désespoir, je ne pus m'empêcher d'insister.

— Je vous en prie, mère, la suppliai-je. Je vais y aller, avec ou sans votre appui. S'il vous plaît, dites que vous allez m'aider !

Après un long moment, elle se tourna vers moi, les yeux humides.

— Pardonne-moi, Caroline. Qu'as-tu… qu'as-tu dit ?

J'étais déterminée :

— J'ai dit que je vais assister au bal et que j'ai besoin de vous.

— Oh ! Caroline ! Ma chère enfant ! dit-elle en prenant une grande inspiration. Si tu insistes pour y aller, je vais t'aider, mais seulement si tu me fais une promesse.

— Laquelle ?

— Après la soirée, tu viendras avec moi à Stonehill et nous y resterons jusqu'à la naissance de ton enfant. Cela mettra un terme aux rumeurs. Peux-tu me donner ta parole ?

— Stonehill ? C'est tellement loin d'ici !

— Justement.

— Mais je dois voir M. Burton avant qu'il ne parte en voyage. Promettez-moi que vous l'inviterez à Stonehill !

Je ne lui avais jamais vu une mine si lasse.

— Bon, d'accord.

— Et que dira père ? Il risque de trouver qu'il est trop tôt pour ouvrir Stonehill ! Ne protestera-t-il pas à cause du coût ?

— J'insisterai, répliqua-t-elle. Je laisserai les domestiques en ville pour que son quotidien ne soit pas perturbé, et j'embaucherai des gens pour venir avec nous.

Nous nous entendîmes donc pour partir à Stonehill après la soirée, afin que mon enfant naisse dans notre maison de campagne.

# 21

## *1830*
## *James*

En apprenant la grossesse de Caroline, je fus si saisi par la peur et l'indécision que j'évitai de la voir, ne voulant pas aggraver la position épouvantable dans laquelle je l'avais placée. Comment pouvais-je lui dire qu'elle risquait de donner naissance à un enfant de couleur ? Le soir de notre dernière rencontre, j'avais voulu passer aux aveux, mais Caroline était si ébranlée que j'avais redouté sa réaction. Au pire, je craignais qu'elle ne se confie à sa mère qui, naturellement, préviendrait M. Cardon. Ce qui serait désastreux.

J'avais besoin de temps, un mois ou deux, pour mettre mes affaires en ordre. Si la vérité sur mes origines surgissait au grand jour, la vente de mon entreprise serait annulée, je ne verrais plus jamais Caroline, et mon avenir d'artiste serait compromis.

Tout était en jeu.

Quelques mois plus tôt, avec l'encouragement de M. Leeds, j'avais soumis ma candidature au musée Peale pour l'une de leurs subventions si convoitées.

À ma grande surprise, j'avais appris en janvier que l'on m'attribuait un financement pour une expédition en Caroline. À mon retour, je devais leur montrer mes dessins représentant les oiseaux, la flore et la faune de cette région. Si le projet était approuvé, l'édition d'un guide illustré s'ensuivrait.

Lorsque l'offre du musée m'était parvenue, j'avais réorienté le cours de mon existence. Depuis la mort de Mme Burton, j'avais travaillé sans relâche à la boutique, mais j'étais las de ces longues heures passées dans le bureau à équilibrer les comptes. Outre l'entreprise d'orfèvrerie, les Burton m'avaient légué un héritage considérable. Maintenant que mon intérêt pour l'affaire familiale s'était émoussé et que l'occasion de partir en expédition se confirmait, j'avais fait appel à mon notaire pour vendre la boutique d'orfèvrerie.

Je n'avais pas parlé à Caroline de mon intention, car je voulais lui en faire la surprise. Cela nous permettrait de passer plus de temps ensemble, une perspective qui la réjouirait, j'en étais sûr. Quant à mon expédition, j'attendais le bon moment pour lui en parler. Évidemment, cela nous obligerait à vivre quelques mois séparés, mais j'espérais lui faire comprendre que c'était une chance inespérée.

Puis elle vint me voir pour m'apprendre sa propre nouvelle, si bouleversée que je n'eus pas l'opportunité de lui expliquer la raison de mes décisions. Maintenant que je connaissais son état, qu'allais-je faire ? Naturellement, elle demeurerait auprès de son mari. Mais comment lui procurerais-je mon soutien ? J'étais tenaillé par l'angoisse, car je ne voulais surtout pas ajouter à son dilemme. Pourtant, elle devait apprendre la vérité. Si l'enfant était noir, il faudrait faire en sorte qu'il soit placé.

Lors de notre dernière rencontre, Caroline était si troublée qu'il était impossible de la raisonner. Je décidai de me tenir à l'écart, soupçonnant que son mari était sur le qui-vive. Cet homme me détestait, et maintenant que son aversion était justifiée, rien ne l'empêcherait de détruire ma réputation. Et cette dernière était vitale pour moi, du moins en attendant que mon entreprise soit vendue.

Cependant, cette transaction traînait en longueur. Les semaines s'écoulèrent jusqu'à ce que le mois de février s'achève. Durant cette période, à mon grand regret, je demeurai loin de Caroline.

La première semaine de mars, je reçus une lettre de Lavinia. Elle répondait à celle que je lui avais écrite dans le feu de l'excitation, en apprenant que j'avais obtenu la subvention.

Au cours des années qui avaient suivi le vol de ma lettre par Delia, j'étais si terrifié à l'idée d'une autre interception que j'avais cessé de correspondre avec Tall Oakes. Après avoir reçu le prix du musée, j'avais examiné une carte pour planifier la route que je suivrais pour mon expédition. J'avais été étonné de constater que Tall Oakes, dans le sud de la Virginie, n'était pas très loin des régions de Caroline du Nord où je comptais voyager. Bien que vingt années se soient écoulées depuis ma fuite de la maison, je rêvais toujours de la revoir. À présent que Delia était partie et que ma sécurité en Virginie n'était plus menacée, j'avais écrit à Lavinia pour lui demander si je pouvais leur rendre visite.

Deux mois plus tard, sa réponse me parvint, mais ce n'était pas celle que j'attendais.

*Mon cher James,*

*Quelle nouvelle ! Nous sommes si fières de toi ! Tu as toujours eu tellement de talent pour la peinture.*
*Toutes tes œuvres ont été perdues dans l'incendie, mais je me souviens du réalisme avec lequel tu avais capté le cardinal et le merle bleu. J'imagine mal que tu aies pu encore t'améliorer !*
*Pardonne-moi du délai pour te répondre, mais Belle et moi revenons d'un séjour à Williamsburg. Nous y avons rendu visite à ma fille Elly et à ma cousine Meg Madden. Elles ont fondé l'École Madden pour jeunes filles, qui connaît un grand succès. Peux-tu croire que mon Elly a déjà vingt-sept ans ? Elle était si jeune quand tu es parti, mais a su très tôt que Marshall était votre père à tous les deux. C'est peut-être pour cette raison qu'elle a un esprit aussi libre.*
*Tu te souviens peut-être de Meg Madden, ma cousine, qui est aussi indépendante d'opinion que mon Elly. En raison de leurs vues libérales, je suis convaincue que tu serais chaudement accueilli par elles, si jamais tu avais besoin d'amis et te trouvais dans leur ville.*
*Cela m'amène à ta demande de visite à Tall Oakes. Cela me brise le cœur de devoir refuser ta requête, mais comme nous sommes une petite communauté où les nouvelles se répandent vite, je crois que cela serait mal avisé. Tu te souviens sûrement de notre*

*ancien régisseur, Rankin, et de son fils Jake ? Ils étaient déterminés à te retrouver. Même s'ils ne travaillent plus pour nous, j'ai entendu dire qu'ils sont toujours dans la région. Je crois que si ces deux-là apprenaient ton arrivée, ils seraient déterminés à te faire du mal. Étant donné que beaucoup de temps s'est écoulé, je doute qu'ils t'identifieraient, mais ton œil reconnaissable m'inspire de l'inquiétude. Prends soin de toi. Sois assuré que Belle et moi ne souhaitons que le meilleur pour toi.*

*Ton amie sincère,*

*Lavinia Pyke*

Après avoir lu cette lettre, je m'assis, songeur. J'étais stupéfait d'apprendre que Rankin et son fils Jake étaient encore dans les parages. Et bien que la date de mon départ se rapproche, je me demandai s'il était sage d'effectuer ce voyage. Quelques jours plus tard, quand Henry vint me voir pour m'annoncer la disparition de Pan, je sus que je devais partir. Auparavant, je devais avouer la vérité à Caroline et découvrir si notre amour en sortirait indemne.

# 22

## *1830*
## *James*

Je revins chez moi après la soirée chez les Cardon, troublé d'avoir constaté les effets de mon éloignement sur Caroline. Ce soir-là, je décidai de tout arranger. Je la verrais le lendemain, lui dirais la vérité et offrirais de subvenir aux besoins de l'enfant s'il était de couleur. Toutefois, le jour suivant, quand j'envoyai un mot chez elle demandant à la voir, il me fut retourné. Un message de sa gouvernante y était attaché, expliquant que Caroline était déjà partie à Stonehill avec sa mère. Impuissant, j'attendis anxieusement l'invitation de Mme Cardon.

Entre-temps, je mis tout en œuvre pour retrouver Pan. Le vol de jeunes nègres était courant, mais c'était un problème complexe. J'embauchai un homme connaissant bien le port pour mener une enquête. Il apprit que Pan avait probablement été vendu en Caroline du Nord, et je l'encourageai à poursuivre ses recherches dans l'espoir qu'il découvrirait d'autres détails.

Le mois de mars, puis les premières semaines d'avril s'écoulèrent. La date de mon départ approchait.

Je n'avais toujours pas de nouvelles de Caroline. Chaque jour, j'attendais une invitation de Mme Cardon et me demandais pourquoi elle tardait à arriver. Il y avait toujours la possibilité que Caroline se soit confiée à sa mère, qui l'aurait convaincue de ne plus me voir. Cette idée me rendait encore plus désireux de la retrouver. Ma plus grande inquiétude concernait sa santé, car elle m'avait paru pâle et amaigrie lors de notre dernière rencontre. J'aurais voulu agir, mais la situation était déjà si précaire que je n'osai pas.

La troisième semaine d'avril, alors que je signais les derniers documents finalisant la vente de la boutique, Robert interrompit ma réunion pour me remettre un mot de Mme Cardon. Elle me demandait de me rendre à Stonehill sans tarder.

Stonehill, la magnifique maison de campagne des Cardon, était située sur la rive de la rivière Schuylkill. Sans l'inquiétude que me causait ma mission, j'aurais apprécié le paysage durant le trajet de deux heures en voiture pour m'y rendre.

Cette demeure était la plus luxueuse que j'aie jamais vue. De style géorgien, c'était une immense maison de brique rouge d'un étage et d'au moins quinze mètres de façade. Le toit à quatre pans avait une pente si faible qu'il semblait pratiquement plat. À l'arrière de la maison se trouvaient quelques dépendances en brique, dont les écuries et une vaste serre. À gauche, une cuisine séparée comportant un étage était reliée à la maison par un passage couvert.

Un domestique que je ne reconnus pas m'ouvrit. Après avoir pris mon manteau et mon chapeau, il me conduisit à un salon. J'arpentai la pièce pour me calmer. J'étais angoissé par ma confession imminente, mais je n'avais pas le choix. En me déplaçant dans la pièce lumineuse, je ne pus m'empêcher de remarquer sa décoration luxueuse. Les murs étaient tendus de soie à rayures jaunes et grises jusqu'au haut plafond, orné de moulures de plâtre. Quatre bergères recouvertes de soie jaune entouraient une table à dessus de marbre. J'y aurais pris place si je n'avais pas été aussi anxieux.

Je pianotais nerveusement sur un clavecin quand Mme Cardon entra. En me voyant, elle s'immobilisa et ramena ses cheveux décoiffés en arrière. Puis elle me fit signe de franchir les portes coulissantes menant à un petit salon.

Elle referma les battants et déclara, d'une voix stridente qui me déconcerta :

— Durant des semaines, j'ai tenté de la dissuader de vous voir, mais elle insiste ! Ne faites pas l'innocent ! Elle m'a dit que vous êtes le père de son enfant !

Comme vidée de son énergie, elle s'écroula dans un fauteuil et se mit à pleurer.

— Elle est malade, monsieur Burton ! Tellement malade !

Mon inquiétude me poussa à demander :

— Que voulez-vous dire ? Le moment est-il arrivé ?

Elle leva les yeux vers moi, les traits tirés et marqués par l'inquiétude.

— Non, mais c'est pour bientôt. Le médecin est venu et s'inquiète de la voir s'affaiblir un peu plus chaque jour. Il l'a saignée à maintes reprises, mais rien ne la soulage.

Je m'enquis d'une voix dure :

— Depuis quand est-elle dans cet état ?

Elle répondit d'un ton contrit :

— Pratiquement depuis notre arrivée ici. Je me demande si le trajet en voiture n'a pas été trop difficile. Nous n'aurions jamais dû quitter la ville. Nous sommes si isolées, ici ! Mais elle est trop malade pour rentrer. J'ai si peur ! Je passe tout mon temps auprès d'elle.

— Est-elle seule en ce moment ? demandai-je, soudain inquiet à cette idée.

— Non, une femme de chambre est avec elle. Mais elle est nouvelle et ne connaît rien aux accouchements. J'ai fait une terrible erreur. M. Cardon déteste que la routine de notre maison en ville soit perturbée, et je lui ai donc laissé nos domestiques. J'en ai embauché d'autres pour nous accompagner et…

Je l'interrompis avec impatience :

— Et le médecin ? Quand est-il venu la dernière fois ?

— Il y a deux jours. Il doit revenir demain avec M. Cardon.

Je me dirigeai vers la porte.

— Amenez-moi près d'elle.

— Je ne sais pas… Si M. Cardon apprenait que vous…

Je l'interrompis de nouveau :

— M. Cardon est-il au courant de mon implication ?

Ses yeux s'écarquillèrent.

— M. Cardon ? Oh non ! Non ! Il ne doit jamais l'apprendre !

— Je suis d'accord, mais nous en parlerons plus tard. Maintenant, veuillez m'amener auprès de Caroline.

Elle secoua la tête, aux prises avec un conflit intérieur.

— S'il le découvrait… il nous tuerait tous les deux !

— Il n'en saura rien.

Elle m'examina un moment, puis se leva.

— Venez. Mais vous devez repartir avant son arrivée demain.

— Entendu.

Sa décision prise, elle monta rapidement l'énorme escalier et me précéda dans un vaste couloir, dont les murs rouge foncé étaient ornés de portraits d'ancêtres dans de lourds cadres dorés. Devant la chambre de Caroline, Mme Cardon redressa les épaules et inspira profondément.

— Nous devons rester calmes, dit-elle comme pour se rassurer elle-même.

Elle ouvrit la porte et une jeune domestique noire s'avança, un doigt sur les lèvres pour nous recommander le silence. Je restai en retrait, dans l'attente des directives de Mme Cardon. En effet, en temps normal, on ne m'aurait jamais donné accès à cette pièce.

Comme Caroline dormait, sa mère me fit signe de m'asseoir. En approchant un fauteuil, la femme de chambre heurta un montant du lit, ce qui réveilla Caroline.

Les cernes sous les yeux de ma bien-aimée étaient aussi violets que la couleur de la pièce, et le rose de ses joues avait disparu, remplacé par une blancheur d'albâtre. En m'apercevant, elle tenta de s'asseoir, mais son ventre distendu restreignait ses mouvements. Oubliant tout, je me précipitai à son chevet. Elle m'agrippa comme un sauveur.

— James ! s'écria-t-elle. Oh ! James ! Vous êtes venu !

Je la serrai contre moi et me forçai à murmurer des paroles réconfortantes malgré la boule qui me serrait la gorge. Comment avais-je pu la négliger ainsi ? J'avais été si lâche !

J'entendis les sanglots étouffés de Mme Cardon qui quittait la pièce.

— Chut ! dis-je à Caroline en l'aidant à s'adosser aux oreillers. Calmez-vous, ma chérie. Je suis ici, maintenant. Je vais rester auprès de vous.

— Oh, James, me le promettez-vous ?

— Je ne vous quitterai plus. Reposez-vous.

— Et mon père ?

— Je lui parlerai et je m'occuperai de tout. Après la naissance du bébé, nous partirons ensemble. À New York, où nul ne nous connaît.

— Oui, soupira-t-elle en reposant sa tête.

Elle me sourit faiblement et ferma les yeux.

— Oui, chuchota-t-elle. Nous irons à New York.

Caroline dormait en me serrant fermement la main. Assis auprès d'elle, je réfléchissais à ce que je devais faire. Une chose était certaine : je ne la quitterais plus jamais.

Plus tard, Mme Cardon apporta un plateau. Caroline s'efforça de manger pour me faire plaisir, mais la nourriture remonta peu après. Cet épisode l'épuisa.

Quand elle se rendormit, j'allai voir sa mère, qui somnolait dans un fauteuil.

— Pourquoi n'allez-vous pas dormir un peu pendant que je veille sur elle ? Je vous appellerai si elle a besoin de vous.

Mme Cardon, qui semblait hébétée d'épuisement, accepta mon offre. À son retour, peu avant l'aube, elle était redevenue elle-même. Voyant que Caroline dormait toujours, elle m'indiqua une chambre au fond du long couloir.

— J'enverrai une bonne avec du café et des petits pains dans quelques heures, chuchota-t-elle. Vous pourrez revenir voir Caroline avant votre départ.

Je hochai la tête pour ne pas la contrarier et ne lui révélai pas mon intention de rester pour rencontrer M. Cardon.

La lueur vacillante des appliques m'éclaira quand j'empruntai le long couloir sombre. La chambre qu'on m'avait réservée était grande, mais sa fraîcheur était atténuée par un feu réconfortant dans la cheminée. Je m'assis au bord de l'énorme lit pour récapituler. D'abord, j'annulerais mon voyage et resterais auprès de Caroline jusqu'à la naissance de notre enfant. Après avoir constaté l'importance que j'avais pour elle, je croyais son amour suffisamment fort. Si un choix devait être fait, elle me choisirait malgré mes origines. Lorsqu'elle serait assez remise pour voyager, j'emmènerais ma nouvelle famille à New York pour repartir de zéro.

J'espérais que Robert nous accompagnerait. Quant à Pan, j'embaucherais quelqu'un connaissant bien le Sud pour aller à sa recherche. Si Pan le souhaitait, il pourrait nous rejoindre dans notre nouvelle maison.

Épuisé mais satisfait de mes nouveaux projets, je retirai ma veste, mon gilet et mes bottes et m'étendis sur le lit. J'étais réveillé depuis cinq heures le matin précédent. Sachant ce qui m'attendait à l'arrivée de M. Cardon, je fermai les yeux pour trouver un peu de repos.

Je tombai dans un profond sommeil, jusqu'à ce que des coups à la porte et une odeur de café me réveillent. La bonne entra et déposa un plateau sur une petite table. Elle ajouta quelques bûches dans la cheminée, qui se mirent à crépiter pendant que je me forçais à me lever. Je posai les pieds à terre et me frottai la figure en pensant à ce que la journée me réservait. Quand je levai les yeux, la bonne se retourna. Nous nous contemplâmes, stupéfaits. Puis Delia sortit en courant.

J'étais sous le choc. J'enfilai mes bottes, m'aspergeai la figure d'eau et me peignai. En entendant de légers coups à la porte, je crus que Delia était de retour et enfilai ma veste avant de lui crier d'entrer.

Mais c'était le domestique qui m'avait accueilli la veille.

— M. Cardon est dans son bureau, annonça-t-il. Il insiste pour que vous veniez maintenant.

— M. Cardon ! Il est ici ?

— Oui, il est arrivé plus tôt que prévu.

— Puis-je voir Mme Cardon d'abord ? Pouvez-vous lui envoyer un mot ?

— Mme Cardon ne doit pas être dérangée. Et vous devez vous rendre directement dans le bureau. Suivez-moi, s'il vous plaît.

Je sus que ma vie était en danger quelques secondes après être entré dans la pièce. Derrière moi, le cocher de M. Cardon, un grand Noir, se déplaça devant la porte pour me bloquer le passage.

Le père de Caroline était assis derrière son bureau, le bras posé à côté d'un pistolet. Il manipulait un presse-papier en verre. À mon entrée, il se leva et le lança dans ma direction. Je fis un bond de côté pour l'éviter et le verre se fracassa en frappant le marbre de la cheminée.

— Laissez-moi vous expliquer…, commençai-je.

Il traversa la pièce et me frappa au visage du revers de la main.

— Expliquer ? Expliquer ? s'exclama-t-il avec une grimace haineuse. Vous voulez m'expliquer comment vous avez séduit ma fille ? Ma fille ? Bon Dieu ! Vous autres, les nègres, vous êtes tous pareils ! Vous ne pouvez pas laisser les Blanches tranquilles !

J'étais sans voix. Comment avait-il su ?

Il retourna à son bureau où il prit une lettre que je reconnus aussitôt.

— Expliquez-moi ceci ! Est-ce à vous ? tonna-t-il.

C'était un véritable cauchemar, dont je ne pouvais m'échapper.

— Oui, admis-je.

— C'est donc vrai. Tu es un satané nègre !

— On prétend que ma mère serait partiellement nègre, dis-je, me débattant toujours avec la pénible vérité.

— Partiellement ? cria-t-il. Il n'y a rien de partiel là-dedans. Un nègre est un nègre !

Sans avertissement, il fourra la lettre dans sa poche et prit un couteau. Se jetant sur moi, il saisit le col de ma chemise et le tordit pour me couper la respiration. La pointe du couteau perça la peau derrière mon oreille.

— Je vais te scalper comme un Peau-Rouge ! grogna-t-il.

Mes jambes faiblirent. Je ne doutai pas une seconde de sa détermination. Soudain, Mme Cardon fit irruption dans la pièce.

— Monsieur Cardon ! cria-t-elle en voyant le couteau. Que faites-vous ? Ne lui faites pas de mal ! Caroline a besoin de lui ! Elle en mourrait… cela la tuerait !

— Alors, Caroline mourra ! tonna-t-il.

— Oh ! Vous ne le pensez pas ! s'écria sa femme en s'écroulant dans le fauteuil le plus proche.

— Je pense chacune de mes paroles, déclara-t-il. Je préférerais voir Caroline morte plutôt qu'avec ce bâtard noir.

— Je vous en prie ! le supplia Mme Cardon. Vous racontez n'importe quoi. Que dites-vous là ?

— Silence ! lança-t-il en me repoussant pour s'approcher de sa femme. Ne saviez-vous pas que cette chose… que ce bâtard sera de couleur ?

— Que racontez-vous là ? Que voulez-vous dire ? demanda-t-elle, les yeux écarquillés.

— C'est un nègre, voilà ce que je veux dire !

Il sortit la lettre de sa poche et la lui brandit au visage.

— En voici la preuve ! Ce bébé sera un nègre !

— C'est sûrement un mensonge ! protesta-t-elle en me jetant un regard suppliant.

Furieux, son mari lui prit le visage et la força à le regarder.

— Cette chose sera enlevée avant que Caroline ne puisse la voir. On lui dira que l'enfant était mort-né. Comprenez-vous ? Comprenez-vous ? hurla-t-il à sa femme terrifiée.

— Je prendrai le bébé ! m'écriai-je.

En trois enjambées, il revint vers moi, plaçant la lame de son couteau sur ma gorge.

— J'ai promis à Caroline de l'emmener à New York. Je reviendrai quand elle…

Avec un grognement, il souleva brusquement son genou entre mes jambes et je me pliai en deux de douleur.

— Si tu revois Caroline, je vous tuerai tous les deux !

Il me força à me relever.

— Tu quitteras Philadelphie. Je te donne une semaine. Non, cinq jours ! Sauve ce que tu peux d'ici là, mais ne reviens jamais dans cette ville. Si tu parles de ceci à quiconque ou commets l'erreur de rester, je te tuerai. Tu as cinq jours. Maintenant, sors d'ici avant que je te tue !

# 23

# *1830*
# *James*

Pendant que ma voiture m'emmenait, mes pensées se tournèrent vers Caroline, qui serait désespérée en pensant que je l'abandonnais une fois de plus. Toutefois, je savais que son père était capable de mettre sa menace à exécution et de nous tuer tous les deux si je ne partais pas.

Il m'avait traité de nègre. Nègre ! Je n'avais jamais été appelé ainsi, et ce terme ravivait ma terreur. Repoussant ces souvenirs horribles, je fermai les yeux et m'adossai au siège. Ce faisant, je sentis quelque chose d'humide sur mon gilet. Je baissai les yeux et vis du sang sur mes doigts. J'avais une aversion pour le sang et tentai de garder mon calme en détachant ma cravate pour l'appuyer sur la plaie dans mon cou.

J'ouvris la fenêtre pour prendre quelques goulées d'air frais tout en me rappelant que je serais bientôt à la maison, où Robert m'attendait. Il saurait quoi faire.

Inquiet, Robert m'emmena directement dans mon cabinet et enleva la cravate chiffonnée pour examiner la plaie.

— C'est une petite coupure qui a cessé de saigner, déclara-t-il d'un ton rassurant.

Avec reconnaissance, j'avalai le cognac qu'il me tendait. Ce n'est qu'après le second verre que ma respiration redevint normale.

— Venez, dit Robert en me conduisant à mon fauteuil favori. Asseyez-vous près du feu.

Je m'assis, la tête entre les mains. Tout ce pour quoi j'avais travaillé était perdu. Tous mes secrets soigneusement gardés étaient exposés au grand jour ! J'étais ruiné.

— Je ne sais pas quoi faire, Robert ! Que vais-je donc faire ?

— Vous pouvez compter sur moi pour vous aider. Est-ce Mme Caroline ?

— Oui ! Elle est très malade ! Mais son père… Je dois quitter Philadelphie ! J'ai cinq jours pour partir.

Robert recula d'un pas.

— Vous devez partir ?

— Son père a menacé de me tuer si je ne quittais pas la ville !

— Quitter Philadelphie pour toujours ?

Je hochai la tête.

— Mais ce n'est pas tout, dis-je en levant les yeux vers lui.

— Ah bon ?

Contrairement à ses habitudes, il s'assit à son tour.

Je luttai pour mettre de l'ordre dans mes pensées.

— Je dois tout vous dire, Robert. Vous devez savoir qui je suis ! Il faut que vous le sachiez !

— Vous êtes bouleversé. Ce n'est pas nécessaire…

— Si, c'est nécessaire ! m'écriai-je.

Il fallait qu'il m'écoute. Il devait apprendre la vérité. Si je le perdais, je saurais au moins à quoi m'en tenir. Je commençai à parler avant de perdre courage :

— Quand j'avais treize ans, j'ai découvert que ma mère était mulâtre. Jusque-là, j'avais toujours cru que j'étais blanc. Marshall Pyke était le propriétaire de la plantation où je suis né, et je ne savais pas qu'il était mon père. Ma grand-mère m'a élevé en me faisant croire que j'étais son fils et que mon grand-père décédé était mon père.

C'est comme si ces mots avaient soulevé le couvercle d'un bocal en fermentation. Ces souvenirs, et d'autres farouchement réprimés, commencèrent à se déverser. J'étais redevenu un enfant de six ans, vivant à Tall Oakes.

— Marshall était un homme ignoble, Robert. Un jour, je me suis caché sous le lit quand il a poussé Mme Lavinia dans la chambre. Il n'arrêtait pas de la frapper. Elle criait : « Non, Marshall, s'il vous plaît ! » Je me suis bouché les oreilles, mais je pouvais quand même entendre ce qu'il lui faisait. J'avais si peur que j'ai mouillé ma culotte. Après son départ, j'avais trop honte pour sortir et réconforter Mme Lavinia.

— Cela a dû être terrible, dit Robert.

— Oui ! Ça l'était !

Ma voix me sembla étrange, haut perchée et enfantine. J'agrippai les accoudoirs du fauteuil.

— Quelques jours après avoir appris que Marshall était mon père, j'ai été attaché et conduit au quartier des esclaves pour être vendu. Ce soir-là, il y a eu un incendie dans la maison et ma grand-mère y a péri. Je l'ai entendue appeler à l'aide et je n'ai pas pu lui porter secours, Robert ! Le lendemain, je me suis libéré et j'ai trouvé un fusil.

— Vous n'avez pas besoin de continuer, me dit Robert.

Je le fis taire d'un geste de la main et poursuivis :

— Avant de le tuer, je voulais qu'il me regarde. J'ai crié : « Père ! Père ! » Quand il a levé les yeux, j'ai appuyé sur la détente. Il a explosé. Oh ! mon Dieu ! Il a littéralement explosé et j'ai reçu des fragments sur moi !

Je sentis de nouveau la tache de sang sur ma poitrine et laissai échapper un sanglot.

— Allons, allons. C'est du passé et ça doit le rester, dit Robert en se redressant. Levez-vous afin que j'enlève votre gilet. Je le nettoierai plus tard.

Son aide et ses gestes rassurants me ramenèrent au présent. Lorsque je me rassis, j'avais repris mes esprits.

— Voudriez-vous du thé ? proposa-t-il.

— Avez-vous entendu ce que j'ai dit ? J'ai tué mon père.

— Je comprends, dit-il. Il y a des circonstances qui nous poussent à commettre des actes qui semblent répréhensibles, mais qui peut nous juger ? Vous luttiez pour sauver votre vie.

— C'est ce que vous croyez ? Vous le pensez vraiment ?

— Oui.

— C'est vrai ! Je devais sauver ma peau.

— Et vous n'aviez que treize ans.

— Mais à présent, j'ai tout gâché. Le père de Caroline…

Je lui racontai la débâcle à Stonehill et l'ultimatum de M. Cardon.

— J'ai dû abandonner Caroline. Je n'avais pas le choix. Et à présent, je dois partir d'ici. Je ne sais pas où aller. Comment puis-je partir sans elle ?

— Qui vous dit que Mme Caroline ne vous rejoindra pas quand elle sera remise ?

Je le regardai. Était-ce possible ? C'était au moins une lueur d'espoir !

— Viendrez-vous avec moi ? demandai-je, redoutant sa réponse.

— Peu importe ce que vous déciderez, je serai là pour vous aider.

— Même maintenant ? Avec tout ce que vous savez ?

— J'avais déjà deviné votre secret, répondit-il.

Je le toisai :

— Comment le saviez-vous ?

— J'ai reconnu en vous le même conflit intérieur que le mien, dit-il en soutenant mon regard.

Je le vis soudain sous un nouvel angle. Bien sûr ! Comment ne l'avais-je pas vu plus tôt ?

— Êtes-vous à moitié blanc ?

— En effet. Je suis aussi à moitié nègre.

— Vous en parlez comme si vous n'en éprouviez aucune honte.

— Il n'y a pas de honte à être qui je suis, déclara-t-il. La honte se trouve seulement dans la façon dont j'ai été conçu, et ce n'est pas moi qui dois porter ce fardeau.

— Donc, vous ne me reprochez pas ma…

— Votre voie est celle que j'aurais suivie à votre place, étant donné votre couleur. Je n'ai pas à juger vos choix.

J'aurais pu me lever et l'embrasser, tellement je lui étais reconnaissant. Je me contentai de lui offrir les seules paroles qui me vinrent à l'esprit :

— Merci, Robert, d'être mon ami.

Tôt le lendemain matin, je reçus une enveloppe scellée. À l'intérieur se trouvait une carte portant uniquement ces deux mots tracés en caractères gras : *Jour un*. Il était évident que M. Cardon avait l'intention de mettre sa menace à exécution. Un deuxième message du musée me parvint plus tard ce jour-là, m'informant que ma subvention avait été retirée. Aucune explication n'était fournie.

L'intervention de M. Cardon ne faisait aucun doute.

Je souhaitais désespérément envoyer un mot à Caroline, sans trouver de moyen sûr pour communiquer avec elle.

Je n'avais d'autre choix que de partir m'établir ailleurs. Dans quelques mois, j'enverrais de l'argent et une voiture dans l'espoir que Caroline et l'enfant pourraient venir me rejoindre.

À la suggestion de Robert, nous nous entendîmes pour qu'il reste jusqu'à ce que la maison soit vendue. Ensuite, il laisserait partir les domestiques et viendrait me retrouver. New York semblait la destination la plus probable.

Nous nous empressâmes d'acheter une petite maison du voisinage au nom de Robert. Nous y entreposâmes certains des plus beaux meubles, les portraits des

Burton et les plus belles pièces d'argenterie et de porcelaine.

Les enveloppes de M. Cardon continuèrent de marquer les jours, mais le quatrième matin, le message habituel n'arriva pas. À la fin de l'après-midi, une lettre bordée de noir signée par Mme Cardon m'informa que Caroline et l'enfant étaient morts.

J'emportai la note dans mon cabinet et passai la nuit dans l'obscurité, le message serré entre mes doigts, trop hébété pour en saisir tout le sens.

Le lendemain matin, cinquième journée de l'ultimatum, j'étais toujours dans mon cabinet. Je contemplais les murs lambrissés de chêne de cette pièce vidée de ses meubles. Il ne restait que les tentures bleu foncé qui cachaient le soleil, et le siège de cuir usé où je prenais place. Je ne pouvais croire que Caroline était partie. C'était sûrement un mensonge. Mais la lettre venait de Mme Cardon. J'aurais voulu me rendre à Stonehill pour m'en assurer, mais je me souvenais trop bien de la menace de son mari. Je ne voulais pas courir ce risque.

On frappa à la porte. Robert entra, suivi de Henry.

— Je l'ai trouvé ! s'écria ce dernier. Pan est en Caroline ! J'avais raison. Ils l'ont vendu comme esclave ! Mais je l'ai trouvé ! Il est dans une plantation là-bas. Un endroit appelé Southwood.

Aux prises avec ma propre tragédie, j'en avais oublié Pan !

— Henry, je ne suis pas…

Dans son enthousiasme, il m'interrompit :

— J'ai trouvé où est mon Pan ! C'est la plantation Southwood en Caroline du Nord, pas loin d'une ville appelée Edenton. Regardez !

Il me tendit un morceau de papier brun où une carte était dessinée à la main.

Je me levai pour l'examiner et reconnus le tracé de la côte de la Caroline du Nord. Comment Henry avait-il obtenu ce renseignement ?

— Henry, un homme travaille pour moi depuis des semaines et n'a rien pu trouver. Comment sais-tu que quelqu'un ne profite pas de toi ? Pour une somme suffisante, certaines personnes seraient prêtes à te dire tout ce que tu veux entendre.

— Je sais que c'est mon Pan à cause des choses qu'ils disent de ce garçon !

— Henry, dis-je à contrecœur. Je n'irai pas là-bas. Mon voyage a été annulé.

— Que dites-vous ? Vous n'irez pas chercher mon garçon ? Alors, qui va me le ramener ?

— Henry, tu sais bien que ce n'est pas si simple.

— Je sais qu'il est parti et qu'il faut aller le chercher !

— J'ai de l'argent, commençai-je. Nous pourrions envoyer quelqu'un d'autre…

— Non, non ! Comment ils vont savoir que c'est lui ? Vous êtes le seul qui peut aller le chercher. À vous, ils vont le vendre. Vous devez y aller !

Je tentai de trouver les mots pour le raisonner.

— Henry…

Mais contrairement à son habitude de ne jamais soutenir mon regard, il me fixa directement de ses yeux brouillés de larmes.

— Je vous demande votre aide. Je viens vous voir parce que vous savez ce que c'est, d'être un esclave. Mon garçon vous admire plus que moi, mais ça me dérange pas. Vous pouvez pas l'abandonner !

J'allai vers la fenêtre et écartai le rideau. La lumière du soleil printanier était si vive. Était-ce possible que le gainier rouge soit déjà en fleur ? Dans la rue, un couple se promenait, la femme souriante, le visage levé vers lui. Comment était-ce possible ? Cette pensée ne cessait de revenir me frapper en plein cœur. Caroline était partie. Elle était morte ! À quoi bon continuer ?

La voix de Henry s'insinua dans mes sombres pensées :

— Monsieur Burton, il me reste plus rien. J'ai déjà donné tout ce que j'avais. Si vous allez pas le chercher, pouvez-vous me donner de l'argent pour que j'y aille ?

— Tu voudrais y aller seul ? demandai-je, surpris, en me tournant vers lui.

Je connaissais les terribles peurs qui le hantaient, et, pourtant, il était prêt à les affronter. Je croisai son regard désespéré. Dans la détermination que j'y lus, je reconnus Pan. Avant de pouvoir me raviser, je déclarai :

— Très bien, Henry. J'irai chercher Pan.

— Emmenez-moi avec vous ! J'ai pas d'argent, mais vous pouvez me donner des papiers qui disent que je suis votre esclave. Quand on reviendra avec mon garçon, je resterai votre esclave jusqu'à ma mort.

— Tu ne me dois rien, Henry. Mais ne crois-tu pas que ce serait risqué de m'accompagner ? N'as-tu pas peur de te faire prendre de nouveau ?

— Si quelqu'un veut me prendre, on lui dira que je vous appartiens.

— Mais toutes ces années, tu craignais de…

— Il faut le sortir de là ! s'écria-t-il, les yeux pleins de larmes. Mon Pan n'est pas fait pour être un esclave !

Je pris une autre décision soudaine :

— D'accord, nous irons ensemble.

Soulagé d'avoir un objectif, je me mis à planifier à haute voix :

— J'apporterai mon matériel et voyagerai en tant qu'artiste. Tu seras mon domestique et nous prétendrons que je suis là pour peindre des oiseaux. Ce sera notre raison de séjourner dans la région. Une fois là-bas, nous trouverons la plantation. Et alors… Eh bien, nous verrons.

# TROISIÈME PARTIE

# 24

## *Avril 1830*
## *Southwood*
## *Pan*

Quand je me réveille, il y a une femme de couleur assise près de moi. Ses cheveux sont noués dans un fichu brun et elle a un beau visage rond. Mais elle pince les lèvres et n'a pas l'air très amicale. Ça me fait mal quand elle commence à s'occuper de ma tête, mais quand je veux y toucher, elle prend ma main et me regarde sévèrement en secouant la tête. Je me demande pourquoi elle ne parle pas. Puis je me souviens de Randall. J'essaie de m'asseoir et de regarder autour de moi, mais ma tête me fait si mal que je dois me recoucher.

— Où est-il ? Où est Randall ?

La dernière fois que je l'ai vu, il tenait ma… Puis je me souviens. On était dans le chariot. Il n'arrêtait pas de vomir, puis c'est devenu tout rouge. Sa tête était chaude quand il l'a mise sur mes genoux. Après, il ne criait plus. Il faisait des bruits de chiot quand le chariot sautait sur les ornières. J'essayais de lui dire de tenir bon, mais je voyais bien qu'il ne pouvait pas. Quand j'ai compris qu'il était parti, j'ai continué de lui parler, de lui dire d'aller voir ma mama. Je savais qu'elle s'occuperait de lui. Ed s'est tourné pour me dire de me taire, mais en voyant Randall, il s'est mis à jurer.

— Il faut l'enterrer, lui ai-je dit.

Ils ont arrêté le chariot et Ed est descendu. Il est venu près de Randall, l'a soulevé pour le porter au bord de la route et l'a jeté là.

Mes mains étaient libres, mais une de mes jambes était prise dans un anneau de métal attaché au côté du chariot.

— Détachez ma jambe, ai-je dit. Je n'irai nulle part. Laissez-moi descendre. Il faut dire une prière avant de l'enterrer.

Ed est revenu et je pensais qu'il allait prendre la pelle sur une pile d'outils à côté de moi. Mais au lieu de ça, il a sauté dans le chariot.

— Mon gars, tu peux prier tant que tu veux, mais tu ferais mieux de prier pour toi-même ! Quand tu seras chez Thomas, tu vas en avoir besoin !

Le cocher a fait claquer les rênes et le cheval a commencé à avancer.

— Hé ! ai-je crié. Vous avez oublié de l'enterrer ! Vous ne l'avez pas couvert !

Ils ne répondaient rien. C'était comme s'ils ne m'entendaient pas.

— Hé ! Vous devez l'enterrer ! Il faut l'enterrer !

J'ai commencé à pleurer parce que je ne pouvais pas me libérer pour aller aider Randall.

Ed a tourné la tête vers moi.

— Tais-toi ! Pourquoi tu pleures ? C'est moi qui ai perdu mon argent !

— Vous ne pouvez pas le laisser là ! Les chiens vont l'attaquer !

Ed a poussé un grognement et s'est retourné pour regarder la route devant lui. Avant de pouvoir me retenir, j'ai pris la pelle et lui ai flanqué un coup dans le dos de toutes mes forces. J'étais content de le voir tomber du chariot.

— Holà !

Le cocher a arrêté le cheval, puis Ed est remonté à l'arrière et m'a enlevé la pelle. Quand il a pris son élan, j'ai essayé d'esquiver le coup, mais la pelle m'a frappé sur la tête.

La femme qui s'occupe de moi vient deux fois par jour. Ma tête ne va pas bien et ça prend beaucoup de temps avant que je sois capable de rester réveillé. Quand je commence à me sentir mieux, je regarde autour de moi et je vois que je suis dans une grande pièce en bois, sans peinture ni tableaux sur les murs. Par contre, il y a des fenêtres et plein de lits, cinq le long de chaque mur. La plupart des nègres dans les lits sont des femmes en train d'avoir des bébés. Je me demande où je suis et ce qui se passe. La femme qui s'occupe de moi ne parle jamais et je ne comprends pas pourquoi.

Cette femme est grosse comme l'amie de mama, mais Sheila aimait rire et pas elle. Quand elle soigne ma tête et que ça me fait mal, je lui dis d'arrêter, mais c'est comme si elle ne m'entendait pas.

J'ai une grosse coupure à l'arrière du crâne, là où la pelle m'a frappé. Quand la femme ne regarde pas, je touche la plaie et je sens qu'elle est en train de sécher. Chaque fois que je suis réveillé, je réfléchis à une façon de rentrer à la maison, mais si j'essaie de me lever, tout se met à tourner et je dois me recoucher.

Un soir, la grosse femme vient s'occuper de moi. Elle s'assoit pesamment au bord de mon lit, comme si elle était fatiguée. D'habitude, elle bouge beaucoup, mais cette fois, elle a l'air épuisée. Elle soigne ma tête, mais arrête souvent pour se frotter le ventre.

Je vois qu'il est rond et je me demande si elle mange beaucoup ou si elle va avoir un bébé. Ses mains sont si sèches qu'elles sont rugueuses sur ma tête. J'essaie de la faire parler :

— Mettre du saindoux sur les mains, ça les rend lisses, dis-je.

Elle me regarde, puis examine ses mains comme si elle ne me croyait pas. De l'autre côté de la pièce, il y a un homme qui a été amené hier soir. Il a été tellement battu qu'il n'arrête pas de gémir. Je suis content qu'il ne crie plus comme au début, mais maintenant, une femme qui va avoir un bébé commence à crier elle aussi. La grosse femme va la voir et quand je vois comment le bébé sort, j'ai envie de crier à mon tour. Mais après que le bébé est sorti, la mama commence à l'aimer et ça me donne envie de pleurer. Je veux ma mama et je me demande si Randall et elle sont ensemble, maintenant. Et que va dire papa ? Quand je vais revenir chez nous, il va me passer un savon, mais je m'en fiche. Je veux rentrer à la maison.

# 25

## *1830*
## *Sukey*

Ils amènent un garçon qui ressemble tellement à l'un des miens que ça me brise le cœur. Sa tête a une grosse coupure et j'ai peur qu'il s'en sorte pas. Mais je recouds et nettoie la plaie, en essayant de pas penser à mes fils.

Pendant deux semaines, il bouge pas et reste couché là, puis un jour, pendant que je nettoie sa tête, il ouvre les yeux. Il me fait un si joli sourire que ça me fait mal de le regarder.

Puis il se rendort. La fois d'après, quand il ouvre les yeux, il reste réveillé plus longtemps. Il a peur et me demande de m'asseoir à côté de lui. Mais j'ai du travail. En plus, je veux pas m'attacher à un garçon quand je sais ce qui va arriver après.

Chaque fois que je m'approche de lui, il me pose des questions :

— Où suis-je ?

Quand il parle, je peux voir qu'il a de l'éducation, peut-être même autant que moi.

Je lui réponds pas, mais ça ne l'arrête pas.

— Est-ce qu'ils vont me vendre comme esclave ?

Je tourne la tête, parce qu'il a de grands yeux et, parfois, je peux voir une trace de son sourire dedans. Il continue de parler :

— Je ne suis pas un esclave. Je suis libre et on m'a enlevé à Philadelphie. Mon père était un esclave et c'était dur pour lui. Il va me donner une raclée quand je vais revenir.

Je pose un doigt sur mes lèvres pour le faire taire. Tous les gens que je soigne dans la maison des malades ont de grandes oreilles. C'est comme ça que Thomas fait régner la discipline, en payant les plus grandes gueules. Comme ça, tout le monde a peur de tout le monde.

— J'ai mal à la tête et je veux rentrer chez nous, dit-il.

Puis il se tourne comme s'il voulait pas que je le voie pleurer.

Un soir, il me dit d'apporter mon pot de saindoux et il commence à me frotter les mains. Je le regarde sans rien dire. Où a-t-il trouvé cette idée, je voudrais lui demander. Aussitôt que je pense à cette question, il se met à me raconter que sa mama aimait se faire frotter les mains quand elle était malade. Tu parles d'un drôle d'enfant !

— Es-tu une esclave ? me demande-t-il.

Je hoche la tête.

— Mon papa est né esclave, ajoute-t-il. Et toi, es-tu née esclave ?

Je réponds rien et il arrête de me questionner. Il continue de me frotter les mains.

Je ferme les yeux et pense aux premières années de ma vie, quand ce mot voulait rien dire pour moi…

Je suis née dans une plantation de tabac en Virginie. La maîtresse, Mme Lavinia, m'a élevée dès ma naissance et était comme une mère pour moi. On faisait du cheval ensemble et j'étais aussi bien habillée qu'elle. Elle m'apprenait à lire et à écrire, et j'avais un lit dans sa chambre. On était aussi proches que ça. Je vivais dans la grande maison avec elle. Elle m'éloignait toujours quand maître Marshall était là, parce qu'il n'aimait pas les esclaves. Il faut dire qu'il était méchant comme un serpent avec tout le monde, même avec elle, qui était sa femme.

Le dernier jour que je passe dans cette maison, il arrive furieux. Je l'ai jamais vu aussi en colère durant mes treize années d'existence. Je suis sûre qu'il va la tuer.

La première fois qu'il la frappe, elle reste assise. La deuxième fois, elle tombe. Quand il veut recommencer, je saute sur lui. Il essaie de m'écarter, mais je plante mes dents dans son bras et je lâche pas. Il se dégage et me projette contre le mur. Quand il revient vers moi, Mme Lavinia lui crie de ne pas me faire mal.

— C'est juste une enfant ! Elle n'a rien fait !

— Votre négresse m'a mordu et vous dites qu'elle n'a rien fait ?

Elle s'agenouille devant lui, et il lui jette un regard si cruel que je pense qu'il va la tuer.

— Marshall, je vous supplie de ne pas lui faire de mal.

Il me pousse vers papa George, son meilleur esclave qui s'occupe de tout aux dépendances.

— Fais sortir cette négresse d'ici ! Amène-la au quartier des esclaves !

— Je vous en prie, Marshall, dit Mme Lavinia. Elle est comme ma propre enfant.

— Votre propre enfant ! crie-t-il. Les noms que vous donnez à ces nègres ! Vous parlez comme si elle était de votre sang !

Papa George m'amène au quartier des esclaves pour vivre avec Ida. Il me parle en chemin :

— Tu vas faire ce que dit Ida et tout ira bien. Avec le temps, maît' Marshall va t'oublier et ils vont pouvoir te ramener là-haut. Et surtout, arrête de pleurer, sinon Rankin va te remarquer.

En entendant le nom de Rankin, les poils se hérissent sur ma nuque. Le seul homme de la ferme qui me fait plus peur que maître Marshall est Rankin, le régisseur de la plantation.

Quand papa George me laisse chez Ida, j'ai peur et je crie :

— Ne me laisse pas, ne me laisse pas !

Il se retourne deux fois comme s'il allait revenir. Ida lui fait signe de s'éloigner et je crie encore plus fort. Elle me frappe en me disant de me taire. Ça me calme. Personne ne m'a jamais frappée avant.

Ida est une grande femme, maigre comme un clou. Même pour une esclave, elle a un air dur. C'est peut-être parce qu'elle a élevé que des garçons. En tout cas, elle m'apprécie pas.

— Tu veux que Rankin vienne ici ?

Ses yeux sont inquiets quand elle dit ça. Je me demande comment elle peut avoir peur de lui alors qu'elle a eu tous ces bébés avec lui.

Deux jours passent, et personne ne vient de la cuisine ou de la grande maison pour me voir. Je n'ai plus tous mes beaux vêtements, juste mes chaussures et aucun peigne pour mes cheveux. Mais je suis sûre que Mme Lavinia va envoyer papa George me chercher.

Tout est différent chez Ida, comparé à la grande maison. Elle vit dans une seule pièce. La nuit, je dors à côté d'elle par terre, sur une paillasse crasseuse. Deux de ses garçons dorment à l'autre bout de la pièce. Un a environ mon âge et l'autre est plus vieux. Tout le temps que je passe là, ils ne me disent pas un mot. Mais ils me regardent quand ils pensent que je ne les vois pas. Je porte une belle robe verte de Mme Lavinia qui a été coupée à ma taille, mais ce qu'ils regardent le plus, c'est le cuir souple de mes souliers. Eux, ils n'en portent pas.

Je fais de mon mieux pour aider Ida. Comme c'est l'hiver, elle ne travaille pas dans les champs, alors elle file la laine. Elle m'explique comment carder les fibres en passant la laine sur de longs clous. Même si ce travail n'est pas difficile, mes bras et mes épaules se fatiguent vite. Ida ne veut pas que j'arrête. Elle dit que Rankin peut arriver n'importe quand et qu'il faut toujours être en train de travailler.

Un après-midi, je la questionne sur ses enfants.

— J'ai que des gars, dit-elle sans me regarder. Mes deux plus vieux ont été vendus. Rankin disait qu'ils étaient des provocateurs, mais… la vérité c'est que maît' Marshall avait besoin d'argent. Il me reste les deux que tu vois le soir. Mon autre gars, Jake, travaille avec Rankin et vit avec lui dans la maison du régisseur.

— Pourquoi il vit avec lui et pas avec toi ?

— Jake est le seul qui est presque aussi blanc que son père. Il était petit quand ses grands frères ont été vendus. En les voyant partir, il s'est mis à pleurer. Rankin lui a dit que s'il continuait, ce serait lui le prochain. Après ça, Jake a changé. Il a arrêté de m'appeler mama. Un jour, il m'a dit : « Ida, je serai jamais vendu. C'est même moi qui vais m'occuper des ventes. » Puis il est allé vivre dans la maison du régisseur et s'est mis à agir exactement comme son papa.

— Vont-ils te vendre un jour ?

Elle arrête le rouet et manipule la laine entre ses mains.

— Peut-être, dit-elle tout bas.

Trois jours après qu'on m'a enlevée à Mme Lavinia, les marchands d'esclaves arrivent. Ida et moi, on se réveille en sursaut quand Rankin et Jake ouvrent brusquement la porte au milieu de la nuit.

Rankin commence à m'attacher les poignets et je crie à Ida :

— Va chercher Mme Lavinia !

Mais Ida reste plantée là sans rien dire.

— Tais-toi ! crie Rankin sur un ton qui rend ma bouche sèche. Peuh ! Des nègres qui agissent comme des Blancs !

Il ajoute en se tournant vers Jake :

— Il y en a un autre dans la grande maison qui devrait être vendu. Ce Jamie va être le prochain à partir.

— Vous voulez dire celui avec l'œil malade ?

— Ouais, celui-là.

— Il est aussi blanc que moi ! dit Jake.

Rankin grogne :

— Il est aussi blanc que toi, mais ça veut pas dire que vous êtes pas des nègres.

L'expression sur le visage de Jake me fait si peur que je recommence à appeler Mme Lavinia. Jake prend un foulard autour de son cou et s'approche de moi.

— Ne les laisse pas m'emmener, dis-je à Ida avant que Jake attache le foulard sur ma bouche.

Ida enfile sa robe en silence. Elle nous suit dehors et les regarde m'attacher à trois hommes qui ont l'air épuisés. Ils s'assoient aussitôt et la corde me tire par terre avec eux. Je commence à pleurer, mais le tissu dans ma bouche m'étouffe.

Ma langue brûle quand j'essaie de sortir le tissu. Je n'arrête pas de regarder Ida pour qu'elle m'aide, mais elle baisse les yeux et garde la tête tournée. Puis les marchands partent boire un verre avec Rankin et Jake, et Ida s'approche de moi.

— Oublie pas qui tu es, me chuchote-t-elle à l'oreille en desserrant le bâillon. T'es pas une esclave comme moi. Tu as été élevée comme une Blanche. Tu sais lire et écrire. Souviens-toi de ça et garde la tête haute comme une fille blanche. Comme ça, ils vont t'acheter pour une grande maison quelque part.

J'ai trop peur pour me remettre à pleurer. Je regarde en direction de la maison, en me demandant pourquoi personne ne vient me chercher. Où est passé tout le monde ? Où vont-ils m'emmener ? Personne ne m'a rien dit.

Quand les marchands reviennent, l'un d'eux frappe l'air avec son fouet et les hommes attachés à moi sursautent comme si c'était un coup de feu. Avant que je comprenne ce qui se passe, ils commencent à marcher et m'entraînent si vite que j'ai du mal à les suivre. Le marchand donne un autre coup de fouet à côté de moi, et j'ai si peur que de l'eau coule sur mes jambes.

— Surveille-la bien ! lance Rankin à Jake.

C'est comme ça que je comprends que Jake va accompagner les marchands d'esclaves.

Les jours suivants, on s'arrête dans d'autres fermes. Il y a aussi des esclaves à vendre, et ils les attachent à nous. Je suis la seule fille. Il fait froid et je suis trop effrayée pour pleurer. Les hommes sont aussi silencieux que moi. Ils avancent, la tête baissée, et je me demande pourquoi ils ne se défendent pas. Une nuit, j'entends deux d'entre eux parler. Ils disent qu'un homme a été tué parce qu'il s'est libéré et a tenté de s'enfuir.

Les jours suivants, Jake ne me laisse pas tranquille. Il enlève mon bâillon et me parle en essayant de me provoquer. Je lui réponds sur le même ton et ça le fait rire.

— Oh ! Avez-vous entendu cette fille de la grande maison ? Elle se prend pour une demoiselle ! On va bien voir de quoi elle a l'air quand ils vont lui enlever ses beaux vêtements et la mettre aux enchères !

Ça me fait tellement peur que je me remets à pleurer. Ensuite, chaque fois qu'il le peut, Jake chevauche à côté de moi et me dit ce qui va m'arriver quand je serai au marché. Je me répète de ne pas l'écouter. Mme Lavinia va l'empêcher. Je sais qu'elle va envoyer papa George me chercher bientôt.

Finalement, c'est une bonne chose que Jake soit là. La nuit, les marchands parlent de moi en disant que je suis une femme et qu'ils aimeraient me faire des choses. Jake leur répond que son père l'a envoyé pour s'assurer que j'arriverais aux enchères sans qu'un homme me soit passé dessus. « Elle rapportera plus d'argent si elle n'a pas été utilisée », leur dit-il.

Ils me gardent attachée au bout de la file. Un des hommes a un pied blessé, ce qui ne les empêche pas de nous faire marcher vite. J'arrive à les suivre, mais après trois jours, mes pieds sont si enflés que quand j'enlève mes souliers je ne peux plus les remettre.

L'homme attaché à moi me regarde quand je les dépose à côté de moi. Avant qu'on reparte, il donne un coup de langue en désignant mes souliers, puis mes pieds, pour me faire comprendre de les remettre.

— Je ne peux pas, dis-je à voix basse. J'ai trop mal aux pieds.

Il désigne encore mes souliers du menton, et quand je secoue la tête, il avance ses jambes pour me montrer ses pieds enflés et en sang. Je comprends ce qu'il veut dire et je remets mes souliers. Après ça, je ne les enlève plus, même si mes pieds me font très mal.

Parfois, on s'arrête pour boire et manger, et malgré notre fatigue, on est toujours prêts à reprendre la route. Aucun de nous n'a de vêtements épais, alors quand on avance, ça nous réchauffe. La nuit, ils nous donnent des couvertures.

Après trois jours, je ne peux plus contrôler mes intestins. Jusque-là, je n'avais pas osé me soulager comme les hommes quand les marchands nous disaient de nous accroupir, tous attachés ensemble. Je tournais la tête pendant que les hommes faisaient leurs besoins, mais je me retenais. Trois jours plus tard, mon ventre commence à me faire mal et, peu après, ce n'est plus moi qui décide. Le pire, c'est que ça coule partout sur mes jupes et que je sens mauvais. Quand Jake s'aperçoit de mon embarras, il se met à me harceler, mais je ne le laisse plus me voir pleurer.

— Alors, mademoiselle Sukey, ils ne t'ont pas montré comment utiliser un cabinet d'aisances, dans la grande maison ?

Même si j'ai froid, les joues me brûlent.

Il fait des bruits de cochon, puis ajoute :

— Tu pues comme les porcs dans la grange. Tu es habillée comme une dame, mais tu n'es qu'une truie !

Mes intestins continuent de se vider, et après deux jours, mes jambes et mes parties intimes sont tellement irritées que je me fiche de tout. Tout ce que je veux, c'est arriver à un endroit où je pourrai me laver.

La dernière nuit, je tremble de froid et j'ai mal partout. Quand les autres s'endorment, je ne peux plus retenir mes sanglots. L'homme à côté de moi est le même qui m'avait dit de garder mes souliers. Il me demande :

— Comment s'appelle ta mama ?

Je suis si surprise de l'entendre parler que j'arrête de pleurer.

— Dory, dis-je tout bas. Mais elle est morte.

— Qui t'a élevée ?

— Belle et Mme Lavinia.

Rien que dire leur nom fait encore couler mes larmes.

— Elles ont fait du beau travail, dit-il.

J'ai si froid que mes dents s'entrechoquent.

— Le vieux Ed va s'approcher de toi. Il te veut pas de mal. Il veut juste te tenir chaud.

— Mais je sens mauvais !

— Peut-être, mais c'est rien qui s'en ira pas avec un peu d'eau, dit-il en se rapprochant.

Il reste là toute la nuit, mais je ne peux pas dormir. Sa gentillesse me donne encore plus envie de pleurer.

# 26

## *Mai 1830*
## *James*

Je craignais que M. Cardon ne se présente à ma porte avant que je puisse partir. Le soir de la cinquième journée, pendant que Robert remplissait ma malle, j'étudiai la carte où j'avais planifié la route de mon expédition. Je la plaçai à côté de celle qu'avait apportée Henry. Même si cette dernière était grossièrement dessinée, elles me dirigeaient toutes deux vers la côte de la Virginie, puis vers le sud, en Caroline du Nord. Voyant cela, je décidai de suivre mon trajet originel. J'irais d'abord en bateau jusqu'à Norfolk, puis prendrais une diligence vers le sud à partir de la Virginie, en suivant le canal du marais de Dismal jusqu'en Caroline du Nord.

Quand j'étais enfant, j'avais lu des livres à propos de ce sinistre marais et rêvé de la faune exotique qui le peuplait. En planifiant mon expédition, j'avais prévu de le visiter, mais à présent, mes projets antérieurs ne m'importaient plus. Je n'examinais la carte que pour repérer la route la plus rapide pour retrouver Pan.

Henry arriva à ma porte avant le lever du soleil, avec un sourire optimiste et son sac de cuir brun, aussi neuf que le jour où je le lui avais offert, des années auparavant. Robert se leva pour nous voir partir. Son visage généralement d'apparence jeune était marqué et grisâtre à cette heure matinale. Nous avions discuté la veille pour finaliser nos plans. J'étais conscient du fardeau que je lui laissais, mais il m'avait assuré qu'il s'occuperait de tout. Dès que ce serait réglé, il viendrait me rejoindre à l'endroit où j'aurai décidé de m'établir.

— À Dieu vat ! lança-t-il quand je me dirigeai vers la voiture.

Je hochai la tête, regrettant qu'il ne vienne pas avec nous.

Même si nous partîmes avant l'aube, je restai vigilant afin de m'assurer que M. Cardon ou l'un de ses hommes n'étaient pas dans les parages. En arrivant au port, à la vue des longues files et du chaos près des quais, je me frayai un chemin pour aller payer le double du tarif. Ainsi, Henry et moi pûmes embarquer rapidement à bord du bateau à vapeur.

Une fois en route, l'énorme bateau, pompant l'eau et rejetant de la vapeur, descendit rapidement le fleuve Delaware. En moins de trois heures, nous atteignîmes le canal qui traversait vingt kilomètres de terre pour atteindre la baie de Chesapeake. Là, nous embarquâmes dans une plus petite embarcation, tirée par des chevaux le long d'une route pittoresque. J'aurais davantage apprécié le spectacle si je n'avais pas été si impatient de laisser Philadelphie derrière moi. Henry, qui n'était pas au courant de la menace proférée par

M. Cardon, me jetait des regards interrogateurs en me voyant surveiller nerveusement les alentours.

À mon grand soulagement, en arrivant au fleuve Chesapeake, je vis qu'un autre bateau nous attendait pour nous emmener à Baltimore. Nous naviguâmes durant six autres heures. La chance était avec nous, car en parvenant à Baltimore, nous pûmes obtenir un passage sur un autre bateau à vapeur. Il se dirigeait vers Norfolk et naviguait de nuit.

Je réservai une petite cabine pour nous deux. Lorsque nous fûmes enfin seuls, Henry exprima son inquiétude.

— Vous devez vous calmer. Vous agissez comme si quelqu'un vous poursuivait.

Je ne savais pas si je devais tout lui raconter, car il ne savait rien de M. Cardon.

— J'aurais eu des problèmes si j'étais resté à Philadelphie, lui avouai-je.

— Dites-moi donc ce qui se passe, pour que je puisse garder l'œil ouvert, moi aussi.

— J'étais avec une femme qui est tombée enceinte. Son père a découvert mon… passé. Il a menacé de me tuer si je restais à Philadelphie.

— Une femme blanche ? demanda-t-il.

Je hochai la tête et il siffla à travers ses dents serrées.

— Alors, c'est une bonne idée de quitter la ville.

— Je ne sais pas à quoi j'ai pensé en entamant une liaison avec elle. Je n'aurais pas dû, mais je n'ai pas pu m'en empêcher.

— Ouais. C'était comme ça pour moi, la première fois que j'ai vu la mama de Pan. Elle m'a envoûté et rien m'aurait convaincu de la laisser. Maintenant qu'elle est partie, je suis encore à elle.

— Caroline est morte aussi.

C'était la première fois que je prononçais ces mots, mais ils me semblèrent dénués de sens.

— Ah oui ? Quand ça ?

— Avant-hier.

— Oh ! grogna-t-il comme si je l'avais frappé.

— Elle était mariée, ajoutai-je, désireux de tout lui révéler.

Il se frotta le visage avant de poser sa question suivante :

— Et le mari ? Il vous cherche aussi ?

— Je ne sais pas. Je n'ai pas parlé de lui avec elle. Je ne voulais pas savoir. Nous n'avons même pas discuté de ce qui arriverait si elle avait un enfant. Elle ne savait rien de moi. Rien de mon passé.

— Vous aviez peur qu'elle parte si elle le savait ?

Je hochai la tête. Il avait tout compris.

— Monsieur Burton, je vais dormir, maintenant. J'ai mal à la tête et je suis fatigué.

Il s'étendit sur la couchette et s'endormit aussitôt. De mon côté, je ne parvenais pas à trouver le sommeil. Quand j'étais à Stonehill, au chevet de Caroline, j'avais imaginé notre vie ensemble. C'était un si beau rêve que je ne pouvais l'oublier. Pourquoi n'y avais-je pas pensé avant ? Serait-elle encore vivante si j'avais agi plus tôt ? Et notre enfant ? Je repensai à la lettre bordée de noir envoyée par Mme Cardon. Je voulais croire que c'était un mensonge, mais j'avais vu de mes propres yeux à quel point Caroline était malade. Non, elle était morte. Ce mot, bien que vide de sens, ne cessait de tourner dans ma tête.

Le lendemain, Henry s'assit à une distance respectable, comme devait le faire un domestique, pendant que je demeurais debout sur le pont pour observer la côte de Chesapeake. Le temps était doux et, en approchant de Norfolk, des effluves familiers de Virginie nous parvinrent, portés par la brise. Mais soudain, une vague de nostalgie me submergea. La nostalgie pour ma terre natale. Je me souvins que Tall Oakes était très près de l'endroit où j'espérais trouver Pan, en Caroline du Nord. Peut-être qu'après l'avoir retrouvé, lorsque Henry et lui seraient en route pour Philadelphie, je pourrais prendre une ou deux journées et me rendre à la maison de mon enfance. Lavinia s'était sûrement montrée trop alarmiste quant au régisseur. Rankin n'était-il pas déjà un vieil homme quand j'étais parti, vingt ans plus tôt ?

Lorsque le bateau accosta, Henry m'écarta brusquement pour aller vomir par-dessus la rambarde. Les autres passagers tentèrent d'ignorer ses haut-le-cœur au passage. Je rassemblai nos bagages pendant qu'il se remettait de son malaise.

La prochaine étape de notre périple devait se faire par diligence. Cependant, Henry n'était pas en état de voyager. Je trouvai donc une chambre dans une taverne riveraine, aux abords de la ville.

J'espérais que cela lui permettrait de se remettre avant que nous repartions.

Le deuxième jour, durant l'après-midi, je laissai Henry dormir et allai en ville pour trouver le bureau de poste. Réchauffé par le soleil printanier, j'éprouvai une fois de plus une telle nostalgie pour la maison de mon enfance que les larmes me montèrent aux yeux.

Même si je m'étais établi à Philadelphie, tout en Virginie m'était familier. C'était ainsi que le mois de mai devait être, l'air chargé d'une odeur de chèvrefeuille et les arbres d'un vert luxuriant. En approchant du bureau de poste, j'accélérai le pas. Robert et moi nous étions entendus pour qu'il m'envoie des nouvelles par la poste à Norfolk le cas échéant. Bien que ce soit improbable, je constatai avec déception qu'aucune lettre de lui ne m'attendait.

À mon retour à la taverne, je vis que l'état de Henry s'était aggravé. La fièvre rendait ses yeux vitreux et ses propos étaient incohérents. J'envoyai quérir un docteur, qui se contenta de suggérer du repos. Cinq jours plus tard, l'état de mon compagnon avait tellement empiré que je le laissais seul uniquement au moment des repas ou pour aller à la poste.

Un après-midi, soucieux et frustré, je partis plus tôt que d'habitude. Je franchis la courte distance vers le bureau de poste et me joignis à un groupe de fermiers et de marchands qui s'étaient rassemblés pour attendre la malle.

Soudain, nous entendîmes des cris et des coups de fouet, puis un martèlement régulier que je crus être des sabots de chevaux. Je me trompais.

Une caravane d'esclaves apparut, menée par deux hommes à cheval. L'un d'eux faisait claquer son fouet dans les airs, comme s'il dirigeait du bétail. La double file de nègres enchaînés avançait d'un pas lourd mais régulier. Mon cœur s'emballa dans ma poitrine quand j'aperçus, parmi les prisonniers à peau noire, un visage presque aussi blanc que le mien. Cet homme trébuchait en essayant de suivre les autres, et quand le fouet s'abattit sur son épaule, je tressaillis comme si j'avais moi-même reçu le coup. Horrifié, je regardai le conducteur d'esclaves qui l'avait frappé. C'était un petit homme aux cheveux bruns sales emmêlés qui encadraient son visage.

Bien que son chapeau soit abaissé sur sa figure, quelque chose dans le tracé de sa mâchoire me sembla familier. Plus il se rapprochait, plus j'étais certain de le connaître.

Étant donné ma grande taille, je dépassais la plupart des gens dans la foule. Comme s'il avait senti mon regard, le conducteur leva la tête et fixa mon bon œil. Ou bien est-ce mon cache-œil noir qui attira son attention ?

Lorsque je vis clairement son visage, j'en eus le souffle coupé. Notre dernière rencontre avait eu lieu vingt ans auparavant, mais il ne me fallut qu'un bref instant pour reconnaître Jake, le fils de Rankin. À son expression sidérée, je compris qu'il me reconnaissait, lui aussi. Puis un faux pas de sa monture et un cri de l'autre conducteur le rappelèrent à son devoir.

La caravane disparut bientôt après le virage, mais le souvenir de la dernière fois où j'avais vu Jake me revint à l'esprit.

L'après-midi où Marshall m'avait fait chasser de la grande maison, le régisseur Rankin m'avait emmené au quartier des esclaves. Là, muet d'effroi, j'avais été attaché à une file d'autres détenus. Heureusement, on nous laissa assis sous des arbres, à l'abri des rayons ardents du soleil. Un marchand d'esclaves armé nous surveilla jusqu'au soir, puis un autre homme vint prendre sa place. Même s'il semblait aussi dur que le premier, celui-là, appelé Jake, était plus jeune. Pour cette raison, je fis appel à sa clémence.

— Écoutez, il y a eu une erreur et j'ai besoin de votre aide.

— Une erreur ? Quelle sorte d'erreur ?

— Ils disent que je suis un nègre, mais ce n'est pas vrai. Regardez-moi. Est-ce que j'ai l'air d'un nègre ?

J'ouvris ma chemise pour lui montrer ma gorge et mon cou blancs.

Il se tortilla, mal à l'aise, puis tourna les talons.

— Hé ! criai-je. J'insiste pour que vous me relâchiez ! Je ne suis pas un nègre ! Je ne dois donc pas être traité ainsi !

Il revint se planter devant moi.

— Es-tu ce Jamie de la grande maison ?

— Oui, dis-je, plein d'espoir.

Il eut un petit rire.

— Alors, tu n'es qu'un sale nègre comme le reste d'entre eux.

Un des esclaves auxquels j'étais attaché grogna tout à coup :

— Et comment tu sais ça, Jake ? Comment tu sais qu'il est un nègre ?

Jake toisa l'homme avec colère.

— Toi, tais-toi !

— Il est aussi nègre que toi, Jake. Je dirais même qu'il est plus blanc que toi. Oh oui, il l'est ! Il a l'air encore plus blanc que toi !

Jake lui assena un coup de pied, le frappant à la tête avec sa botte. L'homme se redressa et reprit :

— Au moins, il vend pas son propre frère comme tu le fais avec moi, hein, Jake ?

Je ne sais ce qui serait arrivé si le marchand d'esclaves n'avait pas retenu Jake. Plus tard ce jour-là, quand Rankin revint, je constatai la ressemblance entre Jake et lui. Puis j'observai la peau sombre du frère de Jake, attaché avec le reste d'entre nous pour être vendu. Rankin vendait son propre fils.

Après le départ de la caravane, un des hommes attroupés devant le bureau de poste cracha par terre.

— Quelqu'un sait qui les conduisait ? demanda-t-il.

— Un homme appelé Jake. Son père, c'est Rankin, le traqueur d'esclaves. Vous le connaissez, non ? Il est vieux comme Mathusalem, mais c'est lui qu'on appelle quand il nous manque un homme. Son fils Jake prend les plus coriaces et va les vendre au sud, aussi loin que la Géorgie.

Un des hommes gloussa.

— Ils allaient pas ralentir pour ce jaune !

— Ce sont les jaunes qui causent le plus de problèmes.

— Oui, ils ont souvent un peu d'éducation. Vous n'en verrez pas un seul chez moi. Je n'aime pas avoir affaire à eux.

— C'est pourtant simple, répliqua un autre. Il faut juste leur faire perdre leurs idées de grandeur. Si on est assez brutal, ils finissent par comprendre.

C'était une journée chaude, mais j'étais glacé d'effroi. N'avaient-ils pas remarqué le regard de reconnaissance que Jake et moi avions échangé ? De combien de temps disposais-je avant que Jake prévienne Rankin ?

Ne voulant pas attirer l'attention sur moi, j'évitai de partir avant l'arrivée de la malle. Cette dernière se présenta enfin, m'apportant une lettre de Robert que je me hâtai de glisser dans ma poche. Puis je retournai dire à Henry qu'il fallait partir sans tarder.

Mais l'état de Henry était devenu critique. Après l'avoir ausculté une deuxième fois, le médecin me prit à part.

— Écoutez, dit-il en posant une main sur mon épaule. Parfois, nous nous attachons à ces vieux bougres, mais celui-ci ne s'en sortira pas. Ne vous donnez pas la peine de m'appeler de nouveau, car vous dépenseriez plus que ce que vous devrez débourser pour le remplacer.

En constatant le peu de valeur qu'il accordait à la vie de Henry, je me rappelai que j'avais agi de façon similaire. Même si j'avais accueilli Pan chez moi, je ne m'étais pas impliqué davantage dans la vie de son père, de crainte que mes secrets ne soient découverts.

Malgré mon inquiétude pour mon compagnon, je mis en doute les paroles du médecin. Après son départ, je n'avais que Jake en tête. M'avait-il reconnu ? Allait-il prévenir Rankin ? Pis encore, allait-il rebrousser chemin et revenir me chercher ?

Finalement, je m'accroupis près du lit.

— Henry ! Tu dois te lever ! Il faut partir d'ici.

Voyant qu'il ne répondait pas, je le saisis par l'épaule et le secouai.

— Henry ! Henry !

Il ouvrit lentement les yeux.

— Nous devons partir ! répétai-je. Il faut s'en aller d'ici !

Il tenta de se redresser sur un coude, mais n'y parvint pas. Je dus me pencher pour entendre son chuchotement.

— Allez-y, vous. Allez chercher mon garçon.

Puis il ferma les yeux.

— Non ! Tu dois venir avec moi, protestai-je.

Il fit une nouvelle tentative pour se soulever, mais même avec mon aide, il en fut incapable. Sa grande faiblesse me fit reconsidérer les propos du médecin. Avait-il raison ? Henry était-il mourant ?

Toute ma vie, je m'étais senti piégé, et maintenant plus que jamais. Mon instinct me poussait vers la porte, me disait de sauver ma peau. Mais il s'agissait de Henry, l'homme qui s'était porté un jour à mon secours. J'avais abandonné Caroline. Je ne pouvais pas faire de même avec lui.

J'arpentai la petite pièce en luttant contre mon anxiété grandissante. Quand Henry finit par se rendormir, je sortis et marchai sans but, en essayant de planifier la suite. Je savais que j'aurais dû revenir, mais l'idée de veiller Henry agonisant était au-dessus de mes forces. S'il mourait, que ferais-je ? Aurais-je le courage de continuer seul pour retrouver Pan ?

En arrivant au bord de l'eau, je restai debout, baigné par la brume dense qui s'élevait des vagues. Les cris avides des mouettes ne faisaient qu'aggraver mon humeur mélancolique, plus sombre qu'elle ne l'avait été depuis la mort de Caroline. Je ne savais pas nager et eus la soudaine envie de m'abandonner aux flots. Pourtant, il y avait Henry, qui m'avait déjà sauvé la vie. Il n'avait rien demandé en retour, uniquement que je retrouve son fils. Non, si Henry devait mourir, il fallait que je m'acquitte de cette mission. Je lui devais bien cela.

Avec l'intention d'essuyer la brume qui humidifait mon visage, je fouillai dans la poche de ma veste pour y prendre un mouchoir. J'y trouvai la lettre de Robert. Je brisai le sceau et lus :

*Cher monsieur,*

*Il n'y a pas de façon aisée de vous l'apprendre. Votre enfant est avec moi.*

Je relus ces mots. Le souffle court, je me laissai tomber sur un banc pour remplir mes poumons d'air salin. Puis je repris ma lecture :

*Cher monsieur,*

*Il n'y a pas de façon aisée de vous l'apprendre. Votre enfant est avec moi. À l'insu de son mari, Mme C. l'a amené chez vous le soir suivant votre départ. La dame m'a imploré de garder le secret, mais aimerait que vous lui écriviez dans un an afin de la tenir au courant de la santé de l'enfant. Elle pleurait à chaudes larmes et est partie si brusquement que je n'ai pas eu le temps de l'informer de votre absence.*
*Je me suis aussitôt mis en quête d'une nourrice. J'en ai trouvé une qui est prête à demeurer avec nous malgré notre situation précaire.*
*C'est une négresse, discrète et en bonne santé. Comme elle a perdu son propre enfant, elle est prête à faire office de nourrice.*
*Votre enfant est une fille, à la peau aussi claire que sa mère. Pour cette raison, je l'appelle Mlle Caroline. Avec votre permission, je continuerai de le faire jusqu'à ce que vous en décidiez*

*autrement. Je peux vous assurer qu'elle est toujours à mes côtés, sauf lors des soins prodigués par sa nourrice.*

J'avais une fille et elle était vivante ! Ce n'était plus uniquement la brume qui me mouillait le visage. J'utilisai mon mouchoir pour essuyer mes larmes avant de lire le reste de la missive.

Aucune offre n'ayant été déposée pour ma maison, Robert avait installé par prudence la nourrice et le bébé dans celle que nous avions achetée à son nom. En attendant la vente de la mienne, il avait gardé la gouvernante pour s'en occuper et souhaitait obtenir mon approbation pour les sommes dépensées.

Je fus incapable d'en lire davantage, car je me mis à courir pour aller annoncer la nouvelle à Henry.

Notre taverne n'était pas fréquentée par l'élite. J'avais délibérément choisi un endroit qui accorderait peu d'attention à qui partagerait ma chambre. J'entrai précipitamment dans l'établissement et écartai d'un geste des clients qui voulaient prendre un verre en ma compagnie. Notre chambre était située au troisième étage. Ayant gravi les marches deux par deux, j'arrivai hors d'haleine à la porte. À l'extrémité de la pièce, Henry était assis, les épaules affaissées, sur le plancher de pin rugueux à quelques pas du lit. Il avait dû se lever en mon absence, car il était partiellement habillé comme s'il s'apprêtait à partir en voyage. Il leva la tête quand je criai son nom, puis la laissa retomber. Désespéré de le voir dans cet état, je l'aidai à se recoucher.

— Écoute, je n'aurais pas dû te demander ça, lui dis-je. J'étais bouleversé. Nous allons attendre que tu ailles mieux et que tu aies repris des forces.

Je le fis asseoir dans le lit afin de faciliter sa respiration, ce qui ne sembla pas l'aider. D'une voix rauque, il me supplia de partir à la recherche de Pan, avec ou sans lui.

— Je le ferai, lui dis-je.

Il tendit la main en désignant faiblement son pouce manquant.

— Jurez-le là-dessus.

Je pris sa main mutilée et le lui promis. Puis je restai assis, sa main serrée entre les miennes, jusqu'à ce qu'il rende son dernier soupir.

Je me tenais, silencieux, devant la tombe de Henry. Il était mort si rapidement, comme Caroline. L'avais-je négligé, lui aussi ? J'étais maintenant libre de partir. Même si tout mon être aspirait à la fuite, j'avais promis à Henry que je retrouverais Pan, mais je tergiversais. C'était trop dangereux, et j'avais maintenant un enfant à ma charge. Une fille ! L'enfant de Caroline ! Ma fille ! N'était-elle pas ma priorité ? Pourtant, je savais que le bébé était aussi en sécurité avec Robert qu'il l'aurait été avec moi. Bien sûr, il fallait que je fasse le nécessaire pour qu'ils quittent Philadelphie, mais Pan était celui qui courait le plus grand danger. En outre, j'avais donné ma parole à Henry.

Je tressaillis lorsque le fossoyeur jeta la dernière pelletée sur la tombe. Voyant qu'il tapait la terre pour la tasser, je tendis la main comme pour l'arrêter. L'homme s'appuya sur sa pelle et demanda :

— Voulez-vous dire quelques mots ?

Je regardai autour de moi. Ce cimetière isolé, situé à l'extérieur de la ville, était réservé aux nègres. Des pierres et des bâtons marquaient les tombes. Je repensai aux énormes pierres tombales en granit qui indiquaient le lieu du dernier repos des Burton. Je me souvins des éloges funèbres prononcés pour mes parents adoptifs. Incapable de trouver les mots pour Henry, je secouai la tête.

— Mais c'était un homme bien, dis-je au fossoyeur, pour qu'il ne se méprenne pas.

Il m'examina un moment.

— Aimeriez-vous que je dise quelque chose pour vous ?

J'acquiesçai. Cela ne pouvait pas faire de mal.

Le vieil homme de couleur déposa sa pelle et se redressa.

— Comment s'appelait-il ?

— Henry.

— Juste Henry ?

Je hochai la tête, embarrassé par cette absence de nom de famille.

L'homme joignit ses mains tachées de terre devant lui et baissa la tête.

— Seigneur, vous recevez un homme bien. Gardez-le en sécurité dans votre royaume de gloire.

Il jaugea ma réaction du coin de l'œil, puis s'assura de recevoir des pièces supplémentaires en ajoutant :

— Henry veut vous remercier, Seigneur, de lui avoir donné ce bon maître qui s'est occupé de lui ici-bas.

De retour dans notre chambre, je déposai le petit sac de Henry dans un coin près du mien. Ce soir-là, après avoir réservé ma place dans une diligence pour le lendemain, j'arpentai la petite pièce.

Qu'allais-je faire à propos du bébé ? Maintenant que je savais que j'avais un enfant, j'étais étonné des sentiments que j'éprouvais à son égard. Je ne m'étais jamais imaginé père. En raison de mes origines, je n'avais pu envisager cette éventualité. Mais à présent qu'elle était là, je voulais la protéger et craignais de la laisser à Philadelphie. Et si Mme Cardon changeait d'avis ? Si elle exigeait le retour du bébé, Robert ne serait pas en mesure de refuser. Non, l'enfant devait partir, mais où allais-je l'envoyer ?

Le seul endroit qui me vint à l'esprit fut Williamsburg. Je fouillai dans ma malle pour y trouver la lettre de Lavinia et la relus. Elle y parlait de sa fille Elly, dont je me souvenais comme d'une enfant rousse entêtée. Toutefois, elle avait grandi, et Lavinia mentionnait que sa cousine et elle étaient indépendantes et ouvertes d'esprit. En outre, elles dirigeaient une école pour jeunes filles. J'espérais que leur bienveillance les porterait à accueillir généreusement un nourrisson. Finalement, n'ayant pas d'autre choix, je décidai de leur écrire une lettre, adressée à l'École Madden, aux soins de Mlle Eleanor Pyke, Williamsburg, Virginie.

*Chère Mademoiselle Pyke,*

*J'ai récemment communiqué par lettre avec votre mère, Mme Lavinia Pyke. Elle m'a informé que vous êtes au fait de notre lien personnel. C'est pourquoi je me permets de vous soumettre une requête qui, en raison des circonstances difficiles dans lesquelles*

*je me trouve, pourrait donner l'impression que je cherche à tirer profit de la situation.*
*J'en viens rapidement au fait.*
*Je suis en route pour la Caroline du Nord afin de remplir une mission indépendante de ma volonté, mais dont je dois m'acquitter à la suite d'une promesse. Cependant, je viens tout juste d'apprendre que ma fille nouveau-née et orpheline de mère doit quitter Philadelphie sans délai. Je n'ai personne d'autre vers qui me tourner et vous demande humblement d'ouvrir votre porte à mon domestique, à qui j'ai confié ma fille.*

Je déposai la lettre pour arpenter de nouveau la chambre. Selon Lavinia, Elly était au courant que Marshall était mon père. Savait-elle aussi que je l'avais tué ? Et que Belle était ma mère ? Considérerait-elle ma fille comme une négresse ? Cela risquait d'influencer sa décision de lui procurer un abri sûr. Il est vrai que Lavinia avait souligné les vues libérales de sa fille dans sa lettre.

Je m'obligeai à me rasseoir. Je courrais ce risque. Si Elly ne prenait pas l'enfant, je devrais me fier à Robert pour trouver une autre solution. Ne voyant pas d'autre issue, je terminai mon courrier en indiquant Edenton, Caroline du Nord, comme bureau de poste où me joindre. Après avoir réfléchi, je signai du nom de James Pyke Burton.

Ensuite, j'écrivis à Robert, lui demandant de louer une voiture et d'amener le bébé et sa nourrice à Williamsburg, afin de trouver refuge chez Mlle Elly Pyke jusqu'à mon retour. J'inclus une lettre de passage et un billet de recommandation pour Robert, puis ajoutai un mot à l'intention de mon notaire afin qu'il transfère tous mes fonds disponibles à Williamsburg.

Je postai les lettres le lendemain matin, puis attendis impatiemment le moment de prendre la diligence vers la Caroline du Nord.

# 27

## *1830*
## *Pan*

Le jour arrive enfin où je peux me lever un peu. Puis je commence à me demander comment rentrer chez moi. Si je pouvais communiquer avec M. Burton, je sais qu'il viendrait me chercher.

Je n'arrive pas à faire parler la femme qui s'occupe de moi. Mais un soir, quand elle a fini de soigner ma tête, je lui demande d'apporter un pot de saindoux. Je ne pensais pas qu'elle accepterait, mais elle va le chercher. Quand je lui dis de s'asseoir à côté de moi, elle me regarde avec un air inquiet.

— Je vais juste faire ce que je faisais pour ma mama, lui dis-je.

Je prends une de ses mains et commence à la frotter avec la graisse. Je la masse, et après un moment, la femme ferme les yeux. Pendant que je frotte chacun de ses doigts, je commence à parler. Je lui parle de ma mama et raconte comment je prenais soin d'elle quand elle était malade. Je lui dis que mama a dû partir quand le Seigneur l'a appelée, mais qu'elle a promis de toujours veiller sur moi.

— Je ne sais pas où elle était quand ils m'ont enlevé, mais je suis sûr qu'elle va s'arranger pour que M. Burton vienne bientôt.

La grosse femme est silencieuse et garde les yeux fermés, mais on dirait qu'elle m'écoute, alors je continue.

— M. Burton est l'homme qui va venir me chercher. S'il sait où je suis, il va venir.

Je prends son autre main et cette fois, elle me la donne sans résister.

— Puis-je savoir où on est pour pouvoir l'écrire à M. Burton ?

La femme ouvre les yeux et regarde autour d'elle pour vérifier si quelqu'un est réveillé. Puis elle met son doigt sur ses lèvres pour que je me taise. Plus tard, quand elle est sûre que tout le monde est endormi, elle va dans la petite chambre où elle dort et revient avec une vieille plume, une bouteille d'encre et un morceau de papier. Dans le haut, il est écrit :

« Tu es à Southwood, dans une maison de malades en Caroline du Nord. »

L'encre est encore mouillée. Je la regarde, étonné :

— As-tu écrit ça ?

Elle met son doigt sur sa bouche, puis prend ma main. À l'intérieur, elle trace les lettres S, U, K, E, Y, pour me montrer qu'elle n'a pas besoin de papier et d'encre.

— C'est ton nom ? Sukey ?

Elle hoche la tête.

— Je m'appelle Pan.

Je suis content de connaître son nom. Je veux qu'elle écrive encore sur ma main, mais elle me tend le papier pour que je commence ma lettre à M. Burton. C'est ce que je fais.

Ma main tremble, mais j'écris soigneusement sous les mots de Sukey :

*M. James Burton à Philadelphie.*

*Monsieur Burton, ils m'ont emmené à la maison des malades dans un endroit appelé Southwood, en Caroline du Nord.*
*Il faut que vous veniez me chercher. J'ai été frappé sur la tête, mais je peux me lever maintenant. Venez vite. Je veux rentrer chez nous. J'ai peur.*

*Pan*

Je donne le papier à Sukey, qui l'agite pour le faire sécher, puis le plie et le glisse dans le haut de sa robe. Sa grosse poitrine le cache facilement. Je veux qu'elle me parle encore, alors je lui demande ce qui va m'arriver si je suis pris comme esclave. Elle secoue la tête et retourne dans sa chambre. Après un moment, elle revient vérifier que tout le monde dort. Elle sort ma lettre de sa poitrine, puis prend un long bâton pour décrocher un des paniers suspendus au plafond. Il est rempli d'herbes, qu'elle enlève. Elle tourne le panier à l'envers et tape sur le fond pour le soulever. D'après ce que je peux voir, le panier a deux fonds. Elle met ma lettre dedans, remet le fond par-dessus et ajoute les herbes. Puis elle accroche le panier à une poutre. Je compte trois paniers à partir du coin, et je me demande si elle va se souvenir dans quel panier elle l'a mise. C'est difficile de voir dans sa chambre, parce qu'elle a tellement de paniers d'herbes accrochés au plafond, mais j'aperçois une chaise et un petit lit avec une couverture brune, comme pour nous tous. Il n'y a rien sur le sol en bois et il n'y a pas de fenêtre. Par contre, elle a une petite table avec des plumes, de l'encre et du papier.

Plus tard, j'apprends qu'elle utilise le papier pour écrire le nom des malades et combien de bébés sont nés. Chaque semaine, elle donne la feuille à deux hommes blancs qui viennent la voir.

Je me demande quand elle va envoyer ma lettre. Je n'aime pas cet endroit et je veux rentrer à la maison.

## 28

## *1830*
## *Sukey*

Même si j'ai dit que je ne voulais rien savoir de ce garçon, je n'ai jamais rencontré quelqu'un comme lui. Presque chaque soir, il frotte mes mains et je n'ai jamais rien senti d'aussi agréable. Le problème, c'est qu'il sait y faire pour me charmer. Et pendant qu'il masse mes mains, il pose plein de questions. Je ne lui donne pas de réponses car je n'en ai pas. Un soir, il me demande :

— Qu'est-ce qui va arriver si je suis pris comme esclave ?

Je garde les yeux fermés comme si je ne l'entendais pas, et j'essaie de ne pas y réfléchir. Il est petit, mais a à peu près le même âge que j'avais quand j'ai été vendue la première fois. Quand j'y repense, je ne sais pas comment j'ai fait pour survivre…

J'oublie combien de jours on a marché, attachés les uns aux autres. La dernière journée, quand on traverse la ville, je baisse la tête parce que les gens arrêtent ce qu'ils font quand ils nous voient passer. Certains rient et se moquent de nous, mais la plupart nous regardent en silence. D'autres secouent la tête comme s'ils n'aimaient pas ce qu'ils voyaient. Un des esclaves n'en peut plus et se met à crier aux badauds :

— Qu'est-ce que vous regardez ? Hein, qu'est-ce que vous regardez ?

Le marchand lui donne un coup de fouet, mais ça ne change rien. Il se met à rire d'une façon qui me fait peur. C'est comme s'il ne pouvait plus s'arrêter.

Je suis si déprimée que je ne lève plus la tête. Je veux juste arriver au marché d'esclaves. Une fois là-bas, je me sens presque soulagée. Il y a une haute clôture de bois tout autour, et ils déverrouillent une grande porte pour nous faire entrer. Là, ils nous enlèvent nos liens. Quand ils me détachent d'Ed, je vois que ses mains tremblent et ça me serre l'estomac. Je ne l'ai jamais vu avoir peur comme ça. Je me demande s'il sait quelque chose que j'ignore.

Ils me confient à une vieille femme. Je pense qu'elle est une esclave à cause de sa façon de parler. Je la suis jusqu'à une petite cabane en bois, puis elle apporte deux seaux d'eau froide, un chiffon et un bout de savon. Elle me fait enlever mes vêtements et mes souliers, et me dit de me nettoyer. Elle me regarde en secouant la tête. Je m'en fiche. Qu'elle me regarde. Je commence à me laver et ma peau irritée brûle comme si elle était en feu. Je n'arrête pas. Je frotte avec le savon pour enlever la mauvaise odeur. Je demande gentiment à la femme de m'amener deux autres seaux d'eau. Quand elle revient, je me savonne encore, puis je me rince plusieurs fois. L'eau froide me saisit et me fait sursauter chaque fois, mais au moins, je me sens propre.

La femme me tend un grand chiffon pour que je m'essuie, puis me donne une vieille robe brune et un jupon à peu près nets. On ne se parle pas, mais elle observe tout ce que je fais. Maintenant que je suis propre, je commence à me sentir normale.

— S'il vous plaît, j'aimerais écrire une lettre, lui dis-je. Pouvez-vous m'aider ?

Elle soupire et secoue la tête.

— Je savais que t'étais la préférée de quelqu'un ! À cause de tes vêtements et tes souliers. Et maintenant, tu parles d'écrire. Je vois ça souvent. Des jeunes comme toi qui commencent à être trop attirantes pour le maît' et que la femme veut vendre. C'est ça qui est arrivé ?

Elle s'approche avec un fichu brun pour le mettre sur ma tête et me parle à l'oreille.

— Dis à personne ici que tu peux écrire.

Puis elle recule, les mains sur les hanches, en me dévisageant.

— T'as déjà été avec un homme ?

Je secoue la tête, devinant ce qu'elle veut dire.

— As-tu commencé à saigner ?

Je fais signe que oui, mais j'aimerais qu'elle cesse de me poser ces questions.

— En attendant d'être vendue, garde la tête et les yeux baissés, dit-elle en faisant la grimace. Souris pas aux hommes. S'ils te questionnent, dis que t'as été formée pour la grande maison.

Elle me tend une couverture grise et me conduit à une stalle.

À l'intérieur des murs entourant l'enclos des esclaves, une cour de terre battue longe une espèce de longue étable. Ce grand bâtiment contient des compartiments qui ressemblent à des stalles pour chevaux, avec des portes percées de fenêtres à barreaux. Je finis par comprendre que ces fenêtres permettent aux acheteurs de nous jeter un coup d'œil avant qu'on soit mis aux enchères.

Dans la stalle où on m'amène, le sol est couvert de foin propre. Une femme et une petite fille sont assises sur un banc contre le mur qui fait face à la porte. La mère lève les yeux quand j'arrive, mais ne dit rien. Sa fille dort, la tête sur ses genoux.

— Qu'est-ce qui va nous arriver ? lui dis-je quand nous sommes seules.

— On va être vendues, répond-elle doucement.

— Qui va nous acheter ?

— Des hommes vont venir. Ils vont nous examiner. Je vais leur dire que je dois emmener ma Jenny, sinon j'irai pas. J'irai nulle part sans ma Jenny. Non, m'sieur, je pars pas sans ma Jenny. Oh non, m'sieur !

Je n'aime pas sa façon de répéter la même chose sans arrêt, alors je vais m'asseoir sur l'autre banc. Quand je m'assois sur mes parties irritées, je me relève aussitôt. Je reste debout le plus longtemps possible. Finalement, quand je n'en peux plus, je prends la couverture grise et je m'étends par terre sur le foin. Le sol sent les latrines, mais je ferme les yeux et je m'endors.

Le lendemain matin, j'entends des hommes parler derrière la fenêtre. Une des voix est celle de Jake.

— Elle est formée pour la grande maison, dit-il. Elle a travaillé là toute sa vie, mais elle sait se tenir à sa place. Elle est bonne avec les petits et elle sait cuisiner. Elle a vécu à un seul endroit et a été bien traitée toute sa vie. Mais avec les récoltes de l'an dernier, M. Pyke a besoin d'en vendre quelques-uns. C'est une de ses meilleures, et il en veut un bon prix.

— Vous dites qu'elle est bonne avec les enfants ? demande l'autre homme.

— Elle s'occupait de trois enfants toute seule dans la grande maison, répond Jake.

— Je voudrais la voir, réplique l'inconnu.

La porte s'ouvre en grinçant. Je m'assois, et comme mon derrière me fait mal, je me dépêche de me relever. L'autre femme, assise par terre, se redresse elle aussi et va s'asseoir sur un banc en prenant sa fille sur ses genoux.

— Sukey, dit Jake en se dirigeant vers moi, sûr de lui. Cet homme veut t'acheter avant même que j'aie eu la chance de te mettre aux enchères.

Il parle comme si on était des amis, lui et moi.

L'homme m'examine, me fait tourner deux ou trois fois, puis me demande de lui montrer mes mains. Mes ongles sont cassés, mais elles sont propres. Il les retourne pour voir mes paumes.

— On ne dirait pas que tu as travaillé dur.

— Comme je le disais, explique Jake, elle était au service de la grande maison. M. Pyke y gâte ses nègres. Elle n'a jamais vécu au quartier des esclaves.

— Sais-tu coudre ? demande l'inconnu.

Je lève les yeux et vois qu'il est plus vieux que le son de sa voix. Ses vêtements sont bien coupés, mais il n'est pas habillé comme un homme de grande maison. Plus tard, j'apprendrai qu'il est un acheteur pour la ferme où il travaille. Il me regarde et attend ma réponse.

— Je sais coudre, dis-je en hochant la tête.

— Parle plus fort ! dit Jake en me poussant l'épaule.

— Oui, je sais très bien coudre.

L'homme dit en grognant :

— Tu parles comme si tu avais de l'éducation.

— Mais non ! l'assure Jake. M. Pyke ne permet pas à ses nègres de lire des livres.

— Sais-tu lire et écrire ? demande l'homme.

J'ai envie de lui dire que oui, je peux lire et écrire. Très bien, même ! Mais je sais ce que je dois faire.

Je baisse les yeux et secoue la tête.

— Je pense qu'ils vont la vouloir, dit-il. Je vais vous donner sept cents pour elle.

Jake manque de trébucher en se hâtant vers la porte.

— Je vais aller chercher ses papiers.

— Attendez ! lance l'homme en désignant la petite fille appelée Jenny. Laissez-moi regarder celle-là. Ils veulent une autre fille, qu'ils pourront former très jeune.

Jake s'approche et tire la fille des genoux de sa mère pour la mettre debout devant l'acheteur. La fillette a environ quatre ou cinq ans. Elle lève son petit visage rond vers l'homme comme si elle essayait de comprendre ce qui se passe. La mama se lève et serre sa fille contre elle.

— Elle est pas vendue si je viens pas avec elle.

— On n'a besoin de personne pour les champs, dit l'homme. Je suis juste venu acheter deux jeunes pour la grande maison. Ta fille fera l'affaire.

— Je peux travailler pour la grande maison, moi aussi, dit la femme, en faisant de son mieux pour lui sourire.

Il pousse un grognement.

— Je sais que tu n'as jamais travaillé dans une grande maison. J'ai vu tes papiers. Le seul endroit où tu as travaillé, c'était aux champs.

— S'il vous plaît, monsieur ! Je vais travailler comme trois personnes, si vous me prenez dans la grande maison !

— Ils ne cherchent pas quelqu'un comme toi.

— Ma Jenny ira pas si j'y vais pas, déclare la mère d'un ton ferme. S'il vous plaît, monsieur !

Elle ne peut retenir ses larmes.

— Écoute ! Tu peux rendre ça facile ou difficile pour ta petite. Elle a l'opportunité de travailler dans une grande maison pour une bonne famille. Ils traitent bien leurs domestiques. Si tu la laisses partir, elle aura sa chance. Sinon, elle va se retrouver aux champs, comme toi. Et tu sais bien qu'une fois aux enchères, ils vont se ficher que tu sois vendue avec elle ou pas. Vous allez sûrement être séparées de toute façon.

On dirait que la mama va se mettre à pleurer, mais quand la petite la regarde, la femme serre les lèvres et se retient. Elle me jette un coup d'œil, puis se dépêche de mettre la main de sa fille dans la mienne.

— Jenny, tu vas aller avec cette gentille fille. Elle va prendre bien soin de toi. Je te retrouverai un jour, et alors tu t'occuperas d'une grande maison, comme ta mama a toujours voulu faire.

L'homme voit que c'est le bon moment, alors il soulève la fillette et me la tend.

— Trouvez le propriétaire et ses papiers, dit-il à Jake.

Il me fait signe de sortir. La petite fille comprend alors ce qui se passe et se met à appeler sa mama. Mon cœur se serre en entendant la mère qui fait de son mieux pour avoir l'air contente.

— Tout va bien se passer, Jenny. Vas-y, maintenant. Ta mama va venir te retrouver.

Pendant qu'on quitte l'enclos et qu'on monte dans le chariot de l'homme, la petite met ses bras autour de moi et me serre très fort. On dirait qu'elle sait que ça ne sert à rien de crier. Son petit cœur bat si vite et si fort que je peux le sentir contre le mien.

Quand on arrive à notre nouvelle demeure, ils pensent que Jenny est ma sœur et je ne dis pas le contraire. En fait, c'est la façon dont je la vois maintenant. C'est une bonne fille. Chaque fois qu'elle me demande quand sa mama va venir, je dis toujours :

— Bientôt, petite Jenny. Elle va venir bientôt.

Si je la cherche, tout ce que j'ai à faire, c'est d'aller devant la maison. Elle est toujours là à surveiller la route en attendant sa mama. J'aurais fait n'importe quoi pour cette petite et, quand j'y repense, je me demande si le fait de m'être occupée d'elle a pas enlevé un peu de ma propre peine.

Dans notre nouvelle maison, les gens sont gentils avec leurs esclaves. Il y a assez de nourriture et on dort dans la cuisine avec la cuisinière, Jenny et moi. La maîtresse a quatre petites filles, et on l'aide à en prendre soin. Mais on est là depuis à peine quatre mois quand les deux plus jeunes attrapent la fièvre et meurent. Moins de deux jours plus tard, la maîtresse attrape la même chose, et après, c'est Jenny. On essaie de les sauver, mais même avec la visite du docteur, on ne peut rien faire pour les garder en vie. Elles meurent toutes les deux, la maîtresse d'abord, et ensuite Jenny. Quand Jenny est partie, la cuisinière me dit que si je n'arrête pas de pleurer, je vais tomber malade moi aussi. Mais cette enfant était comme ma propre sœur. Certaines nuits, je me réveille en me demandant ce que je vais dire à sa mama si jamais elle vient ici.

Après la mort de sa femme, le maître se promène partout comme s'il ne se souvenait plus de son nom. Il envoie ses deux autres filles vivre avec sa propre mama à Washington. Je suppose qu'il n'a plus besoin de moi, parce qu'il me vend à la fin du mois. En tout, j'ai été là environ six mois.

Le prochain endroit où ils me vendent, c'est la ferme d'un pasteur…

[illegible]

[illegible] destination était [illegible]

[illegible] le lieu de [illegible]

[illegible]

# 29

## *1830*
## *James*

Tôt le matin, je postai mes lettres, puis m'empressai de monter dans la diligence. Ma destination était Edenton, en Caroline du Nord, à environ cent cinquante kilomètres au sud de Norfolk.

Selon la carte, la plantation Southwood, où j'espérais trouver Pan, était située à quelques kilomètres au nord d'Edenton. Henry n'avait pas précisé comment il avait obtenu les détails sur le lieu de détention de son fils, mais avait fait allusion à des sources clandestines par lesquelles les messages étaient transmis. Je ne savais pas à quel point cette information était crédible, mais c'était tout ce dont je disposais.

Je comptais séjourner en ville pour obtenir plus d'informations sur le propriétaire de cette plantation. Avec un peu de chance, libérer Pan ne nécessiterait qu'une offre de bourse bien garnie. Toutefois, je redoutais cette transaction, car je serais obligé de me rendre dans une plantation possédant des esclaves. Cette idée me terrifiait.

Pendant que la diligence roulait, je m'obligeai à ne pas y penser et à me concentrer sur la vue. En d'autres circonstances, la route qui traversait ces forêts denses et vertes aurait retenu mon attention, car elle longeait le canal du marais de Dismal. Ce canal était devenu la principale voie de communication entre la baie de Chesapeake, en Virginie, et le détroit d'Albemarle, en Caroline du Nord. Il avait été creusé par des esclaves qui s'étaient frayé peu à peu un chemin à travers trente-cinq kilomètres de jungle impénétrable. À présent, des chalands, sloops et goélettes l'empruntaient régulièrement, transportant cargaison et passagers de la région de Norfolk jusqu'en Caroline du Nord.

On racontait que cet immense marais couvrait plus de quatre cent mille hectares. Cependant, ce qui m'intéressait depuis mon enfance, c'était le nombre d'espèces d'oiseaux et de plantes non répertoriées dans la région. Tout en roulant, malgré mon anxiété et mon trouble, je commençai à remarquer le paysage.

Assis à la vitre de droite dans la diligence, je pouvais observer le canal. Je fus frappé par la multitude de tortues qui se prélassaient sur des bouts de bois flottant au bord de l'eau.

Nous étions déjà à la mi-mai, et j'aurais ouvert la vitre pour avoir un peu d'air frais si je n'avais craint de laisser entrer des essaims de moustiques et de mouches voraces. Je regardai de l'autre côté, vers le marais. Il était impossible de discerner quoi que ce soit à travers les buissons et roseaux enchevêtrés. Les bosquets denses de genévriers et de cyprès étaient réputés abriter des ours, des lynx et des mocassins d'eau.

Quatre autres passagers étaient à bord, ainsi que leurs propres excès de bagages. Un père d'une cinquantaine d'années et ses deux jeunes filles, accompagnés par une servante, rentraient chez eux après un séjour à Williamsburg. Après notre départ, nous avions fait les présentations, mais je m'étais bientôt tourné vers la vitre et ne leur avais plus accordé d'attention. Plus tard durant le trajet, j'entendis la plus âgée des deux filles chuchoter à l'oreille de sa sœur. Cette dernière s'exclama :

— Oh ! Addy, tu ne crois pas que…

— Mais si !

La plus jeune, vêtue de calicot à fleurs roses et bleues, demanda à son père, qui observait le paysage :

— Papa, sommes-nous vraiment en danger ?

— Quoi ? fit-il, interrompu dans sa rêverie.

— Addy affirme que nous sommes en danger ! Est-ce vrai ?

— Certainement pas ! Addy, arrête de faire peur à ta sœur ! déclara-t-il en fronçant les sourcils.

— Père, vous savez aussi bien que moi que des esclaves en fuite se cachent dans cette région. S'ils arrêtaient notre voiture, ils nous tueraient rien que pour prendre nos vêtements.

Elle se souleva légèrement pour ajuster ses jupes, également en calicot, mais de couleur verte et au motif plus large.

— Addy, je t'ai dit d'arrêter ! répéta le père.

Je jetai un coup d'œil à la servante noire et devinai qu'elle était plus jeune que Mlle Addy. Même si elle ne parlait pas, les yeux de la jeune domestique révélaient qu'elle aussi était effrayée.

— Père, reprit Addy, je préférerais être préparée à faire face à la mort plutôt que de rester dans l'ignorance, si le pire devait se produire.

Les trois jeunes filles étaient assises devant le père et moi. La plus jeune des sœurs se leva et vint se glisser entre nous. Nous déposâmes des sacs par terre pour lui faire de la place. La jeune fille retira son bonnet, qu'elle tendit à son père avant de se blottir contre son épaule.

— Oh ! papa ! dit-elle en passant son bras sous le sien. Tu ne les laisseras pas nous tuer ?

— Bien sûr que non, Patty. Je suis armé.

Il tapota le sac de voyage qui se trouvait à ses pieds, avant de déposer le bonnet dessus.

— Tout hors-la-loi apprendra rapidement à qui il a affaire ! ajouta-t-il.

— À ce que je vois, père, vous reconnaissez qu'il y a du danger, lui dit Addy.

— C'est vrai, papa ? insista la plus jeune. Y a-t-il de méchants esclaves cachés par ici ?

L'homme soupira en jetant un regard irrité à son aînée.

— C'est ce qu'on raconte.

Patty se pencha pour regarder par la vitre.

— Mais pourquoi ici, papa ? Pourquoi quelqu'un voudrait-il venir ici ? Regarde ! C'est tout noir dans les arbres ! Et as-tu vu l'eau ? Elle est si brune qu'on dirait du café. Pourquoi, papa ? Pourquoi l'eau est-elle brune ?

— J'ai entendu dire que c'est à cause de tous les nègres morts, répondit Addy. Les serpents les ont tués.

— Adelaide ! intervint son père. Arrête de taquiner ta sœur. Tu sais parfaitement que l'eau est de cette couleur à cause du tanin des cèdres. Un mot de plus de ta part, mademoiselle, et la nouvelle robe commandée à Williamsburg sera retournée.

Addy eut un petit rire.

— Père, vous savez très bien que vous préféreriez me voir avec ma nouvelle robe plutôt que toute nue.

Patty eut une exclamation étouffée et la servante demeura bouche bée, pendant que le père secouait la tête.

— Que dirait ta pauvre mère..., dit-il d'une voix étranglée.

Addy, consciente d'avoir dépassé une limite, reprit :

— Je vous présente mes excuses, père, ainsi qu'à toutes les personnes présentes.

Elle hocha la tête dans ma direction.

— Je crois que le danger qui nous menace me met sur les nerfs, poursuivit-elle. Je n'aime pas l'atmosphère qui règne ici. Plus vite nous aurons traversé cette région, et mieux je me porterai !

Elle s'adossa, satisfaite. Avec un soupir, elle enleva son bonnet comme l'avait fait sa cadette. Un ruban vert clair qui retenait ses cheveux noirs se défit lorsqu'elle secoua la tête. Elle bougea de nouveau la tête, sans faire aucun effort pour replacer ses longs cheveux qui retombèrent sur ses épaules. Ses yeux noirs se tournèrent vers son père pour jauger sa réaction devant ce comportement inconvenant. Comme il ne semblait rien remarquer, elle ne les rattacha pas et m'adressa un sourire effronté.

Voyant cela, son père me dit, comme pour excuser l'attitude hardie de sa fille :

— Avez-vous des enfants ?

— Oui, répondis-je spontanément, me surprenant moi-même de cette admission. J'ai une fille.

— Comment s'appelle-t-elle ? demanda Addy.

— Caroline.

Utiliser ce nom me fit une impression étrange. Il n'y avait qu'une seule Caroline, et elle était morte. Je devais trouver un autre nom pour mon enfant.

— Donc, vous comprenez bien les jeunes filles ? demanda le père.

— La mienne est encore un bébé, répliquai-je, m'efforçant de me ressaisir. Mais je vois ce qui m'attend…

Je souris en regardant Addy.

— Monsieur, dit cette dernière en se redressant, je ne suis pas une enfant ! J'aurai seize ans avant la fin de l'année. Et je suis très mûre pour mon âge.

Le père eut un sourire indulgent.

— N'exagérons rien, ma chérie.

— Papa, dit-elle en soupirant. Ça me déplaît quand vous me taquinez.

— Il ne te taquinait pas, Addy, intervint Patty.

Elle tendit son pied chaussé d'un soulier brun à bout carré et poussa la jambe de sa sœur, qui lança un cri.

— Les filles ! les morigéna leur père.

Quant à moi, lassé de leurs chicaneries, je me retournai pour contempler le paysage. Addy avait raison, cet endroit était sombre et inquiétant. Et elle n'avait pas tort de prétendre que de nombreux esclaves étaient morts ici, ne serait-ce que par morsure de serpent. On racontait que les fers de lance et les mocassins d'eau étaient à l'affût de leurs proies dans les arbres couverts de mousse. Sa dernière affirmation, selon laquelle des esclaves se cachaient dans les redoutables confins de ce marais, était peut-être également vraie. Je me demandai quel abîme de désespoir pouvait pousser un homme à se réfugier dans un lieu aussi sinistre.

— Monsieur, dit Addy, me distrayant de mes pensées. Puis-je vous poser une question ?

Son père inspira bruyamment.

— Certainement, répondis-je.

— Était-ce un duel ?

— Pardon ? De quoi parlez-vous ?

Elle porta la main à son œil.

— De ceci, dit-elle, faisant référence à mon cache-œil.

— Adelaide Matilda Spencer ! la réprimanda son père. Je comprends pourquoi ta mère voulait t'envoyer en pension ! Où sont tes bonnes manières ?

— C'est une question trop personnelle ! renchérit sa jeune sœur.

— Et je serai heureux d'y répondre, monsieur Spencer, dis-je avec un clin d'œil, avant de me tourner vers Addy. Oui, c'était un duel. Même si j'ai été blessé, j'ai bien peur que mon adversaire n'ait pas survécu.

— Ce duel était-il à cause d'une femme ? demanda-t-elle.

La diligence était plongée dans le silence, à l'exception des cahots et secousses de la route. Je jetai un coup d'œil à M. Spencer avant de répondre à sa fille.

— En effet.

Je savais qu'il était temps de mettre un terme à cette fable, mais je ne pouvais me résoudre à renoncer à cette distraction, qui me permettait d'échapper à mes pensées mélancoliques.

— Et vous attend-elle maintenant ?

— Non, elle est morte, elle aussi.

Mlle Addy me dévisagea. Sentant le regard sévère de son père, j'ajoutai :

— Veuillez me pardonner. Je crains de m'être amusé à vos dépens. La vérité est que je suis incapable de voir de mon œil gauche depuis ma naissance. C'est pourquoi je porte un cache-œil. Même si je n'ai pris part à aucun duel, il est vrai que j'ai récemment perdu la mère de ma fille.

— Oh ! mon pauvre ! dit Addy avec émotion.

La conversation se rapprochait trop de la vérité et je me tournai vers la vitre dans l'espoir d'y mettre un terme.

Sentant mon embarras, le père changea de sujet.

— Vous voyagez vers le sud pour affaires ?

— Je suis ici pour peindre des oiseaux, mentis-je avec la même aisance que je l'avais fait toute ma vie.

— Un artiste ! s'exclama Mlle Addy. Comme c'est excitant !

— C'est loin d'être le cas, j'en ai peur ! dis-je avec un petit sourire, avant de m'adresser à son père. Je suis ici pour étudier l'habitat des oiseaux de la région.

— Avez-vous une subvention ? demanda M. Spencer à mon grand étonnement.

— En effet, mentis-je de nouveau. Du musée Peale de Philadelphie.

Je croisai les bras en espérant que ces questions prendraient bientôt fin.

— Très bien, dit-il avec un hochement de tête approbateur. Plusieurs personnes de la région ont des liens avec cette ville. Je suis certain qu'elles seront heureuses de vous accueillir.

Mon cœur s'emballa à l'idée des nouvelles risquant de provenir de Philadelphie, mais je me rassurai en songeant que je retrouverais rapidement Pan. Entre-temps, j'éviterais de me mêler à la société, en espérant que toute rumeur scandaleuse me concernant n'atteindrait pas ces contrées rurales avant des semaines, voire des mois.

— Et où séjournerez-vous ? demanda Addy.

— Cela n'a pas encore été décidé. J'espérais trouver un établissement près d'Edenton. Je pourrais peut-être me loger dans une ferme ou une plantation.

— Père, pourquoi n'invitons-nous pas M. Burton à demeurer chez nous ?

Pris de court, je jetai un coup d'œil nerveux à son père.

— C'est très gentil à vous, mademoiselle Adelaide, mais je comptais séjourner près d'un endroit appelé Southwood. C'est situé…

Elle me contempla, les yeux écarquillés.

— Leur propriété est voisine de la nôtre !

Stupéfait, je marmonnai quelque chose d'indistinct à propos de cette coïncidence.

— C'est vrai, nous sommes voisins, confirma son père, les sourcils froncés. Mais pourquoi Southwood ?

En voyageant avec Henry, j'avais déjà prévu un mensonge, qui me vint aisément.

— Apparemment, c'est un endroit comprenant une grande diversité d'espèces d'oiseaux que j'aimerais étudier.

— Il est vrai qu'il y en a beaucoup dans les parages, bien que je n'y aie pas vraiment porté attention.

Puis me vint une idée. Avec une recommandation personnelle, ma mission pourrait se résoudre plus tôt que je ne l'avais cru.

— Connaissez-vous les propriétaires de Southwood ? Seraient-ils de vos amis ? demandai-je avec espoir.

— Nos fermes sont voisines depuis des années, mais je crains que le propriétaire ne soit pas sur les lieux.

— Cette ferme n'est donc pas en exploitation ? dis-je en me demandant pourquoi ils avaient besoin d'esclaves dans ce cas.

— Mais si ! Ils cultivent du coton, du blé et du lin à grande échelle. Le propriétaire et sa femme vivent à Raleigh, mais la ferme est gérée par Bill Thomas.

— Est-ce un endroit où je pourrais loger ?

— Je crains que ce ne soit pas adapté aux visiteurs, répondit-il.

— Je vois, dis-je, déçu.

— Père, j'insiste pour inviter M. Burton à s'installer chez nous, intervint Addy. Peut-être pourrions-nous le persuader de nous donner des cours de dessin ?

Elle me jeta un regard interrogateur, puis se tourna vers son père.

— Vous savez que mère a toujours souhaité que nous en prenions.

À l'expression de son père, je compris qu'Addy jouait tous ses atouts en faisant allusion à sa mère.

— Adelaide, j'aurais invité monsieur si tu n'avais pas parlé à ma place. Monsieur Burton, qu'en dites-vous ? On peut atteindre Southwood à pied de chez nous, quoique nous ayons sûrement les mêmes oiseaux sur nos terres. Si vous en décidez autrement, je vous emmènerai moi-même pour vous présenter à M. Thomas. Cependant, je dois vous prévenir qu'il n'est pas du genre à vous laisser arpenter sa propriété.

Je n'aurais pu souhaiter une solution plus favorable. Si tout se passait bien, je n'abuserais pas de leur hospitalité très longtemps.

— Eh bien, dis-je en réfléchissant à haute voix. Je ne sais pas… Je ne m'attendais pas à cette offre généreuse. Je ne voudrais surtout pas m'imposer, mais cela me serait certainement utile. Surtout si vous avez l'amabilité de me présenter à… M. Thomas, c'est bien ça ?

— Acceptez ! Cela mettra de la vie dans la maison ! s'écria Addy. Depuis que mère…

Je regardai son père, qui semblait au bord des larmes.

— Je viendrai si vous me permettez, en échange d'un lit, de donner des cours d'aquarelle à vos filles durant mon séjour chez vous.

— Ce serait merveilleux ! s'exclama Addy.

— Et vous, mademoiselle Patricia ? Aimeriez-vous apprendre à peindre ?

Elle leva timidement ses yeux bruns profonds et répondit :

— Oui, mais ne vous attendez pas à ce que je réussisse aussi bien qu'Addy. Je n'ai que neuf ans et elle a…

— J'aurai bientôt seize ans, l'interrompit sa sœur.

— L'art n'est pas une compétition, répondis-je à Patricia. Si vous avez une disposition naturelle, c'est un don que vous pouvez choisir de développer ou non, peu importe votre âge.

— Bien dit, déclara son père. Nous avons eu de la chance de partager la dernière étape de notre trajet avec vous, monsieur Burton. Vous êtes le bienvenu dans notre demeure. Soyez assuré que votre présence nous procurera une distraction bénéfique. Ce sera déjà assez pénible de ne pas être accueilli par Mme Spencer à notre arrivée…

Sa voix se brisa et il se détourna. Patricia lui prit le bras et appuya sa tête sur son épaule, pendant qu'Addy regardait par la vitre.

Pendant que la diligence roulait et que les filles somnolaient, M. Spencer m'expliqua, les yeux rougis, que sa femme était récemment morte en couches. Il avait emmené ses filles rendre visite à des parents à Williamsburg afin de les aider à surmonter leur chagrin. Comme il avait besoin de temps seul pour s'adapter à sa nouvelle situation, il avait eu l'intention de les laisser là-bas pour l'été. Mais au moment de son départ, elles avaient tellement protesté qu'il n'avait eu d'autre choix que de les ramener à la maison, malgré la chaleur estivale.

— Patricia est particulièrement éprouvée par la mort de sa mère. Adelaide, même si elle était avec ma femme quand elle… Enfin, elle en parle très peu. Je suppose qu'étant plus âgée, elle est davantage en mesure de comprendre les réalités de la vie.

Il ajouta qu'il m'était reconnaissant de les accompagner à leur demeure, où ma présence servirait de distraction autant pour ses filles que pour lui.

## 30

## *1830*
## *Pan*

Quand je peux finalement me lever et commencer à marcher, je demande à Sukey de me donner des tâches. Je me souviens d'avoir travaillé dur pour M. Burton, qui m'avait ensuite gardé chez lui. Je me dis que je pourrais faire pareil avec Sukey et travailler pour elle jusqu'à l'arrivée de M. Burton.

Parfois, si mes jambes sont moins solides, elle m'oblige à me recoucher. Mais je n'aime pas m'étendre parce que alors je me mets à m'inquiéter. Ça me fait peur de penser à la colère de papa quand il saura que je suis allé au port et me suis fait enlever comme il l'avait dit. Mais je m'en fiche. Il pourra me battre si ça lui chante. Je veux seulement le revoir. Je me demande aussi pourquoi M. Burton ne vient pas. Qu'est-ce qui va m'arriver s'il ne me trouve pas ? Je veux rentrer chez nous !

Ça ne me dérange pas d'aider Sukey auprès des femmes qui ont des bébés, mais un jour, ils amènent un homme qu'ils appellent un fuyard.

Sukey lui lave le dos. Quand je tords les chiffons et les lui redonne, je n'ose pas regarder parce que la peau de l'homme est tout entaillée. Je tiens un pot de son onguent aux herbes qu'elle va mettre sur son dos, quand deux hommes blancs entrent. Tout devient silencieux dans la pièce. Le fuyard arrête de gémir, et même les deux femmes en train d'avoir des bébés ne crient plus. C'est comme après un coup de tonnerre, quand on attend la foudre. Le silence me fait peur et mes jambes tremblent, alors je m'assois sur un des lits. Les hommes s'approchent pour voir ce que fait Sukey, puis disent à l'homme ce qui va lui arriver la prochaine fois qu'il essaiera de s'enfuir.

Ils rient, puis celui avec des dents manquantes me voit et vient vers moi. Il me fait lever et commence à tâter ma tête. Ça fait mal et je veux lui dire d'arrêter, mais en voyant Sukey serrer les lèvres, je comprends que je dois me taire.

— Est-il plus solide sur ses jambes ? demande l'homme à Sukey.

Elle secoue la tête.

Il me pousse et je tombe sur le lit.

— Tu parles d'un gaspillage d'argent ! Rien qu'un avorton, et maintenant, il est malade ! On n'en tirera jamais rien de bon. Il aurait dû mourir en même temps que l'autre. Il aurait causé moins de problèmes.

Ça me fait peur et je me lève.

— Je suis un bon travailleur pour ma taille, lui dis-je.

Il m'examine attentivement.

— Ah bon ?

— Oui, monsieur, dis-je. Je sais faire du feu, polir l'argenterie et…

— Tu m'en diras tant ! réplique-t-il en souriant à l'autre homme. À t'entendre, on croirait que tu travailles comme une fille !

— Non ! Je ne suis pas une fille ! C'est ce que je faisais pour M. B…

Sukey pousse un grognement en même temps que le fuyard lance un cri qui nous fait tous sursauter. Les deux hommes lui disent de se taire, mais il continue d'appeler le Seigneur Jésus pour qu'il soulage sa douleur. Sukey se tient à côté de son lit et me fait signe d'apporter le médicament pour son dos. Je lui tends le pot pendant que les deux hommes blancs s'en vont. Celui à qui il manque des dents se retourne pour me regarder.

— Je vais dire à Thomas de le vendre. Il y a un marchand qui va passer bientôt. Au moins, on aura quelque chose en échange.

Dès qu'ils sont partis, le fuyard arrête de crier, mais Sukey me regarde comme si j'avais mal agi.

— Qu'est-ce que j'ai fait ?

Elle pousse la main du fuyard et il répond à sa place.

— Il faut que t'apprennes à te taire, mon gars, dit-il, l'air aussi fâché que Sukey.

J'ai mal à la tête et je vais m'étendre sur mon lit. Je n'ai rien fait de mal. J'ai juste expliqué de quoi j'étais capable. Et maintenant, ils parlent de me vendre ? Avant que M. Burton arrive ? Comment va-t-il me retrouver ? Quand personne ne regarde, je me mets à pleurer.

Le soir, quand la cuisinière apporte le repas, le gruau est comme d'habitude, mais je dépose mon bol sans manger. Je me recouche en me demandant comment je vais partir d'ici avant qu'ils me vendent. Plus tard, je pleure quand Sukey s'approche avec le pot de graisse. Elle s'assoit, et je suis surpris quand elle prend ma main et se met à frotter. Au moins, elle n'est plus fâchée contre moi, mais je ne peux pas m'arrêter de pleurer. Je veux rentrer chez moi ! Je veux voir mon papa. Et où est M. Burton ? Ne sait-il pas que je l'attends ?

Elle continue de masser ma main jusqu'à ce que je me calme, puis je m'aperçois qu'elle trace des mots dans ma main. Je suis bon pour épeler, mais ça me prend un moment pour comprendre ce qu'elle écrit. Pourquoi ne parle-t-elle pas comme tout le monde ?

« Tu dois être fort comme mes garçons », écrit-elle.

Quand je comprends ce qu'elle écrit, je m'assois. Elle a des garçons ? Je me demande où ils sont.

En voyant que je vais me mettre à parler, elle pose son doigt sur sa bouche.

— Tu as des garçons ? lui dis-je tout bas.

Elle hoche la tête, puis serre les paupières très fort. Après un coup d'œil aux alentours, même si tout le monde dort, je continue à chuchoter :

— Est-ce qu'ils sont ici ?

Elle fait signe que non.

— Ils sont esclaves ?

Elle hoche encore la tête, puis elle détourne le regard et son menton se met à trembler comme si elle allait pleurer. Avant que je puisse ajouter autre chose, elle se lève et va dans sa chambre. Elle ferme la porte et je crois que je l'entends pleurer.

Toute la nuit, je me demande où sont ses fils et ce qui va m'arriver.

# 31

## *1830*
## *Sukey*

Pan n'arrête pas de demander s'il va devenir esclave. Ce qu'il ne sait pas, c'est qu'il l'est déjà. Et maintenant, ils parlent de le vendre. Comment il va supporter ça, je me le demande.

Il me pose des questions sur mes garçons, mais ne veux pas parler d'eux. C'est déjà assez diffic de repenser aux bons moments, quand j'ai renco leur père à la ferme du pasteur…

Après la mort de Jenny, quand ils me vend neveu du pasteur m'achète et dit qu'il va m'an un vieux couple qui a besoin d'aide. Ils ont ur maison et n'ont pas d'autre esclave que m je m'occupe de la cuisine, du ménage et d

Au début, je ne dis pas grand-chose. comment ils sont l'un avec l'autre. Le vi fait tout pour essayer de rendre sa femm Mais malgré ses efforts, rien de ce qu'il

*n*
*à*
*li*
*ju*
*co*
*pre*

Un jour, je lui demande pourquoi elle n'est pas plus gentille avec lui.

— Tu penses qu'il a été gentil quand il a engrossé la dernière fille, celle que tu remplaces ?

Je ne sais pas quoi répondre, alors je reste là à la dévisager.

— Eh oui ! Ce vieil idiot ! poursuit-elle. Nous n'avons jamais pu avoir d'enfants, mais il couche une fois avec une servante, et quand il se relève, elle est enceinte de lui !

Encore une fois, ne sachant pas quoi dire, je la contemple en silence. Plus je me tais, et plus elle parle.

— Il dit qu'il a été juste une fois avec cette fille, dit-elle d'un air dégoûté. Une fois ! Qui va croire ça ?

Je sens que je rougis.

— Ne t'inquiète pas, ajoute-t-elle, comme si elle savait à quoi je pensais. Je lui ai dit que s'il couchait avec une autre femme, il ferait mieux d'en profiter. Car la prochaine fois, il va brûler dans son lit !

Ses yeux lancent des éclairs à cette pensée, et je décide de ne pas lui dire que son mari a déjà montré son appréciation pour mon derrière. Il le pince chaque fois qu'il nous croit seuls. J'ai appris à bouger rapidement en l'entendant approcher. Je réussis même à le battre à son propre jeu. Du moment que je le aisse me pincer de temps à autre, il me permet de n'asseoir près du feu le soir pendant qu'il lit la Bible sa femme. Elle s'endort toujours, mais il continue de re jusqu'à ce que ses yeux soient fatigués. Un soir, ste au moment où la lecture devient intéressante, il mmence à s'endormir lui aussi.

— Voulez-vous que je lise ? lui dis-je, décidant de ndre un risque.

— D'accord, répond-il.

Il me tend le livre comme s'il ne se rendait pas compte, et je commence à lire. Par la suite, tous les soirs, il me donne ce qu'il appelle le « bon livre » pour que je lise jusqu'à ce qu'ils s'endorment tous les deux. Et moi, je continue aussi longtemps que j'en ai envie.

Je ne sais pas comment, mais sept années s'écoulent de cette façon. Peu à peu, les deux vieux bougent un peu moins vite. Il tente toujours de lui faire plaisir tout en me pinçant le derrière, et elle continue d'être mécontente.

Un matin, le neveu arrive et voit à quel point le vieil homme est devenu lent. Il se rend compte que le travail de la ferme ne se fait plus. Il dit à son oncle qu'il va lui acheter un nègre pour l'aider. Les deux vieux sont d'accord avec tout ce que propose leur neveu. Alors, le lendemain, il amène un homme qu'il appelle Nate.

Quand je vais au puits pour prendre de l'eau, ce Nate est déjà au travail en train de réparer une charrue. Le vieil homme et son neveu sont dans la maison, et quand Nate me voit tirer sur la corde pour remonter le seau, il s'approche pour m'aider à le soulever. Je vois bouger les muscles de ses bras pendant qu'il tire la corde. À partir de ce moment-là, tout ce que je sais, c'est que je veux cet homme. Je pourrais dire que c'est son rire qui m'a touchée, un rire profond et mélodieux, mais ce n'est pas la vérité. Après avoir vu ses bras musclés, ce qui m'a frappée, c'était ses yeux. Il a regardé dans les miens et il n'y avait plus moyen de m'échapper.

Quand je dis à la femme du pasteur que je porte le bébé de Nate, elle dit à son mari qu'on devrait se marier. Alors, en septembre 1815, alors que j'ai déjà vingt-trois ans, on est devant ce vieux pasteur qui lit dans sa Bible avant de déclarer qu'on est mariés.

Je porte une robe en calicot bleue que j'ai cousue avec du nouveau tissu que la vieille femme m'a donné. Je l'ai faite assez grande pour pouvoir la porter jusqu'à l'arrivée du bébé. Du moins, c'est ce que j'avais prévu, mais les mois passent et mon ventre devient si gros que Nate rit chaque fois que j'essaie d'entrer dans cette robe. Quand deux bébés se présentent, j'ai peur que le vieil homme et sa femme pensent qu'il y a trop de bouches à nourrir, mais parfois, on s'inquiète pour rien. Lorsque la vieille femme prend le premier bébé, puis l'autre, on croirait que ce sont les siens. Elle lève les yeux et me dit que ce sont les plus beaux bébés qu'elle ait jamais vus. Je dois dire qu'elle a raison.

On a deux garçons et ils ressemblent à Nate. Je n'en dirai pas plus sur cette période, à part que durant cinq ans, j'oublie tout le reste et j'apprends à être heureuse. La vieille femme et même son mari aiment nos bébés presque autant que Nate et moi. Ils ont chacun un favori et mes fils savent qui aller voir quand ils veulent quelque chose.

Nate et moi, on s'occupe de la ferme et on prend soin des deux vieux. L'homme me pince toujours quand il le peut, mais je n'en parle pas à Nate, car j'ai peur qu'il décide de pincer, lui aussi. Le neveu vient régulièrement, mais comme tout se passe bien, il n'a pas à se plaindre. En fait, Nate fait fonctionner la ferme mieux que jamais, et le neveu s'en rend bien compte.

Le jour où la vieille femme meurt, on est autour de son lit et tout le monde pleure. Moins d'un mois plus tard, le pasteur s'éteint lui aussi. Tout ce temps-là, il disait qu'il allait nous redonner notre liberté, mais quand le neveu arrive, il dit qu'il n'est pas au courant. Il nous vend à deux fermes différentes, Nate et moi.

Mon Nate, qui est un homme fier, commence à pleurer et demande au neveu de ne pas faire ça. Le neveu se fiche qu'on soit une famille. Il faut deux hommes pour attacher mon Nate et le mettre dans le chariot. C'est tout ce que je vais dire là-dessus.

# 32

## *1830*
## *James*

L'après-midi était bien avancé quand la diligence nous déposa à la taverne de Horniblower, à Edenton. Nous y passâmes la nuit. Le lendemain, le cocher des Spencer nous attendait avec leur voiture personnelle. Les filles étaient ravies de rentrer chez elles. Pendant le trajet vers la ferme, elles m'indiquèrent différents points d'intérêt. Le terrain, quoique couvert d'arbres, était le plus plat que j'aie jamais vu.

— Regardez ! Regardez, c'est notre maison !

Les deux jeunes sœurs se pressèrent à la vitre pour mieux l'apercevoir au loin.

Nous avions roulé durant environ une heure. En approchant de la ferme, la jeune servante noire se joignit au bavardage animé des deux filles.

Clora ne m'avait pas été officiellement présentée, mais j'avais appris son nom par les deux sœurs. Je savais en outre qu'elle était âgée de treize ans et avait des liens avec la plantation Southwood.

— Quand père a acheté la mère de Clora pour en faire notre gouvernante, il a aussi acheté Clora. Évidemment, il a dû débourser une forte somme pour elle…

Addy fut interrompue par son père.

— Adelaide, il s'agit de mes affaires, lui dit-il.

— Oui, père, mais cela concerne notre Clora. Je ne fais que mentionner votre générosité envers elle. Je ne vois pas ce que…

Étonnamment, elle se tut après avoir échangé un regard avec son père.

Donc, ils vendaient des esclaves à Southwood ! C'était une information très utile. Cela signifiait sûrement que M. Spencer entretenait une bonne relation, du moins professionnelle, avec ses responsables. Pourtant, je voyais à quel point il était irrité qu'Adelaide ait soulevé ce sujet apparemment délicat. Je décidai donc de ne pas lui poser les questions qui me venaient à l'esprit.

Je m'étais attendu à ce que la demeure des Spencer ressemble à Tall Oakes. En réalité, cette maison à clin, blanche et bien construite, était beaucoup plus petite que mon premier foyer. Le terrain entourant le bâtiment était plat et le sol, me dit-on, était riche et fertile. M. Spencer était un fermier, mais son exploitation était à petite échelle. En comptant Clora, il avait quatre domestiques. Même s'il semblait être juste et attentionné, il n'hésitait pas à mentionner devant Clora qu'elle lui appartenait. À la façon dont la jeune servante baissait la tête, je vis que la signification de ces propos ne lui avait pas échappé non plus.

Quel soulagement ce fut pour nous de descendre de voiture, tous plus épuisés les uns que les autres par le voyage !

Nous fûmes accueillis à la porte par une négresse d'âge mûr qui ouvrit les bras aux trois filles, en s'exclamant qu'elles avaient grandi durant leur absence de deux mois. Clora et Patricia pleurèrent en l'étreignant, pendant qu'Addy m'invitait à la suivre à l'intérieur.

On me fit visiter la maison. Bien que les autres chambres soient à l'étage, on me conduisit à un escalier secondaire menant à une chambre simple mais agréablement meublée. Ce qui me frappa immédiatement et me ravit fut que cette pièce possédait sa propre porte donnant sur l'extérieur. Je pourrais donc aller et venir sans être questionné. Comme je ne savais pas avec certitude ce qui m'attendait, j'accueillis cette liberté avec soulagement.

Lorsque je me retrouvai seul, fatigué par le trajet, je fus tenté de m'étendre sur le lit. Au lieu de cela, je décidai d'ouvrir ma malle. J'en retirai d'abord les vêtements salis durant le voyage et les mis de côté. J'espérais que la femme qui nous avait accueillis à la porte s'en occuperait.

Ensuite, je déposai mon sac de voyage en cuir sur la commode, avant de sortir mes vestes, pantalons et chemises, que j'accrochai aux patères fixées au mur. En sortant ma dernière paire de bottes de la malle, je trouvai le lourd paquet de pièces de monnaie que Robert avait glissé dans un coin. À côté se trouvait un autre paquet, dont il n'avait pas fait mention. Je l'ouvris avec curiosité, me demandant ce qui pouvait bien mériter d'être enveloppé ainsi d'une double couche. Bien sûr ! C'était ma vieille veste, celle où les bijoux de ma grand-mère étaient encore cousus. Je la tâtai pour palper les pierres précieuses, puis la remis au fond de la malle.

Comme Robert me connaissait bien !

Je m'étendis sur le lit et fermai les yeux. Pan était-il vraiment si près de moi ? Impatient d'aller le chercher, je me rappelai que j'avais une seule chance de réussir. Je devais planifier ce sauvetage avec soin.

Et où se trouvait Robert ? Était-il déjà en route pour Williamsburg avec ma fille ? Quel genre de réception les attendait là-bas ? La pensée que j'étais père me surprenait toujours et me troublait. Dès le début, j'avais mis en doute ma capacité à m'occuper d'elle, mais depuis ma rencontre avec les Spencer, le peu de confiance que j'avais s'était dissipé.

Après avoir observé M. Spencer avec Adelaide et Patricia, je voyais plus clairement ce qui m'attendait en tant que parent. La responsabilité d'élever seul une fille commençait à me paraître accablante. Je ne connaissais rien aux enfants, et le problème le plus immédiat était que je n'avais pas de foyer à lui offrir. Comment pourrais-je prendre soin d'elle alors que j'étais moi-même sans maison ? Pourtant, elle était tout ce qui me restait. La gorge serrée, je pensai à Caroline, et une vague de chagrin menaça de m'engloutir. Soudain, des chuchotements et des coups à la porte me tirèrent de ma mélancolie. Je me levai d'un bond pour enfiler ma veste, puis ouvris la porte, découvrant les trois jeunes filles sur le palier.

— Père est dans son cabinet, m'informa Addy. Il a dit que nous pouvions vous inviter à faire une promenade. À moins que vous ne préfériez vous reposer ?

— Entrez, je vous prie, leur dis-je.

— Père nous a dit de rester à la porte, annonça Patricia d'un air important. Ce n'est pas convenable pour des jeunes filles d'entrer dans la chambre d'un homme.

Mlle Adelaide entra en tirant sa sœur à sa suite.

— Je suis certaine qu'il voulait dire d'attendre qu'on y soit invitées, lança-t-elle en promenant un regard intéressé autour d'elle.

Clora attendait à l'extérieur, mais quand je lui fis signe, elle n'hésita pas à rejoindre les deux autres.

Mlle Addy tenta de cacher sa curiosité, alors que les deux autres contemplaient, bouche bée, la petite table en chêne où j'avais déposé mon matériel artistique. Puis Adelaide ne put se retenir et s'approcha pour examiner mon sac de voyage ouvert.

— Oh ! Qu'y a-t-il dans celui-ci ? demanda-t-elle.

Je sortis le flacon de verre taillé et dévissai le bouchon en argent pour la laisser sentir mon eau de Cologne *Bay Rum*.

— Divin, monsieur Burton, murmura-t-elle en fermant les yeux.

Je présentai le flacon à Clora, qui approcha son visage trop près et prit une grande inspiration. Elle toussa et crachota, puis me regarda comme si je lui avais joué un mauvais tour.

— Tiens, dis-je en lui montrant comment humer l'odeur en passant délicatement la bouteille sous son nez.

— Vous êtes un homme patient, dit Adelaide. Je voudrais avoir cette vertu.

Alors que je m'esclaffais devant son franc-parler, elle me répondit par un sourire, et je me dis qu'il valait mieux être prudent. Cette jeune fille était immature et menait une existence protégée. Elle risquait donc de mal interpréter certains propos et attitudes.

Je pris mon vieux chapeau de paille, une paire de jumelles, puis déclarai :

— Maintenant, allons faire cette promenade ! Pensez-vous que nous verrons une perruche de la Caroline ? Sommes-nous loin de Southwood ? J'ai entendu dire qu'il y en avait beaucoup là-bas.

— Inutile d'aller aussi loin que Southwood. J'en ai vu partout ! s'exclama Adelaide.

— Oh ! Quand les as-tu vues ? demanda Patty d'un air innocent. À quoi ressemblent-elles ?

Adelaide rougit et jeta un regard irrité à sa sœur. Puis elle leva les yeux vers moi :

— Je crois qu'elles sont… colorées, n'est-ce pas ?

J'eus pitié d'elle.

— Vous avez raison. Elles sont exceptionnellement colorées. Leur front et leurs joues sont orangés, alors que leur tête et leur cou sont jaunes. Le reste de leur plumage est vert et leurs pattes sont d'un brun rosé. Vous vous imaginez ?

— Exactement, acquiesça Adelaide. Ce sont bien elles que j'ai vues !

— Mais avez-vous vu les violettes ? demandai-je pour la taquiner.

Les trois filles me jetèrent un regard incrédule, et je fis un clin d'œil à Patricia. Clora prit la parole pour la première fois, déclarant d'un ton catégorique :

— Il n'y a pas d'oiseaux violets par ici.

— J'en ai peut-être vu un ou deux, dit Adelaide.

— Non, c'est impossible, répliqua Clora.

Addy lui lança un regard courroucé.

— Ne sois pas impertinente, Clora.

Patricia prit la main de la servante.

— Elle n'est pas impertinente, n'est-ce pas, Clora ?

Cette dernière secoua la tête.

— Est-ce possible qu'Addy ait vu un oiseau violet, monsieur Burton ? demanda Patricia.

— Je crois que Mlle Adelaide voit des choses que les autres ne voient pas toujours, rétorquai-je, m'attirant un autre sourire d'Addy.

— À présent, notre promenade ! dis-je en ouvrant la porte pour les laisser me précéder d'un pas dansant. Pouvez-vous m'indiquer la direction de Southwood ?

Je doutais fort que nous voyions cette perruche colorée, la seule de cette espèce vivant aussi au nord, car elle était devenue rare dans la région. On croyait qu'elle avait migré pour des contrées plus au sud. Les filles ne se souciaient guère d'apercevoir l'oiseau, mais se disputèrent pour utiliser mes jumelles. Je finis par les reprendre pour moi-même.

Je leur demandai de nouveau où se trouvait la limite de la plantation Southwood, et les trois filles désignèrent une propriété se trouvant à moins d'un kilomètre et demi. Était-ce possible que Pan se trouve si près ? Encore une fois, j'eus envie de m'y rendre directement pour le réclamer. Puis je me souvins que nous n'étions pas à Philadelphie et qu'il était maintenant considéré comme la propriété de quelqu'un. Non, je devais procéder avec prudence.

Plus tard ce jour-là, j'étais de retour dans ma chambre et réfléchissais à la prochaine étape quand Hester, la mère de Clora, vint me demander mon linge sale. Elle semblait avenante, et en raison de ses liens avec la plantation voisine, j'espérais qu'elle détenait des informations qui me seraient utiles.

— Je dois dire que les jeunes filles dont vous prenez soin font honneur à cette maisonnée, dis-je en rassemblant mes vêtements pour la lessive.

— Leur mère les a bien élevées. M. Spencer va être perdu sans elle. Ce sont de bonnes filles, mais Mlle Addy est spéciale !

Je souris devant cette observation honnête et osai aborder le sujet qui me préoccupait.

— Il paraît que vous venez de Southwood ?

Je compris aussitôt mon erreur quand elle s'empressa de ramasser mes habits.

— Je parle pas de ça, marmonna-t-elle avant de sortir de la chambre.

La nouvelle de la présence d'un artiste en provenance de Philadelphie devait avoir piqué la curiosité de l'élite de la région. Quelques jours après mon arrivée, des serviteurs des plantations avoisinantes arrivèrent à cheval ou en cabriolet pour déposer des invitations. Par chance, je réussis à me soustraire à ces soirées mondaines en prétextant le récent deuil de M. Spencer. À chaque nouvelle invitation, je devenais plus impatient de reprendre Pan afin de pouvoir partir.

Je doutais que le musée ait ébruité sa décision d'annuler ma subvention, ou que M. Cardon ait parlé à quiconque des détails intimes et délicats de sa crise familiale. Cependant, je craignais les ragots des serviteurs, qui se répandaient comme une traînée de poudre dans les demeures cossues de Philadelphie. Il me fallait donc éviter ces marchands et planteurs de Caroline du Nord ayant des connaissances là-bas.

J'avais une autre inquiétude, qui s'intensifiait chaque jour. Ces plantations du Sud étaient si intimement liées que la nouvelle de ma présence risquait de parvenir aux oreilles de gens comme Jake ou Rankin. Si seulement mon œil n'avait pas constitué une marque aussi distinctive…

Bien que je n'aie pas encore eu de nouvelles de Robert, je m'efforçais de ne pas m'inquiéter à ce sujet. Mais ma nervosité ne cessait de croître : conformément à l'étiquette, j'étais obligé d'attendre que mon hôte organise une rencontre avec son voisin. Toutefois, M. Spencer ne semblait pas pressé de s'en occuper, et ma frustration augmentait à chaque jour qui passait. Je m'acquittais de ma part du marché, car j'avais commencé à donner des cours de dessin à ses filles. Comme elles se montraient réceptives, j'avais aussi inclus des notions de calligraphie. Pendant ce temps, M. Spencer, clairement éprouvé par la perte de sa femme, passait des heures dans son cabinet ou montait seul à cheval une bonne partie de la journée. Lorsqu'il était à la maison, je remarquai que ses filles continuaient de vaquer à leurs occupations malgré sa présence. Quant à lui, il semblait désemparé et ne savait que faire d'elles.

Entre-temps, j'attendais impatiemment qu'il suggère une visite à Southwood. Un soir du début de juin, nous étions seuls dans son cabinet et je ne pus me retenir plus longtemps.

— J'ai cru comprendre que vous avez acheté Hester à Southwood, commençai-je.

Il plia son journal et me jeta un coup d'œil prudent.

— En effet. En tant qu'homme du Nord, vous désapprouvez ?

— Franchement, je n'ai pas d'opinion tranchée sur le sujet.

— Je vois, dit-il. J'avais cru le contraire.

— En fait, repris-je en refermant mon livre, je suis récemment arrivé à la conclusion que je devrais acheter un jeune nègre, quelqu'un plus habitué à cette chaleur que je le suis. Il pourrait voyager avec moi et me prêter assistance lorsque je suis dans les bois. J'espérais que Southwood aurait le genre de candidats que je cherche.

Il me lança un regard appuyé que je n'arrivai pas à interpréter.

— J'aurais besoin d'une recommandation, ajoutai-je.

Devant son silence, je me résolus à recourir au même genre de manipulation qu'Addy.

— Vous semblez hésiter. Pensez-vous que je ne suis pas digne de rencontrer ce Bill Thomas ? Craignez-vous que je me comporte de manière à vous faire honte ?

— Mon cher monsieur ! s'exclama-t-il. Comme vous vous trompez !

J'avais atteint mon but. J'aurais peut-être éprouvé de la culpabilité si mon besoin n'avait pas été aussi pressant.

— Je ne peux imaginer d'autre raison. Peut-être est-ce trop demander ?

— Non, pas du tout, répondit-il. Mais je vois que je dois être franc. La vérité, c'est que je n'aime pas me rendre dans cet endroit. Thomas n'est pas un homme amical. Nous nous sommes disputés à plus d'une occasion. Je n'aime pas la façon dont il dirige sa ferme. En fait, c'est pour cette raison que j'en suis venu à acheter Hester. Elle est arrivée chez nous un jour dans un tel état que Mme Spencer n'a pas voulu la laisser repartir. Évidemment, j'ai payé une grosse somme pour elle, et une autre tout aussi élevée pour Clora, même si elle n'était qu'une enfant.

Il s'épongea le front et poursuivit :

— Non, monsieur Burton, les relations sont loin d'être cordiales entre M. Thomas et moi. Mais vous avez raison. J'ai promis de vous présenter, et je vais tenir parole.

Je sautai sur l'occasion :

— Dans ce cas, vous me donneriez votre soutien si je voulais lui acheter un serviteur ?

Il écarquilla les yeux.

— Vous voulez vraiment en acheter un ?

— Tout à fait, dis-je. Je n'ai pas le choix. Ces dernières semaines, chaque fois que je me suis aventuré dans les champs, j'ai compris que j'aurais besoin d'assistance pour travailler par cette chaleur. Surtout si je continue mes expéditions… Je pensais à un jeune garçon, facile à former.

— Peut-être en ville… Dans deux semaines, il y aura une vente aux enchères…

— Non, j'aimerais acheter ce garçon le plus tôt possible.

— À Southwood ?

— Oui, pourquoi pas ? Cela me donnera le temps de le former avant mon départ.

— Vous songez à nous quitter ?

— Ce jour finira bien par arriver, répliquai-je d'un ton évasif.

— Sachez que vous pouvez rester chez nous aussi longtemps que vous le souhaitez. Votre présence dans notre demeure a profité à toute la famille. Vous avez procuré une distraction très appréciée à mes filles. Et cela m'a donné la liberté de… Enfin, tout cela a été plus pénible que je ne m'y étais attendu. Mme Spencer était tout pour…

Il s'interrompit, la voix étranglée.

— Je comprends, dis-je, sans lui confier à quel point j'avais du chagrin le soir en pensant à Caroline.

Il se moucha et reprit :

— Si vous avez besoin d'un assistant pour votre travail durant votre séjour, nous vous trouverons quelqu'un d'ici à la fin de la semaine.

— Croyez-vous que M. Thomas serait disposé à vendre ?

— Bill Thomas achète continuellement aux enchères. Si les esclaves ne conviennent pas, il les vend de nouveau aux marchands qui passent par ici en allant vers les États plus au sud. Certains, dont moi, comme vous le savez, lui ont acheté des esclaves, bien qu'il en demande un prix élevé.

— C'est donc réglé. Quand suggérez-vous d'aller lui rendre visite ?

— Je suppose que demain serait possible. Nous irons tôt, pour éviter la chaleur. Avec un peu de chance, nous en reviendrons avec votre homme.

J'éprouvai un tel soulagement mêlé de crainte que j'en eus le vertige.

# 33

# *1830*
# *Pan*

Je suis en train de vider un seau à ordures quand les deux Blancs qui amènent les fuyards reviennent. Je rentre vite à l'intérieur, mais ils me suivent. Celui à qui il manque les dents de devant me tire l'oreille si fort que j'en ai les larmes aux yeux.

— Regarde-la ! Elle pleure pour avoir sa mama !

Je voudrais lui dire que je ne pleure pas, mais je sais que je dois me taire.

— Sa tête a l'air guérie, mais il ne vaut pas grand-chose, dit l'autre homme en palpant mon crâne. Quand doit passer le marchand ?

— D'ici deux semaines.

— Parfait. On dirait que Sukey le fait travailler. On va le garder ici en attendant. Sukey ! lance-t-il. Tu as assez de travail pour occuper ce garçon durant deux semaines ?

Sukey hoche la tête, puis se tourne comme si elle n'avait pas de temps à me consacrer.

Quand les hommes sont partis, j'erre toute la journée en me demandant quoi faire. Et s'ils m'emmènent d'ici avant que M. Burton arrive ? Pourquoi ne vient-il pas ? Je sais que mon père ne viendra pas parce qu'ils le prendraient comme esclave, mais pourquoi M. Burton n'est pas encore là ?

Finalement, je suis si inquiet que je ne peux pas manger et vais me coucher. Ce soir-là, Sukey est déjà en chemise de nuit quand elle sort de sa chambre et me fait signe de venir. Je vais la rejoindre en me demandant ce qui se passe. Elle n'a jamais fait ça avant. Elle prend l'ardoise qui est accrochée au mur et me fait signe de m'asseoir sur son lit. Après avoir déposé la lanterne sur la table, elle prend un chiffon et s'assoit à côté de moi sur le lit grinçant.

« On va te faire sortir », écrit-elle.

Dès que j'ai fini de lire, elle crache sur le chiffon et essuie l'ardoise.

— Que veux-tu dire ?

Je suis si excité que je me lève. Elle pose un doigt sur ses lèvres et me fait signe de me rasseoir. Elle va vérifier à la porte. Quand elle voit que tout est calme, elle revient, l'index sur sa bouche.

Je répète en chuchotant :

— Que veux-tu dire ? Vous allez m'envoyer chez nous ?

Elle hoche la tête.

J'ai l'impression que le soleil se lève à l'intérieur de moi.

— Comment ? Comment vous allez faire ?

Elle écrit :

« Des fuyards vont passer par ici et tu partiras avec eux. »

Elle crache encore et efface les mots.

J'ai la chair de poule sur les bras et la nuque.

— Des fuyards ? dis-je tout bas.

Elle me regarde en hochant la tête.

— Les connais-tu ?

Elle fait signe que non, puis écrit :

« Tout ce qu'on sait, c'est qu'ils ont besoin de notre aide. »

Elle écrit si vite que j'ai à peine le temps de lire avant qu'elle efface tout.

— Est-ce que ça veut dire que je serai un fuyard ?

Elle opine du menton. Je ne peux pas m'empêcher de demander :

— Qu'arrivera-t-il s'ils nous rattrapent ?

Elle désigne l'autre pièce et je comprends ce qu'elle veut dire. Maintenant, je sais ce qu'ils font aux fuyards.

— Ils vont me vendre si je reste ici, c'est ça ?

Elle fait signe que oui.

— Alors, je veux partir.

J'ai si peur que j'ai envie de faire pipi.

« Tu devras faire tout ce qu'ils te disent », écrit-elle.

— D'accord.

« S'ils t'attrapent, tu ne pourras pas dire qui t'a aidé. »

Je sais très bien que si je suis pris et qu'ils apprennent que Sukey m'a aidé, ils vont lui faire aussi mal qu'à moi.

— Je ne te dénoncerai jamais.

Elle fait une chose qu'elle n'a jamais faite avant. Elle met son bras sur mes épaules et me serre. Ça me fait chaud au cœur. Je lui demande :

— Sukey ?

— Hum ? fait-elle.

— Tu ne peux pas parler ?

Elle secoue la tête.

— Ta mama ne t'a pas appris à parler ?

Elle me regarde comme si elle voulait dire quelque chose, mais à la place, elle ouvre la bouche toute grande en pointant l'intérieur. Ça me prend du temps pour comprendre que sa langue est partie.

Mon ventre se serre quand je pense qu'elle n'a plus de langue. Où est-elle passée ? Je regarde autour de moi en essayant de trouver quelque chose à dire. Puis j'ai une idée :

— Pourquoi ne viens-tu pas avec moi ?

Elle prend ma main et la pose sur son gros ventre. Je la retire aussitôt en sentant quelque chose pousser ma main.

— Ça bouge ! dis-je.

Même si je pense toujours à sa langue, je ne peux pas m'empêcher de sourire en regardant son ventre. Je le touche encore.

— Tu as un bébé là-dedans ! dis-je en chuchotant.

Puis je vois qu'elle pleure. J'attends un peu, puis je lui demande :

— Tu ne veux pas ce bébé ?

Elle fait signe que non.

Je la regarde en me demandant quelle sorte de mère ne veut pas de son bébé. Puis je me dis qu'elle n'aura plus besoin de cracher pour effacer l'ardoise, car le chiffon est tout mouillé quand elle essuie ses yeux.

— Pourquoi ? Tu n'aimes pas les bébés ?

« Ils les vendent », écrit-elle en pleurant.

Je ne sais pas quoi faire. Je ne l'ai jamais vue comme ça.

— Ne pleure pas, Sukey, dis-je en mettant mon bras sur son épaule, aussi loin que je peux. Quand j'arriverai chez M. Burton, on va revenir ensemble vous chercher, ton bébé et toi.

Elle me renvoie dans mon lit et ferme la porte de sa chambre. Le lendemain matin, ses yeux sont tout gonflés. Je me sens mal d'avoir parlé de ses bébés et de l'avoir fait pleurer. Mais j'ai trop peur pour me faire du souci pour elle, parce que durant la nuit, je me suis souvenu que parfois, ils tirent sur les fuyards avec un fusil.

# 34

## *1830*
## *Sukey*

On entend parler d'un fuyard qui vient de la Géorgie. Il a déjà essayé avant, mais il n'a pas réussi. Ceux qui essaient une deuxième fois ont une meilleure chance parce qu'ils connaissent les endroits où demander de l'aide. Je vais envoyer Pan avec lui, car le marchand va venir et qui sait ce qui arrivera alors ?

Je donne des seaux à transporter au garçon pour faire travailler ses jambes chaque fois que j'en ai l'occasion. Je vois qu'il devient plus fort, mais il ne nous reste pas beaucoup de temps. Pan me rappelle mes fils, peut-être parce que, comme eux, il a toujours plein de questions. « Mama, pourquoi ceci ? Mama, pourquoi cela ? » Et il est gentil, lui aussi. Le problème, c'est que penser à ce qui va arriver à Pan me fait me demander où sont passés mes garçons…

Après la mort du vieux couple, quand ils ont emmené Nate, ils me vendent avec mes garçons à une nouvelle plantation. Elle ressemble à la ferme où j'ai grandi, mais la maison est au moins cinq fois plus grande que celle de Mme Lavinia. Ici aussi, il y a une maîtresse dans la grande maison, mais je ne la vois jamais. Ses trois enfants sont partis au pensionnat et, d'après ce que je sais, elle est souvent partie elle-même.

Ils me mettent avec Hester, la femme en charge de la cuisine. Trois régisseurs dirigent cette propriété, et d'après ce que me dit Hester, je dois me méfier d'eux parce que rien ne les arrête. Ils vivent près du quartier des esclaves et ne s'occupent pas de la grande maison ou de la cuisine à moins qu'il y ait un problème à régler.

Dans cette ferme, ils font pousser du coton, mais pour les travailleurs, c'est du pareil au même. Coton ou tabac, le travail est aussi pénible. Personne ici ne termine sans savoir qu'il en reste encore plein à faire.

J'ai seulement vu le maître deux fois. La première, je mettais des pois en pots avec Hester à la cuisine. Il est venu avec un régisseur pour m'examiner. Il m'a demandé si j'avais des questions et si je connaissais les règles.

— Oui, monsieur, lui ai-je dit.

Ça a semblé le satisfaire. La deuxième fois que je l'ai vu, c'est après qu'ils ont pris mes deux fils.

C'étaient de bons garçons, mais ils avaient juste cinq ans quand ils nous ont enlevés de la maison du pasteur.

Après environ deux mois au nouvel endroit, ils me demandent de les ramener à la maison pour retrouver leur papa. Je ne peux pas les surveiller parce que je travaille dans la cuisine. Pendant la journée, quelqu'un s'en occupe en bas, au quartier des esclaves. Le soir, ils reviennent, mais insistent toujours pour savoir où est leur papa et pourquoi je ne les ramène pas chez nous. Ils s'ennuient même de la vieille femme et du pasteur.

Ils disent qu'ils n'aiment pas aller au quartier. Les autres garçons sont brutaux, et si je ne les emmène pas retrouver leur papa, ils vont y aller sans moi. Ça me fait peur et je leur parle des patrouilleurs, en leur expliquant ce qu'ils font aux petits garçons de couleur qu'ils trouvent sur la route. Je ne leur cache rien et je leur fais assez peur pour qu'ils se tiennent tranquilles. Mais peu de temps après, ils commencent à faire des bêtises. Avec un autre garçon, ils vont dans la grange et prennent du lait et tout un chaudron de pudding. Heureusement que c'est Hester qui les surprend, même si elle leur donne une bonne fessée !

— Tu devrais les serrer de près avant qu'ils les envoient au champ ! me dit-elle.

Elle a une petite fille, qui s'appelle Clora et est très sage. Alors, elle ne se rend pas compte. Je lui dis qu'elle ne sait pas à quel point c'est difficile d'élever deux petits toute seule.

— Ne te fâche pas contre moi ! proteste-t-elle. J'essaie juste de t'aider. Tes garçons ont besoin de filer droit. Tu ne veux pas que les régisseurs s'en chargent à ta place !

Elle a raison, et pour autant je ne sais pas quoi faire. Je leur parle encore une fois, mais ils pleurent en disant qu'ils veulent leur papa et que je devrais aller le chercher. Alors, je me fâche. Je leur dis qu'ils ne peuvent plus parler de lui. Il est parti, c'est comme ça !

Ils se taisent et ne disent plus rien, parce qu'ils ne m'ont jamais vue pleurer avant.

Je suis contente d'aller travailler le matin, car quand je travaille, je n'ai pas le temps de penser. J'aime cuisiner, mais ça me manque de travailler dehors dans le jardin, comme à la maison du pasteur. Ici, le potager est le plus grand que j'aie jamais vu, mais Hester m'a avertie de ne pas y aller. Elle dit qu'Emma en est la responsable et que personne ne cherche à la contrarier. Cette femme n'est pas amicale les bons jours, et les mauvais, même les régisseurs se méfient d'elle.

— La vérité, dit Hester, c'est qu'Emma n'a plus peur de rien. Elle s'en prend même aux hommes qui battent leurs femmes. Elle va les voir en disant : « Tu veux te battre ? » Puis elle leur flanque un bon coup. Tout le monde dit qu'elle est folle de s'attaquer aux hommes comme ça.

Le jour où Hester renverse une casserole de ragoût sur son pied, elle crie si fort que je me mets à courir en l'entraînant avec moi jusqu'à la maison des malades. Le vieux Tony s'en occupe aussi bien que n'importe quel docteur blanc. Il se dépêche de venir nous aider. Après avoir examiné le pied de Hester, il appelle une grosse femme, de l'autre côté de la pièce, près d'une étagère remplie de bocaux en verre.

— Emma, apporte-moi le médicament dans le pot bleu !

Quand la femme approche, le vieux Tony désigne Hester.

— Mets-en un peu sur cette brûlure, dit-il.

Puis il va aider une femme à quelques lits de là, qui a du mal à mettre son enfant au monde.

Emma s'assoit, grosse et lourde comme un rocher. J'essaie de ne pas la dévisager. Cette femme est laide, il n'y a pas d'autre façon de la décrire. Ses yeux, sans cils et sans sourcils, sortent des orbites.

Ses mains sont aussi grosses que celles d'un homme, et ses ongles sont le double d'une taille normale. Elle étend l'onguent aux herbes sur la brûlure. Lorsqu'elle a fini, je l'aide à envelopper le pied dans un chiffon propre. Hester se sent beaucoup mieux à cause de la graisse et du tissu qui empêche la brûlure d'être au contact de l'air.

Deux semaines après la guérison de Hester, Emma vient à la cuisine pour me parler.

— Ils m'ont dit de prendre quelqu'un d'ici pour aider le vieux Tony dans la maison des malades. Quand il aura pas besoin de toi, tu m'aideras dans le jardin. Tu étais bonne avec Hester, alors c'est toi que je prends.

— Il faut vraiment que ce soit elle ? demande Hester. Elle m'aide beaucoup ici.

— Ils m'ont dit de prendre quelqu'un d'en haut, et c'est elle que je veux, répète Emma.

Puis elle s'en va et me laisse plantée là.

— Tu ferais mieux d'y aller, dit Hester. Emma a toujours ce qu'elle veut. Arrange-toi pour pas te mettre sur son chemin, et fais ce qu'elle te dit.

C'est comme ça que je commence à travailler avec Emma. Certains jours, on travaille dans le jardin, et d'autres, je vais aider le vieux Tony. Ça dépend qui a le plus besoin de moi. J'apporte mes affaires en bas, dans une chambre collée à la cabane d'Emma. Mes garçons viennent dormir là le soir, mais ça ne leur plaît pas parce qu'ils commençaient à s'habituer à dormir à la dépendance.

L'homme qui vit avec Emma va et vient, mais je ne les entends jamais se dire un mot. Je devine qu'il est le père de son bébé. Dès le début, je remarque qu'elle ne prend pas bien soin de son petit, et je n'aime pas ça. La seule chose que je la vois faire, c'est lui donner son lait. On dirait que ce bébé pleure toute la journée. Je suis là depuis à peine deux jours et je ne peux plus supporter ses cris. Je me fiche de ce que dira Emma, je prends le bébé et le nettoie. Par la suite, je m'arrange toujours pour qu'il soit propre. Je prends de la graisse du vieux Tony et en mets sur le derrière irrité du petit. Après ça, il ne pleure plus autant.

— Pourquoi tu fais ça ? me demande Emma quand elle me voit nettoyer ses fesses. Il va se salir encore.

Mais moi, je me souviens comment on se sent quand ça a séché sur la peau et que ça brûle. Ce n'est pas bien de laisser les bébés endurer ça, et je le lui dis.

La première fois que je chante pour lui, Emma me regarde comme si elle voulait me l'enlever. Au lieu de ça, elle s'en va d'un pas lourd, sans essayer de m'arrêter. Je n'ai jamais vu une mama comme elle qui n'a pas de sentiments pour son bébé.

Un jour, on est assises toutes les deux à côté de la maison et on écosse des haricots. Tout doucement, je lui demande pourquoi elle ne l'aime pas. Elle tourne la tête avec un air méchant, les paupières à moitié fermées. Je ne la regarde pas et je continue de travailler.

— Ils vont me le prendre, de toute façon, répond-elle. En plus, j'aime pas les bébés. La seule que j'aie aimée, c'était ma première. Elle avait quatre ans quand ils me l'ont enlevée. Elle me ressemblait pas. Elle était petite et riait tout le temps. À quatre ans, elle parlait comme une adulte. Le jour où ils l'ont emmenée, j'étais aux champs. Elle était partie quand je suis revenue. J'ai rien pu faire d'autre qu'avoir celui que je portais. Maintenant, me parle plus de ça.

Je ne lui pose plus de questions, mais je m'occupe de son bébé. Avec le temps, je remarque qu'elle ne le laisse plus tout seul et l'amène dans son panier aux endroits où je travaille. Comme ça, s'il pleure, je peux m'en occuper.

Un jour, après avoir parlé à des travailleurs au quartier des esclaves, elle vient me voir.

— Il paraît que tes gars causent des problèmes. Tu ferais mieux de t'en occuper. Sinon, ils vont les renvoyer.

D'abord, j'ai envie de lui dire que mes garçons, c'est pas ses affaires, mais je me retiens et ne dis rien. Ce soir-là, je les assois devant moi et j'essaie de leur parler. Ils me répondent d'un ton effronté, et je sais que je dois leur donner une fessée. Quand la lune se lève, on s'endort en pleurant tous les trois.

Le matin, ils sont blottis contre moi. J'embrasse leurs petites mains qui ont encore du gras de bébé. Je connais le Dieu de la Bible du vieux pasteur, mais j'ai peur qu'il s'occupe que des Blancs. Je lui parle quand même et lui demande son aide.

Ils ont sept ans l'été où ils les envoient aux champs. Ils apportent de l'eau aux travailleurs. Après deux semaines, je ne sais pas ce qui est arrivé, peut-être qu'un d'eux a été impoli et que l'autre a pris sa défense. En tout cas, ils reviennent tous les deux battus le soir. Le lundi d'après, Emma arrive en courant du quartier pour me dire qu'ils ont été vendus et que le chariot s'en va.

Je cours, mais quand j'arrive là-bas, ils sont partis. Je ne vois plus que de la poussière. Je cours sur la route et je pense les entendre m'appeler, alors je me mets à crier moi aussi. Un des régisseurs me retient.

— Arrête de crier ! dit-il.

Mais je ne peux pas. Deux régisseurs m'attrapent et essaient de me ramener, mais je ne me laisse pas faire. Des travailleurs sortent des champs et s'approchent avec leur binette. Des femmes crient aux régisseurs de me lâcher.

L'un d'eux tire un coup de feu dans les airs et leur dit de retourner travailler. Comme j'appelle toujours mes garçons, ils me ramènent derrière le quartier. Un des hommes me fait tomber, se place au-dessus de moi et crie :

— La ferme ! La ferme !

L'autre se met à me donner des coups de pied. C'est comme s'il allumait un feu en moi. Je me lève d'un bond et m'élance vers le premier homme. Je prends sa main et la mords. J'aime le goût de son sang dans ma bouche. Il se dégage et je saisis un bâton pour attaquer l'autre homme. Je vise son visage, et avant qu'il puisse m'en empêcher, je lui donne un coup dans l'œil. En même temps, je crie : « Nate ! Nate ! Nate ! »

Pourquoi je commence à l'appeler après tout ce temps-là, je ne sais pas. Peut-être qu'au fond de moi, je sais que je ne dirai plus jamais son nom, parce que, après m'avoir attachée, c'est là qu'ils me coupent la langue.

D'abord, la douleur m'envahit tout entière, et ensuite, je sombre dans la fièvre. Le maître vient m'examiner. Emma dit qu'il n'est pas content de ce qu'on m'a fait, mais qu'il est trop tard pour le réparer. Pendant une ou deux semaines, mon esprit ne sait plus où il est. Quand la fièvre s'en va, Hester et Emma me font marcher. Lentement, mais sûrement, ces deux-là me remettent d'aplomb. Emma me fait boire une potion qui soulage la douleur, mais je m'étrangle en buvant parce que je ne sais pas comment boire sans langue. Puis, lorsque je commence à garder les liquides que j'avale, Emma m'apporte des patates douces écrasées. Elle recule quand je les régurgite. Le soir, elle m'en apporte encore. Cette fois, il y a de la mélasse dans la purée.

Ça me prend du temps pour l'avaler parce que chaque bouchée me donne l'impression qu'elle va rester collée. Un soir, je comprends que je vais mourir si je n'arrive pas à garder la nourriture. Emma fait tellement d'efforts pour me faire manger que j'attends qu'elle parte avant de vomir.

C'est ce que je fais chaque fois qu'elle s'en va. Mais un soir, elle s'en aperçoit. Je me couche et fais semblant de m'endormir pour qu'elle s'en aille, mais elle s'approche de ma paillasse.

— Pousse-toi, dit-elle en s'étendant à côté de moi. Je vais passer la nuit ici.

Qu'est-ce qu'elle fait ? On reste là à se dévisager.

— Il faut que tu pleures, ma fille, me dit-elle.

Je la regarde un long moment. Je n'ai pas envie de pleurer. Je ne ressens rien, à part le fait que mes bébés sont partis et que ma bouche est en feu. Aussi, pourquoi Emma me dit de pleurer ? S'il y a une femme dans cet endroit qui ne pleure pas, c'est bien Emma. Tout le monde sait ça.

Cette nuit-là, elle et moi, on reste couchées à se regarder. Elle prend un chiffon pour m'essuyer la bouche. J'ai tellement mal que je ne sais pas s'il y a de la salive ou même du sang qui coule. Je ferme les yeux en espérant qu'elle partira pour que je puisse régurgiter cette purée.

— Suk, dit-elle doucement.

Je garde les yeux fermés comme si je dormais.

— Sukey, il faut que tu vives, ma fille. Ils auraient jamais dû te faire ça. Qu'est-ce que mon petit garçon va faire si t'es plus là ?

J'entends un bruit comme si elle s'étouffait et j'ouvre les yeux. Je ne l'ai jamais entendue faire un son pareil. Je remarque que tout son visage est humide, et je comprends qu'elle pleure, de la seule façon dont elle se souvient. Mes bras sont comme des bûches, mais je prends son chiffon pour lui essuyer les joues. Elle fait d'autres sons étouffés, puis tout son corps devient moite et tremblant comme si elle avait de la fièvre. Alors, je mets mes bras autour d'elle comme si elle était un de mes bébés.

Je la tiens comme ça pendant qu'on s'endort. Le lendemain matin, quand je me lève, elle dort toujours. Ses yeux sont gonflés comme les jours où elle boit et se bat. Je vais voir le vieux Tony et lui fais comprendre que j'ai besoin de deux tasses de sa tisane médicinale. J'en donne une à Emma. Elle ne dit rien pendant qu'on boit ensemble, mais à partir de ce jour-là, on prend soin l'une de l'autre. Et quand c'est nécessaire, Emma parle à ma place.

Je travaille dans le jardin, mais le vieux Tony a de plus en plus souvent besoin de mon aide dans son hôpital. Il m'enseigne tout sur les herbes qui aident à guérir et m'explique à quoi elles servent. Quand je commence à écrire les recettes, il voit que je peux lire et écrire. Plus tard, je découvre qu'il peut faire la même chose.

Un jour, j'apprends où sont mes garçons, dans un endroit en Géorgie, et je décide d'aller les retrouver. Quelques nuits plus tard, j'essaie de me sauver, mais je ne vais pas bien loin avant qu'ils me rattrapent. Ils me donnent des coups de fouet qui me mettent hors d'état de bouger pendant plusieurs semaines. Ils disent que si j'essaie encore de me sauver, ils vont me tuer.

Un an passe, puis un travailleur des champs se soûle et m'emmène de force derrière la grange. Au début, je me débats, mais quand il devient violent, je le laisse finir. Il recommence deux autres fois, puis j'écris un mot au vieux Tony. Il va voir Emma et ce soir-là, l'homme qui me harcelait apprend de quel bois Emma se chauffe quand elle n'est pas contente.

Bientôt, ça commence à paraître que je porte un bébé. Emma secoue la tête et met son bras sur mes épaules. Elle dit de ne pas m'inquiéter, qu'elle va m'aider quand le temps sera venu.

— Lui donne pas de nom, dit-elle quand le bébé arrive.

Mais je lui en donne quand même un dans ma tête. Je l'appelle Nate. Je prends soin de lui en même temps que du bébé d'Emma, avant qu'ils les emmènent au quartier et qu'ils les vendent. Le jour où ils partent, Emma se bat à ma place. Elle va trop loin et la volée de coups qu'elle reçoit manque de la tuer. Mais on réussit à la ramener, Hester et moi.

Par la suite, on s'occupe toutes les trois l'une de l'autre, jusqu'au jour où Hester, sa fille Clora et moi sommes vendues à la plantation Southwood. Ils n'achètent pas Emma.

À Southwood, ils ont besoin de quelqu'un pour diriger leur nouvel hôpital, alors ils me mettent là-bas. Ils pensent que j'en sais plus que je n'en connais réellement. Je ne leur dis pas le contraire. Heureusement que j'ai écrit tous les remèdes du vieux Tony. Ça n'a l'air de déranger personne que je sache lire et écrire, et ils aiment le fait que je ne parle pas.

Il y a un homme à Southwood qui est bon avec moi dès le début. Quand il a eu de la fièvre, je l'ai soigné. Après qu'il a guéri, on s'est mis ensemble. C'est lui le papa du bébé. Un jour, il me dit qu'il aide des gens de couleur qui sont en fuite. Je me mets bientôt à lui donner un coup de main. Il a un travail important dans cette ferme et dirige une partie des travailleurs dans les champs. On parle de s'enfuir nous aussi, mais on sait qu'on ne pourra pas partir ensemble. Ils nous poursuivraient jusqu'à ce qu'on soit morts.

Presque chaque fois qu'un autre fuyard passe par ici, mon homme me dit :

— Sukey, si tu veux prendre cette chance, vas-y.

Je veux que ce bébé soit libre, mais je crois que j'ai trop peur. Où irais-je ? Avant, je me disais que j'essaierais de revenir en Virginie, chez Mme Lavinia à Tall Oakes. Mais maître Marshall me revendrait aussitôt.

Même si je ne m'enfuis jamais, je suis contente d'aider d'autres personnes à s'en sortir. On ne sait jamais quand le prochain groupe de fuyards va passer dans le coin. Parfois, il y en a juste un, et d'autres fois, ils sont quatre ou cinq. Ils sont tous plus effrayés les uns que les autres, mais ça ne les arrête pas. Je ne peux pas m'empêcher d'espérer qu'un de ces jours, Emma ou un de mes fils va passer par ici.

# 35

## *1830*
## *James*

Un lundi matin de juin, nous nous mîmes en route pour Southwood. Je me préparai avec soin, prenant la peine de polir mes hautes bottes brunes et de brosser ma plus élégante veste brun foncé. Hester me procura une cravate et une chemise blanche propres et repassées. Avant de m'habiller, je me rasai de près. En appliquant mon eau de Cologne, je m'observai dans le miroir de ma trousse de voyage. Je fus rassuré de constater que mon chapeau m'avait protégé et que le soleil n'avait pas affecté mon teint.

À mon grand étonnement, Adelaide nous rejoignit à la table du déjeuner, élégamment vêtue d'un costume d'équitation vert clair. Lorsqu'elle annonça son intention de nous accompagner, son père commença par refuser. Elle se mit à bouder et il ne put résister. Avec un haussement d'épaules à mon intention, il donna son assentiment.

En vérité, j'étais heureux de sa présence. Elle s'avérerait peut-être une distraction utile si quiconque m'observait un peu trop attentivement.

Le cheval qu'on me procura était un pur-sang gris. Impatient de partir, je n'utilisai pas le montoir et enfourchai la monture d'un bond.

— Vous voyez, père ? C'est ainsi qu'on doit procéder, déclara Adelaide avec un regard approbateur.

— Eh bien, peut-être si j'avais dix ans et quelques kilos en moins ! répliqua M. Spencer en tapotant son ventre rebondi.

Toutefois, il ne souriait pas comme d'habitude et je compris à quel point il était nerveux. En fait, il semblait aussi anxieux que moi. Tout ce que je désirais, c'était retrouver Pan et quitter cet endroit. J'avais ma bourse dans ma sacoche de selle. Avec un peu de chance, Pan et moi serions en route le lendemain pour Williamsburg. J'espérais seulement que Robert et ma fille m'y attendaient, en sécurité.

Adelaide bavardait gaiement pendant que nous chevauchions vers notre destination. Tandis que nous atteignions l'allée menant à Southwood, mon cheval broncha, provoquant la nervosité des deux autres montures.

— J'ai bien peur que ces chevaux n'aient pas été montés depuis un certain temps, déclara M. Spencer. Tenez-le d'une main ferme. Addy, je vais prendre tes rênes.

Sa fille, qui tentait de calmer son cheval, répliqua :

— Non, père !

Elle utilisa sa cravache pour reprendre le contrôle, tout en vérifiant d'un coup d'œil si j'avais remarqué ses talents de cavalière accomplie.

Désireux de fuir le soleil de plomb, nous dirigeâmes nos montures vers l'ombre des grands cèdres qui bordaient la longue allée. Au-delà des arbres, de chaque côté, des champs s'étendaient où des travailleurs étaient penchés sur les plants.

Southwood était l'une des plus importantes plantations de coton de la région.

Chemin faisant, je regardais autour de moi en espérant apercevoir Pan dans les champs. Mon cheval, sensible à ma nervosité, fit soudain un pas de côté.

— Utilisez votre cravache ! me conseilla M. Spencer.

Je savais toutefois que c'était moi, le problème, et non l'animal.

— Tout va bien, il va se calmer. Combien d'hectares de coton cultivent-ils ici ? demandai-je pour changer de sujet.

— C'est une question que vous pourriez poser à Thomas, répondit-il en reportant son attention sur son propre cheval fougueux.

La veille, il m'avait averti de procéder prudemment avec Bill Thomas, le gérant de la plantation. Mon hôte m'avait expliqué qu'il dirigeait Southwood seul depuis des années, et que les propriétaires absents se fiaient entièrement à lui. Personne ne pouvait nier qu'il s'agissait d'une des plantations les mieux gérées de la région et que sa production de coton était enviable. Cependant, M. Spencer m'avait prévenu :

— Bill Thomas est un homme qui mène son affaire selon ses propres règles.

Je comprenais ce qu'il insinuait, car je me souvenais de Tall Oakes et du contrôle absolu exercé par Rankin, notre régisseur. Ses actions étaient rarement, si ce n'est jamais, dictées par la loi. Par conséquent, il était impitoyable.

Le premier bâtiment qui s'offrit à notre vue était une maison à clin de bonne taille située au bout de l'allée. Au premier étage, un balcon procurait un point d'observation idéal pour surveiller les divers bâtiments. Je ne fus pas surpris d'apprendre qu'il s'agissait de la demeure de Bill Thomas.

Une large allée en brique s'étirait parallèlement à la route, toutes deux passant devant une rangée de bâtiments soigneusement blanchis à la chaux. Un peu plus loin, les deux chemins se séparaient ; alors que la route tournait vers la droite, l'allée de brique menait à gauche, vers une belle maison blanche placée au centre d'un jardin planté d'arbres. Également bardée de planches à clin, elle était quatre fois plus grande que la première et pourvue de trois grands balcons.

Du haut de mon cheval, je pouvais voir la plantation entière, s'étendant sur un terrain plat. À l'extrémité, une rivière créait une limite naturelle. À bonne distance de la maison principale, en retrait de la berge, se trouvaient de petites cabanes grises bien alignées qui constituaient le quartier des esclaves.

Une autre limite était établie à gauche de la maison par un canal qui croisait la rivière et traversait la propriété aussi loin que portait mon regard. J'appris plus tard que ce cours d'eau servait à transporter le coton à travers une série de rivières et de canaux qui menaient jusqu'à Edenton.

Nous nous arrêtâmes devant la maison du gérant, mais avant que M. Spencer ait pu descendre de sa monture, une femme ouvrit la porte. Même s'il s'agissait d'une Blanche, sa robe simple et délavée, son visage las et ses cheveux décoiffés indiquaient qu'elle n'était pas une femme oisive. Après s'être essuyé les mains sur un torchon, elle le rejeta sur son épaule et nous regarda en plissant les yeux.

— Vous cherchez Bill ? demanda-t-elle d'un ton dur.

Sans attendre de réponse, elle ajouta en désignant la grande maison :

— Il est en train de travailler là-bas. Il n'a pas le temps de s'asseoir pour bavarder.

— Nous sommes venus pour affaires, répliqua M. Spencer.

— Alors, vous devez aller là-haut. Demandez aux nègres où est Bill. Ils vous le diront.

Mon cheval caracolait, si agité que je décidai de descendre.

— Donnez-lui un coup de cravache ! répéta M. Spencer.

Mais j'avais déjà mis pied à terre.

— Je le corrigerai demain, répondis-je.

— Dans ce cas, nous ferions aussi bien de marcher avec vous, dit-il en se laissant glisser sur le sol.

Il me tendit les rênes afin de pouvoir porter assistance à sa fille.

— Je vais appeler Alfred, à la grange, pour qu'il prenne vos chevaux, déclara la femme.

Sans plus d'avertissement, elle porta ses doigts à sa bouche et lança un sifflement aigu. Addy s'apprêtait à descendre quand sa monture, surprise par le bruit strident, fit un bond en arrière. La jeune fille, projetée dans les airs, atterrit brutalement sur l'allée en brique. À son cri de douleur, son père se précipita vers elle. Pendant qu'il l'aidait à se relever, elle blêmit.

— Papa ! Mon bras ! s'écria-t-elle en tombant contre lui.

Il la souleva et jeta un coup d'œil éperdu autour de lui. La femme hésita, puis ouvrit la porte de sa maison et leur fit signe d'entrer. Puis elle me dit, en désignant le serviteur qui venait d'arriver :

— Donnez les chevaux à Alfred, puis allez au bâtiment là-bas. C'est la maison des malades, celle avec les fenêtres vitrées. Demandez Sukey. C'est une négresse, mais elle est aussi bonne que n'importe quel docteur du coin.

Je suivis ses directives et passai rapidement devant la cour du lavoir, où des femmes faisaient bouillir la lessive, frottaient et battaient les vêtements mouillés. Malgré mon inquiétude pour Addy, je n'avais pas oublié Pan. Je jetai un coup d'œil à la bâtisse suivante, dont la porte ouverte révélait une femme seule qui faisait cliqueter un métier à tisser occupant tout l'espace. Je poursuivis mon chemin, surprenant un groupe de femmes en train de filer à l'ombre de la bâtisse, avec une expression sévère. Je les saluai du menton, mais elles ne répondirent pas. Il aurait pu s'agir d'une scène paisible, mais quelque chose clochait. Troublé par leur silence, préoccupé par l'état d'Addy et impatient de voir Pan, je quittai l'allée pour traverser une cour et me retrouvai à l'arrière de l'atelier du tonnelier. Je longeai une douzaine de barils de fabrication récente et contournai le bâtiment si rapidement que je faillis trébucher sur le tonnelier. L'homme travaillait comme s'il était possédé. Les copeaux de bois volaient dans les airs et son visage dégoulinait de sueur. Je le saluai mais il ne sembla pas remarquer ma présence. Je compris vite pourquoi.

Devant lui, au centre de la cour, s'élevait une sorte de palissade en bois. Assis en haut de cette mince paroi, un nègre nu était prisonnier d'un engin en bois qui maintenait ses pieds attachés devant lui et ses mains en arrière. Rien ne venait soutenir son dos. La douleur du bois s'enfonçant dans son postérieur devait être insoutenable. Le soleil brûlant et des essaims de mouches et de moustiques venaient s'ajouter à cette torture. La tête pendante et les yeux vitreux de douleur, il respirait à petits coups ponctués de grognements gutturaux.

En raison de son emplacement, tous les travailleurs présents étaient témoins de son tourment sans pouvoir venir le soulager.

Je contemplai la scène, dégoûté, avant de me détourner.

Je crois que je me mis à courir vers le bâtiment aux fenêtres vitrées, où je frappai fermement à la porte.

N'obtenant pas de réponse, j'entrai et refermai la porte derrière moi. Ma respiration finit par se calmer et j'observai le vestibule sommairement meublé. Puis j'entendis des voix et suivis le son qui me mena vers une autre porte. La grande pièce où j'entrai contenait au moins vingt paillasses alignées le long des murs, la plupart désertes. Elle était bien aménagée en vue de servir cette communauté de plus de deux cents esclaves.

Le plancher craqua quand je franchis le seuil. Un jeune garçon, qui aidait une négresse à prendre soin d'un patient, se tourna à ce bruit. Il me regarda fixement un moment, avant de laisser tomber le bol en bois qu'il tenait.

— Monsieur Burton ! Monsieur Burton ! s'écria-t-il en courant vers moi. Je savais que vous alliez venir me chercher ! Je le savais !

Il m'agrippa à la taille en tremblant de tous ses membres. C'était difficile de croire que ce garçon triste et émacié était Pan.

— Je savais que vous viendriez ! Je savais que vous viendriez me chercher !

En tapotant sa tête rasée, je sentis une longue cicatrice irrégulière. Qu'avaient-ils donc fait à ce gentil garçon inoffensif ? Comment avait-il pu se voir infliger une telle blessure ? Ma crainte pour moi-même se transforma en rage envers ceux qui lui avaient fait du mal. Je voulais l'attraper et m'en aller, mais après ce que j'avais vu, j'allais devoir plus que jamais me montrer prudent. On m'avait averti que cet endroit était régi par sa propre loi et il y avait sûrement des gardes partout.

Tout le monde nous observait tandis que je me dégageai de Pan pour le regarder dans les yeux.

— Écoute-moi ! dis-je d'une voix aussi basse que possible. Ne dis plus un seul mot. Tu ne dois plus me parler. Comprends-tu ?

Le tenant par ses frêles épaules, j'ajoutai :

— Comprends-tu ? Ton départ d'ici en dépend !

Il hocha la tête, mais me prit la main comme pour se rassurer.

— Non ! m'écriai-je en reculant. Tu dois retourner travailler.

Je le fis pivoter vers la grosse femme peu attrayante qui nous observait silencieusement.

— Je cherche Sukey, ajoutai-je.

Pan pointa la femme du doigt.

— Voilà Sukey, monsieur Burton.

— Pan ! Ne m'appelle pas par mon nom !

Le garçon baissa la tête.

— Pardon, dit-il.

Ses yeux semblaient immenses dans son visage aux traits tirés. Je m'efforçai de regarder ailleurs.

— Êtes-vous Sukey ? demandai-je à la femme.

Elle hocha la tête, puis s'approcha lentement en ajustant son fichu décoloré et en lissant sa jupe brune. C'était une femme corpulente au visage quelconque, dont les yeux noirs ne cessaient de fixer mon cache-œil.

— Elle ne peut pas parler, dit Pan.

— Dis-lui qu'on a besoin d'elle à la maison de M. Thomas.

— Elle peut entendre, c'est juste qu'elle ne peut pas parler, expliqua Pan.

La femme me jeta un coup d'œil. Voulait-elle nuire à Pan ? Dirait-elle à Thomas ce qu'elle avait vu ?

J'aurais voulu lui demander son aide, mais elle s'empressa de sortir. Avant de la suivre, je me tournai vers Pan en posant mon doigt sur mes lèvres pour lui recommander le silence. Il hocha la tête, les yeux brillants.

Quand nous atteignîmes la maison de Bill Thomas, le gérant était déjà passé et avait envoyé chercher un médecin. Apparemment, le bras d'Addy était cassé et on avait décidé de l'installer dans une chambre de la grande maison. Lorsque M. Spencer me demanda d'aller chercher Hester pour qu'elle vienne s'occuper d'Addy, je partis aussitôt.

Je m'empressai de quitter le domaine, tiraillé par le désir de galoper vers le nord. Mais j'avais retrouvé Pan et, désormais, il était de mon devoir de le sortir de là.

# 36

## *1830*
## *James*

Addy dut demeurer sept jours à Southwood. Sa fracture avait été réduite mais, bien qu'il s'agisse d'une cassure simple, le médecin avait insisté pour que la jeune fille ne soit pas déplacée. On l'installa donc le plus confortablement possible dans une chambre d'amis, avec Hester à ses côtés.

Le lendemain de sa première journée d'alitement, M. Spencer m'appela dans son cabinet après être allé la voir.

— Hester demeurera auprès d'Addy pour toute la durée de son séjour. Je passerai les matinées avec elle et y retournerai chaque soir, mais j'aurai besoin de temps durant l'après-midi pour vaquer à mes occupations. Je sais que cela peut paraître inhabituel, mais je me demandais si vous pourriez passer les après-midi. Je n'aime pas laisser Addy et Hester seules dans cet endroit, sans personne pour veiller sur elles. Auriez-vous l'amabilité d'aller la voir et lui faire la lecture durant une heure ou deux ?

— Ce sera avec plaisir, répondis-je.

Si je me sentais obligé d'accepter, cela me procurait également un accès à Southwood.

Comme s'il lisait dans mes pensées, M. Spencer poursuivit :

— Je sais que vous voulez vous procurer un domestique, mais je vous demande d'attendre qu'Addy soit de retour à la maison. L'humeur de Thomas étant imprévisible, j'aimerais que ma fille ne soit plus là-bas si vous décidez de procéder à votre achat.

— Certainement, dis-je.

Bien que frustré par sa requête, je songeai qu'il était préférable de ne pas insister pour le moment.

Quand je rendis visite à Addy le lendemain après-midi, je la trouvai assise dans un fauteuil, en compagnie de Hester.

— Vous avez fait de grands progrès ! m'écriai-je. C'est merveilleux de vous voir assise !

— C'est la première fois que je quitte mon lit, répliqua-t-elle avec fierté. La tête me tournait tellement que j'ai failli m'évanouir ! Heureusement que l'amie de Hester, Sukey, était là pour me rattraper.

Je me tournai vers la domestique.

— Sukey est votre amie ?

Hester s'affaira à redresser le couvre-lit.

— Elles sont arrivées ici ensemble, intervint Addy. N'est-ce pas, Hester ?

Les yeux toujours baissés sur l'édredon rouge qu'elle lissait, cette dernière répondit :

— On se connaît depuis longtemps.

— Mais Hester ne veut pas me dire pourquoi Sukey ne parle pas, se plaignit Addy.

Un silence embarrassant s'ensuivit.

— Je veux pas parler de ça, finit par dire Hester.

— Tout ce que je veux savoir, c'est pourquoi elle ne parle pas, insista la jeune fille.

— Elle peut pas, c'est tout.

— Est-ce parce qu'elle ne m'aime pas ou est-elle ainsi avec tout le monde ?

— Elle parle à personne, répondit Hester.

— Mais pourquoi ? demanda Addy.

— Parce qu'elle peut pas.

Le ton de Hester contenait un avertissement qu'Addy ignora.

— Pourquoi ne veux-tu pas me le dire, Hester ? poursuivit-elle.

— C'est pas vos affaires ! s'exclama la domestique d'une voix si dure que la jeune fille tressaillit de surprise.

Voyant ses yeux s'emplir de larmes, Hester s'empressa de lui présenter ses excuses.

— Mademoiselle Addy, je voulais pas vous parler comme ça. Je veux juste que vous alliez mieux pour qu'on rentre à la maison, c'est tout. J'aime pas revenir ici.

Addy, prête à saisir l'avantage, revint à l'assaut.

— Tout ce que je voulais savoir, c'est pourquoi cette femme ne me parle pas, dit-elle d'un ton contrit. Je ne comprends pas pourquoi tu ne me le dis pas !

Hester me jeta un regard impuissant avant de se tourner vers Addy.

— Elle parle pas parce qu'elle peut pas. Ils ont enlevé sa langue.

Malgré la chaleur qui régnait dans la pièce, un frisson me parcourut le corps. Addy ouvrit la bouche, puis la referma.

— Je veux me recoucher, maintenant, dit-elle faiblement.

Fidèle à ma promesse à M. Spencer, je revins voir Addy les jours suivants. Chaque après-midi, en me rendant à la grande maison, je passais devant l'hôpital où je savais que Pan m'attendait. Toutefois, je n'osais communiquer avec lui.

J'étais inquiet pour ma propre sécurité et devais continuellement lutter contre mon envie de m'enfuir seul. Puis je me remémorais la sensation de la longue cicatrice noueuse sur la tête de Pan, rappel des mauvais traitements qu'il avait subis. La rage venait alors renforcer ma détermination. Dès qu'Addy serait rentrée chez elle, je rencontrerais Thomas pour lui offrir une bourse qu'il ne pourrait refuser.

Le jeudi après-midi, je passai plus de temps que d'habitude auprès d'Addy, car elle était agitée. Je restai jouer aux échecs avec elle jusqu'à l'arrivée du médecin qui se faisait attendre. Lorsqu'il se présenta enfin, je m'empressai de prendre congé. C'est alors, en descendant les marches du perron, que je rencontrai Bill Thomas pour la première fois. Cet homme de haute stature marchait à grands pas, porté par la longueur de ses jambes. Si je l'avais croisé sur une place publique, je l'aurais peut-être remarqué, car c'était un bel homme dont la posture autoritaire indiquait un pouvoir incontesté.

Il portait des vêtements de diverses nuances de brun, ainsi qu'une ceinture de cuir basse d'où pendaient un pistolet et un couteau d'aspect menaçant dans sa gaine. Il me salua du menton, mais aurait poursuivi son chemin si je ne l'avais intercepté.

— Bonjour, lui dis-je.

— Qui êtes-vous ?

— Je m'appelle James Burton. Je suis un artiste et je séjourne chez les Spencer.

— Je vois, répliqua-t-il.

— Êtes-vous Bill Thomas ? demandai-je d'un ton amical, car il ne semblait pas être la brute à laquelle je m'étais attendu.

Il hocha la tête, puis regarda vers la maison.

— Comment va la jeune fille ?

— Elle semble aller bien, répondis-je. Je crois que nous pourrons bientôt la ramener chez elle.

— Le plus tôt sera le mieux.

Je notai la froideur de cette réplique, mais saisis cette occasion pour ajouter :

— Je voulais vous rencontrer.

— Pourquoi donc ?

— Eh bien, comme je l'ai mentionné plus tôt, je suis un artiste et suis venu ici afin de peindre des oiseaux pour un musée de Philadelphie.

— En quoi cela me concerne-t-il ? demanda-t-il avec un regard glacial.

Du ton le plus optimiste dont j'étais capable, je rétorquai :

— J'espérais solliciter votre aide. Depuis mon arrivée, j'en suis venu à la conclusion que j'ai besoin d'assistance quand je suis sur le terrain. Il me faudrait quelqu'un pour transporter mon matériel et m'aider durant mon voyage. J'ai commis l'erreur de ne pas emmener mon valet de chambre. Cette chaleur estivale est plus pénible que je ne m'y étais attendu, mais vos nègres semblent capables de bien la tolérer.

Il poussa un grognement.

— J'ai pensé que je pourrais vous acheter un jeune homme, m'empressai-je d'ajouter.

Avec un sourire suffisant, il répliqua :

— Je pensais que les gens du Nord n'aimaient pas l'idée de dépenser de l'argent pour des nègres !

— Tout le monde n'a pas cette opinion.

— Hum, fit-il. Alors, que voulez-vous au juste ?

— Quand j'étais à votre hôpital il y a quelques jours, j'ai vu un jeune garçon qui pourrait faire l'affaire.

Mal à l'aise sous son regard perçant, je jetai un coup d'œil au bâtiment en question. Il attendit que je me tourne de nouveau vers lui pour demander :

— De quel garçon parlez-vous ?

J'essayai de répondre d'un ton détaché :

— Il est petit et mince, mais je n'ai pas saisi son nom. Il aidait la femme appelée Sukey.

— Ah, lui. Hum… Je l'ai acheté il y a quelques mois. Il était malade et n'est pas encore formé.

— J'espérais que vous pourriez me le vendre. Il a l'âge requis et ne devra pas accomplir de tâches trop exigeantes physiquement. Je suis prêt à payer la somme qu'il faudra.

— Il va coûter cher, c'est certain.

— Donnez-moi un chiffre, répliquai-je, me rendant aussitôt compte que je montrais trop d'enthousiasme.

Thomas me dévisagea pendant que j'enlevais mon chapeau pour m'essuyer le front.

— J'en ai un ou deux autres qui pourraient vous convenir, déclara-t-il.

Je connaissais cette ruse, une stratégie que j'avais déjà observée lors de négociations pour un cheval. Il tâtait le terrain pour savoir à quel point j'étais déterminé à me procurer ce garçon en particulier. Cependant, je n'avais pas envie de négocier.

— Pan…, commençai-je.

Je m'interrompis en m'apercevant de mon erreur, mais trop tard. Le cœur serré, je repris :

— J'ai cru comprendre que son nom est Pan. C'est ainsi que l'appelait Sukey. Heu, non, c'est impossible. Elle ne peut pas parler, n'est-ce pas ? Ce n'est pas important. Tout ce que je veux savoir, c'est combien vous voulez pour ce garçon.

Il se pencha pour arracher un long brin d'herbe, qu'il mit entre ses dents et commença à mâcher. Il me scruta, puis recracha le brin d'herbe.

— Je vous reverrai plus tard, dit-il. Je dois réfléchir.

Il tourna les talons, sûr de son avantage, et mon sang ne fit qu'un tour. Comment osait-il me congédier comme si j'étais un de ses nègres ?

Il n'avait pas plus tôt disparu qu'un caillou me frappa à l'arrière de la tête. Je me retournai vivement et aperçut Sukey, qui m'observait du coin de la maison. Elle me fit signe d'approcher. Aussitôt que je la rejoignis, elle sortit une ardoise et se mit à écrire.

« Êtes-vous Jamie Pyke ? »

Je fus si surpris que je crus avoir mal lu les mots. Je les relus une nouvelle fois, mais je ne m'étais pas trompé.

Elle effaça l'ardoise avec sa jupe, puis écrivit :

« Je suis Sukey. De Tall Oakes. »

Mon ventre se contracta et je reculai, bouche bée. Que voulait-elle dire ? Ce n'était sûrement pas possible ! Cette femme usée et âgée prétendait-elle être la servante favorite de Lavinia à Tall Oakes ? Et si elle l'était, comment avait-elle pu me reconnaître aussi facilement ? Je scrutai son visage pendant qu'elle écrivait de nouveau, puis me tendait l'ardoise.

« Faites sortir Pan d'ici. »

Je cessai de la dévisager.

— C'est mon intention. Je vais l'acheter.

Elle secoua violemment la tête.

« Un marchand vient le chercher. »

— J'ai entamé des discussions pour l'acheter, répétai-je, en me demandant si son ouïe était également déficiente.

Elle s'apprêtait à écrire autre chose, quand deux nègres apparurent au coin de la maison, la faisant sursauter. Elle se ravisa et s'enfuit.

Mon cheval, la bride sur le cou, galopait vers la maison. L'esprit en ébullition, je tentai de réprimer ma panique grandissante. Qu'avait voulu dire Sukey en écrivant qu'un marchand devait venir ?

Dans combien de temps ? Venait-il seulement pour Pan ?

Et qu'en était-il de Sukey ? Elle était plus vieille que moi, et mes souvenirs d'elle étaient vagues. Mais je me rappelais clairement le jour terrifiant où elle avait été vendue. À quel point se souvenait-elle de moi ? Si elle était au courant de mes origines, s'en servirait-elle contre moi pour son propre avantage ?

Le mieux serait peut-être d'essayer de l'acheter en même temps que Pan. Mais Thomas était déjà méfiant. Si je l'abordais sous un autre angle en déclarant que Pan et Sukey m'avaient été volés ? Cependant, je n'avais aucune preuve à lui offrir. Je saisissais assez cet homme pour savoir que s'il soupçonnait l'ampleur de mon désir, il m'opposerait un refus. J'avais déjà commis cette erreur. Pour cette raison, je craignais même d'avoir compromis la vente de Pan.

Mon cheval hennit à l'approche d'un cabriolet, et je le dirigeai vers le côté de la route pendant que M. Spencer et Patricia roulaient jusqu'à nous.

— J'ai pleuré jusqu'à ce que papa accepte de m'emmener voir Addy ! lança joyeusement Patricia.

M. Spencer me regarda avec un sourire penaud.

— Deux lettres vous attendent ! annonça-t-il. Sam est allé en ville aujourd'hui et est revenu avec le courrier.

Enfin des nouvelles de Robert !

— Merveilleux ! m'exclamai-je.

Puis, malgré mon hésitation à lui avouer que j'étais allé à l'encontre de sa volonté, je lui parlai de mon entretien avec Bill Thomas. Pendant que je lui décrivais notre conversation, M. Spencer perdit son expression avenante.

— Je suis désolé de ne pas avoir attendu, m'empressai-je d'ajouter, mais cette rencontre était si fortuite que je me suis senti obligé d'en tirer parti.

— Thomas a-t-il l'homme que vous cherchez ?

— J'ai vu un jeune garçon dans les parages. Il travaille à l'hôpital avec cette femme appelée Sukey. C'est lui que je voudrais.

M. Spencer me regarda avec curiosité.

— Je vois. Et Thomas a-t-il accepté de vous le vendre ?

— Pas encore, répondis-je. En fait, je crains de lui être antipathique. Je me demandais si vous pourriez dire quelques mots en ma faveur.

Il secoua la tête en fronçant les sourcils.

— Une fois que Thomas a décidé quelque chose, rien ne peut le faire changer d'avis. Il est ainsi pour tout et se croit au-dessus des lois. Malheureusement…

Après un coup d'œil à sa fille, il décida de ne pas terminer sa phrase, se contentant d'ajouter :

— Je vous suggère de laisser tomber. Nous irons aux enchères la semaine prochaine. Il y en aura beaucoup d'autres à vendre.

— Le problème, c'est que je tiens à avoir ce garçon. Il serait parfait. De plus, je songe également à acheter cette Sukey. Elle semble en savoir beaucoup sur…

— Oubliez-la ! Elle dirige l'hôpital et il n'est sûrement pas prêt à la laisser partir. Et je pense que vous devriez aussi oublier ce garçon.

— Mais c'est lui que je veux, insistai-je.

Il se pencha vers moi et dit d'une voix basse, mais profonde et impérieuse :

— Écoutez-moi ! Thomas n'est pas le genre d'homme qu'il faut contrarier. Il y a beaucoup de marécages dans la région, et vous ne seriez pas le premier à disparaître après un conflit avec lui.

Là-dessus, il fit claquer les rênes et mit un terme à notre conversation.

Je trouvai les deux lettres qui m'étaient adressées sur un plateau dans l'entrée et les emportai dans ma chambre pour les lire en toute intimité.

La première était de Robert.

*Cher monsieur Burton,*

*Nous sommes arrivés sans encombre à Williamsburg et avons été bien accueillis par Mlle Madden et*

*Mlle Pyke. Soyez assuré que votre fille est entre de bonnes mains et en bonne santé.*
*Bien que la maison de Philadelphie n'ait pas encore été vendue, j'ai retenu les services d'un gardien fiable. Molly restera sur place jusqu'au moment de la vente. Tel que demandé, votre notaire a transféré vos fonds à Williamsburg. Je joins un rapport de ce qui a été déboursé jusqu'ici. J'ai été aussi avisé que possible pour les dépenses. J'attends votre retour et demeure votre serviteur dévoué, à votre fille et à vous.*

*Robert*

Heureux d'apprendre que le bébé et Robert étaient en sécurité, j'ouvris la deuxième lettre.

*Cher monsieur Burton,*

*Quelle surprise ce fut de recevoir votre lettre ! Votre ascendance familiale est bien connue ici et, pour cette raison, la mère de tante Meg, Mme Madden, qui est âgée et plutôt vieux jeu, n'a pas approuvé notre décision d'accéder à votre requête. Cependant, sachez que votre Mlle Caroline est en sécurité sous notre aile et le demeurera jusqu'à votre retour.*
*De même, votre homme, Robert, se trouve sous notre protection. Nous attendons impatiemment votre arrivée.*

*Eleanor Pyke*

Je relus les deux lettres plusieurs fois jusqu'à ce que les mots se brouillent. Si la courte lettre de ma demi-sœur Eleanor ne me révélait pas grand-chose, il semblait clair que je devais me rendre à Williamsburg dès que possible. Mais d'abord, il y avait Pan.

Le lendemain après-midi, en chevauchant vers Southwood pour voir Addy, je décidai que si je croisais Bill Thomas, je passerais outre à l'avertissement de M. Spencer. Même si je ne doutais pas de ses paroles, j'estimais que lorsqu'il était question d'argent, chaque homme avait un point de bascule. J'avais l'intention d'offrir à Bill Thomas une bourse qu'il ne pourrait refuser. Pan et moi devions partir sans délai.

À mon arrivée, Addy avait déjà sorti le jeu d'échecs, mais je demeurai plongé dans mes pensées tout au long de la partie.

— Monsieur Burton, c'est votre tour ! finit-elle par dire.

Je m'efforçai de me concentrer sur le jeu.

— Je suis désolé, marmonnai-je en prenant un pion pour faire un coup rapide.

— Nous ferions aussi bien d'arrêter de jouer ! s'écria-t-elle d'un ton boudeur.

— Pourquoi donc ?

— Regardez ce que vous avez fait ! On dirait que vous voulez me laisser gagner. Et plus tôt, quand j'ai dit que je rentrais à la maison dimanche, vous n'avez rien répondu.

— Vraiment ? Pardonnez-moi, mademoiselle Adelaide. Évidemment, ce sera merveilleux de vous avoir de nouveau à la maison. Disons qu'aujourd'hui est un de ces mauvais jours où je ne suis pas moi-même.

Elle inclina la tête pour m'observer.

— Je suis étonnée d'entendre cela. Vous semblez toujours si sûr de vous.

— Tout ça, c'est de la comédie, mademoiselle Adelaide.

— Ne soyez pas embarrassé, ajouta-t-elle. J'ai moi-même des jours où je me sens un peu perdue.

— Vraiment ? dis-je pour la taquiner.

— Oui, surtout depuis que ma mère…, dit-elle, les yeux pleins de larmes. Elle me manque, vous savez, mais je n'ose pas le dire. Père et Patricia sont si malheureux. Je dois demeurer forte pour eux.

— Je comprends, murmurai-je.

— On ne doit pas s'appesantir sur la tristesse. Comme le dirait un ami de mon père : « Il faut garder son flegme », dit-elle en imitant à merveille un accent britannique.

Nous échangeâmes un sourire et reprîmes notre partie. Moins d'une heure plus tard, alors que je m'apprêtais à partir, on vint me prévenir que Bill Thomas m'attendait à l'extérieur. Je me dirigeais vers l'escalier, le cœur battant, quand je croisai Sukey. Elle tendit le bras vers moi comme si elle voulait me parler, mais je ne voulais pas faire attendre Thomas.

— Plus tard, chuchotai-je en secouant la tête.

L'homme m'attendait à l'ombre de la maison, un pied nonchalamment appuyé sur une marche du perron.

— Monsieur Thomas ! m'exclamai-je d'un ton faussement joyeux. Je suis heureux de vous revoir.

Pour toute réponse, il hocha la tête et enleva son chapeau. Après s'être essuyé le front avec la manche de sa chemise et avoir passé la main dans son épaisse chevelure blonde, il le remit sur sa tête en m'observant.

— Êtes-vous prêt à parler affaires ? lui demandai-je.

— Quel genre d'affaires ? répliqua-t-il, les yeux baissés.

Il se pencha pour épousseter la jambe de son pantalon.

Je répondis, conscient de n'avoir qu'une seule chance :

— J'irai droit au but. Je veux acheter cette femme, Sukey, et le garçon. Je vous donnerai la somme que vous voulez.

— Vous en voulez deux qui ne sont pas à vendre, malheureusement, dit-il en souriant. J'en ai quelques autres que vous pourriez considérer.

J'entendis Addy appeler Hester à l'étage. Thomas savait-il que Hester et Sukey étaient probablement à la fenêtre en train d'écouter notre conversation ?

— Ce sont les deux de l'hôpital que je veux acheter, insistai-je.

— Ils ne sont pas à vendre.

— Donnez-moi votre prix.

— Ils ne sont pas à vendre, répéta-t-il.

— Très bien. Je me contenterai de Pan, alors.

— Non. Pas à vendre.

— Et si je vous disais qu'on me l'a volé ?

Si je m'étais attendu à une réaction de surprise, elle ne vint pas. En fait, il demeura plus posé que jamais.

— Avez-vous des papiers pour lui ?

— Il était libre ! Il n'avait aucun papier.

— C'est ce que vous prétendez, répliqua-t-il d'un air suffisant.

— Écoutez, dis-je en sentant la colère monter. Si vous ne me le vendez pas maintenant, je reviendrai avec des papiers prouvant qu'il est libre, et alors, vous n'obtiendrez rien pour lui. Pourquoi ne pas me le vendre et mettre un terme à toute cette histoire ?

— Pourquoi tenez-vous tant à lui ? Auriez-vous un autre genre d'intérêt envers lui ? Vous aimez être avec un nègre, c'est ça ? C'est votre petit nègre personnel ?

Je le toisai, insulté, et compris que j'avais perdu en voyant ses yeux briller de satisfaction. À présent, rien de matériel ne pourrait remplacer le malin plaisir que lui procurait son pouvoir. Il ne me restait plus que les menaces.

— Si vous ne me le vendez pas maintenant, je vous fais une promesse que je tiendrai. Voler des enfants noirs de Philadelphie est illégal. Si vous ne me le redonnez pas, je vais vous poursuivre en justice. Je n'arrêterai pas tant que je ne vous…

— J'en ai assez entendu ! Ce garçon est déjà vendu.

Je reculai d'un pas et le toisai.

— Alors, il n'est plus ici ?

— Le marchand va venir le chercher.

— Vous l'avez vraiment vendu ? demandai-je en me rapprochant.

— En effet. Une fois qu'il sera parti, j'oublierai l'avoir jamais vu. Et le plus curieux, c'est que tout le monde ici l'aura oublié. Si vous revenez avec des papiers, personne ne saura de qui vous parlez.

Non loin de là, un régisseur nous observait, la main sur son arme.

Thomas balaya le champ du regard, puis se tourna vers moi.

— Si je comprends bien, vous n'êtes intéressé par aucun des autres ?

— Vous savez lequel je veux !

— Quelque chose me dit que vous n'êtes pas seulement venu pour ce garçon. Ce que j'aimerais savoir, c'est ce que vous faites ici au juste. Quand vous avez parlé de Sukey, cela a piqué mon intérêt. Pourquoi elle ?

Il me jeta un coup d'œil perçant sous le bord de son chapeau et poursuivit :

— Il y a quelque chose de louche. Je vous le dis, quand vous êtes venu ici en quête de ce garçon, je me suis demandé si vous veniez vraiment de Philadelphie. J'ai un homme en ville qui se renseigne sur vous en ce moment. Dès le début, je me suis posé des questions à votre sujet.

Il posa négligemment la main sur le pistolet accroché à sa ceinture.

— Maintenant, Monsieur Philadelphie, vous avez tout juste le temps d'aller chercher votre cheval et de le monter. Puis vous quitterez la propriété. Mais je vous préviens, ne revenez pas !

Je n'avais aucune arme, et même si j'en avais eu une, ils étaient nombreux. Le cœur battant de rage impuissante, je m'éloignai sur l'allée en brique qui menait hors du jardin et passait devant l'hôpital. Pan y était-il toujours ou l'avaient-ils déjà emmené ?

J'éperonnai mon cheval et galopai vers la maison. À mon arrivée dans la cour de M. Spencer, je le vis en compagnie de son domestique, Sam, devant l'écurie.

La colère me fit perdre toute retenue.

— Thomas a déjà vendu le garçon ! criai-je. Et il m'a dit de quitter sa propriété !

Les deux hommes me dévisagèrent.

— Ce garçon était à moi ! continuai-je. On me l'a volé il y a des mois ! Il était libre, mais se trouvait sous ma protection.

M. Spencer répliqua, l'air sévère :

— Je commençais à m'interroger sur votre intérêt envers ce garçon.

Puis il dit à Sam :

— Attelle le chariot. Nous devons aller là-bas.

Il se hâta vers la maison en me faisant signe de le suivre.

— Aidez-moi à installer ce qu'il faut dans le chariot pour aller chercher Addy.

Je ne comprenais pas sa hâte de ramener sa fille. Thomas ne lui ferait sûrement pas de mal.

— Il était contrarié, mais il ne s'en prendra pas à Addy, dis-je en l'aidant à prendre des paillasses, des oreillers et des couvertures dans la maison.

Nous les apportâmes jusqu'au chariot afin de créer un nid douillet où installer la patiente.

— J'ai vu Thomas quand il est irrité. Il se venge sur les autres, et je ne veux pas qu'elle soit là quand cela se produira.

Lorsque nous eûmes terminé, il monta dans le chariot à côté de Sam.

— Voulez-vous que je vous accompagne ? proposai-je.

M. Spencer me jeta un regard sévère.

— Non, restez ici. Nous aurons une discussion à mon retour. Pour l'instant, je dois me rendre là-bas sans tarder.

Sam fit claquer les rênes et les deux chevaux partirent au trot. Avant qu'ils disparaissent, je rentrai dans la maison pour commencer mes bagages. Si les hommes de Thomas posaient des questions sur moi en ville, je devais partir sans délai. Le cœur serré, je compris que je devrais abandonner Pan.

# 37

## *1830*
## *James*

Addy nous fit fit signe de son bras valide quand le chariot s'approcha du perron, où j'attendais avec Patricia et Clora. Sam arrêta les chevaux et M. Spencer descendit d'un bond, avec plus d'agilité que je ne lui en avais jamais vu. Pendant qu'il s'approchait d'Addy, un martèlement de sabots et un nuage de poussière annoncèrent l'arrivée de deux cavaliers. Une des montures, un hongre brun foncé, s'avança en galopant et s'arrêta brusquement devant le chariot. Du haut de sa monture, Bill Thomas jeta un regard courroucé à M. Spencer.

— Le garçon a disparu ! cria-t-il. Ils me disent qu'il est parti !

Je lui jetai un regard incrédule.

— De quel garçon parlez-vous ? répliqua M. Spencer, que je n'avais jamais vu aussi fâché.

Thomas se tourna vers moi.

— Est-ce à vous que je dois poser la question ?

Mon expression de surprise était sincère.

— Je n'ai aucune idée de ce dont vous parlez.

— Le garçon, Pan ! Êtes-vous au courant qu'il s'est enfui ?

Soudain, j'eus l'horrible pensée que si Pan s'était évadé, il était peut-être parti à ma recherche. Se cachait-il quelque part dans cette propriété ?

— Je ne suis au courant de rien. Je pensais que vous l'aviez vendu.

L'autre cavalier prit la parole.

— Il m'était réservé. Je suis venu le chercher.

Thomas descendit de cheval.

— Vous n'aurez sûrement pas d'objection à ce que nous jetions un coup d'œil ?

M. Spencer devint rouge de colère.

— Vous doutez de ma parole ? Allez-y ! Fouillez la grange et l'écurie ! Cherchez aussi dans la maison pendant que vous y êtes !

Il se tourna vers moi.

— Vous opposez-vous à ce que cet homme inspecte votre chambre ?

— Pas du tout, répliquai-je.

Était-ce bien sage ? Et si Pan avait réussi à s'introduire dans la maison ?

— Alors, monsieur Burton, je vous prie d'accompagner M. Thomas pour vous assurer qu'il laissera tout dans l'état où il l'aura trouvé. Je vais attendre ici avec ma famille.

M. Spencer se tourna vers Addy pour la rassurer :

— Tout ira bien, ma chérie. Dès que cette invasion sera terminée, nous t'emmènerons dans la maison.

Le marchand, suivi de Sam, partit explorer les dépendances. Thomas monta les marches du perron et je le suivis.

M. Spencer lui cria :

— Thomas, je vous le dis maintenant, vous n'avez qu'une seule chance d'agir ainsi. Vous m'insultez, avec vos accusations. Je ne suis pas un voleur, et mon invité non plus ! Pour cette fois, vous avez la permission d'entrer chez moi. Mais je vous préviens : cela ne se reproduira plus !

Je conduisis Thomas dans la maison. Chaque fois qu'il regardait sous un lit ou ouvrait un placard, mon cœur battait la chamade.

Toutefois, Pan demeura introuvable. Le courroux de Thomas était palpable quand nous sortîmes de la maison. Je me tins près de lui sur le perron pendant qu'il scrutait la propriété. Mon regard suivit le sien lorsqu'il se posa sur le chariot.

Adelaide y reposait confortablement, soutenue par des oreillers et des édredons. En voyant Thomas sauter du perron et se diriger vers le chariot, elle saisit son bras et se raidit. Hester était déjà descendue et se tenait près de Clora et de Patricia. À l'approche de Thomas, elle serra les filles contre elle. Je m'avançai à mon tour, mais M. Spencer m'arrêta d'un regard en secouant vivement la tête. Quand Thomas atteignit le chariot et se mit à arracher un des édredons, Addy lança des cris si perçants qu'il recula.

— Papa ! Papa ! Il me fait mal au bras ! Il me fait mal !

M. Spencer abattit sa main sur l'épaule de Thomas.

— Vous ne ferez pas de mal à ma fille ! tonna-t-il d'une voix menaçante que je ne reconnus pas. Vous m'avez accusé de vol, vous avez fouillé ma maison et vous avez insulté mon invité. Mais je ne vous laisserai pas vous en prendre à ma fille. Elle est malade et vous aurez affaire à moi si vous ne partez pas immédiatement !

Addy poussait des sanglots déchirants :

— Mon bras, papa ! Mon bras ! Fais-le partir, papa. Oblige-le à partir ! Il me fait mal !

Patty se mit à sangloter à son tour, et Thomas s'éloigna. Il me jeta un dernier coup d'œil avant de se remettre en selle.

Les cris d'Addy continuèrent pendant que les deux cavaliers s'éloignaient, mais cessèrent dès qu'ils eurent disparu. Patricia, toujours inquiète pour sa sœur, voulut monter dans le chariot.

M. Spencer la saisit par la taille et la remit sur le sol, à côté de Clora.

— Hester, amène Clora et Patty dans la chambre d'Addy et attendez-nous là-bas. Assure-toi que les filles demeurent avec toi. Je devrai peut-être transporter Addy jusqu'en haut, et je ne veux trébucher sur personne.

Addy poussa un soupir après le départ de Hester et des deux jeunes filles.

— Oh ! papa ! s'écria-t-elle, le visage marbré de rose d'avoir pleuré.

— Tu as été courageuse, ma chérie, dit son père. Très courageuse. Maintenant, nous allons t'emmener à l'intérieur.

Je m'avançai pour l'aider, mais Addy déplaça ses pieds et repoussa l'édredon rose et vert.

— Ça va ? chuchota-t-elle en se penchant vers un garçon aux grands yeux effrayés.

Je contemplai Pan, interloqué. J'allais pousser un cri de soulagement quand M. Spencer s'écria :

— Cache-le !

Pan disparut sous les couvertures.

— Mon petit, tu peux m'entendre ? demanda M. Spencer.

Un marmonnement étouffé lui répondit.

— Écoute-moi. D'abord, nous allons faire entrer Mlle Addy à l'intérieur. Reste où tu es, et nous conduirons le chariot dans la grange. Plus tard, nous t'enroulerons dans des couvertures pour te faire entrer dans la maison. Tu m'as bien compris ?

Nous entendîmes une réponse à peine perceptible. J'aurais pu pleurer de soulagement en sachant que Pan était avec nous.

Pendant que nous aidions Addy à descendre du chariot, elle me dit en riant :

— Oh ! monsieur Burton, j'étais si effrayée pour ce pauvre garçon ! Mes jambes sont encore tremblantes.

— Ce n'est pas étonnant, dis-je avec un sourire reconnaissant.

Quel courage avaient montré M. Spencer et sa fille ! Pourquoi avaient-ils pris un tel risque ? Que représentait Pan pour eux ? Mais ce n'était pas le moment de les interroger.

— Voulez-vous que j'aille dans la grange avec le chariot ? proposai-je à mon hôte.

— Non, j'irai avec Sam. Rentrez plutôt à l'intérieur. Pouvez-vous emmener Addy ? Hester l'attend dans sa chambre. Les deux autres filles ne sont au courant de rien.

— Je comprends, dis-je en offrant mon bras à Addy pour la conduire à l'intérieur.

Elle soupira en arrivant devant l'escalier menant à l'étage.

— Je ne sais pas si j'aurai la force de monter toutes ces marches, monsieur Burton. Je crois que je suis trop faible.

— Eh bien, mademoiselle Adelaide, m'autorisez-vous à vous porter ?

— Bien sûr.

Lorsque je la soulevai, elle laissa tomber sa tête sur mon épaule et appuya doucement sa main sur ma poitrine.

— C'est très romantique, dit-elle avec un soupir.

Malgré les événements éprouvants de la journée, je réprimai un gloussement.

— Aujourd'hui, vous êtes une héroïne, déclarai-je.

— Vous le pensez vraiment, monsieur Burton ? demanda-t-elle pendant que je la portais dans l'escalier.

— Absolument.

La patiente fut accueillie en fanfare dans sa chambre. Pendant que Hester l'installait sur le lit, Addy agrippa les jupes de la servante et l'attira pour lui chuchoter à l'oreille :

— Ai-je bien agi, Hester ?

La domestique lissa les cheveux de la jeune fille vers l'arrière en la regardant d'un air attendri.

— C'était parfait, mademoiselle Addy. Vous avez agi comme votre mama l'aurait fait.

Patty attendait en se frottant nerveusement les mains, son regard inquiet posé sur sa grande sœur.

— T'a-t-il blessée ? demanda-t-elle.

— Viens ici, petite sœur, murmura Addy en tapotant le lit. Viens te blottir sous mon autre bras. Tu m'as manqué, Patty Pat.

Patricia fondit en larmes et se précipita vers elle. Je les laissai avec Hester.

En bas, je croisai M. Spencer, qui me fit signe de le suivre dans son cabinet. Une fois là, il nous versa à chacun une double dose de whisky. Il avala le sien d'un trait et je l'imitai, sentant la chaleur de l'alcool se répandre dans ma gorge et mon estomac.

— Asseyez-vous, ordonna mon hôte en retirant un pistolet de sa veste pour le déposer sur le bureau.

Je demeurai debout, impatient d'aller voir Pan.

— Voulez-vous que je fasse entrer le garçon ? lui demandai-je.

— Non, dit-il en désignant une chaise pendant qu'il s'asseyait lui-même. En ce moment, il est autant en sécurité dans la grange qu'ici. Mais il faut l'éloigner de cette propriété le plus tôt possible.

— Je vais partir avec lui ce soir ! Nous irons à Edenton et nous embarquerons là-bas.

— Non, ils vont vous surveiller tous les deux. Thomas aura des hommes partout. Vous devez demeurer ici, du moins encore quelques jours après le départ du garçon. Ainsi, vous éviterez les soupçons. Le petit passera la nuit ici, mais demain, nous l'enverrons à Norfolk.

— Comment vous y prendrez-vous ?

— J'ai mes propres ressources.

J'examinai cet homme que j'avais cru connaître. Pourquoi risquait-il sa vie et la sécurité de sa famille pour un jeune nègre ? Après tout, il possédait lui-même des esclaves.

Je ne pus m'empêcher de demander :

— Pourquoi faites-vous…

Il devina ma question.

— Écoutez, je préfère ne pas me mêler des affaires des autres, mais il y a des moments où on ne peut pas fermer les yeux. Il y a quelques semaines, après l'arrivée du garçon, Sukey a envoyé un message à Hester afin de le faire évader. Elle s'était attachée à lui et redoutait ce que Thomas lui ferait subir. Ce matin, quand Sukey a appris que le marchand devait venir aujourd'hui, elle l'a caché. Heureusement, Thomas croyait que nous ne viendrions chercher Addy que demain et s'était absenté. Alors, après avoir installé Addy dans le chariot, nous nous sommes arrêtés à la grange où le garçon attendait.

— Voilà pourquoi Sukey voulait que je le fasse sortir !

— Si Thomas découvre combien de personnes cette femme a…

Il s'interrompit, puis reprit en me regardant dans les yeux :

— Je vous en ai dit plus que je n'aurais dû. À présent, vous devez m'expliquer votre intérêt pour ce garçon.

— Je serai heureux de tout vous raconter, mais d'abord, pourrions-nous emmener Pan dans ma chambre ?

— Comme vous voulez, acquiesça-t-il en se levant de son fauteuil.

Nous trouvâmes le garçon terrifié en sécurité dans la grange, toujours dissimulé sous les édredons. Je le soulevai, encore enveloppé, comme si je transportais une pile de couvertures vers ma chambre. Lorsque je le libérai, le garçon était moite de transpiration. Je lui fis enlever ses vêtements pour enfiler une de mes chemises de nuit et fus sidéré de constater à quel point il était frêle.

Hester lui apporta du pain et du fromage. Pan refusa de manger, mais but avidement une tasse de lait. Je pris le récipient vide de sa main tremblante.

— Je suis désolé, monsieur Burton. Je ne peux pas m'empêcher de trembler.

— Ne t'en fais pas, lui dis-je. Ça peut arriver quand on a eu une grosse frayeur.

Je le fis monter dans le lit et le bordai.

— J'ai eu tellement peur ! dit-il. Je pensais que vous alliez partir sans moi.

— Ne t'inquiète pas, dis-je en m'efforçant d'avoir l'air convaincant. Nous allons te ramener à la maison.

Il m'étudia de ses yeux creusés, mais parvint à sourire. Comme il était différent du garçon insouciant que j'avais connu ! Il fallait encore que je lui apprenne la mort de son père, mais le moment n'était pas propice.

— Repose-toi, maintenant.

Je le quittai pour retourner dans le cabinet, où m'attendait M. Spencer. Il était assis dans son fauteuil élimé, une boisson à la main.

Il leva son verre dans ma direction.

— Servez-vous, vous aussi.

Je refusai et pris un siège. Maintenant plus que jamais, j'avais besoin d'y voir clair. À quel point pouvais-je me confier à cet homme ? Et que me cachait-il ?

Indécis, je pris quelques instants avant de décider de tout lui avouer :

— Monsieur Spencer, j'aimerais d'abord vous présenter mes excuses pour vous avoir trompé. Mon véritable but en venant ici était de trouver Pan.

Il y a quelques mois, il a été enlevé alors qu'il était à mon service à Philadelphie. On l'a amené ici et vendu à Thomas. Le père de Pan, un homme à qui je devais beaucoup, avait déjà lui-même été esclave. Il avait réussi à retrouver la trace de son fils ici, à Southwood. Je n'ai aucune idée de la façon dont il a obtenu cette information.

— Ils ont leurs sources, dit M. Spencer.

— Apparemment. En fait, mon voyage dans cette région était déjà prévu, car j'avais reçu une subvention du musée pour étudier les oiseaux. Tout cela est vrai, mais avant mon départ, les fonds m'ont été retirés. Comme j'avais promis au père de Pan de retrouver son fils et de le ramener, je suis tout de même venu.

Je pris une grande inspiration et poursuivis :

— Encore une fois, pardonnez-moi pour tous ces mensonges. Jusqu'à aujourd'hui, je n'étais pas certain de vos… opinions.

Il hocha la tête.

— Je ne peux pas dire que j'apprécie qu'on me mente, mais dans les circonstances…

Il s'interrompit et je fus tenaillé par ma conscience. Devais-je lui en dire plus ? Mentionner mon lien avec Sukey ? Était-ce nécessaire ? Non, j'en avais dit suffisamment. En révéler davantage ne servirait à rien.

— Maintenant que j'ai le garçon avec moi, j'aimerais partir immédiatement. Je dois me rendre à Williamsburg, où m'attend ma fille. Mais vous estimez que ce serait imprudent ?

— Il est impossible que vous quittiez cette propriété avec lui sans être découvert. Comme je vous le disais plus tôt, vous devriez attendre quelques jours, jusqu'à ce que nous le fassions sortir. Ce sera déjà assez difficile. Il y a de bonnes chances que Thomas ait déjà appelé Rankin.

Mon cœur s'emballa. Avais-je bien entendu ?

— Rankin ? balbutiai-je.

— C'est un chasseur d'esclaves de Virginie, bien connu dans la région pour retrouver les fugitifs. Il est méchant comme une teigne et impitoyable. On raconte qu'il ramène seulement des parties du corps des fuyards afin d'être payé.

J'avais du mal à respirer

— Devrions-nous faire appel à la justice ? demandai-je. Thomas n'est sûrement pas au-dessus des lois ?

— Dès que nous ferons intervenir les forces de police, Thomas revendiquera la propriété de ce garçon. Avant que nous ayons pu démêler toutes les ramifications légales, il se sera arrangé pour que le garçon soit tué ou expédié ailleurs.

Il but une longue gorgée.

— Alors, qu'allons-nous faire ? dis-je en m'efforçant de ne pas céder à la panique.

— Il est certain que Thomas fait surveiller cette propriété. Heureusement, avec le bras d'Addy comme prétexte, je peux envoyer chercher le vieux docteur McDougal. Lui et son homme ont un chariot qui a été aménagé… pour des situations comme celle-ci. C'est très inconfortable pour un homme ou une femme adulte, mais votre protégé devrait y entrer sans problème. J'ai déjà envoyé un message. Avec un peu de chance, Doc sera ici demain matin. Il faudra ramener le garçon dans la grange avant l'aube.

— Et où le conduira cet homme ?

— Le vieux Doc vit près du marais de Dismal. Là-bas, il connaît des gens qui viendront le chercher et le mettront à bord d'un bateau qui le ramènera à Philadelphie.

— Pourquoi pas à Williamsburg ? Pourraient-ils l'envoyer là-bas ?

— Est-ce votre destination ?

— Oui. Ma sœur vit à Williamsburg et je peux envoyer Pan chez elle. J'ai l'argent nécessaire pour son passage.

— Parfait, cela peut toujours aider. Pouvez-vous écrire l'adresse de votre sœur ? répliqua-t-il en désignant le bureau.

Je lui obéis avec hésitation, car je ne savais pas comment cette demande supplémentaire serait accueillie par Mlle Elly. J'inscrivis également le nom de Robert.

— C'est mon valet de chambre et la personne avec qui communiquer. Il s'occupera de Pan jusqu'à mon arrivée. Robert est l'homme le plus fiable que je connaisse.

— Je vous comprends, dit M. Spencer. J'ai une confiance absolue en Sam.

Je me levai pour partir.

— Je crois que je vais essayer de dormir un peu. Je ne vous remercierai jamais assez de votre aide et de votre compréhension.

Mon hôte hocha la tête.

— Laissez le garçon se reposer, puis ramenez-le à la grange avant le lever du jour. Sam l'y attendra.

Pan dormait quand je revins à ma chambre. Afin de ne pas le déranger, je m'installai dans un fauteuil et somnolai une partie de la nuit. Puis M. Spencer nous avertit qu'il était temps pour Pan de retourner à la grange. Pendant que le jeune garçon s'habillait, je lui expliquai notre plan. Afin de ne pas l'accabler davantage, je décidai d'attendre pour lui apprendre la mort de son père.

— J'aimerais que vous veniez avec moi, dit Pan d'un ton plaintif.

— Il va falloir que tu sois brave, rétorquai-je.

— J'ai peur.

— Je sais, mais j'avais seulement un an de plus que toi quand je suis parti seul pour Philadelphie. J'avais peur, moi aussi, mais j'étais déterminé à être un homme fort. Et maintenant, regarde-moi !

Je me pavanai devant lui, gonflant la poitrine et fléchissant les bras pour le faire sourire. Il est vrai que j'avais son âge lors de mon départ, mais j'étais en bonne santé, ce qui était loin d'être son cas.

Pan était au bord des larmes quand je le laissai dans la grange avec Sam. Attristé par sa détresse, je me détournai rapidement.

— Monsieur Burton ! Monsieur Burton ! m'appela-t-il en chuchotant.

— Oui, Pan ?

— Ne vous inquiétez pas, monsieur Burton. Je serai fort comme vous.

Il gonfla sa petite poitrine et plia ses bras maigres.

N'osant dire un mot de plus, je me contentai d'agiter la main.

## 38

## *1830*
## *James*

Doc McDougal était un vieil homme mince au dos courbé, qui semblait avoir du mal à descendre de son chariot. Accueilli chaleureusement par M. Spencer, le vieillard retira le chapeau élimé qui couvrait sa longue crinière blanche et me salua du menton. Après de brèves présentations, il se redressa du mieux que son corps le lui permettait et gravit lentement les marches pour aller voir Addy. Je me demandai comment ce vieil homme arthritique allait pouvoir aider Pan à s'évader.

À la suggestion de M. Spencer, je demeurai à l'intérieur pendant qu'il installait le garçon dans le chariot du médecin. Je marchai de long en large jusqu'au retour de ce dernier. Le vieil homme me rejoignit dans le cabinet, s'approcha du buffet et se versa une bonne dose de whisky. Puis il but d'un trait en m'observant, avant de poser bruyamment le verre vide.

— Puis-je vous demander pourquoi vous avez fait tout ce trajet pour venir le chercher ? demanda-t-il.

— J'avais promis à son père de le retrouver.

Il poussa un grognement.

— Vous feriez mieux de vous méfier. Thomas va vouloir se venger. En ce moment, il doit se douter que vous êtes impliqué.

— Merci de l'avertissement, lui dis-je. J'ai l'intention de partir demain.

— À votre place, je ne le ferais pas. Attendez une semaine ou deux. Laissez les soupçons de Thomas se dissiper.

Je savais déjà que je ne suivrais pas son conseil. J'avais l'intention de me rendre à Edenton dès le lendemain et de prendre la première diligence.

— Pouvez-vous me dire où vous comptez emmener Pan ? demandai-je.

— Moins vous en saurez, mieux ce sera. Tout ce que je peux dire pour l'instant, c'est que nous allons essayer de le sortir d'ici en un seul morceau. Spencer dit que le garçon a un endroit où aller à Williamsburg ?

— En effet.

J'aurais voulu en dire davantage, remercier cet homme, mais il sortit brusquement. Peu après, son chariot s'éloigna. Je le regardai partir derrière les lamelles du store, en me demandant comment ils avaient réussi à introduire Pan dans sa cachette sous le siège du chariot. Il me faisait peine de penser à quel point il devait être à l'étroit et effrayé, mais je me dis qu'il était en route vers la liberté. Pendant que je regardais la poussière soulevée par le chariot se déposer sur la route déserte, Clora m'appela du haut de l'escalier.

— Monsieur Burton ! Monsieur Burton ! Mlle Addy veut vous voir.

Je trouvai la jeune fille assise dans son lit. Clora et Patricia étaient à son chevet, prêtes à lui porter assistance. Même si la patiente souriait, ses traits étaient tirés. Elle confia bientôt une tâche aux deux jeunes filles, qui sortirent de la pièce.

— Le chariot est-il parti ? demanda-t-elle dès que nous fûmes seuls.

— Oui, il y a quelques minutes.

— Tant mieux, dit-elle avec un soupir. Doc McDougal est un homme bien, n'est-ce pas ?

— En effet. Est-ce un ami de la famille ?

— Mon grand-père et lui ont grandi ensemble. Papa le connaissait quand il était enfant. À présent, il travaille souvent avec lui.

Elle me regarda sous ses cils baissés. Auparavant, j'aurais cru qu'elle faisait la coquette, mais cette fois, je compris qu'elle tentait de me déchiffrer.

— Je vois, dis-je. Et vous les aidez aussi ?

— Monsieur Burton, répliqua-t-elle avec un regard en coin, on m'a appris que moins j'en disais, mieux c'était.

— Bien entendu, dis-je en souriant. Et nous allons respecter cela.

— À moins que vous n'ayez une question à laquelle je me sentirais obligée de répondre ? ajouta-t-elle en haussant les sourcils.

Je ris et secouai la tête.

— Mademoiselle Adelaide ! Vous êtes incroyable ! Vous êtes une jeune femme très courageuse et je vous suis extrêmement reconnaissant. Après mon départ, vous devez promettre de m'écrire. Et vous ne cesserez cette correspondance que le jour où vous serez mariée. J'imagine déjà les ravages que vous ferez et les cœurs que vous briserez ! Vos lettres seront plus passionnantes que n'importe quel roman.

— D'accord, acquiesça-t-elle avec un sourire espiègle.

Cependant, sous cette façade joyeuse, je sentis qu'elle était aussi inquiète pour la sécurité de Pan que je l'étais moi-même.

Nos craintes étaient justifiées. Moins de deux heures plus tard, le chariot de Doc McDougal revint. M. Spencer se précipita à l'extérieur et trouva le vieux médecin écroulé sur le côté, avec des douleurs si fortes à la poitrine qu'il n'avait pu poursuivre sa route. Nous l'emmenâmes dans le cabinet pendant que Sam conduisait le chariot dans la grange.

— Donnez-moi un whisky bien tassé, ordonna Doc.

Après avoir vidé son verre, il le tendit de nouveau à M. Spencer. Mais avant que ce dernier puisse le remplir, Doc s'affaissa sur le sol. Nous le contemplâmes avec stupéfaction avant de tomber à genoux à ses côtés, mais le vieil homme nous avait déjà quittés.

Une heure plus tard, mon hôte bouleversé m'exposa son plan. Il emmènerait le corps de Doc à la maison de son fils, à deux heures de là.

— Le garçon devra demeurer caché dans la grange, déclara-t-il. J'essaierai de revenir avant le lever du jour. Ensuite, je devrai peut-être le conduire moi-même.

La tension avait retiré toute couleur de son visage.

— Est-ce la seule option ?

— J'ai besoin de temps pour réfléchir, répondit-il. J'aurai trouvé une solution quand je reviendrai. Quant à vous, restez dans la maison. Ne sortez pas voir le garçon. Et surtout, ne le faites pas entrer ici avec vous. Ce serait trop dangereux.

Il me tendit un pistolet en ajoutant :

— Gardez ceci sur vous. S'il y avait des intrus, utilisez-le. Sam sera aux aguets dans la grange. Il est armé, lui aussi.

Quand le chariot s'éloigna, je fus soulagé de savoir que Pan n'était pas à son bord.

Malgré les nuages sombres qui s'accumulaient dans le ciel, la canicule était telle que le garçon n'aurait sûrement pas pu supporter la chaleur, enfermé dans l'espace restreint sous le siège du chariot.

Demeuré seul, j'arpentai le cabinet en essayant désespérément de trouver une issue. Je regrettais d'avoir mêlé M. Spencer à cette situation dangereuse. Serait-ce préférable de simplement prendre Pan et partir ? Mais où irions-nous, et par quel moyen ?

Il pleuvait des cordes, ce soir-là, quand Hester et moi verrouillâmes la maison. Puis elle emmena Clora à l'étage afin que toutes deux passent la nuit auprès des filles. J'étais moi-même trop agité pour dormir et me rendis dans le cabinet. Il m'était impossible de sortir pour rassurer Pan, car j'avais promis de ne pas m'approcher de la grange. Je tentai alors de me distraire en lisant, mais j'en fus incapable, trop dévoré d'inquiétude pour Pan et pour moi-même. Thomas avait-il déjà fait appel à Rankin ? Sa description de mon cache-œil lui mettrait-elle la puce à l'oreille ?

Dans ce cas, combien de temps lui faudrait-il pour venir me chercher ?

Finalement, je pris la lampe et me rendis dans ma chambre. Je m'affairai nerveusement, manipulant mes affaires en essayant de décider si je devais commencer mes bagages. Un énorme coup de tonnerre retentit, puis un éclair illumina la pièce pendant que je déverrouillais et soulevais le couvercle de ma malle. Tout au fond, je vis ma vieille veste contenant les bijoux de ma grand-mère. Je la pris et tâtai les parties bosselées, en me demandant s'il serait moins risqué de sortir les bijoux pour les mettre dans une petite bourse.

Je pris mon vide-pomme dans mon sac de voyage, me disant que sa lame coupante serait parfaite pour défaire les coutures. M'asseyant au bord du lit, j'étais sur le point de couper le premier fil quand j'entendis frapper. Certain qu'il s'agissait de Hester, je déposai ma veste pour aller ouvrir, mais personne n'était à la porte. Je sortis et scrutai le couloir sombre : toujours rien. Le bruit avait été probablement causé par l'orage. Mais quand je me rassis pour reprendre le couteau et la veste, un autre coup urgent retentit, suivi d'un autre, puis de deux autres. Cette fois, je compris ma méprise. Les coups ne provenaient pas de la porte qui ouvrait sur le couloir, mais de celle donnant sur l'extérieur.

Je glissai le couteau dans la poche de ma vieille veste et la jetai sur le lit, avant de prendre le pistolet sur la commode. Les coups devinrent plus insistants. Après une hésitation, je pointai mon arme en avant et ouvris brusquement le battant. Il me fallut un moment, en raison de la pluie torrentielle et de la faible lumière de la lampe, pour reconnaître Sukey.

Elle entra et claqua la porte derrière elle. Puis elle agita ses mains tremblantes pour me faire comprendre qu'il lui fallait du papier pour communiquer. Elle écrivit :

« Il faut qu'on parte tout de suite ! Ils savent que j'ai fait sortir Pan. Le marchand est venu et dit que Jake vous a vu à Norfolk. Il a dit à Thomas que vous êtes un nègre. Les patrouilleurs se rassemblent, mais Thomas a envoyé chercher Rankin ! »

Elle m'agrippait le bras et tentait de m'entraîner vers la porte, me compliquant la tâche pour lire ce qu'elle avait écrit. Je finis par déchiffrer les mots et devins paralysé de terreur. Pendant que Sukey me tirait frénétiquement le bras, je demeurai immobile. Où pourrais-je me cacher ?

Puis je songeai à la grange.

— Sam est armé ! Allons nous cacher dans la grange !

Sukey secoua vivement la tête et écrivit :

« Ils vont le tuer. Il faut qu'on aille au marais. »

Elle me tira de nouveau le bras, mais je me dégageai en essayant de réfléchir.

Que devais-je emporter ? Je lançai le pistolet sur la table et pris mon petit sac. Je regardai fébrilement autour de moi, me demandant quoi y mettre. Puis, apercevant ma veste sur le lit, je laissai tomber le sac et pris le vêtement, avec l'intention de le ranger dans la malle. Au même moment, la porte s'ouvrit à la volée.

— Vous devez partir ! chuchota Sam. Les patrouilleurs arrivent !

Sukey sortit par la porte ouverte à la vitesse de l'éclair. Sam entra et me poussa dans le dos.

— Partez ! Partez !

Je me mis alors à courir, ma veste à la main. À travers le rideau de pluie, j'entrevis Sukey qui traversait le champ. Elle avançait si vite que je dus accélérer pour la rejoindre.

— Monsieur Burton ! Monsieur Burton !

Ce cri me parvint à travers l'orage. En entendant la détresse de Pan, je me retournai et vis sa petite silhouette courir vers moi.

— Ne m'abandonnez pas ! Je viens avec vous ! Attendez-moi, monsieur Burton !

Sukey nous précédait, mais aux cris de Pan, elle s'immobilisa. Je saisis le garçon par les épaules et le secouai.

— Retourne là-bas ! M. Spencer va te faire sortir demain dans le chariot ! Ce sera plus sûr pour toi. Va, maintenant !

Je m'efforçai de le faire pivoter.

— Non ! supplia-t-il en agrippant mes manches mouillées, le corps secoué de sanglots. Emmenez-moi avec vous ! Je ne veux pas rester seul ! Ne me laissez pas ici ! Je vous en prie, monsieur Burton !

Sukey vint vers nous en poussant des grognements gutturaux. Devant son désespoir, je pris la main de Pan et nous la suivîmes.

Le corps baissé, nous courûmes sous l'orage qui s'abattait autour de nous. Quand je compris que nous nous dirigions vers Southwood, je ne pus que suivre Sukey, en espérant qu'elle avait un plan.

Elle ne s'arrêta pas pour se reposer en atteignant le couvert des buissons marquant la limite des deux fermes. Au contraire, elle accéléra pour se diriger vers ce qui semblait être un sentier de cerfs. Je lui emboîtai le pas, Pan agrippé à ma main. Tous les trois hors d'haleine, nous parvînmes à l'arrière du quartier des esclaves de Southwood. Un nègre nous y attendait dans l'ombre.

Sukey et moi nous affalâmes sur un tronc d'arbre, pendant que Pan s'écroulait sur le sol. J'avais à peine repris mon souffle que je m'aperçus que j'avais laissé le pistolet dans ma chambre ! J'étais furieux contre moi-même, mais il était trop tard pour y retourner. L'homme frotta les pieds nus de Pan avec une graisse à l'odeur puissante, puis me fit retirer mes bottes pour les remplacer par des chaussons de daim malodorants.

— Les Indiens les fabriquent. C'est la graisse d'ours qui a cette mauvaise odeur. Les chiens ne la perçoivent pas.

Il s'agenouilla pour enfiler une paire de chaussons sur les pieds nus de Sukey. Elle arqua le dos, et je constatai avec surprise sa grossesse avancée. Comment avait-elle pu courir aussi vite ? Elle n'espérait sûrement pas s'échapper dans cet état ?

L'homme et elle échangèrent un regard intime pendant qu'il l'aidait à se remettre debout.

— Ça va aller ? lui demanda-t-il.

Elle hocha la tête.

— Continue d'utiliser ça, reprit-il en lui tendant un paquet de graisse d'ours.

Il prit son visage dans ses mains.

— Tu te souviens où aller ? demanda-t-il en plongeant son regard dans le sien. D'abord, va à la grange avec la girouette sur le toit. Là-bas, un homme va t'indiquer la bonne direction.

Elle opina du menton et émit un grognement inintelligible. Il l'embrassa sur les deux joues avant de la repousser gentiment.

— Allez-y, maintenant. On a tout arrangé pour les envoyer sur une fausse piste. Vous allez pouvoir prendre assez d'avance.

Nous repartîmes en marchant rapidement, cette fois le long d'un sentier étroit parmi les broussailles et les ronces. Lorsque Sukey ralentit, je crus qu'elle avait perdu son chemin. Puis elle trouva le sentier qui longeait la rivière et repartit de plus belle. Nous pressâmes le pas en entendant des chiens aboyer au loin, et je faillis heurter Pan quand Sukey s'immobilisa brusquement en pointant le cours d'eau du doigt.

Pan me saisit le bras.

— Je ne sais pas nager ! murmura-t-il.

— Moi non plus, dis-je. Sukey !

Je chuchotai le plus fort que j'osai me le permettre, mais elle s'était déjà laissée glisser le long de la berge, jusqu'à la rivière. Craignant de perdre sa trace, nous l'imitâmes. Sukey était au bord de l'eau et soulevait des branches dissimulant un petit radeau en bois. Les aboiements semblaient se rapprocher. Trempés par la pluie, nous le poussâmes jusqu'à l'eau. Sukey nous fit signe d'y monter, puis poussa l'embarcation avant de se hisser à son tour. Pan, terrifié, s'agrippa au radeau pendant que Sukey et moi prenions chacun une perche. Mes bras tremblaient sous l'impulsion du puissant courant.

Nous étions près de la rive opposée quand un chien jaillit du bois et se mit à aboyer rageusement. Les hurlements de la meute en réponse étaient éloignés, mais ils nous glacèrent le sang.

Je sautai du radeau, me retrouvant dans l'eau jusqu'aux cuisses, et saisis Pan par la taille de son pantalon. Sukey sauta elle aussi, puis poussa l'embarcation pour que le courant l'emporte. Pendant que le radeau s'éloignait sur l'eau, nous pataugeâmes jusqu'à la rive et nous hissâmes hors de l'eau, dans les broussailles touffues. Nous attendîmes, hors d'haleine, en observant la rive opposée où le chien solitaire continuait de hurler.

Sukey grogna doucement, tentant d'alléger la pression sur son ventre renflé. Je sentis également un poids sur mon estomac et m'aperçus que c'était ma vieille veste. Dans mon énervement, je l'avais insérée dans la ceinture de mon pantalon.

Même si les aboiements des autres chiens semblaient s'éloigner, Sukey se leva et nous la suivîmes. Nous nous dirigions vers le nord, et bien que plat, le terrain se creusait et ondulait pour s'adapter aux nombreux ruisseaux que nous devions traverser à pied.

Quand nous étions dans l'eau, Pan s'accrochait à ma ceinture, mais sur le terrain sec, il tenait à marcher seul. Il accordait son pas sur le mien et levait souvent les yeux vers moi, comme pour évaluer mon humeur. Nous nous reposâmes seulement après une traversée de cours d'eau particulièrement difficile. Le jour allait se lever lorsque nous arrivâmes à l'orée d'une petite forêt. Sukey nous fit marcher en bordure du bois sombre, et quand le ciel commença à s'éclaircir, nous pûmes distinguer la silhouette de bâtiments de ferme et d'une maison blanche. Notre guide désigna une grange surmontée d'une girouette, une grosse flèche entourée de métal se découpant en noir sur le ciel pâle.

« Quakers », écrivit-elle sur ma paume, avant de nous faire signe de la suivre.

Pour la première fois depuis notre départ, je ressentis une pointe de soulagement.

— Qu'a-t-elle dit ? chuchota Pan.

— Des quakers, répondis-je.

Il ne demanda pas plus d'explications, et je ne lui en fournis aucune.

Naturellement, je connaissais les quakers et leurs vues antiesclavagistes. Dans le cercle social où j'évoluais à Philadelphie, ils étaient critiqués pour leur propension à exprimer clairement leurs opinions. J'espérais seulement que tout ce que j'avais entendu sur eux était vrai.

Nous nous faufilâmes dans la plus grande des trois granges, avant de nous écrouler derrière une stalle. Nous nous étions à peine installés qu'une femme entra. Son visage était protégé du soleil matinal par un bonnet à large bord. Sa robe brune et son tablier vert foncé étaient coupés de manière à s'adapter à son ventre arrondi.

Elle se dirigea vers un coffre où elle prit des grains, qu'elle répartit entre deux auges. Puis elle ouvrit une grande porte qui donnait sur un pâturage. Appelant les vaches par leur nom, elle les encouragea à entrer. Pendant qu'elles passaient devant elle en se dirigeant vers leurs stalles, elle leur tapotait la croupe en guise de salutation. Lorsque la femme s'installa pour la traite, Sukey se leva brusquement. Stupéfaite par la soudaine apparition du visage de Sukey au-dessus de la cloison, la femme poussa un cri de surprise, avant de se couvrir la bouche d'une main.

Sukey me jeta un regard impuissant, comme si elle ne savait que faire. Ne voyant pas d'autre issue, je me levai lentement pour ne pas effrayer la femme et vins me placer près de Sukey. La femme nous contempla, bouche bée.

— Je vous demande pardon, madame, dis-je. Nous ne voulions pas vous faire peur, mais nous avons besoin de votre aide.

Elle me regardait toujours sans dire un mot.

— Nous sommes poursuivis comme esclaves fugitifs, poursuivis-je, encore écœuré par mon association avec ce mot.

Lorsque Pan s'approcha pour mieux la voir, la femme cessa d'hésiter.

— Venez, dit-elle.

Nous la suivîmes en courant dans la maison. Une fois à l'intérieur, elle nous précéda dans un large couloir, puis nous fit entrer dans un salon. Cette pièce aux murs blanchis à la chaux était assez vaste pour contenir un grand foyer, une haute horloge de parquet et quelques chaises. En levant les yeux, Sukey trébucha sur le tapis gris tressé et je la rattrapai avant qu'elle ne tombe sur un rouet et plusieurs paniers de laine et de coton non filés.

Une lumière vive entrait par la grande fenêtre dépourvue de rideau, et je vis ce qui avait attiré l'attention de Sukey. Au-dessus de nos têtes, une grande courtepointe fixée à un énorme cadre était accrochée par des cordes au plafond.

La femme quaker se hâta vers un panier d'où elle sortit un grand anneau de métal qu'elle fixa à l'une des larges lattes du plancher. Attachant l'une des cordes à l'anneau, elle actionna une poulie jusqu'à ce que deux lattes se soulèvent en grinçant. Elle nous encouragea à entrer dans le trou sombre. Je me laissai tomber d'environ un mètre, puis tendis les bras vers Pan, pendant que Sukey se laissait glisser maladroitement à sa suite.

Soudain, une voix lointaine s'éleva, et nous nous affalâmes sur le sol de terre battue pendant que la femme replaçait hâtivement les planches.

— Lillian ? fit la voix.

— Mère ? répondit notre hôtesse.

— Oui.

— Il y a des invités.

— Mais Joel n'est pas ici ! protesta la mère.

— Ils ont besoin de nous, dit sa fille. Et les patrouilleurs vont sûrement venir…

— Alors prévois un groupe de tissage pour la courtepointe.

Leur conversation était aussi pratique que leur décor.

— Bien, acquiesça Lillian pendant que leurs pas s'éloignaient.

Il faisait noir dans notre cachette, mais suffisamment de lumière s'infiltrait par les interstices du plancher pour révéler que l'endroit était assez grand pour abriter au moins quatre adultes. Combien de gens avaient fui en quête de liberté et s'étaient cachés ici ? Pourquoi ces quakers risquaient-ils ainsi leur vie ?

Peu après, les planches furent de nouveau soulevées. Avec soulagement, nous vîmes que c'était Lillian qui nous apportait du pain et du lait, ainsi que trois paillasses et un pot de chambre.

— Vous devez rester cachés jusqu'à ce que mon mari puisse vous faire traverser la rivière en toute sécurité, nous dit-elle.

Puis, nous recommandant le silence, elle nous enferma de nouveau.

Nous mangeâmes sans mot dire avant de dérouler nos paillasses. Bientôt, Pan et Sukey s'endormirent profondément. Je m'étendis à mon tour, mais le sommeil ne venait pas. Les pensées se bousculaient dans ma tête tandis que l'espace clos m'oppressait. Je tentai de respirer calmement pour combattre la panique. Comment en étais-je arrivé là ? Comment me sortirais-je de cette situation ? J'observai Pan, qui me parut plus vulnérable que jamais dans son sommeil. Affaibli comme il l'était, je me demandais s'il pourrait survivre à ce voyage. Pourquoi n'était-il pas resté chez les Spencer ? Il aurait eu plus de chances de s'en sortir. J'étais furieux de ne pas avoir eu le courage de lui dire non. Et s'il mourait et que tous ces efforts aient été vains ? Je me remémorai amèrement l'enterrement de Henry et la promesse qui m'avait amené jusque-là.

Je me tournai vers Sukey. Quand son bébé devait-il naître ? C'était elle qui connaissait notre route, mais son gros ventre indiquait un accouchement imminent. Que nous arriverait-il alors ? Un nouveau-né mettrait sûrement un terme à notre fuite.

Je fermai les yeux. Chaque peur en faisait naître une autre, mais celle qui s'imposait plus que toutes les autres était la plus immédiate. Où était Rankin ? Avait-il déjà rejoint les patrouilleurs ? S'il me cherchait, je savais ce qui se produirait quand il me trouverait. Je subirais un procès en tant que nègre ayant tué un homme blanc. Mon sort ne ferait aucun doute : je serais pendu.

Finalement, après des heures de tourment, je fus presque soulagé d'entendre du bruit et des pas traînants au-dessus de nous.

[illegible] nous recommandait de [illegible] tous [illegible] du voyage.

[illegible]

[illegible] les Spartiates [illegible]

[illegible]

[illegible] New York [illegible]

[illegible]

## 39

## *1830*
## *James*

Les pas lourds des patrouilleurs réveillèrent Pan et Sukey. Nous retînmes notre souffle pendant que le groupe de femmes en train de coudre la courtepointe abaissée accueillait les intrus. Leurs salutations amicales demeurèrent sans réponse. Lorsque les bruits de pas traversèrent la pièce en faisant craquer le plancher, je n'osai pas épousseter les débris qui me tombaient dans les yeux et sur le visage. Les patrouilleurs firent taire tout le monde pour mieux écouter, et le silence devint presque insupportable. Puis un enfant commença à pleurer, bientôt suivi d'un autre.

Peu de temps après, les patrouilleurs mécontents s'en furent. Les femmes demeurèrent sur place pour coudre pendant que leurs enfants s'amusaient gaiement à leurs pieds.

Des heures plus tard, tout redevint silencieux. Le soir, lorsque l'horloge sonna dix heures, on nous fit sortir des entrailles de la maison. Il fallut un tabouret pour aider Sukey à sortir. En constatant sa grossesse avancée, l'homme de la maison fronça les sourcils, mais il n'avait d'autre choix que de nous guider à l'extérieur. Ce grand homme nous précéda d'un pas sûr, le long d'un sentier qu'il connaissait bien. Pan et Sukey réussirent à suivre le rythme et nous progressâmes sans mot dire une bonne partie de la nuit. Juste avant l'aube, le quaker s'arrêta pour nous laisser à l'abri d'une forêt.

Il nous répéta ses indications à voix basse, puis nous tendit un paquet de pain et de fromage.

— Continuez vers le nord. Et soyez vigilants, ajouta-t-il inutilement, avant de nous dire bonne chance et adieu.

Après son départ, nous traversâmes les bois pour déboucher, sous un soleil orangé, sur des champs de coton qui s'étendaient sans fin devant nous. Nous nous laissâmes tomber par terre avec gratitude. Quelques minutes plus tard, Pan s'endormait à mes côtés.

Sukey s'étendit aussi. Bien qu'agitée, elle ne tenta pas de communiquer avec moi, à mon soulagement. Finalement, au milieu de l'après-midi, ne voyant aucun signe de vie humaine, je me lassai d'attendre. Même si on nous avait conseillé de demeurer cachés le jour et de ne voyager que la nuit, je n'avais vu personne durant la journée et jugeai qu'il n'était pas risqué de partir avant la tombée de la nuit. En comprenant mes intentions, Sukey secoua la tête pour manifester son désaccord. Mais quand Pan et moi nous levâmes pour partir, elle nous suivit à contrecœur.

Le soleil tapait dur pendant que nous traversions les champs de coton, nous accroupissant lorsque nous passions devant les petites fermes parsemant les collines. Soudain, des aboiements retentirent, et nous dûmes nous étendre par terre. Nous nous relevâmes après nous être assurés que personne ne venait. Pan était silencieux, mais avait toujours autant d'énergie, alors que le visage de Sukey luisait de transpiration. Elle trébucha à une ou deux reprises, mais je ne ralentis pas le rythme, uniquement désireux de me retrouver en lieu sûr.

Nous nous rendions au nord, là où s'étendait le grand marais de Dismal. Une fois là-bas, en longeant le marais, nous parviendrions à un canal transversal qui menait à l'est. Nous devions suivre ce cours d'eau sur une quinzaine de kilomètres, jusqu'au canal principal. Là-bas, un refuge s'y trouvait, où vivait un ami de Doc McDougal.

Même au coucher du soleil, la chaleur était insoutenable. J'aurais voulu avoir mon chapeau, que j'avais malheureusement laissé à la maison, tout comme mon pistolet. Toutefois, je m'accrochais à ma vieille veste et comptais sur les bijoux pour nous payer un passage jusqu'à Norfolk si nécessaire.

Nous poursuivîmes notre route, nous arrêtant dans de petits bosquets le temps de reprendre notre souffle. À la tombée de la nuit, nous atteignîmes une forêt dense et verte. En y pénétrant, j'hésitai, inquiet de sentir le sol spongieux sous mes pieds.

Incertain, je me tournai vers Sukey.

— Sommes-nous dans le marais ?

Voyant mon hésitation, elle secoua la tête et me dépassa pour nous guider. Elle se fraya un chemin parmi les vignes et les ronces jusqu'à ce qu'elle trouve un ruisseau. Elle s'agenouilla pour y boire, aussitôt imitée par Pan et moi. Puis elle brisa des morceaux de pain et de fromage que nous dévorâmes.

— Ces insectes sont énervants, chuchota Pan.

Nous nous grattions sans cesse en raison des parasites qui s'enfonçaient sous notre peau. Voyant que les moustiques nous attaquaient sans relâche, Sukey sortit la vessie animale remplie de graisse d'ours.

— Pouah ! chuchota Pan. Ça sent mauvais !

Elle fit sortir un peu de graisse jaune et lui montra comment s'en frotter sur le visage et sur chaque partie de peau découverte. En d'autres circonstances, l'odeur à elle seule m'aurait empêché de m'en servir, mais quand elle m'en proposa, j'en appliquai généreusement. Lorsque nos visages et membres furent couverts d'une couche luisante de graisse, Sukey se leva péniblement avec un grognement, nous faisant signe de la suivre. Elle traversa le ruisseau peu profond en pataugeant.

Une fois de plus, nous nous frayâmes un chemin dans les broussailles qui déchiraient nos vêtements et nous égratignaient la peau. Finalement, nous parvînmes à une clairière. Devant nous, éclairés par la lune, s'étendaient des champs de maïs. Sukey pointa vers l'horizon et me prit fermement la main.

« Marais », traça-t-elle sur ma paume.

— Qu'est-ce qu'elle dit ? demanda Pan.

— Elle dit que le marais est là-bas, répondis-je en plissant les yeux pour mieux distinguer la ligne sombre des grands arbres.

— Est-ce qu'on sera presque arrivés quand on arrivera au marais ? demanda-t-il.

— Non, lui dis-je.

Cela le fit taire.

Il restait quelques heures d'obscurité, idéales pour voyager. Toutefois, soulagé d'être si près du marais et heureux de la protection fournie par les tiges de maïs, je m'écroulai par terre en déclarant que nous allions prendre une petite pause. Je n'avais pas dormi depuis notre départ de la maison des Spencer, et la tête me tournait tellement j'étais épuisé. Sukey secoua la tête en me faisant signe de continuer. Je l'ignorai et empilai des feuilles pour créer un oreiller de fortune. Lorsque je me couchai, Pan m'imita. Sukey finit par faire de même en poussant un soupir. Quelques minutes plus tard, nous dormions tous les trois.

Je me réveillai en sentant le soleil matinal sur mon visage et me levai d'un bond, tirant mes compagnons d'un profond sommeil.

— On a dormi trop longtemps, remarqua Pan.

Sukey et moi échangeâmes un regard incrédule, étonnés de voir l'heure avancée. Je mourais d'envie d'aller boire au ruisseau, mais cela m'aurait obligé à retourner sur mes pas. Je me promis donc de trouver de l'eau dès notre arrivée au marais. Selon mon estimation, il n'était qu'à huit kilomètres de là. Nous pourrions facilement franchir cette distance avant midi.

Je scrutai le champ de maïs isolé. Ne voyant personne aux alentours, je décidai que nous pouvions prendre le même risque que la veille et voyager le jour. Une fois encore, Sukey s'y opposa, mais me suivit lorsque je pris ma veste et m'éloignai.

Nous marchions d'un bon pas depuis un moment et avions presque atteint les abords du marais quand un coup de feu retentit soudain dans l'air calme.

Des corneilles surprises s'envolèrent en croassant pendant que Sukey et moi nous jetions par terre, étendus parallèlement entre des rangées de maïs. Pan, interdit, demeura debout jusqu'à ce que je l'attire vers moi. En entendant un bruit fracassant qui se rapprochait, Sukey se mit à quatre pattes, souleva sa jupe pour la mettre entre ses dents et se mit à ramper vers l'avant. Je l'imitai, suivi de Pan. Puis l'arme à feu tonna de nouveau. Nous nous jetâmes par terre au moment où un énorme ours noir ensanglanté passait en courant devant nous. Un peu plus loin, des voix d'hommes animées s'élevèrent. De manière inattendue, l'ours fit demi-tour et chargea les chasseurs. Après des cris de surprise et un autre coup de feu, leurs voix s'éloignèrent. Nous remettant à quatre pattes, nous avançâmes tant bien que mal jusqu'à nous retrouver en sécurité dans le marais. Il nous fallut encore franchir d'épaisses vignes et ronces avant d'être assez loin pour nous tapir dans les broussailles.

Le sol était humide et spongieux, et la forêt qui nous entourait était si dense qu'elle semblait noire. Nous avions enfin atteint le grand marais de Dismal. Hors d'haleine, nous nous regardâmes, n'osant croire que nous étions enfin en sécurité. Nous venions tout juste de reprendre notre souffle quand nous entendîmes d'autres cris, suivis de coups de feu et d'aboiements. Sans hésiter, nous nous relevâmes pour nous enfoncer davantage dans le marais.

Pendant que les aboiements résonnaient autour de nous, nous nous frayâmes un chemin dans la végétation touffue et l'obscurité, jusqu'à ce que le bruit des hommes et des chiens se dissipe. Cependant, nous n'osions pas nous reposer. J'abhorrais la sensation du sol marécageux qui cédait sous mes pieds, mais je détestais encore plus marcher dans l'eau couleur de thé qui montait jusqu'à nos genoux. Nous avancions péniblement parmi les racines saillantes des cèdres qui s'entremêlaient comme des barrières tordues formant un labyrinthe. Au-dessus de nous, d'épaisses vignes entortillées, couvertes de mousse espagnole, pendaient et menaçaient de nous prendre au piège. À chaque vigne que j'écartais, je craignais la présence des fers de lance, mocassins d'eau et serpents à sonnette qui peuplaient les lieux.

Pourtant, notre progression se poursuivait. Pan était étonnamment agile dans l'eau qui lui montait parfois à la taille.

Sukey poussa tout à coup un grognement en désignant ce qui semblait être une petite île verte.

Épuisés, nous pataugeâmes jusque-là. Sur ce lopin de terrain sec planté de majestueux chênes blancs et pins verts s'étendait un grand chêne renversé. L'énorme boule de racines s'élevait à deux mètres dans les airs. Sukey écarta soigneusement l'épaisse couche de mousse et de vignes qui la couvrait, puis nous fit signe d'approcher et nous montra une cachette caverneuse. Nous étions en train d'examiner l'intérieur sombre quand nous entendîmes des pas lourds qui se rapprochaient dans l'eau. Sans hésiter, nous plongeâmes dans l'abri, laissant les lourdes vignes retomber derrière nous.

L'intérieur était sombre, bas de plafond, vaste et profond. Pendant que les bruits s'éloignaient, je chuchotai, soulagé, que c'était probablement l'ours qui fuyait les chasseurs. Sukey hocha la tête et me tapa le bras pour que je lui donne ma main.

Elle traça le mot « repos » sur ma paume, puis encercla son ventre de ses mains.

— Que dit-elle ? demanda Pan en me serrant le bras. Est-ce que son bébé arrive ?

— Non, elle veut se reposer.

— Tant mieux, dit-il. Je suis content de savoir que le bébé n'arrive pas tout de suite.

J'étais nerveux de savoir les chasseurs dans les environs et aurais préféré m'enfoncer dans le marais, mais Sukey s'étendit avec un soupir. Pan l'imita, mais je demeurai assis, trop soucieux pour dormir. Je regardai la grotte sombre en me demandant ce qui allait nous arriver. Les patrouilleurs étaient sur nos traces, et même s'il était improbable qu'ils s'aventurent dans cette partie du marais, il y avait toujours la menace des esclaves en fuite. Des hommes assez désespérés pour vivre dans cet endroit infernal n'apprécieraient sûrement pas la présence d'intrus.

Finalement, étourdi de fatigue et d'inquiétude, je m'étendis et fermai les yeux. Quelques instants plus tard, je me relevai en frappant frénétiquement une énorme araignée qui rampait sur mon visage. Je restai assis là à frissonner, en plissant les yeux dans le noir pour voir où elle avait disparu. Pan et Sukey dormaient, mais j'étais submergé par le désespoir en pensant aux épreuves qui nous attendaient.

Perdus dans ce marécage dense, nous devions trouver le canal menant à la voie d'eau principale. En supposant que nous le trouvions, il nous faudrait ensuite suivre ce petit canal à pied, parcourant une quinzaine de kilomètres sur un chemin de halage. Nous devrions voyager uniquement de nuit, car des chalands risquaient de passer pendant la journée, avec à leur bord des patrouilleurs désireux d'empocher une prime substantielle.

Il fallait aussi penser au danger que représentaient les animaux. Cet énorme marais abritait non seulement des ours, comme nous l'avions vu plus tôt, mais d'autres prédateurs comme des loups, des panthères et des lynx. Des alligators y vivaient également, mais ce que je redoutais le plus était les serpents.

Je n'avais pas encore dit à Sukey que j'avais perdu notre provision de pain et de fromage en rampant vers le marécage. Que ferions-nous pour la nourriture ? Heureusement, l'eau couleur de thé était potable. Même si nous avions bu un peu plus tôt, je décidai d'aller m'abreuver une fois de plus, trop agité pour dormir.

Un énorme faisceau de lumière s'infiltrait à travers la cime incroyablement élevée des arbres. J'aurais pu en apprécier la beauté si je n'avais été si anxieux. Je m'approchai de l'eau et m'agenouillai sur un tapis de fougères, soulevant le liquide brun de mes mains en coupe. Pendant que je buvais et m'aspergeais le visage, Sukey vint me rejoindre sans faire de bruit. Elle s'accroupit, mais en se penchant pour boire, elle poussa un cri de surprise. Je me levai d'un bond, certain qu'elle avait vu quelque chose.

Évitant mon regard, elle se leva maladroitement. Je me figeai en la voyant agripper son ventre distendu. Était-elle sur le point d'accoucher ?

Pan sortit à son tour de notre cachette.

— Monsieur Burton ! Vous m'avez fait peur ! lança-t-il en se précipitant vers nous. Je me suis réveillé et j'ai cru que vous étiez parti sans moi !

Il suivit mon regard lorsque Sukey retourna d'un pas lourd vers la grotte. Elle s'arrêta devant un arbre et cassa une petite branche. Elle l'emporta avec elle en rampant à l'intérieur.

Pourquoi avait-elle pris cette branche ? Voulait-elle tuer l'enfant ? J'avais entendu parler de nègres qui faisaient de telles choses. La bile me remonta dans la gorge. Quelle sorte de mère agirait ainsi ? Je devais partir maintenant ! Sans elle ! Je restai là à débattre avec moi-même, pendant que Pan s'accroupissait à mes côtés, scrutant mon visage.

— Pensez-vous qu'elle va avoir son bébé ? Monsieur Burton ! Qu'est-ce qu'on va faire avec un bébé ?

Je secouai la tête pour toute réponse, en essayant de réfléchir. Un cri perçant nous parvint de l'intérieur de la caverne.

— Reste ici, dis-je à Pan avant d'aller rejoindre Sukey.

Elle m'accueillit avec un gémissement de douleur.

— Chut ! Il ne faut pas faire de bruit ! lui dis-je.

Je la fixai jusqu'à ce que mes yeux s'habituent à l'obscurité.

Elle plaqua une main sur sa bouche, mais en tentant de changer de position, un son animal lui échappa et elle me jeta un regard éploré. Je détournai la vue.

Puis elle me fit signe d'approcher et tapota mon poing fermé. Même si je redoutais son message, je lui tendis ma paume.

« Le bébé arrive », écrivit-elle.

Je retirai ma main et frottai ma paume de mon pouce, comme pour effacer ces mots. C'était impossible ! Nous ne pouvions pas voyager avec un nouveau-né. Nous le savions tous les deux.

Sans avertissement, son corps se raidit. Mon Dieu ! pensai-je. Elle va vraiment avoir son enfant ! Je me frottai le visage. Qu'allions-nous faire ? Que devais-je faire ? Il fallait que je parte avant qu'ils ne l'entendent et nous trouvent ! Oui… oui ! Je devais prendre Pan et fuir !

Comme si elle pouvait lire dans mes pensées, Sukey prit ma main et traça, de ses ongles abîmés : « Prenez le bébé. » Je regardai fixement sa main pendant qu'elle écrivait de nouveau : « Prenez le bébé. »

Que voulait-elle dire ? Que je prenne Pan ? Non, elle avait écrit « bébé ». S'attendait-elle vraiment à ce que moi, un homme qui ne connaissait rien aux accouchements, je l'aide à mettre son enfant au monde, pour ensuite m'enfuir avec lui ? Cette idée était ridicule. Je ne le ferais pas ! Je ne sacrifierais pas ma vie ainsi ! Je rampai jusqu'à l'entrée et me retournai. Elle me jeta un regard implorant. Lorsqu'elle se raidit de nouveau avec un cri étouffé, je sortis précipitamment de la grotte.

# 40

## *1830*
## *Sukey*

Je sens que le bébé va arriver depuis ce matin. Comme je le craignais, Jamie part sans moi. Dès le début, j'ai vu qu'il me rejetait, parce que je le vois comme un homme de couleur. Il sait qu'en restant avec moi, il sera considéré comme un nègre.

Quand Jamie s'en va, c'est facile de décider. Sans lui, je n'ai plus d'espoir. Avant que les animaux nous attaquent, je vais laisser le bébé mourir. Je ne le regarderai pas. Je ne l'aiderai pas à respirer. Ma raison de m'enfuir était pour que celui-là soit libre. Mais je ne peux pas sortir de cet endroit toute seule.

Mon ventre devient encore dur et la douleur est cuisante. Je pousse, pousse, pousse… J'essaie de ne pas faire de bruit. Je ne veux pas que des animaux viennent. Je tâtonne autour de moi pour trouver le bâton.

Je le mets dans ma bouche et le mords. Je vais faire sortir cet enfant. Ensuite, on pourra tous les deux mourir en paix. J'ai vu des façons de mourir pires que celle-là.

Tout à coup, le garçon arrive.

— Je suis là, Sukey. Je peux t'aider.

Il prend ma main et me montre sa paume.

— Explique-moi quoi faire.

J'écris « Va-t'en », puis lui donne une tape pour le faire bouger. Je l'entends sortir en pleurant. Maintenant, je peux faire ce que j'ai à faire.

Je mords le bâton. Je pousse, pousse… Sans faire de bruit. Douleur, poussée, douleur, poussée. Han ! Je le sens qui arrive ! Il sort. Des petits bras et des petits pieds qui sortent. Je le sens bouger !

Je secoue la tête d'un côté et de l'autre. Je lutte contre moi-même pour ne pas laisser mes mains se tendre vers lui. Puis il pleure.

Je tends les bras, le tire vers moi et le presse contre mon corps pour l'empêcher de respirer. Sa petite bouche s'ouvre pour aspirer l'air. J'appuie plus fort. Je grogne en serrant les dents sur le bâton, mais il se casse. C'est alors que la mama en moi prend le dessus. Elle crache les morceaux de bois, prend le cordon ensanglanté, le mord et libère l'enfant, puis lui donne le sein. Quand le bébé le prend, je baisse les yeux et vois que c'est une fille. Avec le peu de forces qui me restent, je pousse un hurlement de désespoir.

— Ne pleure pas, Sukey ! Ne pleure pas ! Je vais t'aider.

Le garçon est de retour. Je dépose un baiser sur sa main.

# 41

## *1830*
## *James*

Submergé par la panique, je saisis Pan par le bras et lui criai de courir. Il résista et je m'efforçai de le maîtriser.

— Il faut partir ! criai-je en maintenant ma prise sur lui. Il faut sortir d'ici !

— Et Sukey ? rétorqua-t-il en se dégageant. Elle est toute seule, en train d'avoir un bébé !

— Nous ne pouvons pas rester ! Viens, on s'en va !

Je regardai autour de moi, convaincu d'entendre nos poursuivants. Il ne me vint pas à l'esprit que le halètement que j'entendais était ma propre respiration. Certain d'être sur le point d'être abattu, je me mis à crier d'un ton affolé :

— Viens ! Viens !

Je le tirai brusquement par le bras. Une fois de plus, il se libéra et recula de quelques pas.

— Monsieur Burton ! Monsieur Burton ! cria-t-il. Vous ne savez pas ce que vous faites !

Je le laissai alors et me mis à courir. Les cris de Pan s'éloignèrent peu à peu, et je continuai de courir, propulsé par le son de ma propre respiration haletante. Ma terreur avait pris le dessus et la fuite était la seule issue possible.

La transpiration coulait dans mon œil valide, et j'entrai dans l'eau presque aveuglé. Je trébuchai sur les racines de cyprès, puis remontai sur la terre ferme, me frayant un chemin parmi les genévriers et les ronces vertes.

C'est en voyant l'ours que je retrouvai mes esprits. L'ours noir, celui qui avait été blessé plus tôt dans la journée, émergea des buissons. Il poussa un grognement de protestation quand je me hissai sur sa petite île.

Ma première réaction fut de m'adresser à lui comme s'il s'agissait d'un être humain. Puis, recouvrant la raison, je cessai de marmonner et me laissai glisser lentement dans l'eau. Quelque chose de long et sinueux frôla ma jambe. Je m'immobilisai, attendant que le serpent me tue.

L'ours s'avança, le poil hérissé. Il se dandinait lentement, claquant des dents et secouant la tête. Je reculai dans l'eau et me retrouvai coincé contre une grande racine de cyprès. L'animal chargea soudain. De l'écume jaillit de sa gueule béante. Tout à coup, il s'écroula dans l'eau, à moins de six mètres de moi. Mes jambes cédèrent sous mon poids et je me laissai glisser dans l'eau brunâtre. Je restai là, incrédule, à observer les tremblements d'agonie qui secouaient le corps de l'ours. Quand mes forces revinrent, je pataugeai jusqu'à l'île et m'y assis, hébété. J'étais vivant ! Je ne savais comment, mais j'avais survécu.

Je regardai autour de moi avec étonnement, en reprenant peu à peu mes esprits. Qu'avais-je fait ?

J'avais abandonné Pan. Pis encore, j'avais laissé Sukey pendant qu'elle donnait naissance à son enfant. Quelle sorte d'homme étais-je donc ? En pensant à mes compagnons restés seuls, et aux animaux qui risquaient de s'approcher de la grotte, je me relevai. Je devais retourner auprès d'eux.

Toujours étourdi, je repartis mais ne pus retrouver mon chemin. Mon seul espoir était d'attendre jusqu'au matin. Je trouvai un endroit sec où passer le reste de la nuit.

En me réveillant à l'aube, j'avais recouvré ma lucidité. Je repris ma route après avoir bu un peu d'eau tannique. J'étais toujours égaré, mais après avoir tourné en rond pendant des heures, je me souvins d'une technique que Henry m'avait enseignée pour m'orienter jusqu'à son refuge. J'improvisai donc avec sa méthode, déposant des triangles formés de longues branches en bordure des endroits secs. À la fin de la matinée, j'avais réussi à retrouver notre petite île.

Pan était assis seul à l'entrée de la grotte, sous un pin. Je n'avais jamais vu un enfant aussi désemparé. En me voyant, ses yeux s'illuminèrent, d'abord de soulagement, et ensuite de colère.

— A-t-elle eu son bébé ? demandai-je.

Il détourna la tête, refusant de répondre.

Je m'approchai de la grotte et retins mon souffle en écartant les vignes à l'entrée.

— Sukey, chuchotai-je.

Un faible vagissement me répondit. Sukey leva la tête, puis la laissa retomber en soupirant. Une odeur nauséabonde remplissait l'espace. Je ne pus m'empêcher d'entrer, d'abord poussé par le remords, puis par l'ébahissement en voyant la petite forme agrippée au sein de Sukey.

— Pardonne-moi…, commençai-je.

La main brûlante de Sukey saisit la mienne.

« Eau », écrivit-elle. Elle retraça ce mot et je compris que c'était urgent.

Je ne savais quoi utiliser comme contenant, puis songeai à mes chaussons de cuir. Bien que mouillés et usés, ils étaient encore intacts.

Pan leva les yeux quand je sortis.

— Elle a besoin d'eau, lui dis-je.

— J'ai essayé de lui en apporter, mais elle ne reste pas entre mes doigts. J'ai cherché toute la nuit quelque chose pour la mettre…

Il appuya la tête sur ses genoux et se mit à pleurer.

— Je vais utiliser mon soulier, lui dis-je.

Il ne me suivit pas, mais m'observa pendant que je faisais de mon mieux pour rincer le chausson. Je revins en me hâtant avec le contenant improvisé rempli d'eau.

Quand je soulevai sa tête, la peau de Sukey me sembla chaude et sèche. Même si une bonne partie du liquide lui coula dans le cou, elle but avidement et je partis en rechercher. Lorsqu'elle eut étanché sa soif, je tentai de lui enlever le bébé, mais elle secoua la tête en le tenant fermement.

Je la laissai alors, désireux d'échapper à cette odeur oppressante. Pan était toujours assis sous le pin. Quand je pris place à ses côtés, il me tourna le dos.

— Pan ? dis-je.

— Je ne vous aime plus. Quand je sortirai d'ici, je vais aller vivre avec mon père. Il n'a pas grand-chose, et il va me donner une raclée pour être allé au port, mais il ne m'aurait jamais abandonné comme vous l'avez fait.

— Je suis désolé, Pan. Je ne sais pas ce qui m'est arrivé. Je suppose que la peur a pris le dessus.

Je secouai la tête avec incrédulité, me remémorant ma panique et la façon dont l'ours m'avait ramené à la raison.

— Vous ne savez pas ce qui vous est arrivé ? Eh bien, vous êtes parti en nous laissant mourir ici, Sukey et moi.

— Mais je suis revenu.

— Pourquoi ?

— Parce que je tiens à toi, répondis-je.

— Peuh ! J'ai un papa qui tient à moi. Tout ce que j'ai à faire, c'est de retourner avec lui.

J'hésitai sur la façon de lui répondre, puis la vérité finit par sortir.

— Pan, ton papa est venu avec moi pour te retrouver.

Il me jeta un coup d'œil sceptique.

— Il est venu avec vous ? Alors, où est-il ?

— Il est tombé malade à Norfolk. J'ai fait venir un docteur deux fois, mais il n'a pas pu l'aider.

— Vous voulez dire qu'il est malade quelque part ? s'écria-t-il, furieux. Vous vous êtes sauvé et l'avez laissé seul, lui aussi ?

— Non, dis-je.

Je compris que j'aurais dû attendre un autre moment pour lui révéler la vérité.

— Alors, où est-il ?

— Malheureusement, il est mort.

Pan se leva et fit quelques pas avant de se tourner vers moi.

— Pourquoi vous dites ça ? demanda-t-il en plissant les yeux.

— Je suis désolé, Pan. Je n'aurais peut-être pas dû te l'annoncer maintenant.

— Vous dites que mon papa est venu ici, au pays des esclaves, et qu'il est mort ? Vous me dites la vérité ?

— Oui, Pan. J'ai bien peur que oui.

Le menton tremblant, il s'efforça de se maîtriser.

— Vous êtes sûr que le chasseur d'esclaves ne l'a pas attrapé ?

— Oui. Il a commencé à tousser, puis il est devenu très malade. J'étais avec lui quand il est mort.

— Vous étiez avec lui ?

— Oui, et j'étais là quand il a été enterré. Quand on sortira d'ici, je pourrai t'emmener voir sa tombe.

— Je ne veux pas voir de tombe !

Il marcha lentement vers le bord de l'eau, où il tomba à genoux. Il se recroquevilla et se mit à appeler désespérément son père.

Je m'approchai.

— Pan, je suis désolé.

— Allez-vous-en ! cria-t-il en me frappant.

Je compris qu'il valait mieux le laisser tranquille. Ne sachant que faire, je décidai de retourner dans la grotte. Je me forçai à affronter l'odeur nauséabonde qui y régnait pour accomplir la tâche de nettoyer Sukey. Son jupon déchiré était étalé près d'elle. Elle ferma ses yeux vitreux quand je déchirai un grand morceau en lui expliquant mes intentions.

Je ne m'étais pas attendu à une telle quantité de sang. Malgré mes nausées, je la nettoyai du mieux que je pus. À côté d'elle, je trouvai le cordon ombilical attaché à un petit morceau de ce que je supposais être le placenta. Bien qu'incertain, je soupçonnais qu'il n'était pas entièrement sorti.

Je ne sais combien d'allers et retours je fis jusqu'à l'eau pour rincer le chiffon. Plus tard, quand je ramassai de la mousse pour l'appliquer entre les jambes de Sukey afin d'arrêter l'écoulement de sang, je vis que Pan m'observait.

Durant mes soins, le bébé poussait parfois de faibles cris, mais je ne le touchai pas. Il était extrêmement petit et j'étais convaincu qu'il ne survivrait pas longtemps. Enfin satisfait d'avoir fait tout ce que je pouvais, je ressortis et allai m'asseoir près de Pan, au bord de l'eau.

— J'aurai besoin de ton aide pour qu'elle guérisse, Pan.

Le garçon répondit d'une voix épuisée :

— Ce bébé est si petit qu'il ne peut même pas pleurer. Ce sont ceux-là qui meurent. Je l'ai vu quand j'aidais Sukey à la maison des malades.

— Je sais qu'il est chétif, mais il faut faire de notre mieux pour Sukey. Puis-je compter sur toi pour m'aider ?

— Ce n'est pas moi qui me suis sauvé, rétorqua-t-il sèchement.

— Je ne le ferai plus, Pan.

— On verra, marmonna-t-il.

— Pardonne-moi, Pan. Je suis désolé d'avoir dû t'apprendre cette nouvelle à propos de ton père. Souviens-toi toujours que c'était un homme bon.

Il répliqua sans me regarder :

— S'il était si bon, pourquoi il partait toujours en nous laissant seuls, mama et moi ?

— Il avait peur, Pan. Il avait peur de se faire prendre.

— Il n'aurait pas dû laisser mama mourir comme ça.

— Je sais que ça peut paraître mal, mais je crois que sa peur de se faire prendre surpassait tout le reste. Et je suppose que j'ai agi comme lui hier soir. Ma peur a été plus forte que tout.

Il renifla bruyamment, puis se tourna vers moi.

— De quoi aviez-vous peur ?

Je ramassai une branche et m'en servis pour piquer le sol couvert de mousse.

— Pan, la vérité, c'est que j'ai eu peur et que j'ai été un fugitif toute ma vie.

— De quoi vous sauviez-vous ? demanda-t-il d'un ton dur.

Je pris une grande inspiration et répondis :

— Pour commencer, quand j'étais un jeune garçon, je pensais que j'étais blanc. Puis, quand j'ai eu ton âge, j'ai découvert que ma mère était noire. Depuis ce jour-là, j'ai essayé de me faire passer pour un Blanc. C'est un secret que j'ai gardé toute ma vie.

— Vous dites que votre mama était de couleur comme moi ? demanda-t-il, ne pouvant réprimer sa curiosité.

— C'est exactement ça, répondis-je en enfonçant la branche dans la mousse sous son regard insistant. C'est pour cette raison que nous ne pouvons pas retourner à Philadelphie.

Ses maigres épaules s'affaissèrent.

— Ce n'est pas grave, monsieur Burton. On va mourir ici, de toute façon.

Son désespoir me frappa et me poussa à afficher une assurance que je ne ressentais pas.

— Pan, nous n'allons pas mourir ! Nous allons sortir d'ici, et un jour, tu seras l'homme que ton père a toujours su que tu deviendrais. Nous nous en sortirons, je te le promets !

— On verra, dit-il d'un air peu convaincu en portant les mains à son ventre qui gargouillait.

— Ce matin, j'ai mangé des airelles, dis-je en désignant les fruits bleus qui abondaient autour de nous. Elles sont ressorties directement, alors il ne faut pas en consommer avec excès.

— J'en ai mangé aussi, admit-il. Mais elles me font mal au ventre.

— Tu en as peut-être trop pris ?

— Peut-être.

— Si nous devons rester ici jusqu'à ce que Sukey se remette, il va falloir trouver quelque chose de plus nourrissant, dis-je. Le problème, c'est que je n'ose pas allumer de feu. C'est trop dangereux.

— Quand mon père n'avait plus de nourriture, il mangeait des asticots. Il disait que ça donnait de l'énergie.

— Alors, essayons d'en trouver, dis-je.

Même si cette perspective était loin d'être appétissante, je connaissais leur valeur nutritive. La terre de cette île grouillait de coléoptères noirs de grande taille. Et là où il y a des insectes, il y a des vers. Nous n'eûmes pas à chercher loin pour trouver des troncs en décomposition. Sous le premier que je retournai, je vis se tortiller de grosses larves blanches. Pan me regarda en prendre une.

— Vous allez essayer ? demanda-t-il en faisant la grimace.

Sans me laisser le temps de réfléchir, je la mis dans ma bouche et commençai à mâcher. Lorsque mes dents s'enfoncèrent dans le corps mou, j'eus un haut-le-cœur. Je me hâtai d'ajouter quelques airelles et me forçai à avaler.

— Ah ! fis-je. Pas mal !

— Alors, pourquoi vous avez l'air de quelqu'un qui va vomir ? demanda Pan.

— Je commence juste à m'habituer à leur bon goût, le taquinai-je.

Je fus récompensé par un petit sourire.

— Allez, dis-je en lui tendant une larve tout en en prenant une autre pour moi-même. Si ton père en mangeait pour survivre, nous pouvons le faire aussi.

La suivante fut plus facile à avaler. Même si le goût était amer et la texture répugnante, je me forçai à en manger quelques autres. Pan en avala deux. En nous agenouillant pour boire de l'eau, nous vîmes une grosse sauterelle se poser sur le sol entre nous. Pan s'en empara.

— Papa mangeait aussi des sauterelles, mais les pattes ont des épines et il faut les enlever, expliqua-t-il en arrachant d'abord la tête, puis les pattes.

» Tenez, ajouta-t-il en me tendant l'insecte.

J'ignorais si c'était une marque d'appréciation ou un défi, mais je savais que c'était comestible et acceptai son offrande.

L'insecte craqua sous mes dents et j'eus besoin d'une bonne quantité d'eau pour l'avaler.

— Pas mauvais, dis-je. Maintenant, trouvons-en une pour toi.

— Peut-être plus tard, répliqua Pan avec une ébauche de sourire.

Nos estomacs gargouillaient, mais ils gardèrent cette nourriture. Plus tard, nous ramassâmes plusieurs larves et airelles pour Sukey. Elle mâcha et avala quelques fruits, mais refusa un deuxième ver. Comme si cet effort avait épuisé toute son énergie, elle ferma les yeux. L'enfant glissa sur son flanc et se mit à vagir doucement. Je finis par prendre le nourrisson et le sortir de la grotte.

Pan me suivit jusqu'à la rive et regarda par-dessus mon épaule pendant que je déposais le bébé pour défaire le jupon souillé. Un rayon de soleil s'infiltra à travers la cime des arbres, baignant de sa lumière dorée ce nourrisson si minuscule que j'aurais pu le tenir dans une seule main.

Le corps plissé de la petite se tortilla et elle cligna des yeux sous la lumière. Le duvet qui couvrait sa tête se hérissait comme celui d'un oiseau fraîchement éclos. Mon cœur fut soudain submergé de tendresse.

Son cordon ombilical avait été noué avec une lanière de tissu, et je m'émerveillai une nouvelle fois de la détermination de Sukey à sauver la vie de son enfant. Toutefois, le tissu enveloppant le derrière du bébé était collé à sa peau.

— Vous devez la laver, dit Pan en testant la température de l'eau avec sa main. Mais il faudra faire vite.

— Prépare-toi, dis-je en la soulevant pour la plonger dans l'eau.

Pan la frotta pour la nettoyer. Elle poussait de petits soupirs étonnés pendant que ses membres s'étiraient en tremblotant.

— Vous devriez la sortir, maintenant, dit Pan.

Spontanément, je glissai son corps frissonnant à l'intérieur de ma chemise déchirée pour la réchauffer contre ma peau. Pan alla chercher un autre bout de jupon propre qu'il tapissa de douce mousse avant de s'en servir comme couche. Nous enveloppâmes ensuite le bébé dans un autre morceau de tissu. Durant tous ces soins, le petit bout de chou émit de faibles vagissements, mais ne pleura pas.

Pendant que Sukey continuait de dormir, nous gardâmes la petite avec nous. Assis sous le pin, nous contemplâmes le bébé à l'odeur maintenant propre et fraîche.

Je fus étonné de voir de la curiosité dans ses grands yeux sombres. En entendant son faible cri, Pan avança la main pour lui caresser les cheveux.

— On dirait un chaton, dit-il. Appelons-la Kitty.

— Ne t'attache pas trop à elle, le prévins-je. Je serais étonné qu'elle survive.

La petite bâilla soudain, et quand je tapotai gentiment son minuscule menton, ses doigts frémirent et elle attrapa l'un des miens.

Malgré mon propre avertissement, je sentis mon cœur fondre.

Durant la journée, l'air était chaud et souvent humide, mais il ne pleuvait pas. Les jours passèrent rapidement pendant que je prenais soin des trois autres. Après avoir donné à Pan et au bébé ce qui restait de graisse d'ours, je réprimai mon envie de gratter l'éruption rouge et suintante qui couvrait mes jambes et mes bras. Si ma barbe non taillée servait de barrière contre les essaims de mouches et de moustiques, mes vêtements déchirés et en lambeaux ne me protégeaient guère. À mesure que l'état de Sukey empirait, le bébé accaparait tous mes soins. Chaque jour de plus où elle survivait me semblait une victoire.

Malgré tous mes efforts, le troisième jour, Sukey n'était plus lucide. Pan avait trouvé une vieille carapace de tortue, et même si elle y buvait de l'eau sans protester, elle refusait toujours les larves.

Un matin, je trouvai trois œufs de canard et me précipitai pour lui en donner un. Découragé, je la vis refuser en détournant la tête. Plus tard, je cassai les trois œufs. Pan et moi absorbâmes avec gratitude cet aliment nutritif, qui nous changeait de notre régime habituel de larves, sauterelles et airelles.

La cinquième journée, Sukey refusa même les airelles. Croyant que l'effort de mâcher l'empêchait de s'alimenter, je mâchai moi-même les fruits avant de les introduire dans sa bouche. Cette tentative frôla la catastrophe, car la pâte lui tomba dans la gorge et elle faillit s'étouffer.

Je parvins à lui faire recracher la nourriture, mais cet épisode l'épuisa. Quand je la lavai ce soir-là, du sang frais tachait la compresse de mousse.

Le lendemain, Sukey ne réagissait plus. Toutefois, elle avalait toujours l'eau que je versais dans sa bouche, même si elle s'étouffait souvent.

Kitty tétait vigoureusement quand je la mettais au sein de sa mère, mais je ne savais pas si elle obtenait suffisamment de lait. À mesure que Sukey s'affaiblissait, je me demandais quoi faire. Devrions-nous partir et essayer de sauver Kitty ? Combien d'heures un bébé pouvait-il survivre sans lait ? Pourtant, je ne pouvais pas abandonner Sukey alors qu'elle était toujours en vie, car trop de carnivores rôdaient dans les parages durant la nuit.

Le sixième jour, Sukey nous fournit la solution. Autour de midi, pendant que Pan récoltait des larves, j'amenai Kitty pour téter et m'aperçut que sa mère s'était éteinte.

J'avais senti sa mort approcher, mais cette réalité me bouleversa. Serrant Kitty contre moi, je sortis de la grotte et appelai Pan.

Il arriva en courant.

— Elle est morte, dis-je abruptement. Nous devons partir.

Il baissa la tête, puis déclara :

— Il faut l'enterrer.

— Nous ne pouvons pas sans outils. Et elle aurait voulu que nous prenions soin de Kitty, tu le sais bien. Il va falloir trouver du lait pour elle le plus tôt possible.

— Comment on va faire ?

Je lui tendis le bébé et pris le panier rudimentaire que j'avais fabriqué en vue de notre départ.

— Je ne sais pas, mais nous n'avons pas beaucoup de temps.

Je tapissai le panier, grossièrement tressé au moyen des roseaux, avec une épaisse couche de mousse. J'ajoutai ce qui restait du jupon de Sukey.

Finalement, je couchai Kitty dans le panier puis, glissant ma veste dans la ceinture de mon pantalon en loques, j'annonçai que j'étais prêt à partir.

Pan, l'air perdu, se dirigea vers l'entrée de la grotte.

— Il faudrait au moins dire quelque chose.

— Tu as raison, dis-je en le rejoignant.

J'essayai de trouver les mots, mais quand je baissai la tête, rien ne me vint à l'esprit. Voyant que le bébé se tortillait, j'ajustai sa position dans le panier.

Pan s'impatienta et répéta :

— Vous devez dire des paroles gentilles sur Sukey. Après, vous pourriez demander l'aide de ma mama, mais elle n'a pas l'air d'être là depuis qu'on m'a enlevé.

— Pourquoi pas celle de ton père ? dis-je, plus à l'aise à l'idée d'invoquer le nom de Henry.

Pan haussa les épaules.

— Sukey était une femme bien, commençai-je, sans savoir comment poursuivre.

— Mais maintenant, on a besoin de ton aide, ajouta Pan. Papa, si tu nous vois, il faut que tu t'arranges pour qu'on ait de l'aide.

Sa voix s'étrangla à la mention de son père, et ma vue se brouilla. Je levai les yeux et contemplai les longues guirlandes vertes et les vignes rouges à fleurs qui pendaient des arbres majestueux. Sous cette magnifique arche protectrice, une paix inattendue m'envahit et m'insuffla une force renouvelée. Je déclarai d'une voix forte :

— Henry et Sukey, vous étiez tous les deux courageux et bons. C'est pourquoi nous savons que vous êtes avec le Seigneur. Demandez-Lui de nous aider.

Je fus récompensé de mes efforts en voyant Pan s'essuyer les joues et lever les yeux vers moi.

— Vous avez bien parlé, monsieur Burton. Maintenant, il faut partir !

Je décidai d'aller vers le nord jusqu'au canal transversal. Ensuite, au lieu de tourner à l'est vers le grand canal, comme on nous l'avait recommandé, j'irais vers l'ouest. On m'avait dit que la civilisation se trouvait non loin de là. Je ne savais pas quelle histoire je raconterais, mais mon seul espoir de sauver Kitty se trouvait dans cette direction.

Pendant que nous progressions, je sentais que nous étions observés. La nuit précédente, les loups m'avaient paru particulièrement près et je craignais qu'ils ne soient en train de nous traquer. Je refusais de penser à ce qui risquait d'arriver au corps de Sukey dans la grotte.

Comme la première fois, nous nous frayâmes un chemin dans la végétation dense. Pan parvenait à me suivre, sans dire un mot. Si j'avais été seul, j'aurais peut-être perdu espoir, mais la responsabilité de Kit et Pan me donnait un but. J'avançais donc sans relâche, utilisant les arbres couverts de mousse et les faibles rayons du soleil pour m'orienter. Après quelques heures de marche, nous arrivâmes à un endroit sec où je décidai de vérifier comment allait Kitty, qui était silencieuse.

Je retins mon souffle en soulevant son corps inerte du panier.

— Kit, Kit, répétai-je en tapotant son visage satiné jusqu'à ce qu'elle émette un faible vagissement.

Pan me saisit le bras si brusquement que j'en laissai presque échapper le bébé.

— Monsieur Burton ! chuchota-t-il pendant qu'un Noir de petite taille surgissait des arbres. Il a un couteau !

Le garçon désigna la longue arme recourbée que portait l'homme âgé.

— Je vous veux pas de mal ! dit l'homme.

Il rengaina aussitôt son couteau, l'attachant à la corde qui retenait ce qui restait de son pantalon.

— Je m'appelle Willie, ajouta-t-il. Je vous regarde depuis un bout de temps. Qu'est-ce que vous faites avec un bébé ?

— Elle a besoin de lait ! lui dis-je.

— Venez, on va lui en donner, déclara-t-il en nous faisant signe d'avancer.

Nous n'avions d'autre choix que de le suivre.

— Allons-y, dis-je à Pan.

Le vieil homme s'orienta vers le sud-est et se mit à marcher si vite que nous aurions perdu sa trace si nous n'avions pas été aussi déterminés à le suivre. En moins d'une demi-heure, nous parvînmes à une grande île. En retrait parmi les arbres se trouvaient trois petites huttes, similaires à celles des quartiers des plantations. Ces cabanes étaient protégées par de grands pins et construites sur pilotis. Sous ces habitations primitives, des poulets picoraient le sol. Une chèvre attachée à un piquet accueillit Willie avec un bêlement. Une vieille femme, assise devant la porte de la plus grande cabane, me jeta un regard étonné.

— Viens, Peg ! dit Willie en l'invitant à approcher.

La vieille femme hésita jusqu'à ce qu'elle voie Pan. Elle déposa le panier qu'elle était en train de tresser et s'avança.

— S'il vous plaît ! Elle a besoin de lait, dis-je en lui tendant Kitty.

Mon cœur se serra en voyant les petits bras du bébé retomber mollement.

— Avez-vous du lait ? ajouta Pan d'un ton suppliant.

La femme se pencha pour regarder le nourrisson, puis se retourna brusquement pour aller chercher un seau accroché au mur de la hutte. Quelques minutes plus tard, Kitty buvait du lait de chèvre chaud à travers un bout de roseau.

— Peut-elle en avoir plus ? demandai-je quand la femme cessa soudain de la nourrir.

— D'abord, il faut voir si elle peut le garder, dit Willie.

— Comme s'il savait de quoi il parle, marmonna Peg. Donnez-moi ce bébé !

Elle me prit Kitty des bras.

— Donne à manger au garçon, ordonna-t-elle à Willie.

Sa voix grave et rauque était surprenante chez une femme d'aussi petite taille.

— Est-ce que M. Burton peut avoir quelque chose à manger, lui aussi ? demanda Pan.

La femme me jeta un regard sombre avant de s'éloigner.

J'étais inquiet pour Kitty, mais Willie me fit signe d'approcher.

— Elle va s'occuper du bébé. C'est juste qu'elle aime pas voir un homme blanc ici. Venez !

Il nous conduisit jusqu'à un grand feu de camp. Se penchant au-dessus d'un chaudron noir, il servit de généreuses portions de ragoût dans des carapaces de tortue faisant office de bols. Puis il nous tendit à chacun une cuillère en bois rudimentaire. Pan semblait au bord des larmes à la vue de ce repas nourrissant. Nous mangeâmes tous deux avec appétit pendant que Willie disparaissait dans la cabane. Puis mon jeune compagnon partit se soulager dans les bois et je m'adossai à un arbre en fermant les yeux de satisfaction.

Soudain, on me renversa sur le sol. Même si c'était futile, je tentai de me défendre contre un nègre à l'allure féroce qui faisait deux fois ma taille. Quand il me retourna pour lui faire face, je vis ses longs cheveux emmêlés qui retombaient sur son visage non rasé et ses yeux sombres remplis de haine. Willie sortit précipitamment de la hutte, suivi de Peg, Kitty dans les bras.

— Sam ! Laisse-le ! cria Willie.

— Qu'est-ce que ce Blanc fait ici, Willie ? cria le grand gaillard.

— Il est perdu, mais il a deux petits nègres avec lui.

— Oh ! il va être perdu pour de vrai ! lança Sam avec un rire menaçant.

Je grognai quand son genou s'enfonça dans mon ventre. Un couteau me piqua la nuque et je fermai les yeux.

« Faites que ça se passe vite », priai-je.

— Laissez-le tranquille ! Lâchez-le ! cria Pan en surgissant des arbres pour frapper le dos de l'homme.

Sam heurta Pan du coude, l'envoyant voler dans les airs. Puis il tortilla ce qui me restait de chemise et me remit debout.

— Que faites-vous ici ? demanda-t-il en me plaquant contre un arbre.

Je recrachai de la terre.

— J'essaie d'aller vers le nord. Nous venons d'un endroit plus au sud. Des patrouilleurs sont à nos trousses.

— Au sud d'ici ? Parlez-vous de Southwood ? demanda Sam.

Je hochai la tête.

— T'as entendu ça, Willie ? Il dit qu'il vient de Southwood !

J'avais perdu depuis longtemps mon cache-œil, et Sam examina mon œil malade et trouble.

— Alors, c'est vous, l'homme borgne qui serait noir ! Il y a des hommes partout sur le canal qui sont à votre recherche. Ils sont prêts à donner beaucoup d'argent. Où est la fille qui s'enfuyait avec vous ? Celle appelée Sukey ?

— Elle est morte, répondis-je.

Pan désigna Kitty, dans les bras de Peg.

— C'est son bébé.

— Et toi, t'es qui ? demanda Sam.

— J'ai été enlevé et vendu comme esclave, dit Pan. M. Burton me ramène à la maison.

Sam se tourna vers moi.

— Vous dites que Sukey, celle qui s'occupait de la maison des malades, est morte et que c'est son bébé ?

— Oui, dis-je, soudain plein d'espoir. Connaissez-vous un homme qui vivait près de ce marais, nommé Doc McDougal ?

— Le vieux Doc ? Ouais, on le connaît. Hein, Willie ?

Le vieil homme hocha la tête.

— Il a un ami, M. Spencer, ajoutai-je. Si vous pouviez faire savoir à M. Spencer où nous nous trouvons, je suis certain qu'il pourrait nous aider.

— Et comment vous pensez que quelqu'un pourra vous faire sortir d'ici ? demanda Sam. Ils vous pourchassent comme des chiens !

— Écoutez, dis-je d'un ton suppliant. Je suis venu dans la région pour trouver ce garçon. Il a été volé à Philadelphie.

Sam grogna, puis échangea un regard furtif avec Willie.

— S'il vous plaît, insistai-je. J'ai besoin de votre aide.

— On verra, répliqua-t-il pour toute réponse.

# 42

## *1830*
## *James*

Au cours de cette première semaine, pendant que Kitty s'habituait à son nouveau lait, Pan et moi reprîmes des forces grâce aux ragoûts copieux préparés par Peg. Cette femme n'aimait personne, surtout pas moi, mais Pan la suivait comme un garçon suivrait sa mère. En peu de temps, il devint son favori. Elle lui enseigna même à traire sa chèvre bien-aimée, la seule créature vivante qui semblait bénéficier de son affection.

Willie partait généralement tôt le matin pour chasser ou chercher de la nourriture. Sam s'absentait aussi chaque jour, mais était plus discret sur ses activités.

Un soir, après que tout le monde fut rassasié par un repas de sanglier rôti, Peg répartit le reste de la viande dans deux seaux de bois. Sam et Willie les prirent et s'éloignèrent dans la nuit.

— Il y en a d'autres qui ont besoin de nourriture, expliqua la femme à Pan.

Plus tard ce soir-là, ce dernier m'en confia davantage :

— Elle dit que d'autres personnes vivent par ici. C'étaient tous des esclaves, comme Peg et Willie. Ils sont là depuis longtemps. Elle dit que c'est chez eux, maintenant.

Vers la fin de la semaine, Sam revint et nous annonça que des patrouilleurs nous cherchaient le long de la route du canal.

— Tout le monde veut cet argent, déclara-t-il.

Inquiet à l'idée que Willie et lui ne soient pas à l'abri de cette tentation, j'insistai pour fixer une date de départ.

— Il faut attendre, répondit Willie.

D'un hochement de tête, il me fit signe de continuer à couper du bois.

J'étais si impatient de partir que j'aurais pu commettre l'imprudence de prendre Pan et Kitty pour m'enfuir sans tarder. Cependant, j'appris par Willie qu'ils avaient choisi de s'installer sur cette île parce qu'elle était protégée, entourée d'une eau infestée de serpents et d'alligators. Tout aussi dangereux étaient les multiples étangs présents sur l'île, couverts d'une pellicule luisante et graisseuse qui camouflait les sables mouvants sous leur surface.

— Un homme qui sait pas où il va, s'il marche là-dedans, on le revoit plus jamais, me dit-il.

À la fin de la deuxième semaine, pendant que Willie, Pan et moi étions assis près du feu et regardions Peg vérifier la cuisson d'un opossum, Sam apparut brusquement entre les arbres.

— On est prêts pour ce soir ! Avant que le soleil se lève, on va vous amener au canal de traverse. Un chaland arrive. Il va vous emmener à un chariot qui s'en va à Norfolk.

Mon cœur se mit à battre la chamade. Les patrouilleurs étaient-ils toujours dans la région ? J'avais attendu ce moment, mais à présent, j'avais peur de partir. Chaque jour, j'avais passé en revue mes craintes et les obstacles que nous devrions affronter, mais ma plus grande peur concernait Kitty.

— Et la petite ? demandai-je. Que ferons-nous pour le lait ?

Ma question demeura en suspens pendant que je dévisageais mes hôtes.

— Demandez à Peg de vous donner sa chèvre, finit par dire Willie.

Peg lui jeta un regard perçant.

— Mais… ! s'exclama Pan, sachant ce que cet animal signifiait pour elle.

Je regardai cette femme froide, certain de son refus. Elle serra les mains en observant sa précieuse chèvre, puis se tourna vers Willie avec un hochement de tête.

Incrédule, je demandai à Sam :

— Comment allons-nous faire ? Comment pourrons-nous emmener une chèvre ?

— Vous pensez que c'est le plus gros fardeau qu'on ait transporté ? répliqua celui-ci.

Il redevint silencieux, comme s'il en avait trop dit.

Peg s'approcha du feu, enleva l'opossum de la broche, puis retira les patates douces des braises. Personne n'eut besoin d'encouragement pour manger. Pendant le repas, Peg alla dans sa hutte. Je me penchai vers Willie pour lui demander si elle allait revenir, mais il secoua la tête.

— Laissons-la seule. Elle doit s'habituer à l'idée de perdre sa chèvre… et le garçon, dit-il en désignant Pan du menton.

Il se faisait tard. Alors que nous nous préparions pour partir, Peg revint en insistant pour nourrir Kitty une dernière fois. Pan, plus excité que jamais, alla voir Peg pendant qu'elle nourrissait la petite.

— Voulez-vous que j'écrive pour vous dire comment on s'en est sortis ?

— Tu sais que je peux pas lire.

— Je pourrais faire des dessins.

— Tu es bon en dessin ?

— Pas autant que M. Burton.

— Je voudrais des dessins de toi, dit-elle.

Le garçon regarda autour de lui comme s'il venait de se rappeler où il se trouvait.

— Où devrai-je les envoyer ?

— Envoie-les à M. Spencer. Il s'arrangera pour me les donner.

Cette réponse confirma les soupçons que j'avais sur leur lien avec M. Spencer.

Pan la regarda changer la couche du bébé, puis l'installer dans un nouveau panier tapissé de mousse.

— Kitty va-t-elle vous manquer, mademoiselle Peg ? demanda-t-il.

— Un bébé, c'est trop de travail, répondit la femme.

Elle lui tendit un sac de cuir contenant des carrés de tissu pour les couches, une petite carapace de tortue et des roseaux pour le lait.

— Merci, mademoiselle Peg, dit Pan.

Le regard de la femme s'adoucit, puis elle se dirigea vers sa cabane.

Je la suivis.

— Mademoiselle Peg ! lançai-je avec la même formalité que Pan. Mademoiselle Peg !

Elle finit par se retourner.

— Que voulez-vous, maintenant ?

— Je voudrais vous remercier. Je ne pourrai jamais remplacer votre chèvre, ni exprimer toute ma gratitude pour votre gentillesse, mais je vous prie de prendre ceci.

Je pris sa main et y pressai la broche sertie de grenats et de diamants de ma grand-mère.

— Remettez ceci à M. Spencer et il vous obtiendra d'autres chèvres, si vous le souhaitez.

Elle referma la main sur le bijou, se détourna et s'en fut.

Quand je soulevai le panier de Kitty, Willie lui jeta un dernier coup d'œil.

— Élevez-la bien, dit-il. Parlez-lui de nous. Dites-lui ce que Peg a fait pour elle.

Sam avançait rapidement, menant la chèvre muselée à travers la végétation incroyablement dense.

Chaque fois qu'une créature bougeait à proximité dans les broussailles du marais, la chèvre paniquait et s'arc-boutait. Finalement, frustré par sa résistance, Sam la prit et l'enroula autour de son cou massif.

Malgré son fardeau supplémentaire, Pan et moi avions peine à le suivre. Il nous fit traverser le terrain marécageux, puis nous guida entre les racines d'arbres tordues et glissantes. Même si j'étais maintenant habitué aux bruits de la nuit, j'étais tout de même surpris par les animaux qui s'envolaient ou se faufilaient en bruissant dans le sous-bois.

Kitty pleurait rarement et Pan demeurait à mes côtés. C'était un parcours si difficile que j'avais à peine le temps de m'inquiéter de ce qui nous attendait. Ma crainte la plus immédiate était de perdre l'équilibre et de faire tomber Kit dans l'eau. J'agrippais donc fermement le bâton de marche que Willie m'avait mis dans la main lors de notre départ.

Nous marchâmes longtemps dans la nuit. Même Sam semblait épuisé quand nous aperçûmes le chemin de halage. Le canal tortueux semblait paisible sous le ciel nocturne. Les arbres s'inclinaient l'un vers l'autre, leurs branches se joignant au-dessus de l'eau comme pour une prière. Un peu plus loin, un tronçon du canal était dégagé, et l'ombre d'un engoulevent se dessina sur l'eau immobile.

Un hibou hulula et des loups hurlèrent comme pour lui répondre. De plus en plus anxieux, j'observais Sam qui arpentait la berge. Soudain, il revint vers l'endroit où nous l'attendions sous les arbres.

— Quelque chose approche ! chuchota-t-il.

Un petit chaland glissa vers nous à travers les ombres, comme s'il se déplaçait dans de la mélasse.

Lorsqu'il s'approcha, je discernai un homme et un garçon noirs, qui marchaient sur le chemin de halage. Chacun tenait une longue perche attachée à l'embarcation afin de la propulser vers l'avant.

— Venez, venez, nous encouragea Sam quand le chaland heurta la berge. Montez vite !

Il tendit les mains vers Kitty. J'hésitai tout à coup. Et s'il voulait la garder quand je serais à bord ?

— Faites ce que je dis ! insista-t-il en tentant de prendre le panier.

— Non ! protestai-je.

Puis une femme à bord du chaland tendit les bras.

— Donnez-moi l'enfant, chuchota-t-elle.

Je lui remis Kitty. Ensuite, Pan et moi nous retrouvâmes sur le pont, parmi des piles de bois coupé, de melons et de sacs de grain.

— Venez vite, entrez là-dedans, dit l'homme.

Debout à l'arrière, il déplaça un tas de bois qui dissimulait une petite trappe. Il l'ouvrit et pointa le doigt en répétant :

— Vite ! Entrez !

Pan s'accroupit pour regarder à l'intérieur.

— On doit se faufiler tous les deux là-dedans ? chuchota-t-il.

L'homme hocha la tête. Le petit chaland, qui était à peine plus qu'un gros radeau, était construit si bas et si lourdement chargé qu'il était impossible de croire qu'un espace puisse exister sous le pont. Et pourtant, c'était le cas.

J'hésitai à la perspective de pénétrer dans un espace si exigu. Je me tournai et vis Kitty dans les bras de la femme. Sam hissa la chèvre récalcitrante sur le pont.

— Allez, dit la femme en m'encourageant de la main. Entrez. J'ai l'enfant.

Je ne songeai pas à remercier Sam, ce que je regretterais plus tard. Je ne pensais qu'à cette cachette sombre et étroite où je n'avais aucune envie de m'introduire. Mais le temps pressait, comme me le faisait comprendre l'homme. Je me forçai à m'agenouiller et me glissai à l'intérieur, avant d'encourager Pan à me rejoindre. Nous nous retrouvâmes étendus sur le ventre dans cet espace étroit et humide.

— Vous devez garder le silence ! nous avertit le batelier avant de refermer la trappe sur nous.

Des bûches s'entrechoquèrent quand il les empila pour nous couvrir. Quelques minutes plus tard, le chaland s'éloigna de la berge et nous glissâmes en silence, hormis le bruit de l'eau qui clapotait sous le fond de l'embarcation.

# 43

## *1830*
## *Pan*

Quand on part de la maison de Willie et de Mlle Peg, je n'ai plus peur parce que je sais que mama a recommencé à veiller sur moi.

Mlle Peg est assez gentille pour nous donner sa chèvre. Sauf qu'elle n'aime pas M. Burton parce qu'il est blanc, même quand je lui dis que sa mama était une femme de couleur.

— Tu es sûr qu'elle était de couleur ? a demandé Mlle Peg.

— Je ne suis plus sûr de rien, ai-je répondu.

— Pourquoi pas ? Pourquoi t'es plus sûr de rien ?

— Parce que quand mama est morte, elle a dit qu'elle allait veiller sur moi. Puis j'ai été enlevé pour devenir un esclave. Où elle était ce jour-là, hein ?

— Comment c'est arrivé ? a demandé Mlle Peg.

— Je suis allé au port, même si on me l'avait interdit.

— Peuh ! Comment pensais-tu que ta mama s'occuperait de toi si tu faisais des bêtises ?

Je n'avais jamais vu ça ainsi. Ce soir-là, pendant que M. Burton dormait, j'ai parlé à mama.

— Prends soin de Kitty, de moi et de M. Burton, et je ne ferai plus jamais de bêtises.

Puis je me suis endormi, parce que je savais qu'elle veillait toujours sur moi.

M. Burton et moi, on est coincés au fond du bateau. Je vois que M. Burton a peur et qu'il n'aime pas ça non plus. Je suis content de ne pas être tout seul comme je l'étais avant, sous le siège du chariot. J'espère juste que M. Burton va rester calme. Je n'avais jamais rien vu de pareil, quand Kitty est née et qu'il est parti en courant. J'avais toujours considéré M. Burton comme une espèce de dieu, comme un grand homme. Puis il s'est sauvé en nous abandonnant, Sukey et moi. Je me serais attendu à quelque chose comme ça de la part de mon papa, mais je m'étais trompé là-dessus aussi. Apparemment, même si papa avait peur d'être attrapé, il est venu au pays des esclaves pour me chercher. Je n'aurais jamais cru ça de lui. Il devait beaucoup m'aimer. Ça me serre la gorge quand j'y pense.

Papa avait raison. Il n'y a rien de pire que d'être un esclave. Je ne peux pas m'empêcher de me demander ce qui va arriver aux autres garçons comme moi, maintenant que Sukey est partie. Qui va les aider à s'échapper ?

On dirait que ce bateau avance vite sur l'eau, et ça m'inquiète de penser que je ne sais pas nager si jamais il y avait une fuite. Je ne peux pas parler à M. Burton parce qu'on nous a dit de rester silencieux. Alors, je ferme les yeux et j'essaie de penser à autre chose. Je ne veux pas me souvenir de Southwood et de ma vie d'esclave là-bas. Alors, je pense à Mlle Peg et à ma promesse de lui envoyer des dessins.

Elle m'a dit que Willie et elle aident souvent des fuyards, mais toujours des nègres. Elle n'avait pas confiance en M. Burton, même après que je lui ai dit que sa mama était une négresse.

— Il agit trop comme un Blanc à mon goût, a-t-elle répliqué.

Mais je lui ai dit :

— Si j'étais blanc comme lui, j'agirais comme un Blanc, moi aussi.

— Pourquoi ?

— D'abord, ils ne prennent pas les garçons blancs pour les vendre comme esclaves.

Elle m'a jeté un coup d'œil sans rien dire.

— Aussi, ai-je continué, les Blancs n'ont pas à avoir peur comme mon papa. Il avait toujours peur et regardait sans arrêt derrière lui.

— T'as peut-être raison, a-t-elle dit, mais aucun homme blanc a jamais rien fait de bon pour moi.

Je lui ai parlé de M. Spencer et de ce qu'il a fait pour moi.

— Et il est blanc, ai-je précisé.

— Je suppose que tous les gens ont un peu de bonté en eux, a-t-elle répliqué.

— M. Spencer a beaucoup de bonté, tout comme M. Burton. C'est juste que vous ne voulez pas le voir.

Elle m'a lancé un regard qui m'a cloué le bec.

La vérité, c'est que je ne sais plus quoi penser de M. Burton. Après qu'il s'est enfui en me laissant seul avec Sukey, je ne voulais plus entendre parler de lui. Mais il est revenu et j'ai vu comment il a pris soin de Sukey et Kitty. Je n'aurais jamais imaginé M. Burton comme un père, mais avec Kitty, il agit comme si c'était sa fille. Il dit même que quand on sera sortis d'ici, il va l'élever comme une personne libre. Je suppose que ce sera mon rôle de m'occuper de Kitty, parce que Robert ne connaît rien aux bébés. Et si M. Burton va continuer d'être un Blanc, Kitty sera en bas dans la cuisine, avec Robert et moi.

Je me demande quelle sorte de cuisine ce sera. M. Burton dit qu'on ne peut plus vivre à Philadelphie, alors je ne sais pas où on va se retrouver. J'espère que M. Burton va tenir sa promesse et me garder avec lui comme il l'a dit. Mais on ne sait jamais avec un homme qui se sauve comme ça.

Même si je n'arrête pas de penser que Philadelphie est l'endroit où mon papa et ma mama vivaient, je suis content qu'on parte, d'une certaine façon. Comme ça, si des chasseurs d'esclaves viennent me chercher, je ne serai plus là. Je me demande combien de temps ils continuent de chercher les esclaves qui se sont enfuis. Papa disait qu'ils n'arrêtent jamais.

## 44

## *1830*
## *James*

Notre voyage dura pendant ce qui me sembla une éternité. Je m'efforçai de ne pas paniquer, enfermé dans ce petit espace, mais au fil des heures, je devins de plus en plus anxieux. Mon seul soulagement était la présence de Pan à mes côtés, silencieux mais aussi courageux que n'importe quel homme.

Il était difficile d'évaluer le temps, mais nous naviguâmes durant des heures. Je sentis que nous franchissions au moins deux péages avant de changer de direction et de remonter vers le nord. Mon impression se vérifia quand l'homme au-dessus annonça d'une voix forte, comme s'il s'adressait à sa femme :

— On est sur le grand canal, maintenant. Ce sera pas long avant qu'on arrive au débarcadère.

Bientôt, au milieu du bruit des sirènes et des machines à vapeur, notre petit chaland s'éleva et s'enfonça au gré des vagues créées par les plus grands bateaux. Où nous dirigions-nous ? Une petite embarcation comme la nôtre ne pouvait sûrement pas voyager aussi loin que Suffolk ou Norfolk !

Une éternité s'écoula avant que nous ne sentions des chocs secouer le chaland pendant qu'il accostait. J'entendis des salutations, qui m'apprirent que nous nous trouvions sur le bateau de Joe. Il était bien connu et fut chaleureusement accueilli, tout comme son fils. Mais la présence de sa femme, Mme Lou, suscita l'étonnement.

— Je vois que tu as amené ta femme, se fit-il dire plus d'une fois.

— Joe, tu as un nouveau petit ? lança quelqu'un.

— Non, répondit-il. Lou garde le bébé de sa sœur, en attendant qu'elle retrouve la santé.

— Hé ! Joe, cette belle chèvre est à vendre ?

— Non, je la garde pour le bébé. Cette petite est difficile ! La seule chose qu'elle peut boire, c'est le lait de cette satanée chèvre !

— Joe, tu as de beaux melons, à ce que je vois.

— Je ne peux pas les vendre ici. Je les emmène jusqu'à l'hôtel. Je leur ai promis la dernière fois que j'en apporterais.

— Veux-tu dire que tu vas jusque-là aujourd'hui ? Tu n'y arriveras jamais.

— Non. Est-ce que ça va si on accoste ici pour la nuit et qu'on part demain matin ? Combien vas-tu me faire payer pour ça ?

— Donne-moi quelques-uns de ces beaux melons, et on sera quittes !

Joe éclata de rire et les autres aussi.

— C'est d'accord ! acquiesça-t-il.

Nous jetâmes donc l'ancre pour la nuit. Joe et sa famille demeurèrent sur le bateau, où vinrent les retrouver des visiteurs chargés de victuailles. Bientôt,

Pan et moi humâmes une odeur de poulet rôti en nous agrippant le ventre.

Pendant le repas, les gens rassemblés au-dessus de nous bavardaient comme de vieux amis en échangeant les derniers potins. Un homme resta après le départ des autres. Joe l'entraîna à l'arrière du chaland, où ils s'assirent tous les deux. Nous pûmes facilement entendre leur conversation.

— Des patrouilleurs sont passés à quelques reprises ces dernières semaines. Ça faisait longtemps que je n'avais pas vu autant d'agitation. Ils cherchent un Noir borgne qui a l'air aussi blanc qu'eux. Il est avec un jeune nègre et une esclave qui attend un bébé. Il paraît qu'ils valent beaucoup d'argent.

— On dirait que ces patrouilleurs sont dangereux, dit Joe.

— Oui, mais c'est rien à côté de celui qui est venu seul. Je l'ai déjà vu. Il s'appelle Rankin. Il dit qu'il connaît le fuyard et a l'air déterminé à le retrouver.

— Il doit vouloir cet argent.

— C'est probable. Tout ce que je sais, c'est qu'il tient absolument à le retrouver. Dis donc, as-tu tes papiers d'homme libre sur toi ?

— Tu sais bien que je ne remonte jamais ce canal sans eux, répondit Joe.

— En tout cas, sois sur tes gardes. N'accoste pas si tu vois les patrouilleurs.

— C'est dans des moments comme ceux-là que j'aimerais avoir une arme, dit Joe.

Son compagnon eut un rire caverneux.

— Moi aussi, Joe. Imagine, deux nègres comme nous avec des armes ! Wou-hou ! Imagines-tu ça ? On pourrait aller à la chasse !

Il baissa la voix et ajouta :

— Regarde, je glisse un couteau sous ce tas de bois, au cas où tu en aurais besoin. J'ai fait un échange avec un Indien l'autre jour. Je n'en ai pas besoin pour le moment, et ça ne fera pas de mal qu'il soit ici.

— Je te remercie bien, dit Joe. J'en ai un petit, mais un gros comme celui-là…

— Ça fera l'affaire, il n'y a pas de doute.

— C'est ce que je pense, dit Joe.

Leur conversation se termina quand ils se séparèrent.

Bien qu'étant prisonnier sous la trappe, en entendant le nom de Rankin, l'envie m'avait saisi de m'échapper. J'avais dû faire appel à toute ma volonté pour combattre mon instinct et ne pas crier à Joe de nous libérer.

La nuit s'installa et tout devint silencieux au-dessus de nous. Le temps perdit toute signification. Pan finit par s'endormir, la tête tournée de l'autre côté. En écoutant sa respiration courte et rapide, l'inquiétude que j'éprouvais pour lui s'apparenta à celle que je ressentais pour Kitty. Un changement important s'était produit chez Pan depuis son enlèvement. J'étais peiné de constater à quel point les derniers mois l'avaient assagi.

J'aurais voulu l'imiter et dormir, mais je passai la nuit à combattre une soif intense qui s'aggravait à chaque clapotis contre le flanc du bateau. Ce besoin devint si intolérable que je fus tenté de lécher le sol humide, mais parvins à me refréner. J'entendis Kitty pleurer à deux reprises, mais chaque fois, je fus soulagé d'entendre des pas traînants et des bruits provenant de la chèvre, avant que la petite ne se calme de nouveau.

Je dus m'endormir, car le lendemain matin, je fus réveillé en sursaut quand notre bateau commença à bouger. J'avais mal à la tête en raison de ma position inconfortable, et lorsque je tournai mon cou ankylosé, je vis les yeux de Pan qui me fixaient.

— Monsieur Burton ! Je me suis fait pipi dessus ! chuchota-t-il.

— Moi aussi, répondis-je à voix basse.

Nous échangeâmes un sourire grimaçant.

À mesure que nous remontions le canal, mon anxiété croissait. Où allions-nous ? Qui allait nous aider ? Quelles dispositions avaient été prises pour Kitty ? Comment allais-je transporter la chèvre ? Où était Rankin ?

Quand nous finîmes par accoster, je devinai que c'était la fin de l'après-midi. Tout le monde quitta le chaland et je réprimai mon désir d'appeler à l'aide. Nous avions l'impression d'avoir été abandonnés, et pourtant, nous n'osions pas parler. Plus tard dans la soirée, Pan me serra le bras en entendant des bruits de pas approcher. Avec soulagement, nous reconnûmes la voix de Joe. Il était avec sa femme et un autre homme. Quelques minutes plus tard, ils avaient déplacé les marchandises et la trappe fut enfin ouverte. Ils sortirent d'abord Pan, puis il y eut une discussion à voix basse quand il refusa de partir sans moi.

— Écoute, mon gars, tu dois rester tranquille et faire ce qu'on te dit, insista la femme en l'entraînant. On essaie de t'aider. Viens avec moi.

Joe m'encouragea à sortir, mais mes jambes étaient trop engourdies pour m'obéir. Son compagnon et lui saisirent donc mes pieds et me tirèrent à l'air libre. Je m'agrippai à eux pendant qu'ils me traînaient hors du chaland et me déposaient sur la terre ferme. Où étais-je ? Je regardai autour de moi en étirant mes membres ankylosés. Je vis que nous avions jeté l'ancre dans une petite crique. Un peu plus loin, des bateaux de plus grande taille étaient alignés le long d'un quai illuminé par les lampes de ce qui semblait être un hôtel.

Les deux hommes m'aidèrent une fois de plus à me remettre debout. Mes forces revenaient peu à peu, et nous nous dirigeâmes bientôt vers une grande écurie. Passant devant des chevaux qui mâchonnaient tranquillement du foin dans leurs stalles, nous entrâmes dans un petit magasin à fourrage situé à l'arrière. À côté d'une pile de sacs de fourrage se trouvait une petite ouverture où ils me firent signe de me faufiler. Dès que je fus à l'intérieur, ils s'empressèrent de reboucher l'entrée.

— Où est le garçon ? demandai-je en chuchotant.

— On va l'emmener plus tard.

— Combien de temps vais-je rester ici ? dis-je, redoutant un séjour dans un autre espace exigu.

— Je ne sais pas, mais il y a de l'eau et de quoi manger, là-dedans, répliqua Joe.

Avant que le dernier sac soit mis en place, je sortis la tête.

— Attendez ! Où sommes-nous ?

— À un hôtel qui se trouve à la frontière entre la Caroline et la Virginie. Une voiture va venir.

— Une voiture ? Quelle sorte de voiture ? demandai-je, incrédule.

Je me souvins soudain de Kitty.

— Et le bébé ? ajoutai-je. Où est-il ?

— Je vais l'amener avec le garçon quand le temps sera venu, pas avant, chuchota Joe.

Il déposa le dernier sac, bloquant toute possibilité de communication.

Même si le petit espace était sombre, en m'écroulant sur le sol, je sentis les victuailles qui avaient été laissées là à mon intention. Les mains tremblantes, j'inclinai le petit seau d'eau et bus avidement. Puis je dévorai tout le pain et la viande séchée. Ensuite, je vidai ce qui restait d'eau et m'étendis.

Des crampes d'estomac me réveillèrent. Malgré mes efforts pour réprimer mes nausées, je régurgitai bientôt tout mon repas avant de perdre le contrôle de mes intestins. Lorsque ce fut terminé, je m'assis pour faire le point sur mon état lamentable. Mes vêtements, déjà en lambeaux, étaient à présent complètement souillés.

Mes cheveux avaient besoin d'être coupés et je ne m'étais pas rasé depuis des semaines. Je dégageais une odeur nauséabonde qui me rappelait l'après-midi où j'avais vu passer la caravane d'esclaves. Je me remémorai mon dégoût ce jour-là, quand leur odeur fétide avait continué de flotter dans leur sillage. Avec le recul, je pouvais apprécier la position privilégiée d'où je m'étais permis de les juger.

Trop épuisé et malade pour réfléchir davantage, j'appuyai ma tête et m'endormis. Je ne sais combien de temps je sommeillai, mais je me réveillai subitement en entendant la voix de Joe. Il entreprit de démonter ma barrière protectrice. Une fois que les sacs furent écartés, il m'encouragea à sortir.

Il faisait noir dans la pièce. Lorsque mes yeux accommodèrent, je vis d'abord Joe, puis un autre visage noir. Je reculai, incrédule. Rien n'aurait pu me préparer à la présence de Robert !

# 45

## *1830*
## *James*

Ce que Robert éprouva initialement en me voyant dans cet état pitoyable, il ne le dit pas. Mais après quelques instants, il me salua d'un hochement de tête.

— Bonsoir, monsieur Burton.

— Robert !

Ce fut tout ce que je parvins à dire, avant qu'il ne se tourne vers Joe.

— Nous aurons besoin d'eau, et en bonne quantité, déclara-t-il.

J'avais déjà enlevé mes vêtements sales quand Joe revint avec un seau d'eau. Pendant que je me lavais, Robert m'informa qu'une voiture nous attendait. Puis, à mon grand étonnement, il me donna des vêtements que j'avais laissés chez les Spencer.

— Comment avez-vous obtenu ces habits ? demandai-je.

J'enfilai avec reconnaissance un caleçon propre, une chemise blanche et ma tenue de cheval usée.

— Je vous l'expliquerai plus tard, répondit-il en me tendant mes bottes.

— J'ai Pan avec moi, ajoutai-je en m'efforçant d'enfiler mes hautes bottes sur mes pieds enflés et tailladés.

— Je sais, dit Robert. Ils sont en train de l'installer dans la voiture.

J'aurais pu pleurer de soulagement.

— Avez-vous aussi le bébé ?

— Le bébé ? demanda-t-il en se redressant.

— Oui, dis-je avant de me tourner vers Joe. Où est Kitty ?

— Je vais la chercher maintenant, répondit le batelier.

— Un bébé ? répéta Robert.

— Oui. Elle n'a que quelques semaines. De quelle taille est cette voiture ?

— C'est la vôtre. Celle que j'ai amenée de Philadelphie.

— Parfait ! dis-je. Alors, nous aurons assez de place pour la chèvre.

— La chèvre ? s'étonna Robert.

— J'en ai besoin pour le lait.

Mon majordome me regarda avec consternation.

— La voiture est déjà pleine. Il y a deux femmes qui nous accompagnent.

— Deux femmes ? Dans la voiture ?

— Nous n'avons pas le choix. Elles sont là pour nous aider.

— Eh bien, il faudra faire de la place pour la chèvre.

Il me dévisagea.

— Une chèvre !

Pourquoi, malgré tout le reste, était-il si troublé par la chèvre ?

— Cette chèvre doit nous accompagner, insistai-je.

— Comme vous voudrez, finit-il par dire.

Je boutonnai mon gilet et il me tendit une paire de lunettes au lieu de mon cache-œil habituel.

— Elles ont pour but de modifier votre apparence, expliqua-t-il.

— Sommes-nous prêts à partir ? demandai-je en les ajustant sur mon nez.

— La voiture est prête, monsieur. Mais nous devons d'abord passer chercher les femmes à leur hôtel. Ensuite, nous pourrons partir.

— Prenez la voiture et allez chercher ces femmes. Ensuite, revenez me prendre ici.

— Vous voulez que je vous laisse ici ? Vous êtes certain ?

— Oui, répondis-je. Allez-y ! Je vous attendrai avec le bébé.

Il s'éloigna, mais se retourna à deux reprises pour voir si j'avais changé d'avis.

— Allez, partez ! l'encourageai-je.

Kitty dormait quand Joe l'amena enfin. En la prenant dans mes bras, je fus si soulagé de la voir que j'embrassai ses joues satinées. Lorsque je relevai les yeux, Joe était parti.

Je marchai de long en large, Kitty dans les bras, en attendant son retour. Je me demandais ce qui lui prenait autant de temps.

Soudain, je me rappelai les offres d'argent que Joe avait reçues pour la chèvre. Était-ce possible qu'il n'ait pas l'intention de revenir ? Kitty ne pourrait pas survivre sans lait.

Je déposai soigneusement le bébé endormi entre deux sacs de grain, puis sortis en courant de l'écurie. Nous étions plus loin de l'eau que dans mon souvenir, mais en arrivant au chaland, je vis Joe aux prises avec la chèvre terrorisée.

— J'essaie d'attacher son museau, grogna-t-il.

Ensemble, nous parvînmes à terminer le travail.

— Tenez, prenez ceci, dit Joe en glissant la main sous le tas de bois. Soyez prudent, il est très coupant.

Il me tendit un long couteau dans une gaine.

— Je vous le rendrai ! dis-je avec gratitude.

Joe souleva la chèvre et se mit à courir.

— Regardez ! Ils sont là ! chuchotai-je en désignant la voiture, à l'ombre de l'écurie. Apportez la chèvre et je vais aller chercher Kitty.

Je partis au pas de course.

Je serais entré en trombe si je n'avais remarqué une lueur dans la pièce du fond. Je doutais que Robert ait apporté une lanterne. Les chevaux s'ébrouaient nerveusement. En m'accroupissant pour avancer sans bruit, j'entendis une voix menaçante :

— Je te le demande une dernière fois : où est James Pyke ?

Un frisson me parcourut. Impossible de ne pas reconnaître la voix de Rankin.

— Je ne connais pas de James Pyke, répondit Robert.

Où était Kitty ? Je me rapprochai, mais m'immobilisai quand une planche craqua sous mon poids.

— Tu ne le connais pas ? Quelqu'un à Southwood m'a dit que tu es allé là-bas à sa recherche.

— Je suis venu en Caroline pour conduire une jeune fille à son école à Philadelphie, dit Robert d'une voix aiguë et craintive.

J'avançai de quelques pas.

— Aucune fille blanche ne va voyager avec un nègre !

— Elle est accompagnée de sa femme de chambre, comme il se doit, monsieur.

— « Comme il se doit » ! Écoutez-moi ce nègre qui parle comme s'il se prenait pour quelqu'un !

Kitty poussa soudain un cri.

— Qu'est-ce que tu as là, derrière toi ? demanda Rankin d'un ton surpris. Donne-moi ça !

— Non ! protesta Robert.

Je rampai vers eux, dégainant le couteau dont j'agrippai le manche en os. Kitty se mit à pleurer.

— C'est qu'un bébé nègre ! Elle est à toi ? demanda Rankin.

— Ne la tenez pas comme ça ! Redonnez-la-moi ! s'exclama Robert pendant que Kitty continuait de crier.

— Je vais lui tordre le cou comme à un poulet si tu ne me dis pas où est Pyke.

— Non ! supplia Robert.

J'étais si près de Rankin que je pouvais sentir son odeur. Il tenait Kitty par un bras, mais en m'entendant trébucher sur une latte du plancher, il la laissa tomber par terre et se retourna vivement. Elle hurla, mais avec son pistolet pointé sur moi, je n'osai pas la prendre.

— Eh bien, Jamie Pyke ! dit-il. Je t'attendais ! Je ne vois pas grand-chose de ta mama noire dans ton visage, mais tu ressembles beaucoup à ton papa !

Je me figeai. Les cheveux de l'homme étaient blancs, à présent, et il était aussi laid que dans mon souvenir.

— Je n'ai pas de père ! lançai-je avec hargne.

— Oh si, tu as eu un père ! répliqua-t-il en riant. C'est moi qui tenais ta mama quand Marshall se l'est tapée. Tu aurais dû entendre crier cette fille ! Rien de mieux qu'une négresse pour se débattre avec vigueur sous un homme !

Son arme était pointée sur ma poitrine. Impuissant, je me sentis de nouveau comme un enfant.

— Pourquoi lui avez-vous fait ça ? Pourquoi ?

— Cette négresse s'est toujours crue meilleure que les autres, et n'a jamais voulu de quelqu'un comme moi ! Elle a même dit non à ton père quand il a voulu coucher avec elle. Et il était son maître !

— Elle avait le droit de dire non ! criai-je.

— C'était une négresse ! grogna-t-il. Et ensuite, tu es né. Elle pensait que son bébé jaune était spécial, alors je lui ai donné une bonne leçon : je lui ai pris son mioche ! Oh ! les cris et les pleurs de Belle quand je t'ai emmené !

Je n'osais pas regarder Robert, qui était en train de décrocher une fourche du mur. Même si Kitty criait toujours, je savais que je devais garder l'attention de Rankin sur moi.

— Alors, vous m'avez enlevé à ma mère ?

— Mon gars, t'as vraiment fait tout un foin en quittant ta petite mama, lança-t-il en riant. Vous n'étiez pas faciles à mater, vous deux !

Robert grogna en soulevant la fourche, dont il enfonça les pointes dans le dos de Rankin. Le pistolet s'envola et l'homme hurla en se tordant de douleur. Lorsqu'il se tourna vers Robert, j'utilisai le couteau pour l'achever.

Robert prit Kitty sur le sol, puis alla s'écrouler en titubant sur un sac de grain. Retrouvant mes forces, je poussai le cadavre de Rankin dans la cachette souillée que je connaissais bien. Je dissimulai rapidement l'ouverture avant de me précipiter avec Robert vers la voiture qui nous attendait.

La portière s'ouvrit à la volée. Nous étions à peine assis que les chevaux se mirent en branle. Robert passa devant la chèvre paniquée et se laissa tomber sur un siège. Quant à moi, Kitty dans les bras, je faillis être projeté en avant.

— Je vous tiens, monsieur Burton, dit Pan en agrippant ma veste.

Soulagé de voir qu'il était en sécurité avec nous, je pris place à côté de lui. Au son des bêlements de la chèvre et des pleurs de Kitty, la voiture s'engagea sur la route et prit de la vitesse.

— Ça va ? demandai-je à Pan.

— J'ai eu peur pour vous et Kitty, répondit-il.

— Nous sommes en sécurité, maintenant, dis-je pour le rassurer.

— Dieu merci ! fit une voix. Quel soulagement de vous retrouver sain et sauf !

Je me retournai, surpris.

— Adelaide Spencer ! m'exclamai-je en reconnaissant sa voix, même dans la pénombre. Est-ce bien vous ?

Avant qu'elle puisse répondre, une autre femme assise devant moi tendit les bras.

— Monsieur Burton, donnez-moi cet enfant.

Je scrutai son visage sombre sous son bonnet de voyage. C'était Hester ! Je lui tendis la petite et mes bras me parurent soudain inertes.

— Prenez-la doucement, dis-je. Je ne crois pas qu'elle soit blessée, mais elle a eu très peur.

La voiture avançait en oscillant et en grinçant, pendant que le marais obscur défilait derrière les vitres. La chèvre luttait pour garder son équilibre et bêlait sans relâche, jusqu'à ce qu'elle se laisse tomber sur le sol entre nos pieds et nos bagages.

— À présent, nous devrions être à l'abri en Virginie, déclara Robert. Toutefois, nous allons continuer de rouler à bonne allure sur plusieurs kilomètres.

— Nous vous avons retrouvé à cet hôtel parce qu'il est situé à la frontière, expliqua Addy.

— Si vous aviez commis un crime en Caroline du Nord, vous ne pourriez pas être arrêté en Virginie, renchérit Robert avec un regard entendu. Les patrouilleurs de Caroline du Nord n'ont aucun pouvoir en Virginie.

— Et où nous dirigeons-nous ainsi ? demandai-je.

— Nous allons à une taverne qui se trouve près de Suffolk, pour nous reposer et changer de chevaux. De là, nous nous rendrons à un ferry qui nous emmènera de l'autre côté de la rivière James, à Williamsburg.

— Excellent ! dis-je en m'adossant confortablement.

Je m'efforçai d'absorber ces nouvelles informations. Était-ce possible que nous soyons hors de danger ?

— Chut, chut, murmura Hester à Kitty.

Nous gardâmes le silence, bercés par sa voix et le grincement régulier des roues de la voiture. Quand le bébé finit par se calmer, Hester dit doucement :

— Monsieur Burton ?

— Oui, Hester ?

— Où est Sukey ?

À côté de moi, Pan se raidit.

— Elle nous a quittés, Hester, répondis-je.

La servante se tourna pour regarder le paysage obscur.

— Mais vous tenez son bébé, ajoutai-je.

— Je la connaissais depuis longtemps, dit Hester.

— C'était une femme courageuse, dis-je. Elle nous a sauvé la vie.

— Elle en a aidé beaucoup d'autres, mais tout ce qu'elle voulait, c'était que ses bébés soient libres.

— Kitty grandira libre. Je ferai en sorte qu'elle ait toutes les chances possibles.

— Qui va s'occuper d'elle ? demanda la domestique.

— Je vais m'en charger, répondis-je.

J'appuyai ma tête contre le dossier et fermai les yeux, désireux de mettre un terme à cette conversation. J'avais besoin de réfléchir. Maintenant que je n'étais plus en danger, d'autres inquiétudes m'assaillaient. Qu'est-ce qui m'attendait à Williamsburg ? Où irais-je à partir de là ? Sans foyer, je ne pourrais rien offrir à Kitty et à Pan, et encore moins à ma fille.

Des images de ma maison de Philadelphie ne cessaient de me revenir à l'esprit, me remplissant de nostalgie.

Hester déposa Kitty endormie dans son panier, puis s'apprêta à sommeiller, aussitôt imitée par Pan. Étonnamment, Addy décida de suivre leur exemple, utilisant son châle vert en guise d'oreiller. Le silence régna bientôt dans la voiture qui poursuivait son chemin.

Seuls Robert et moi demeurâmes éveillés. Mon majordome regardait par la vitre, perdu dans ses pensées. Même si je souhaitais converser avec lui, j'avais du mal à trouver les mots. J'essayais de planifier notre avenir et voulais prendre les bonnes décisions pour tout le monde. Non seulement pour les enfants, mais aussi pour Robert. Je n'avais aucune demeure à lui proposer. Après les épreuves des derniers mois, j'estimais que l'attitude la plus généreuse serait d'offrir à cet homme dévoué une somme substantielle et de le libérer de ses obligations envers moi. Cependant, je ne me sentais pas prêt à faire face à cette éventualité.

Au lieu de cela, je me penchai vers lui.

— Robert, dis-je à voix basse.

— Monsieur ?

— Merci. Je ne sais pas comment j'aurais pu survivre sans vous aujourd'hui.

— Nous savions tous les deux à quel danger vous vous exposiez. Inutile d'en reparler.

— Merci d'être venu à ma rencontre, mais était-ce bien sage de quitter Williamsburg ? Êtes-vous certain que ma fille est entre de bonnes mains ?

— Ne vous inquiétez pas ! dit-il en riant. Même s'il était nécessaire que je vienne vous porter secours, je ne serais jamais parti si je n'avais pas été certain de son bien-être. Votre jeune Mlle Caroline a conquis tous les cœurs.

— À quoi ressemble-t-elle, Robert ?

— Ma description ne lui rendrait pas justice. Ses yeux sont bleus comme le ciel.

— A-t-elle le tempérament de sa mère ? Est-elle douce ?

Les rideaux étaient ouverts, et dans la lueur nocturne, je discernai son sourire.

— Vous ne serez pas déçu, m'assura-t-il.

— Et Williamsburg ? Qu'est-ce qui m'attend là-bas ? Quel genre d'atmosphère ?

Son sourire s'évanouit.

— Robert ?

— C'est une maison accueillante, monsieur.

— Mais ? insistai-je, sentant son hésitation.

— Vous devez vous attendre à une certaine controverse concernant la garde de Mlle Caroline.

— Une controverse ? De la part de qui ? Les grands-parents auraient-ils…

— Non, non ! Je parle des deux femmes, Mlle Meg et Mlle Eleanor. Elles sont toutes les deux tombées sous le charme de Mlle Caroline.

— Elles savent pourtant que c'est ma fille !

— Heu, oui. Mais, apparemment, elles ont décidé qu'elle aurait une meilleure éducation avec elles. Elles s'estiment plus qualifiées que vous pour protéger et élever une jeune fille.

— Et elles veulent me faire part de leurs intentions ?

— Oui, monsieur, je le crois.

— Eh bien, nous verrons. Elles ont sûrement d'autres intérêts ?

— Tout à fait. Elles sont très prises par leur école.

— Semblent-elles s'investir toutes deux également dans cette entreprise ?

— Oui, mais je crains que leurs moyens d'existence ne soient en péril.

— En quel sens ?

— Apparemment, elles ont offert des cours du soir à des enfants noirs. En conséquence, les inscriptions à l'école ont chuté radicalement.

— Je vois, dis-je, comprenant trop bien les implications de ce problème.

— Il ne s'agit donc pas d'une ville qui est bien disposée à l'égard de gens… comme moi.

— Non, monsieur. Je ne crois pas que cela sera à votre avantage.

Épuisé, je m'appuyai au dossier et me frottai le visage. Je ne m'étais pas attendu à m'installer définitivement à Williamsburg, mais j'avais espéré pouvoir m'y reposer quelques mois. Le cœur serré, je repensai à la maison confortable que m'avaient léguée les Burton.

— Oh ! Robert, que ne donnerais-je pas pour rentrer chez nous à Philadelphie !

Il hocha la tête avec compassion, puis le silence se réinstalla dans la voiture.

Le jour se levait quand nous arrivâmes à la petite taverne où nous devions changer de chevaux. Nous descendîmes de voiture avec soulagement, car durant les derniers kilomètres, Kitty avait crié de faim pendant que la chèvre manifestait sa détresse en bêlant. Une fois dans l'établissement, du lait frais fut fourni au bébé et les femmes se firent conduire à une chambre. Robert et Pan, en tant que valet et serviteur, m'accompagnèrent à une autre chambre. Pan s'endormit et je m'offris le luxe d'un bain chaud en vue de mon arrivée à Williamsburg. Plus tard, pendant que Robert me rasait, je lui demandai comment il avait su qu'il devait venir me chercher.

— J'ai reçu un mot de M. Spencer m'apprenant que Pan et vous étiez en danger. Il n'en fallait pas plus pour que je fasse atteler la voiture.

— Alors, vous vous êtes rendu directement chez les Spencer ?

— Oui, et j'ai attendu là-bas que M. Spencer et les autres organisent votre passage, expliqua-t-il.

— Et Mlle Adelaide ? Comment se fait-il que son père lui ait permis de vous accompagner ?

Il secoua la tête à ce souvenir.

— Monsieur, je n'ai jamais rien vu de tel ! Ce n'est pas à moi de juger la décision d'un père, mais je dois dire que M. Spencer n'a pas semblé avoir le choix. Le jour de mon départ, Mlle Adelaide est apparue, en vêtements de voyage et chargée de bagages. Malgré les objections de M. Spencer, elle est montée dans la voiture et a refusé d'en sortir ! Comme le temps pressait et que votre sécurité en dépendait, son père a dû insister pour que Hester nous accompagne avant de permettre à sa fille de partir. À notre arrivée à Williamsburg, elles doivent revenir aussitôt à la maison en compagnie d'un cousin.

— Pourquoi a-t-elle insisté pour venir ? demandai-je.

— Elle était convaincue de pouvoir assurer votre sécurité en vous désignant comme son professeur.

Je secouai la tête et ne pus réprimer un petit rire, mais Robert ne semblait pas amusé.

Ragaillardi après quelques heures de repos, je fis savoir au cocher de se préparer à repartir. Je commandai ensuite un petit repas pour notre groupe avant de reprendre la route. Lorsque nous nous retrouvâmes dans l'entrée, Kitty, Hester, Pan et Robert furent conduits dans une pièce à l'arrière, où mangeaient les nègres. Addy et moi fûmes servis dans la salle à manger.

Je n'avais pas beaucoup d'appétit et étais impatient de repartir. Adelaide, quant à elle, ne fut pas plus tôt assise qu'elle retira ses gants violets et prit une galette si chaude que de la vapeur s'échappa quand elle l'ouvrit.

Elle y étala du beurre salé, ajouta une épaisse tranche de jambon et deux morceaux de cornichon, puis referma le tout avant de me l'offrir. Je pris une bouchée pour lui faire plaisir, et elle sourit en s'en préparant une autre pour elle-même. Tout en mangeant, elle poussait de petits soupirs de contentement. Après avoir terminé sa galette et bu une grande tasse de café généreusement additionné de lait et de sucre, elle déclara en se redressant avec un sourire satisfait :

— À présent, monsieur Burton, je suis heureuse de dire que je me sens redevenue moi-même. Étiez-vous…

Ses paroles se fondirent en arrière-plan pendant que mes pensées se tournaient vers Williamsburg et ce qui m'attendait là-bas.

— Monsieur Burton ! me parvint sa voix énervée.

— Je vous demande pardon ?

— Je vous ai demandé si vous étiez surpris de me voir !

— Oh ! Oui, je l'étais, répondis-je.

— Eh bien, si père avait obtenu gain de cause, je ne serais pas venue. Je ne sais pas ce qu'il me dira à mon retour.

— Dans ce cas, pourquoi avez-vous insisté pour venir ? demandai-je.

— Comment aurais-je pu ne pas venir ? Ils disaient des choses si horribles sur vous ! J'ai décidé que vous aviez besoin de ma protection.

— De votre protection ?

— Père a dit qu'il ne nous laisserait plus seules, Patricia et moi. Il ne pouvait donc pas accompagner Robert pour se porter garant de vous. Bien entendu, la solution était très simple : je viendrais vous retrouver et me ferais passer pour votre élève. Si les autorités me posaient des questions, je n'aurais qu'à leur dire que vous étiez mon professeur. Après tout, c'est la vérité !

Elle sourit.

— Pourquoi vouliez-vous faire cela pour moi ?

— Un homme qui est prêt à risquer sa vie pour la cause a droit à toute mon admiration.

Elle étala du beurre sur une autre galette et y ajouta un filet du miel avant de me la tendre.

— Vous feriez mieux d'en manger une autre, me dit-elle.

J'acceptai la galette chaude en m'étonnant de sa fougue.

— La vérité, mademoiselle Adelaide, c'est que vous savez très peu de chose sur moi.

— Monsieur Burton, je vous assure que je sais tout ce qui est important. Vous êtes un homme admirable qui est venu libérer ce pauvre jeune garçon de l'esclavage. Vous avez irrité cet abominable Bill Thomas, qui a entrepris de détruire votre réputation en vous accusant de tous les maux ! Après vous avoir cherché en vain sur notre propriété, il a embauché des hommes pour vous ramener, afin de vous poursuivre pour vol. En conséquence, votre vie était menacée.

Je secouai la tête.

— Je ne comprends pas. Comment votre père a-t-il pu vous permettre de partir dans des conditions aussi dangereuses ?

Je me posais davantage cette question à moi-même.

— Père ne sait pas quoi faire avec moi ! Je crois même que vous lui en avez fait la remarque.

— Mais vous êtes si jeune !

— J'aurai seize ans dans deux semaines, m'informa-t-elle.

— Exactement ! m'exclamai-je en riant. Vous êtes encore une enfant.

Ses yeux jetèrent des éclairs.

— Je ne suis pas une enfant. Je suis peut-être jeune, et mes cousins m'accusent d'être naïve, mais j'étais prête à sacrifier ma vie pour vous… et pour votre jeune Pan !

— Mademoiselle Adelaide, dis-je, pris de remords. Comment ai-je pu manquer de tact à ce point ? Bien sûr que vous n'êtes plus une enfant. Vous êtes une jeune femme, et très courageuse de surcroît. Je n'oublierai jamais que vous avez sauvé la vie de Pan.

— Et j'étais prête à être votre protectrice au besoin ! renchérit-elle avec un reniflement offensé.

— Ma chère, je suppose que vous aviez prévu d'utiliser votre beauté en guise d'arme ! lançai-je pour alléger l'atmosphère.

— Non, j'avais l'intention d'utiliser ceci ! déclara-t-elle en ouvrant son réticule de cuir, qu'elle pencha vers moi pour me montrer un petit pistolet.

— Adelaide ! Où avez-vous…

— Il appartenait à ma mère, rétorqua-t-elle, sur la défensive. Ne soyez pas si alarmé. Je suis parfaitement capable de m'en servir. Je sais utiliser une arme depuis des années.

Je me redressai en dévisageant cette jeune fille si déterminée.

Elle soutint mon regard et déclara :

— La vie est faite pour être vécue, et c'est ce que j'ai l'intention de faire.

J'éclatai de rire, attirant l'attention des quelques autres convives.

— Mademoiselle Spencer, ajoutai-je en me penchant vers elle, c'est un grand plaisir de vous connaître !

Elle ajusta son bonnet de voyage lavande et vert avant de répliquer :

— Monsieur Burton, ce sont là des paroles qui me plaisent davantage.

Cette fois, quand nous nous entassâmes de nouveau dans la voiture, nous laissâmes la chèvre derrière nous, au grand bonheur de tous. À la place, nous avions un panier contenant non seulement un bon repas, mais également deux bouteilles de lait froid. Ce serait plus que suffisant pour nourrir Kitty durant la dernière étape de notre voyage. Nous étions certains de parvenir à Williamsburg dans la soirée. Malgré mon soulagement, je redoutais notre arrivée, sachant que je devrais alors prendre des décisions qui me rebutaient.

## 46

## *1830*
## *James*

La soirée était avancée lorsque notre voiture parvint à destination. Des bougies jaunes vacillaient aux nombreuses fenêtres de la maison Madden donnant sur la rue.

D'après Robert, M. Madden était mort dix ans plus tôt durant l'épidémie de grippe. Cependant, la vieille Mme Madden, la sœur de ma grand-mère, vivait toujours là, bien qu'elle soit devenue invalide. Mlle Meg, sa fille, et Mlle Eleanor, la fille de Lavinia et ma demi-sœur, vivaient avec elle. C'était grâce à Mlle Meg, qui s'était assurée de maintenir l'intégrité de la maison par un entretien constant, si cette demeure avait toujours si belle apparence.

Elle n'était pas aussi grande que certaines maisons que j'avais visitées, mais sa taille nécessitait l'emploi de plusieurs domestiques. Cette demeure pourvue d'un étage était peinte en blanc et agrémentée de volets noirs. Elle était flanquée de deux ailes basses de chaque côté.

Devant la maison, le jardin était ceint d'une clôture blanche et des allées de brique conduisaient à des bâtiments annexes aux murs blanchis à la chaux.

Deux femmes s'empressèrent de sortir quand notre cocher arrêta les chevaux. Je fus le premier à descendre de voiture.

La femme plus âgée qui s'approchait avec une lanterne était petite et plutôt dodue. Ses cheveux étaient noués en un chignon dont des mèches frisottées poivre et sel s'échappaient malgré les épingles. J'évaluai son âge à une petite quarantaine. Elle avait une démarche claudicante, et en raison de sa canne, se déplaçait plus lentement que la femme plus jeune aux cheveux roux qui s'élança devant elle.

Lavinia ! Je me retins de l'appeler ainsi, car c'était impossible que ce soit elle ! Pourtant, c'était sa réplique vivante, même si cette femme donnait l'impression d'avoir environ vingt-cinq ans.

Finalement, ce furent ses yeux qui firent la différence. Si ceux, couleur d'ambre, de Lavinia reflétaient la modestie et la timidité, ceux de Mlle Eleanor étaient vifs, bleus et hardis. Ils se posèrent sur moi sans hésiter afin de m'examiner.

— Mon frère ? demanda-t-elle en s'approchant pour m'offrir sa main.

Je la pris et m'inclinai pour la saluer.

— Veuillez excuser mon apparence, dis-je, reconnaissant du rasage et de la coupe de cheveux administrés par Robert à la taverne.

Elle continua de me dévisager.

— Je ne vois aucune similarité dans nos traits, remarqua-t-elle.

— Eh bien…

Surpris par sa remarque directe, je ne sus que répondre. Au même moment, Hester apparut à la portière de la voiture avec une Kitty en pleurs. Soulagé par cette distraction, je m'avançai pour prendre la petite, pendant que Hester soulevait ses jupes pour descendre. Si Mlle Meg ou Mlle Eleanor furent surprises de voir un bébé noir dans mes bras, elles n'eurent pas le temps de se remettre de leur choc avant que Robert et Pan ne sortent à leur tour. Finalement, Addy, la dernière de notre petit groupe, fit son apparition. Sa robe de voyage lavande était toute froissée et une longue déchirure révélait son jupon sur le côté. Elle avait depuis longtemps abandonné son bonnet et rejeta d'un geste vif ses épais cheveux noirs en arrière. Debout sur la marche du haut, elle regarda les visages ébahis levés vers elle, puis agita son bonnet dans un grand geste du bras en déclarant :

— Enfin, nous sommes arrivés !

D'après le peu que je connaissais de nos hôtesses, elles défiaient elles-mêmes les conventions et vivaient, sinon en marge de la société, du moins à la limite. Elles reconnurent donc en Adelaide une autre personne de leur espèce, qu'elles acceptèrent sans hésitation.

Pan, Hester et le bébé furent conduits à leurs logements, dans l'un des bâtiments annexes, puis on m'amena Caroline. Elle était tout ce que Robert avait décrit. Un magnifique bébé, aux yeux bleu ciel et à la peau si claire que je me demandai comment elle pourrait supporter le soleil. En me voyant, elle plissa son petit visage rond et se mit à crier. Tout le monde éclata de rire pendant que je tentais de la réconforter, mais elle continua de réagir si négativement à ma présence que Mlle Meg finit par l'emmener dans une autre pièce.

— Elle ne vous connaît pas. Laissez-lui du temps, me dirent les femmes pour me rassurer.

Pourtant, je n'en étais pas si certain.

On me donna une grande chambre confortable dans la maison principale, alors que Robert était installé dans une petite pièce attenante à la mienne. Malgré mon épuisement, après m'être retiré, le sommeil tarda à venir.

Au cours des derniers mois, depuis que j'avais perdu Caroline, j'avais vécu dans un danger constant. J'étais en fuite depuis ma rencontre funeste avec Rankin. Maintenant, dans cette pièce paisible, de retour à l'ordre et à la civilisation, je me sentais désorienté.

Je m'étais attendu à me sentir plus à l'aise dans ce cadre. J'avais moi aussi scruté le visage de Mlle Eleanor, m'attendant à y trouver un air de famille, mais en vain. Le fait qu'elle ressemble autant à Lavinia, tout en affichant un tempérament si opposé, ajoutait à ma confusion.

Mais le pire était le souvenir des paroles de Rankin à propos de ma mère. Incapable de me débarrasser de ces pensées et des images des sévices qu'elle avait subis aux mains de Marshall et de Rankin, je ne trouvai pas le repos.

Jusqu'à présent, je ne savais pas que j'avais été conçu dans la violence. En fait, j'avais même jugé sévèrement Belle de s'être abandonnée à Marshall. Ayant découvert qu'elle avait été violée, je me demandai comment elle avait pu tolérer sa grossesse. Il était sûrement impossible qu'elle m'ait aimé ? Pourtant, selon Rankin, m'arracher à elle avait été un acte de vengeance. Cela ne pouvait être vrai que si Belle avait de l'affection pour moi.

Reprenant ma vieille habitude, je me mis à arpenter la pièce. Voyant que les lattes du plancher craquaient, j'allai m'asseoir près de la fenêtre ouverte afin de ne pas déranger les autres. Le chemin en contrebas et les jardins étaient bien entretenus. Tout autour régnaient l'ordre et la sérénité. Je continuai de m'interroger tard dans la nuit. Devais-je tenter de m'installer ici, à Williamsburg ? Robert doutait que cette ville m'accueillerait à bras ouverts. Où était donc ma place ? Ma naissance n'était-elle qu'un caprice du destin ou ma vie devait-elle avoir un but ?

# 47

## *1830*
## *James*

Le lendemain matin, on m'invita à prendre le petit déjeuner dans la salle à manger. J'y rencontrai la vieille Mme Madden, qui était déjà couchée la veille à notre arrivée. Je l'avais rencontrée quand j'étais enfant puisqu'elle était la sœur de ma grand-mère. Même si j'étais jeune à l'époque, je savais qu'elle désapprouvait vivement l'affection que me portait ma grand-mère. Pourtant, Mme Madden était ma grand-tante. Pour cette raison, je m'attendais à ce qu'elle m'accueille chaleureusement. Cet espoir fut rapidement anéanti quand Mlle Eleanor fit les présentations.

Avant de passer à table, je demandai où était Hester, car je voulais savoir comment Kitty avait passé la nuit. Mme Madden me pria d'attendre après le repas pour m'occuper de mes affaires. Évidemment, en tant qu'invité, les manières dictaient que j'obtempère.

Lorsque Mlles Meg, Eleanor et Addy furent installées, je pris la place qu'on m'indiqua, au bout de la table magnifiquement dressée, en face de

Mme Madden. Ce fut le signal pour cette dernière qui fit sonner la clochette afin que le personnel de cuisine apporte les mets.

Comme je n'avais pas l'habitude de prendre un repas copieux le matin, je cachai ma surprise en voyant arriver des plats débordants de bacon, saucisses et œufs. Les deux domestiques noires repartirent, mais l'une d'elles revint bientôt avec une assiette de gaufres. Elle était suivie de Pan, portant une carafe en cristal remplie de sirop d'érable chaud.

Il était vêtu d'une chemise blanche et d'un pantalon trop grand, qui pendaient sur son corps trop mince. Comme il semblait frêle ! Ses cheveux avaient repoussé et couvraient partiellement la cicatrice sur son crâne, mais ses oreilles pointaient d'une façon aussi charmante qu'avant. Il s'efforçait d'agir en serviteur stylé, mais son sourire en me voyant était si sincère que, faisant fi du protocole, je le saluai avec enthousiasme.

— Pan ! dis-je. Comment vas-tu aujourd'hui ?

Mme Madden me jeta un regard interrogateur.

— Je vais bien, monsieur Burton, répondit le garçon. J'aide à la cuisine.

— Mets le sirop sur la table et ensuite tu pourras partir, déclara Mme Madden.

Pan me regarda, incertain.

— Dépose la carafe ici, dis-je en pointant du doigt. Je te verrai plus tard.

Je lui souris en lui faisant signe de sortir.

— Permettez-vous ce genre de familiarité à tous vos serviteurs ? demanda la vieille femme après son départ.

— Mais oui, répondis-je.

Elle pinça les lèvres à cette réponse.

Le silence s'abattit sur la table, jusqu'à ce qu'Adelaide prenne la parole.

— Vous devriez voir comme il s'occupe bien de Kitty.

— Qui est Kitty ? demanda Mme Madden.

— Eh bien, balbutiai-je, c'est une enfant dont j'ai accepté la responsabilité. C'est la fille… d'une amie.

— Et où est cette Kitty ?

Toutes les femmes se tournèrent vers moi.

— Justement…, dis-je en regardant Mlle Meg.

— Hester en a pris soin durant la nuit, expliqua-t-elle.

— Hester ? répéta sa mère.

— C'est ma domestique, rétorqua Addy. Elle voyage avec moi.

— C'en est trop pour moi, dit la vieille dame. J'aime que l'ordre règne dans ma maison.

Désireux de la remercier pour l'accueil qui avait été fait à Caroline et à Robert en mon absence, je m'empressai de dire :

— Je comprends votre position, madame Madden. Et laissez-moi vous exprimer toute ma gratitude pour l'hospitalité que vous nous offrez.

— Je ne crois pas avoir eu le choix, répliqua-t-elle.

— Mère ! protesta Mlle Meg.

— C'est pourtant vrai ! Une fois qu'Eleanor et toi avez offert votre aide malgré mes réserves, quel choix me restait-il ? Vous êtes trop entêtées et cela vous perdra. Ce n'est pas étonnant qu'aucune de vous ne soit mariée.

Mlle Meg et Mlle Eleanor échangèrent un regard entendu. Ma demi-sœur s'empressa de prendre une bouchée de gaufre pour dissimuler son sourire.

— M. Burton est notre invité, mère, dit Mlle Meg.

— Et combien de temps aurons-nous le plaisir de votre compagnie ? demanda la vieille femme avec un regard explicite.

— J'aimerais bien disposer d'une autre journée ou deux, répondis-je.

— Vous pouvez rester aussi longtemps que vous le souhaiterez, dit Mlle Meg. Mère et moi sommes heureuses de vous accueillir, ainsi que vos serviteurs, aussi longtemps qu'il le faudra.

— Merci, dis-je avant de me tourner vers sa mère. Je suis certain que grand-mère serait heureuse de savoir que vous me considérez comme un membre de la famille.

Mme Madden soutint mon regard avec une expression furieuse. Voyant qu'elle ouvrait la bouche pour répliquer, je m'armai de courage, mais elle se ravisa et reporta son attention sur son assiette. Je baissai les yeux sur la mienne et, parmi le cliquetis des couverts et de la porcelaine, mangeai comme un homme affamé.

Après le déjeuner, à la demande de Mlle Meg, je la suivis dans un petit salon. Au premier coup d'œil, cette pièce semblait confortablement meublée. Cependant, lorsque mon hôtesse se mit à triturer un fil sur l'accoudoir du canapé, je remarquai l'usure du reste des meubles.

— Je vous prie d'excuser ma mère, déclara-t-elle.

— Je comprends sa position. J'ai bien peur qu'elle ne me voie toujours sous un angle qui ne correspond pas à ses valeurs.

— Quelle façon diplomatique de présenter cela !

Nous nous observâmes, sans cacher notre curiosité mutuelle.

Je me sentais étrangement à l'aise en présence de quelqu'un qui savait vraiment qui j'étais.

— À vous regarder, personne ne devinerait que votre mère était une négresse, dit-elle sans détour.

— C'est ce qu'on m'a dit, répliquai-je.

— Cela ne devrait pas faire de différence, mais je crains que pour des personnes comme ma mère, et elles sont nombreuses, ce ne soit un détail qui compte.

Je ne répondis rien.

— Je ne vous interrogerai pas sur vos épreuves passées, mais vous pourriez peut-être me dire où vous comptez aller en partant d'ici ? Votre Robert a mentionné que vous avez quitté définitivement Philadelphie et cherchez un endroit où vous établir. J'aimerais vous accueillir à Williamsburg, mais nous ne sommes pas à l'abri des ragots. J'ai bien peur que vous ne soyez jamais accepté dans la société de notre petite ville.

Même si je sentais que son but n'était pas de me blesser, la vérité de ses paroles me peina. Je pris une grande inspiration, puis me penchai vers elle.

— Mademoiselle Meg, j'apprécie votre franchise. Je vous rassure, je n'ai aucunement l'intention de vivre ici. Toutefois, je doute de pouvoir un jour rembourser la dette que j'ai envers Mlle Eleanor et vous.

— Vous ne nous devez rien du tout. C'était un plaisir d'aider un membre de la famille dans un moment difficile.

On entendit de petits coups à la porte, puis Mlle Elly entra.

— Puis-je me joindre à vous ?

— Viens t'asseoir, dit sa tante en tapotant le canapé à côté d'elle.

— Ta mère se repose dans sa chambre, l'informa Mlle Elly avant de se tourner vers moi. Elle était de mauvaise humeur et m'a reproché de vous considérer comme un membre de ma famille.

Étonné de l'attitude directe des deux femmes, je m'en inspirai cependant pour poser une question à Eleanor :

— Avez-vous eu récemment des nouvelles de votre mère… ou de la mienne ?

— En fait, oui. Belle va très bien. Comme d'habitude, elle est auprès de ma mère et n'apprécie pas ce qu'elle appelle mon ingérence.

— Votre ingérence ? répétai-je.

— Imaginez-vous que mère envisage de se marier ! Le croiriez-vous ?

— Vraiment ? Avez-vous rencontré cet homme ?

— Oui, à de nombreuses reprises. C'est un de nos voisins depuis aussi longtemps que je me souvienne. Il a quatre fils, tous âgés de moins de vingt ans. Quand j'étais jeune, avant de fréquenter l'école de tante Meg, j'avais le même tuteur que les deux plus vieux. Ces garçons Stephens étaient impossibles ! Pouvez-vous imaginer ma douce mère dans une maison pleine de garçons plus chahuteurs les uns que les autres ?

Je souris.

— C'est une image plutôt surprenante !

— Je crains qu'elle n'aille de l'avant et planifie ce mariage. Pouvez-vous imaginer ? Un mariage ! À son âge !

Mlle Meg éclata de rire.

— Je t'en prie, Elly, elle n'est pas si vieille. N'oublie pas que ta mère et moi avons à peu près le même âge.

— Personne ne devrait se marier après quarante ans !

Mlle Elly frissonna à cette pensée.

Sa tante rit de nouveau en lui tapotant la main.

— Nous assisterons à ce mariage en octobre et ferons savoir à ta mère que nous nous réjouissons de son bonheur.

— Oh ! parfois, tu parles exactement comme elle !

Mlle Meg se tourna vers moi avec un regard soucieux :

— Comme nous sommes impolies de discuter de notre petit drame familial alors que vous vous débattez avec tous vos problèmes ! Pardonnez-nous, je vous prie. Dites-nous de quelle manière nous pouvons vous prêter assistance.

Son inquiétude semblait si sincère qu'elle me prit au dépourvu.

— J'aimerais avoir un jour ou deux pour réfléchir à la suite des événements, répondis-je.

— Vous pouvez prendre tout le temps nécessaire, répliqua-t-elle. Cette maison est la mienne autant que celle de ma mère. Je ne peux pas parler en son nom, mais je ferai tout ce qui est en mon pouvoir pour rendre votre séjour agréable.

— Si je comprends bien, vous avez une école ? demandai-je.

Les deux femmes échangèrent un regard, puis firent la grimace.

— En effet, dit Mlle Meg, mais nous avons connu quelques difficultés dernièrement. En raison de nos idées libérales, nous ne sommes jamais certaines que l'école pourra demeurer ouverte.

— Vos idées libérales ?

— L'an dernier, nous avons commencé à offrir des cours du soir aux enfants noirs, expliqua Mlle Eleanor. Certains parents s'y sont opposés et ont retiré leurs filles de l'école.

— Offrez-vous toujours ces cours du soir ? demandai-je.

— Oui, dit Mlle Meg. Mais nous ne recrutons plus autant qu'avant de nouvelles élèves pour nos cours en journée.

— Vous avez donc besoin de fonds ?

— En effet, reconnut-elle. Pourtant, nous parvenons à nous en sortir chaque saison.

— Je pourrais peut-être vous aider, proposai-je.

— De quelle manière ?

Je baissai les yeux sur mon pantalon. Même si Robert avait fait de son mieux, mes vêtements étaient abîmés par le voyage.

— Je sais que je n'en ai pas l'apparence, mais je suis un homme plutôt fortuné. Je serais heureux d'apporter ma contribution.

Les deux femmes échangèrent un coup d'œil ravi, puis me sourirent.

— Nous serions heureuses d'accepter votre aide, déclara Mlle Meg.

— Ce serait merveilleux ! renchérit Mlle Eleanor. Mais…

Elle s'interrompit et se tourna vers sa tante avec une expression implorante. Sous le regard de la jeune femme, cette dernière inspira profondément comme pour s'armer de courage.

— Monsieur Burton, à la lumière de votre généreuse offre, nous aimerions vous en présenter une nous-mêmes.

— Oui ? dis-je en m'adossant, bras croisés.

— Nous aimerions garder la jeune Mlle Caroline, déclara Mlle Eleanor. Je vous en prie, dites que vous acceptez ! Ces derniers mois, nous nous sommes attachées à cette enfant, qui est devenue le centre de notre existence. Nous l'adorons et aimerions l'élever comme si elle était notre fille.

— C'est vrai, renchérit sa tante. Nous la considérons déjà comme notre propre enfant.

Je me penchai en avant :

— Mais Caroline est ma fille. Elle est de mon sang, vous comprenez ?

— Nous comprenons très bien, dit Mlle Elly. C'est pourquoi nous avons pensé que vous accepteriez. Elle n'aura jamais besoin de savoir !

Même si Robert m'avait préparé à cette proposition, quelque chose d'ignoble se cachait derrière leur offre. Loin de dissimuler leurs intentions, elles suggéraient ouvertement que ma fille ne saurait jamais que j'étais son père. Avaient-elles raison ? Était-ce vraiment la meilleure solution ?

— J'ai besoin de réfléchir, leur dis-je.

Les deux femmes m'assurèrent avec bonne grâce qu'elles comprenaient parfaitement. Nous nous quittâmes peu après, et je demandai à être dispensé du repas de l'après-midi.

— Vous joindrez-vous à nous pour un souper tardif ? proposa Mlle Meg en souriant. Nous serons seules. Mère n'aime pas prendre le repas du soir avec nous.

— Vous pouvez compter sur moi, répliquai-je avec un sourire forcé.

Je retrouvai Robert dans le couloir et l'envoyai dire à Hester d'amener Kitty dans ma chambre. À mon étonnement, ce ne fut pas Hester, mais une autre domestique noire qui entra avec le bébé.

Robert me la présenta comme la nourrice l'ayant accompagné de Philadelphie pour prendre soin de Caroline.

Je pris Kitty et la couchai sur le lit pour l'examiner. Démaillotée, elle agita joyeusement les bras et les jambes. En la voyant me regarder en gazouillant, je sentis mon cœur se serrer.

Je m'empressai de l'envelopper de nouveau et la redonnai à la nourrice. Le moment était venu de prendre des décisions qui ne pouvaient dépendre d'un cœur attendri.

— Où est Hester ? demandai-je à mon majordome.

— Elle est partie un peu plus tôt avec Mlle Adelaide. Vous étiez en réunion avec Mlles Meg et Eleanor quand les cousins de Mlle Spencer sont arrivés. La jeune femme ne voulait pas partir sans vous avoir parlé. Je vous demande pardon, monsieur, mais elle m'a soutiré la promesse que vous iriez la voir plus tard dans la journée. Elle s'est assise dans un fauteuil et a refusé de bouger… Je n'ai pas eu le choix.

Robert ne put réprimer le mécontentement dans sa voix. En d'autres circonstances, cela m'aurait fait sourire.

Je reportai mon attention sur la nourrice de Caroline. La jeune négresse semblait démoralisée. Quand je l'interrogeai, elle s'empressa de répondre qu'elle souhaitait retourner à Philadelphie. Comme je la comprenais !

Même si je ne pouvais plus rentrer chez moi, mon foyer me manquait. J'assurai la jeune femme que nous nous occuperions bientôt de son retour. Elle sourit, satisfaite. Profitant de sa réaction positive, je lui demandai si elle était prête à nourrir Kitty en même temps que Caroline durant quelques jours.

— Je le fais déjà, répondit-elle. Cette petite ne boit pas beaucoup.

Elle repartit avec Kitty et je m'assis au bord du lit, ne sachant comment annoncer mes décisions à Robert.

— Venez marcher avec moi, lui dis-je.

Après qu'il m'eut apporté mon chapeau, nous sortîmes. Je ne pris pas la parole avant d'avoir franchi une bonne distance sur une route paisible de campagne.

— J'aurais préféré séjourner dans une auberge, dis-je, mais je ne voulais pas risquer de me faire refuser l'entrée, au cas où des rumeurs auraient commencé à se répandre dans cette petite ville. Nous devons partir dès que possible. Dès demain, si nous le pouvons.

— Très bien, monsieur, répondit Robert avec empressement.

— Je ne sais pas où je vais aller, ajoutai-je.

— Oui, monsieur.

J'appréhendais les paroles que je devais prononcer, mais je me forçai à continuer :

— Vous n'avez aucune obligation envers moi. Je sais que vous vous sentez chez vous à Philadelphie, mais cela n'est malheureusement plus possible pour moi, comme vous le savez. Je suis entièrement responsable de cette situation, et vous n'avez pas à subir les conséquences de mes erreurs. Je vous remettrai une bourse substantielle et serai ravi de vous fournir d'excellentes références.

— Monsieur Burton ! Êtes-vous en train de dire que vous n'avez plus besoin de mes services ?

La voix de Robert révélait sa stupéfaction.

— J'aurai toujours besoin d'un ami loyal, dis-je, incapable de lui donner une autre réponse.

— Me renvoyez-vous parce que j'ai fait quelque chose de mal ?

— Bien au contraire, Robert. Vous m'avez été d'un grand service, et plus encore, mais je dois vous libérer. Je n'ai aucune idée de ce que je vais faire, ni de l'endroit où je vais aller. Je ne sais plus où est ma place, Robert. Je dois me libérer de toutes ces responsabilités. J'ai besoin de temps pour…

— Et Mlle Caroline ? Et Pan ? Et Kitty ? Allez-vous les laisser derrière vous, eux aussi ?

— Mlle Madden a proposé de prendre soin de Caroline comme si c'était sa propre fille. Vous devez reconnaître la sagesse de cette proposition. Quant à Kitty, je verserai à la nourrice une somme généreuse pour qu'elle la ramène à Philadelphie et la prenne dans sa propre maison.

— Et Pan ? Que ferez-vous de Pan ? demanda-t-il d'une voix chargée de colère.

— Je trouverai une école et lui accorderai mon soutien. Mlle Madden a peut-être une suggestion. Une école située plus au nord, bien entendu.

J'étais surpris de voir comment ces projets se mettaient facilement en place, car je ne les avais ébauchés qu'au cours des dernières heures. Je continuai de marcher, perdu dans mes pensées, puis me rendis compte que Robert n'était plus à mes côtés. En me retournant, je vis qu'il était debout au milieu de la route et me fixait d'un air ébahi. J'attendis qu'il vienne me rejoindre, mais comme il ne bougeait toujours pas, je décidai de revenir sur mes pas.

— Monsieur Burton, dit-il d'une voix tremblante. Pardonnez ce que je m'apprête à vous dire.

— Parlez librement, Robert.

Déterminé à ne pas me laisser influencer, je détournai la tête, prêt à entendre son opinion. Je lui devais bien cela.

— Monsieur Burton, je partirai si tel est votre désir, mais mon choix serait de demeurer à votre service aussi longtemps que vous voudrez bien de moi. Je suis disposé à vivre là où vous choisirez de vous établir. Mais je vous demanderai de reconsidérer ce que vous avez prévu pour vos trois jeunes protégés, dont on vous a confié la charge. Je vous demande, non, je vous supplie de ne pas les abandonner !

— Je dois le faire, Robert. Je ne peux pas assumer cette responsabilité ! J'ai l'intention de continuer à me présenter comme un homme blanc, car c'est ainsi que je me considère. Étant donné les faits entourant ma naissance, la société ne m'acceptera pas en tant que tel et je devrai toujours cacher mon passé. Il est pénible de vivre dans un tel mensonge, et ce n'est certainement pas la façon idéale d'entretenir une vie de famille. Si j'élevais ces enfants et que mes mensonges soient découverts, comment me percevraient-ils alors ? Non ! Cela ne peut pas se produire ! En leur fournissant un soutien financier et en veillant à leur placement, vous devez reconnaître que je m'acquitterai de mes obligations.

— Non, monsieur Burton, je ne suis pas d'accord ! En fait, est-ce si nécessaire pour vous de vivre en tant que Blanc ? Oui, il y aura des conséquences, mais peu à peu, la société va évoluer. Mlle Caroline a déjà perdu sa mère. Et vous l'abandonneriez à votre tour ? Lorsqu'elle sera plus grande, n'aura-t-elle pas à faire face aux mêmes problèmes ? Qui mieux que vous pourra la guider à ce moment-là ? Pan vous admire plus que quiconque. Maintenant que son père est mort, il a particulièrement besoin de vos conseils. Quant à Kitty, vous lui avez procuré sa liberté, mais vous allez la renvoyer sans qu'elle puisse compter sur vous pour veiller sur elle ?

La colère surpassa mon sentiment de culpabilité. Il était pourtant bien placé pour comprendre mon dilemme !

— Robert, s'il vous plaît, j'ai pris ma décision ! Je ne peux pas faire autrement !

Je le quittai alors et marchai en direction de la ville.

— Vous pouvez vous débarrasser de nous aussi aisément ? me lança-t-il.

En entendant sa voix se briser, je n'eus pas besoin de voir son visage pour savoir qu'il était en larmes. Je pressai le pas. Je ne pouvais me permettre une telle sentimentalité. J'avais fait le meilleur choix pour tout le monde. Robert le comprendrait avec le temps.

En me rapprochant de la ville, je repensai à ma conversation avec Meg et Elly.

Elles m'avaient fait comprendre que si elles étaient prêtes à recueillir ma fille, je n'étais pas le bienvenu. Je n'avais qu'à songer à Mme Madden pour comprendre leur position, mais j'avais espéré qu'Elly et moi aurions ressenti un lien familial. Cela n'avait pas été mon cas, ni le sien, apparemment.

Je songeai également à ma décision de me séparer de Robert et de placer les enfants. C'était assurément la meilleure solution. Toutefois, un grand sentiment de solitude m'accabla lorsque je revins vers la maison des Madden. Je me sentais aussi seul et perdu que si j'avais de nouveau treize ans.

À mon retour, sans me laisser le temps de reconsidérer ma décision, je me rendis aussitôt à la banque. J'avais l'intention d'ouvrir des comptes en fonction des besoins de chaque enfant.

Devant l'accueil enthousiaste du directeur, je me dis qu'il n'avait sûrement pas eu vent de mon statut douteux au sein de la société de Williamsburg. Ou alors, il était prêt à passer outre en raison de l'importance de mes avoirs. Il m'emmena dans son bureau et m'invita à m'asseoir en face de lui, amorçant une conversation superficielle. Je m'impatientai bientôt et l'interrompis pour expliquer la raison de ma visite, mais il leva la main pour m'arrêter.

— Pardonnez-moi, mais avant d'aller plus loin, je dois vous remettre ceci.

Il déverrouilla un tiroir et en sortit une lettre.

— Je serais venu vous voir si j'avais su que vous étiez en ville, ajouta-t-il en me la tendant. Cette lettre est arrivée il y a quelques semaines de la part de votre notaire à Philadelphie. J'ai des raisons de croire que le contenu est confidentiel, car la lettre d'accompagnement spécifiait de vous la remettre en personne. Vous voulez peut-être la lire avant que nous poursuivions ?

Il s'affaira à d'autres tâches pendant que je brisais le sceau de cire rouge de l'enveloppe couleur crème.

*Cher monsieur Burton,*

*Je vous écris pour vous apprendre une terrible nouvelle. La semaine dernière, mon mari, M. Cardon, a été terrassé par un problème cardiaque qui l'a rendu invalide. Par la suite, il a exprimé son profond regret d'avoir renvoyé l'enfant de notre foyer. Après mûre réflexion, j'ai décidé de lui révéler ma décision de vous la confier.*
*M. Cardon n'a pas accueilli cette information avec colère, comme je m'y étais attendue, mais avec joie. À présent, son seul souhait est de la revoir avant de quitter ce monde.*
*Je vous supplie d'avoir assez de compassion pour amener notre petite-fille voir M. Cardon avant qu'il ne soit trop tard. Je vous donne ma parole que vous serez le bienvenu dans notre demeure. Quant à votre retour, votre secret n'a jamais été révélé. Si jamais vous décidiez de revenir vivre à Philadelphie, soyez assuré de mon appui sans réserve.*

*Bien humblement,*

*Cristina Cardon*

Incrédule, je regardai fixement la lettre, le cœur battant. Je la relus. Elle avait été écrite trois semaines plus tôt. Que s'était-il passé durant cet intervalle ? M. Cardon était-il toujours vivant ?

Mille questions m'assaillirent. Était-ce une ruse pour m'enlever Caroline ? Ou bien cela signifiait-il que je pouvais retourner sans crainte à Philadelphie et m'y établir de nouveau ? Je devais en parler à Robert ! À cette pensée, je me levai d'un bond, étourdi par les nouvelles possibilités qui s'offraient à moi. Le banquier me jeta un regard interdit, et je dus faire appel à toute ma volonté pour me rasseoir et régler les questions en cours.

Je dressai des documents afin de procurer une somme annuelle substantielle à l'école de Mlles Meg et Elly. Cette tâche complétée, je discutai du transfert de mes fonds à Philadelphie. Puis je repartis en toute hâte vers la demeure des Madden.

# 48

## *1830*
## *James*

Je trouvai Robert dans sa chambre. Il avait les yeux rouges quand il m'ouvrit la porte. Surpris de voir que je voulais entrer, il s'écarta cependant pour me laisser passer. Sans attendre qu'il prenne la parole, je lui mis la lettre dans les mains.

— Robert, lisez ceci. Dites-moi ce que vous en pensez !

Il parcourut la missive, puis alla s'asseoir au bord du lit pour la relire. Je m'assis sur une chaise et scrutai son visage, incapable de réprimer mon sourire. Il leva les yeux vers moi.

— Qu'est-ce que cela signifie ?

— Je crois que nous pouvons retourner chez nous ! Si cette lettre est sincère, cela signifie que nous pouvons rentrer !

— Et qui va rentrer avec vous ? rétorqua-t-il avec une expression étonnamment autoritaire.

— Voyons, Robert ! Vous, bien sûr !

— Et Mlle Caroline ?

— Oui ! Elle viendra avec nous.

Il me considéra sans broncher.

— Qu'arrivera-t-il à Pan et à Kitty ? Souhaitez-vous toujours vous séparer d'eux ?

Je soupirai et jetai un œil autour de moi. Je remarquai une chemise propre et un pantalon bien brossé suspendus à des crochets au mur, et une paire de chaussures noires lustrées près d'une trousse de cirage. Je me rendis soudain compte que je n'étais jamais entré dans la chambre de Robert auparavant. Je me promis qu'à l'avenir il aurait droit à toutes les commodités qu'il souhaiterait.

— Robert, pardonnez-moi. J'avais tort et vous aviez raison. Quoi qu'il arrive, nous prendrons les enfants avec nous. Tous les trois. Ils sont de ma responsabilité. Mais j'aurai besoin de votre aide. Pourrai-je compter sur vous ?

Il se leva.

— Monsieur Burton, je ne vous ai pas remis ma démission. Je suis toujours à votre service, aussi longtemps que vous aurez besoin de moi.

Au risque de le mettre mal à l'aise, je pris sa main dans les miennes.

— Merci, Robert ! Merci pour tout ce que vous avez fait pour moi.

Cette fois, c'était mon tour d'avoir une voix tremblante.

Ma décision de partir dès que possible n'était pas seulement motivée par mon désir de me soustraire à la compagnie de Mme Madden. J'avais également un profond désir de rentrer à la maison.

Je demandai à Robert d'embaucher deux cochers le jour même. Puis, tandis que j'allais souper avec les deux femmes, Robert fit les préparatifs en vue de notre départ le lendemain matin.

Pendant que nous savourions notre repas du soir, j'annonçai à mes hôtesses le don que j'avais fait à leur école et les assurai de mon appui durable. Naturellement, elles exprimèrent leur gratitude. Puis je pris une grande inspiration et repris :

— Je n'entrerai pas inutilement dans les détails, mais je suis heureux de vous apprendre que ma situation a changé. Je suis maintenant libre de rentrer chez moi à Philadelphie.

Mlle Elly poussa une exclamation en apprenant ma décision d'emmener ma fille avec moi. Incapable de contenir ses larmes, elle quitta précipitamment la pièce.

— Avec le temps, elle finira par comprendre le bien-fondé de votre décision. Après tout, vous êtes le père de Caroline, déclara Mlle Meg en gardant son calme malgré ses yeux embués.

— Je vous suis reconnaissant de tout ce que vous avez fait pour moi, dis-je. Puis-je vous demander un dernier service ?

— Certainement.

— J'ai un colis à faire parvenir à Belle, que je ne veux pas confier à la poste. Quand vous irez là-bas pour le mariage, pourriez-vous le lui remettre ?

Elle accepta de bonne grâce. J'allai rapidement à ma chambre pour le chercher.

— Ceci a une grande valeur, autant monétaire que sentimentale, précisai-je.

— Dans ce cas, il ne me quittera pas jusqu'au moment où je le remettrai dans les mains de Belle, promit-elle.

Je ne lui expliquai pas que le paquet contenait une veste de garçon où étaient cousus des bijoux. Je ne lui dis pas non plus qu'il incluait une lettre que j'avais écrite l'après-midi même.

*Chère Belle,*

*Je n'ai appris que récemment les circonstances de ma conception. Votre affection pour moi malgré le traitement cruel que vous avez subi témoigne que la bonté humaine peut survivre aux plus grandes épreuves.*

*J'ai enfin compris que je menais une existence guidée par la peur. J'étais poussé par ma haine des gens de couleur, inculquée par une grand-mère que j'adorais et une société qui partageait ses convictions.*

*Je considérais autrefois les Noirs comme des gens stupides et dénués d'émotions, plus près des animaux que des êtres humains. J'ai depuis appris à les connaître, car j'ai été témoin du courage et de l'intelligence supérieure permettant aux gens de couleur de survivre aux conditions les plus cruelles. Même si je m'interroge toujours sur ma place dans tout cela, j'ai bon espoir d'avoir hérité la bonté et la force de votre âme généreuse.*

*Je ne sais pas avec certitude ce que me réserve l'avenir, mais je crois que je continuerai à vivre en tant qu'homme blanc. Il s'agit certainement de la voie la plus aisée. Toutefois, j'ai maintenant deux enfants noirs à ma charge, que j'ai l'intention d'élever comme s'ils étaient les miens. Il reste à voir comment cela se déroulera.*

*J'ai un troisième enfant, ma fille biologique, et donc votre petite-fille. Elle est blonde aux yeux bleus. Même si elle a porté jusqu'ici le prénom de Caroline, elle s'appellera Belle à compter d'aujourd'hui.*
*Nous savons tous deux pourquoi je n'irai pas vous rendre visite, mais si vous souhaitez venir me voir, ou encore vous installer à Philadelphie de façon permanente, vous n'avez qu'à m'en informer et je prendrai les dispositions nécessaires.*
*Enfin, j'inclus la veste où sont dissimulés les bijoux, que vous m'aviez remise lors de mon départ.*
*Deux des bijoux manquent, et ils se sont avérés d'une aide inestimable lorsque je les ai utilisés. Merci pour ce généreux cadeau, mais soyez assurée que je n'en aurai plus besoin.*
*Je ne regarde jamais cette veste sans me remémorer le moment où vous me l'avez donnée. Vous demeuriez en retrait, attendant un témoignage de mon affection. Veuillez m'excuser pour mon incapacité d'alors à vous remercier comme vous le méritiez. Vous m'avez donné la vie, mère, et il n'y a pas de cadeau plus précieux.*
*Je vous en remercie aujourd'hui.*

*Votre fils,*

*James*

Je me réveillai au moment où le soleil se levait. Le ciel dégagé annonçait une belle journée. Sous ma fenêtre, un jeune garçon était assis sur une grosse pierre. À ses oreilles décollées, je reconnus Pan. À côté de lui se trouvait un petit baluchon brun qui devait contenir ses maigres affaires. Je vis également une cage d'oiseau qui était presque de sa taille. Avec un sursaut de joie, je compris que Robert avait réussi à garder Malcolm avec nous.

Comme nous avions pris le petit déjeuner très tôt, j'avais pu éviter une autre rencontre avec Mme Madden, mais sa fille et Elly étaient présentes. Je tentai d'adoucir le départ de Caroline en leur disant que je m'attendais à au moins une visite annuelle de leur part.

Lorsque nous agitâmes la main pour leur dire au revoir, notre voiture était une fois de plus remplie à craquer. Le tintamarre à l'intérieur était assourdissant, car les deux bébés pleuraient et Malcolm criaillait de mécontentement.

Pan se boucha les oreilles jusqu'à ce que je lui demande de couvrir la cage du cacatoès. Heureusement, l'oiseau contrarié finit par se taire après quelques derniers cris rauques. Je pris Kitty dans son panier et demandai à ce qu'on la fasse boire. Cependant, la nourrice, qui avait Caroline dans les bras, répondit qu'elle devait attendre son tour. Je décidai aussitôt que, dès notre arrivée à Philadelphie, Kitty aurait sa propre nourrice.

Nous continuâmes à rouler. Lorsque Caroline fut repue, je m'empressai de la prendre. Cette fois encore, elle me jeta un coup d'œil et se mit à hurler.

— Donnez-la-moi, monsieur, dit Robert en tendant les bras. Tout va bien, ma petite, Robert est là.

En reconnaissant son visage affectueux, elle se calma et sourit. Je souris à mon tour en voyant mon majordome si attendri.

Moins d'une heure après notre départ, tout était enfin silencieux, si ce n'était le grincement de la voiture. En sortant de Williamsburg, la circulation vers la ville avait été étonnamment dense, mais à présent, nous étions seuls. Je ne fus pas surpris de voir Pan sommeiller après avoir appris qu'il était allé s'asseoir dès l'aube en bordure de la route.

Je le regardai dormir, la tête appuyée sur la cage couverte de Malcolm. Que lui serait-il arrivé si Sukey n'était pas intervenue ? Je repensai au fait qu'elle m'avait sauvé la vie, puis me remémorai les gens du marais qui nous avaient secourus. Je songeais à Peg, qui avait fait le sacrifice de sa chèvre, quand nos chevaux ralentirent le pas et que l'un des cochers s'écria :

— Quelque chose s'approche à grande vitesse derrière nous !

Robert et moi échangeâmes un regard inquiet.

— Accélérez ! lançai-je au cocher.

La voiture se mit à rouler plus vite.

Je m'étais assuré que les deux conducteurs étaient armés. Nous n'étions pas aussi vulnérables que nous l'avions été quelques jours plus tôt, mais nous étions encore dans un État esclavagiste. Était-il possible que je sois toujours poursuivi ?

Nous roulions si vite qu'en heurtant une fondrière notre voiture s'inclina et oscilla si dangereusement que je m'inquiétai pour la sécurité des voyageurs. Avec l'intention de dire au conducteur de ralentir, j'enlevai mon chapeau et sortis la tête par la fenêtre. Avant de héler le cocher, je regardai derrière nous. À travers l'épais nuage de poussière soulevé par nos roues, j'aperçus un petit cabriolet qui gagnait peu à peu du terrain. Toutefois, ce furent les cheveux noirs au vent de la conductrice, ainsi que le bonnet lavande et vert à rubans qu'elle agitait, qui me firent la reconnaître.

— Arrêtez la voiture ! criai-je avant de me tourner vers Robert avec un rire incrédule. C'est Adelaide Spencer !

Le froncement de sourcils de mon majordome ne laissait aucun doute sur ses sentiments. Nous étions à peine arrêtés que je sautai sur le sol pour accueillir Adelaide, qui tirait sur les rênes de son cheval couvert d'écume.

— Monsieur Burton ! Comment avez-vous pu m'oublier ? s'écria-t-elle. Vous n'êtes même pas venu me dire au revoir !

Elle grimaça quand je la soulevai pour la descendre de son cabriolet. Au même moment, je distinguai au loin un cavalier qui galopait dans notre direction.

— Vous ai-je fait mal ? demandai-je avec inquiétude en touchant doucement son bras blessé.

— Il est guéri, répondit-elle en s'écartant brusquement.

— Pardonnez-moi, mademoiselle Adelaide. Je voulais venir vous voir avant de partir, mais des circonstances imprévues m'en ont empêché. J'allais vous écrire une lettre.

Elle inclina la tête, insultée.

— Une lettre ! s'écria-t-elle avec une expression dédaigneuse.

Des mesures plus énergiques semblaient s'imposer. Je pris sa main et lui dis d'un ton grave :

— Je vous demande de me pardonner, mademoiselle Spencer. Vous devez savoir que j'aurai toujours une dette envers vous.

— Ah bon ? répliqua-t-elle en haussant les sourcils.

— Certainement !

— Si c'est le cas, une dernière visite aurait été de mise. Comment avez-vous pu ne pas venir ?

Je jetai un coup d'œil au cavalier qui se rapprochait rapidement.

Elle le remarqua et dit avec un soupir :

— C'est mon oncle. Je suis étonnée qu'il ne se soit pas tué sur ce cheval ! Sa mort aurait été votre faute, monsieur Burton, pour m'avoir oubliée !

— Mademoiselle Adelaide, je vous assure que je ne vous ai pas oubliée. Malheureusement, une urgence est survenue et j'ai dû partir précipitamment pour Philadelphie. Le grand-père de ma fille est très malade.

— Je vois. Est-il mourant ?

— Je crains que ce soit le cas, répondis-je.

— Dans ce cas… Mais vous comptiez m'écrire ?

— Oui, une très longue lettre.

— Et en avez-vous toujours l'intention ? s'enquit-elle.

— Adelaide Spencer ! cria le cavalier en arrivant à notre hauteur. Votre père sera mis au courant !

La jeune fille repoussa ses cheveux emmêlés et noua les rubans de son bonnet pendant que l'homme obèse tentait de maîtriser sa monture en sueur.

J'allai vers lui et tins les rênes pendant qu'il mettait pied à terre.

Hors d'haleine, il se dirigea vers sa nièce, qui courut à sa rencontre et prit sa main dans les siennes.

— Mon cher oncle, je suis désolée ! Je ne voulais pas vous obliger à me suivre. Pourtant, quelle chance ! Vous avez maintenant l'occasion de rencontrer le célèbre artiste, M. James Burton.

— Jeune fille ! commença-t-il.

— Ne soyez pas fâché, répliqua-t-elle en portant la main gantée de l'homme à sa joue rose. J'avais quelques mots à dire à M. Burton. Vous me connaissez. Quand je prends une décision, je ne reviens pas en arrière ! Je n'y peux rien. Vous comprenez sûrement, mon oncle ? Je suis comme vous. C'est dans notre nature.

Comme c'était souvent le cas en présence d'Adelaide, l'homme resta sans voix. Elle se tourna vers moi.

— Nous allons nous revoir, monsieur Burton ? Promettez-le-moi !

Je m'inclinai et dis en souriant :

— Nous nous reverrons, mademoiselle Spencer. J'en ai la certitude.

Des pleurs nous parvinrent de la voiture. Saisissant ce prétexte, je lui fis mes adieux avant de replonger dans la mêlée.

La voiture avança avec un à-coup et je m'adossai au siège. En observant notre petit groupe, je pris conscience que j'étais entouré des personnes qui m'étaient les plus chères. Prendre soin d'elles était-il ma raison d'être, finalement ?

Voyant que Robert et la nourrice s'occupaient chacun d'un bébé, je me tournai vers Pan, qui regardait silencieusement par la vitre. Il était loin d'être le garçon débordant de vie que j'avais connu, et son silence m'inquiéta.

— Pan ? dis-je.

Il me regarda.

— N'es-tu pas heureux de rentrer à la maison ?

Ses yeux se remplirent de larmes et il se tourna pour appuyer son front sur la cage de Malcolm. Je posai la main sur son épaule frêle.

— Qu'y a-t-il, Pan ?

— Je n'arrête pas de penser à papa.

— Je comprends, dis-je en lui tapotant l'épaule.

Il se redressa pour s'essuyer le visage avec la manche de sa veste et renifla si profondément que Robert lui tendit un mouchoir. Après s'être mouché bruyamment, il le redonna au majordome.

— Tu peux le garder, dit gentiment Robert. Mets-le dans la poche de ton pantalon. Quand nous serons à la maison, nous ferons en sorte que tu aies tes propres mouchoirs.

Le garçon obtempéra, puis appuya la tête au dossier d'un air triste et songeur.

— Quelque chose d'autre te tracasse ? m'enquis-je.

Ses grands yeux noirs croisèrent les miens, mais ils étaient remplis de crainte. Le menton tremblant, il retint ses larmes et demanda :

— Et s'ils viennent me chercher ? S'ils m'enlèvent encore ?

Il chuchotait, comme s'il craignait que ses mots ne donnent du poids à sa peur.

Je fus ébranlé par ses questions. Au fil des ans, il m'avait conquis par sa nature affectueuse et spontanée, mais jusqu'alors, j'avais cru que nos vies n'avaient rien en commun. À présent, je reconnaissais sa terreur. En constatant à quel point la mienne avait affecté négativement tant de mes décisions, je me fis la promesse que Pan ne vivrait pas la même chose. Il connaîtrait la sécurité et l'amour, peu importe l'opinion de la société.

— Pan, j'ai une question à te poser.

Il prit une grande inspiration, puis me regarda.

— Oui, monsieur Burton ?

— Je sais que ton père a été incapable de te donner un nom de famille parce qu'il en était dénué lui-même.

— C'est parce qu'il était un esclave, rétorqua-t-il, sur la défensive.

— Je sais, Pan. Je me demandais… Si je t'adoptais, envisagerais-tu de porter le mien ?

— Que voulez-vous dire ?

— Quand tu as été volé, je n'avais aucun droit légal sur toi. Si je t'adoptais, personne ne pourrait plus jamais t'enlever à moi. Ton nom serait Pan Burton.

Le garçon garda longuement le silence avant de répondre :

— Vous voulez dire que vous me prendriez comme votre propre fils ?

— Oui.

— Mais j'ai déjà un papa.

— Henry sera toujours ton père. C'était un homme bon et courageux, et j'espère qu'un jour tu seras exactement comme lui.

— Mais vous vivez comme un Blanc ! Comment pourriez-vous avoir un enfant noir ?

Je jetai un coup d'œil à Robert, implorant son aide.

— Je ne sais pas encore, mais nous trouverons un moyen, répondis-je.

— Comment allez-vous faire ? insista Pan.

— En surmontant un obstacle à la fois, intervint Robert.

— Qu'est-ce qu'un obstacle ? demanda le garçon.

— Une difficulté. Comme un rocher sur un chemin qu'on doit contourner ou enjamber, expliqua Robert.

— Ou qu'on soulève pour l'enlever du chemin ? répliqua Pan.

Robert sourit en hochant la tête pour manifester son approbation.

— Tout à fait, Pan.

Ce dernier regarda Kitty, qui dormait paisiblement dans les bras de la nourrice.

— Et Kitty ? Pourra-t-elle aussi avoir votre nom pour qu'ils ne puissent jamais l'enlever ?

— Qu'en pensez-vous, Robert ? demandai-je. Pouvons-nous y arriver ? Ce ne sera pas évident de s'occuper d'une maison avec trois enfants.

— Ce sera une maison heureuse, répliqua mon majordome.

Cette pensée nous plongea dans le silence. Chacun de nous se mit à réfléchir à ses propres préoccupations, jusqu'à ce que Pan reprenne la parole.

— Monsieur Burton ?

— Oui, Pan ?

— Je ne peux pas m'empêcher de penser à ce qui va arriver aux autres qui se font enlever comme Randall et moi, et à tous les fuyards. Si Sukey n'est plus là, qui va les aider ?

Cette fois, je ne sus que répondre. Jusque-là, pris par mes problèmes, je n'avais porté attention qu'à ma propre situation. En réfléchissant aux paroles de Pan, je songeai à ce qui aurait pu nous arriver si d'autres personnes n'avaient pas risqué leur vie. Je me remémorai chacune d'elles : Sukey et son homme à Southwood ; les Spencer et la famille quaker ; et enfin, Willie et Peg, ainsi que tous ceux qui nous avaient aidés le long du canal. Étant donné le dénouement heureux de notre évasion, je pourrais sûrement assumer une quelconque responsabilité dans cette entreprise.

— Pan, sais-tu qui pourra les aider ?

Il secoua la tête.

— Moi, lui dis-je.

— Qu'allez-vous faire ?

— Je ne sais pas encore. C'est tout nouveau pour moi. Pour commencer, dès que nous serons à la maison, j'écrirai à M. Spencer pour lui proposer mon aide.

— Vous êtes sérieux ?

— Oui, Pan. Tu as ma parole.

En croisant son regard, j'entrevis une trace du garçon qu'il avait été.

— Est-ce que je pourrai aider, moi aussi ?

— D'abord, Pan, tu dois recevoir une éducation. De plus, Robert et moi aurons besoin de ton aide pour élever les filles. Mais quand tu seras grand, si tu le désires toujours, nous pourrons faire ce travail ensemble.

Il me dévisagea si sérieusement et avec tant de ferveur que j'éclatai de rire.

— Viens ici, lui dis-je.

Oubliant mes inhibitions habituelles, je l'attirai sous mon bras. Comme c'était réconfortant d'étreindre ce brave garçon !

— Monsieur Burton, me parvint sa voix étouffée.

— Oui, Pan ?

— Je suis content de revenir chez nous.

Je resserrai mon étreinte.

— Moi aussi, Pan. Moi aussi !

# Note de l'auteur

Je tiens à informer les lecteurs connaissant l'histoire de Philadelphie que, dans l'intérêt du récit, j'ai choisi de garder le musée Peale à Philadelphie, bien qu'il ait été déplacé à Baltimore.

# REMERCIEMENTS

Rebecca Gradinger – je ne peux exprimer toute ma gratitude pour tes efforts inlassables. Ta confiance en mon travail m'a poussée à donner le meilleur de moi-même.

Je suis aussi redevable à toute l'équipe de Fletcher and Company, particulièrement à Melissa Chinchillo, Grainne Fox et Rachel Crawford.

Trish Todd, ta perspicacité est, comme toujours, une bénédiction.

Je remercie mes fidèles premiers lecteurs, qui ne se sont pas découragés à la version initiale : Charles Grissom, Eleanor Dolan, Diane Eckert, Carlene Baime, Bob Baime, Judy Chisholm, Ann Kwan, Leah Weiss, Teresa Morrow et Reginald Brown. Votre attention et vos suggestions étaient exactement ce dont j'avais besoin. Au cours de mes recherches sur le grand marais de Dismal, deux personnes merveilleuses m'ont proposé leur aide : Penny Leary, ancienne directrice du Centre d'accueil, et George Ramsey, représentant du Sud-Est pour la Société de navigation et des canaux de Virginie. Ils m'ont tous les deux procuré, à maintes reprises, les informations détaillées qui m'étaient nécessaires. Ils ont également organisé une visite en bateau avec Robert Peek, maître éclusier et pontier. Je n'oublierai jamais la journée que nous avons passée à explorer les mystères et les cours d'eau du sinistre et spectaculaire marais de Dismal. Pour ceux qui sont intéressés, Robert Peek offre des visites guidées au public. Vous trouverez plus de détails sur le site : www.greatdis-maladventures.com.

Mes recherches m'ont menée des bibliothèques de Philadelphie à divers sites historiques de la Louisiane. Si les personnes qui m'ont aidée sont trop nombreuses pour que je puisse les nommer ici, je leur exprime toute ma reconnaissance.

Il y a eu des moments, au cours de la rédaction de ce livre, où j'ai douté de ma capacité à le mener à bien. Cependant, ces doutes n'ont pas persisté, grâce au soutien de mon amie de toujours, Carlene, et de ma fille bien-aimée, Erin. Elles savent toutes les deux ce qu'elles signifient pour moi, mais je leur réitère ma gratitude.

Enfin, une pensée pour Lisbeth Walker, une grande amie qui m'a récemment quittée. Son dernier message était empreint de reconnaissance, et c'est en sa mémoire que j'adresse ces nombreux remerciements.

Composition et mise en pages
Nord Compo à Villeneuve-d'Ascq

*Imprimé en France par* CPI
en janvier 2019
N° d'impression : 3032289